समय साक्षी है

समय साक्षी है

मनु शर्मा

प्रभात प्रकाशन

प्रकाशक	**प्रभात प्रकाशन प्रा. लि.**
	4/19 आसफ अली रोड,
	नई दिल्ली–110002
सर्वाधिकार	सुरक्षित
संस्करण	2025
मूल्य	पाँच सौ रुपए
मुद्रक	सीता फाईन आर्ट, प्रा॰ लि॰, दिल्ली

SAMAYA SAKSHI HAI *novel* by Shri Manu Sharma ₹ 500.00
Published by Prabhat Prakashan Pvt. Ltd., 4/19 Asaf Ali Road, New Delhi-2
e-mail: prabhatbooks@gmail.com ISBN 978-81-7315-629-8

पुरोवाक्

तीन उपन्यासों की शृंखला का यह दूसरा उपन्यास है।

इस उपन्यास में जिस कालखंड की चर्चा है, वह आजादी के पहले का है। उस समय देश के क्षितिज पर राष्ट्रीय आंदोलन के बादल छाए थे पूरे दल-बल के साथ। देश भर में जुलूस और सभाओं का माहौल था। बनारस में भी 'नहीं रखनी, सरकार जालिम नहीं रखनी' ऐसे गीत गाते हुए दशाश्वमेध से जुलूस निकलते थे और टाउन हॉल के मैदान में आकर सभा में परिवर्तित हो जाते थे।

इन सभाओं में राष्ट्रीय कविताएँ सुनाई जाती थीं और आजादी के दीवानों के भाषण होते थे। पूरा मैदान भरा होता था। जितनी जनता होती थी उनकी लगभग आधी, वरदी में और गैर-वरदी में, पुलिस होती थी। ऊपर से गोरी फौज भी आ जाती थी। उनके आने पर देशी सिपाहियों की सक्रियता और भी बढ़ जाती थी। हुक्म भर की देर होती थी और लाठियाँ बजने लगती थीं। लोग डाल के पके आम की तरह गिरने लगते थे। बहुत से लोग गिरफ्तार होते थे और बहुत से वैसे ही सड़ने के लिए धरती पर ही छोड़ दिए जाते थे।

इस स्थिति का बाकायदा हमारे स्वयंसेवक सामना करते थे। गिरों को उठाते थे, अस्पताल पहुँचाते थे।

ऐसा तब होता था, जब सभा का कोई वक्ता या कवि अंग्रेजों के खिलाफ कुछ बोल देता था।

देश में वास्तविक भूकंप तब आया, जब ९ अगस्त, १९४२ को गांधीजी ने देश को 'करो या मरो' का नारा दिया।

अब क्या था? साधारण जनता यह सोचने लगी कि इससे अधिक और क्या कहा जा सकता है? एक अहिंसा के पुजारी ने मरने तक की बात कह दी।

गांधीजी गिरफ्तार हो गए। देश के सारे बड़े नेता रातोरात पकड़ लिये गए। आम आदमी भी जेलों की ओर मुखातिब हुआ।

जेल भरी जाने लगीं, अस्पतालों में भी बिस्तर खाली नहीं। अजीब समाँ था, गलियों में, सड़कों पर, बाल-वृद्ध-युवा सभी पर आजादी पाने का पागलपन सवार था।

अंग्रेजों ने इस दीवानगी का एक दूसरा अर्थ लगाया। इंग्लैंड की संसद् में भारतीय विभाग के मंत्री लॉर्ड एमरी का बी.बी.सी. से बयान आया—"भारत में लोगों की गिरफ्तारी के अतिरिक्त और कोई चारा नहीं है, क्योंकि उन लोगों ने गांधी के नेतृत्व में बगावत का बिगुल बजाया।" लोग एकदम आजादी की लड़ाई में कूद पड़े।...रेल की पटरियाँ उखाड़ी जाने लगीं। सरकारी भवनों पर से यूनियन जैक हटाकर तिरंगा लहराया गया, लोगों में आजादी की ललक ऐसी जागी कि 'अभी नहीं तो कभी नहीं' की हद पार कर गई।

पूरी अराजकता फैल गई थी। रेल रोकी जाने लगीं, संचार माध्यम नष्ट किए जाने लगे, सरकारी संपत्तियों की लूट शुरू हो गई। पुलिस स्टेशनों पर कब्जा किया जाने लगा।

देश का हर बड़ा नेता तो गिरफ्तार कर लिया गया था। वह जनता को क्या कार्यक्रम देता? ऐसे में लॉर्ड एमरी का यह भाषण ही जनता का कार्यक्रम बना।

इस प्रकार इस पूरे उपन्यास की थीम 'सोशियो-पॉलिटिकल' है। शायद इतिहास भी उस बारीकी तक जाने में असमर्थ होगा, जिस बारीकी तक यह उपन्यास जाता है।

अगणित पात्रों, घटनाओं और संदर्भों का स्पर्श करते हुए इस उपन्यास का नायक जयनाथ तो 'भित्ति' में चला गया है और समय ही नायकत्व की भूमिका निभाता है। यद्यपि 'समय तो केवल साक्षी है', पर वही प्रधान हो गया है।

: एक :

यों तो गंगाराम का नवजात शिशु मर गया, पर पियारी ने उसे बचाने के लिए कुछ भी उठा नहीं रखा था। वह कई रात अस्पताल में जागती रही और जब वह मर गया तो कुमारी से गले लगकर फूट-फूटकर रोई थी। उसी अश्रुधारा में पियारी का पुराना इतिहास भी बह गया। अब वह कुमारी के लिए एक नई पियारी थी—नए संदर्भ में, नई जगह पर और नए पड़ोस में।

पहले तो माँ के कोठी चले जाने के बाद वह दिन-दिन भर वहाँ रह जाती, रात को सोने भर को आती थी; पर संयोग ऐसा हुआ कि शाम के धुँधलके में गंगाराम की स्त्री फिसलकर गिर गई। उसे चोट तो अधिक नहीं लगी, पर 'अंबा हर्दी चोट मुसब्बर' लगाने के बहाने जो वह वहाँ रुकी कि रात में भी रहने का उसके लिए द्वार खुल गया।

पियारी के लिए एक से दो घर हो गए। उधर सोमारू भी बनावटी घी के केस में जेल में डाल दिया गया। अब पियारी पहले की अपेक्षा अधिक पसर और फुदक सकती थी।

माँ इससे संतुष्ट थीं, क्योंकि वह उससे पिंड छुड़ाना ही चाहती थीं। इतना साथ रहने के बाद भी पियारी उनके मन में चिपक नहीं पाई थी। फिर भी, दुनिया यही जानती थी कि पियारी हमारे ही यहाँ रहती है। उसे खोजनेवाले लोग भी मेरे यहाँ ही आते थे, तब वह बगल से बुला ली जाती थी, क्योंकि रामनाथ के घर में बाहरी लोगों के कहीं बैठने की जगह नहीं थी। मेरे नीचे का दालान उन्हें अधिक उपयुक्त पड़ता था।

रामनाथ आजकल एक दैनिक में प्रेस का काम देखता था। गंगाराम भी वहीं कंपोजिंग सीखता था। उसी से मुझे देश-विदेश की खबरें मालूम हो जाती थीं। मेरी

सामाजिक जागरूकता को इससे बड़ी तृप्ति मिलती थी।

दिसंबर का महीना था। साँझ बहुत जल्दी अपना आँचल समेट लेती थी। पाँच बजते-बजते पीपा सरकारी बत्तियों में तेल भरने आ जाता था। आज दुकान के सामने की लालटेन पर सीढ़ी लगाते ही पीपा चिल्लाया, "अरे सावजी, आपने कुछ सुना?"

उसकी आवाज में ऐसा कुतूहल था कि सौदा बेचते-बेचते सुमेर चाचा एकदम ठिठक गया। उसके कान खड़े हुए।

पीपा ने बताया, "जापान ने हमला कर दिया है। उधर से जर्मनी चढ़ता चला आ रहा है। ...अब अंग्रेज स्साले की सिट्टी-पिट्टी गुम होगी।"

"अरे, हुआ करे। मुझे तो लगा कि तुम कोई विशेष खबर लाए हो। इस लड़ाई से हमें क्या लेना-देना?" चाचा बोला और अपने ग्राहक को सौदा देने में पूर्ववत् लग गया।

"क्यों नहीं लेना-देना है?" उसने लैंप जलाकर सीढ़ी कंधे पर रखते हुए कहा, "देखना, हर चीज का भाव आसमान छूने लगेगा और विदेशी चीजें तो मिलेंगी ही नहीं।"

"गांधीजी ने पहले से ही विदेशी सामानों का इस्तेमाल बंद करने का हुक्म दे दिया है।" यह आवाज दुकान पर बैठे और बीड़ी पीते हुए रमजान की थी।

"विदेशी सामानों का इस्तेमाल अगर बंद कर दोगे तो मिट्टी का तेल कैसे जलाओगे?" पीपा बोला।

"ओ हो, अब समझा। यह सारी महँगाई महज तुम्हारे तेल के लिए ही होगी।" चाचा बोला और उसकी हँसी में अपनी हँसी भी मिलाई।

"मेरे ही तेल के लिए नहीं, बल्कि देश के तेल के लिए है।" पीपा ने कहा, "...ऑर्डर आया है कि लालटेन की रोशनी मद्धिम रखी जाए।"

"तब तो तुम काफी तेल बचा लोगे?"

"नहीं भाई, अब तक जितना तेल मिलता था, अब उसका आधा ही मिलेगा।"

अब तक रामकिशुन भी आ गया था—"सुना है, सरकारी बिजली के बल्बों पर काला चोंगा भी पहनाया जाएगा।" उसने कहा और यह भी बताया कि यह सब हवाई हमले से बचाव के लिए किया जा रहा है, जिससे रात में यदि दुश्मन के हवाई जहाज आएँ तो वे धोखा खा जाएँ, उन्हें बस्ती और उजाड़ का भान न हो।

फिर रामकिशुन ने हवाई हमले और अंग्रेजों की स्थिति की विस्तृत चर्चा की। रोज के ग्राहक भी दुकान पर आते गए, बातों का सिलसिला जमने लगा—''लगता है, भारत को आजाद करने के सिवा अब अंग्रेजों के पास कोई अन्य चारा नहीं है।'' रमजान बोला।

''परिस्थिति तो ऐसी ही है।'' रामकिशुन ने कहा, ''पर वे कमीने इस 'सोने की चिड़िया' को ऐसे ही छोड़नेवाले नहीं हैं। इसके लिए तो हमें कुछ करना ही पड़ेगा।'' फिर उसने बताया कि ''हमारी मीटिंगें हो रही हैं। हो सकता है, आंदोलन और तेज हो जाए।''

''पर आप मीटिंग करके करेंगे क्या? आपको तो करना वही होगा, जो गांधीजी कहेंगे।''

''गांधीजी ने तो साफ कह दिया है कि हम नाजीवादी शासन और ब्रिटानी शासन में फर्क नहीं करते। और फिर बिना देशवासियों की राय लिये भारत को युद्ध में झोंकने के वे सख्त खिलाफ हैं।'' रामकिशुन बोला।

माहौल अंग्रेजी के प्रति घृणा से काफी बोझिल हो गया था। दुकान का वातावरण इतना गंभीर लगा कि जैसे अभी ही कुछ होने जा रहा है। मैंने गली के मोड़ पर देखा, गंगाराम इशारे से मुझे बुला रहा था।

''तुमने कुछ सुना?'' वह बोला।

मेरे मन ने जापानी आक्रमण से उसके प्रश्न का संबंध जोड़ना आरंभ किया। किंतु उसने स्वयं बताया, ''आज लाला को आखिर जेल जाना ही पड़ा।'' मेरा आश्चर्य प्रसन्नता में डूबता गया। वह बोलता रहा, ''आज 'काशी समाचार' का मुख्य समाचार यही है। लाला ने मजिस्ट्रेट के सामने आत्मसमर्पण किया और उसकी ओर से जमानत की अर्जी दी गई। पर दानिस के वकील ने इसका विरोध किया। बहस चलती रही कि कोर्ट उठ गई। लाला को लाचार होकर जेल जाना पड़ा।''

''दानिस के वकील ने विरोध किया!'' मुझे आश्चर्य था—''देखो, साँप और नेवले की लड़ाई का अंत कहाँ होता है!'' मैं बोला।

मुझे ज्ञान नहीं था, नहीं तो मैं पूछता कि पुलिस केस में दानिस को विरोध करने का क्या हक है? वास्तव में मैं काररवाई से बिलकुल अनभिज्ञ था।

''असलियत यह थी कि पुलिस केस के अतिरिक्त दानिस ने लाला पर पाँच

मुकदमे और दायर किए थे। उसके वकील का कहना है कि मामले बड़े संगीन हैं और लाला पैसेवाला बाअसर आदमी है। यदि उसे जमानत पर रिहा किया गया तो वह गवाहों को फोड़ लेगा।''

इतना सुनते ही मैं गंगाराम को छोड़कर एकदम उड़ चला और धड़धड़ाता हुआ सुमेर चाचा के घर के भीतर पहुँचा। उसकी दुकान पर बहस अब भी चल रही थी और चंपो कान लगाए सुन रही थी।

''अरे, तुमने एक खुशखबरी सुनी?'' मैंने प्रसन्नता में उसके दोनों कंधे पकड़कर झकझोर दिए।

उसने मुझे एकदम झटक दिया और चारों ओर शंकित नेत्रों से देखा। फिर बोली, ''तुम बड़े वैसे हो! यदि चाची देख लेतीं तो?''

''तो क्या होता?'' चंपो की परिस्थिति की गंभीरता को नकारते हुए मैंने उसे समाचार से अवगत कराया। उसकी कल्पना में भी नहीं था कि लाला कभी जेल जा सकता है। उसके चेहरे पर प्रसन्नता का सन्नाटा घिरने लगा।

इसके आगे कुछ बातें चलें कि चहकती हुई एक आवाज गेंद-सी उछलकर भीतर चली आई—''भाइयो, राम-राम!'' अरे, यह तो दानिस की आवाज है। मेरे आश्चर्य का पारा एकदम चढ़ गया। मैंने झुककर दुकान से देखा। दानिस हाथ जोड़े मुसकराता हुआ खड़ा था। टपकी (उन दिनों जलनेवाला एक प्रकार का लटकता लैंप) की रोशनी में उसकी मुसकराहट में विजय का उन्माद दिखाई दिया।

चंपो भी उसे देखती रह गई।

''आपको खबर तो मिल ही गई होगी?'' दानिस बोला।

पूरा माहौल प्रश्नवाची हो गया।

''लगता है, आप लोगों ने आज का अखबार नहीं पढ़ा।'' तब उसने लाला के जेल जाने की खबर और उस संदर्भ में अपने 'करतब' का विस्तार से वर्णन किया। कुछ रुककर उसने रामकिशुन से कहा, ''मुझे आपसे कुछ बातें करनी हैं।'' और उसे लेकर वह म्युनिसिपैलिटी के लैंप के नीचे चला गया।

मेरे मन में आ रहा था कि मैं दानिस से जाकर लिपट जाऊँ और उसे इस विजय पर बधाई दूँ; पर सुमेर चाचा उमड़ती धारा के बीच एक बड़े शिलाखंड की तरह था। मैं दानिस की वहाँ से हटने की प्रतीक्षा करने लगा।

ज्यों ही वह रामकिशुन के साथ मेरे घर की ओर चला, मैं तीर-सा उसके

पीछे छूटा और उसके निकट आकर बोला, ''यार, तुमने कमाल कर दिया!''

पर उसकी प्रसन्न मुद्रा में अंतर नहीं आया। मेरी बधाई सागर में एक नदी की तरह खो गई।

''चाची हैं?'' अब वह मेरे द्वार पर आ चुका था।

''नहीं। पर अब आती होंगी, समय हो गया है।'' मैंने कहा।

''किंतु घर में दीया तो जल रहा है?''

''हाँ, पियारी होगी।''

''तो उसी को बुलाओ, मुझे उसी से बातें करनी हैं।'' और नीचे के दालान में ही हम चारों की बैठकी जम गई।

बात का मुख्य विषय लाला की गिरफ्तारी था। दानिस का कहना है कि पुलिस लाला की जमानत का विरोध नहीं कर रही है। यह तो मेरे वकील ने जी-तोड़ बहस की। मजिस्ट्रेट आज इतनी दुविधा में पड़ा कि वह कोई निर्णय दे नहीं पाया।

''तो अभी उसकी जमानत की अर्जी खारिज नहीं हुई?'' रामकिशुन बोला।

''नहीं।''

लोगों के चेहरे पर छाई खुशियाँ मुरझाने लगीं। पर दानिस के उत्साह में कोई कमी नहीं थी।

''इसका मतलब है कि कल उसकी जमानत मंजूर भी हो सकती है?'' रामकिशुन ने कहा।

''हो सकता है।'' दानिस ने कहा तो जरूर, पर शीघ्र ही उसके उत्साह ने एक उफान और लिया—''पर होगा कैसे? स्साले को जेल की रोटी खिलाकर ही दम लूँगा।''

''जब पुलिस विरोध नहीं कर रही है तब तुम क्या कर सकते हो?'' रामकिशुन बोला और सिर पर हाथ रखकर कुछ सोचने लगा। ''देखना, लाला के आदमी लगे होंगे। वे मजिस्ट्रेट को भी किसी-न-किसी तरह मिला लेंगे।''

''पर ऐसा होगा नहीं।''

''क्यों नहीं हो सकता? पैसे से क्या नहीं हो सकता?'' रामकिशुन के इस कथन से दानिस को हलका-सा धक्का लगा। किंतु शीघ्र ही बच्चों के खेल के मतवाले की तरह वह धक्का खाकर भी ज्यों-का-त्यों पहले की तरह उठ बैठा—

"मैं फिनले से मिल चुका हूँ। उसने कहा है कि जस्टिस होगी। अब मजिस्ट्रेट की क्या मजाल है कि कलक्टर की इच्छा के विरुद्ध जाए!"

बातें रामकिशुन और दानिस के बीच हो रही थीं। मैं और पियारी तो मूक श्रोता थे और दानिस के व्यक्तित्व की उस नन्ही सी चिनगारी पर चकित थे, जो लाला के जंगल को भस्म करने के लिए बावली हो चुकी थी। क्या हिम्मत थी उसमें? जिसके सामने कोई खड़ा नहीं हो सकता था, हाकिम-हुक्काम जिसकी मुट्ठी में थे, उस लाला के खिलाफ उसने पाँच इस्तगासे दाखिल किए थे और उसका विश्वास था कि 'अगर' न्याय हुआ तो लाला जरूर जेल की हवा खाएगा।

किंतु यही 'अगर' वह बिंदु था, जहाँ उसका विश्वास थोड़ा काँप उठता था। इसीलिए कुछ करना चाहिए, उसने सोचा और उसके वकील ने भी राय दी—"मजिस्ट्रेट के सामने यदि प्रदर्शन करा सको तो अच्छा हो।"

"किस तरह का प्रदर्शन?" रामकिशुन ने पूछा, "हो सकता है कि प्रदर्शन से मजिस्ट्रेट और चिढ़ जाए।"

"हम मजिस्ट्रेट के खिलाफ प्रदर्शन करने को कहाँ कहते हैं? हमें तो न्याय के लिए प्रदर्शन करना है।" दानिस बोला। फिर अपनी योजना को उसने विस्तार से बताया कि ज्यादा नहीं, बीस-तीस आदमियों को कल सुबह दस बजे के करीब, हाकिम के आने के पहले ही, अदालत के सामने इकट्ठा हो जाना चाहिए। 'हम न्याय चाहते हैं' का शांतिपूर्वक नारा लगाना चाहिए और जोर देकर कहना चाहिए कि इन सफेदपोश मुलजिमों पर कोई रियायत न की जाए।

सारी बातें सुन लेने के बाद रामकिशुन एकदम गंभीर हो गया। उसे लगा कि आँख के मरीज के सामने धुएँ का पहाड़ खड़ा करने से क्या लाभ?

"आश्चर्य है कि तुम्हारे वकील ने भी यही राय दी है।" वह बोला, "उसे तो कानूनी लड़ाई लड़नी चाहिए थी। आखिर वह डायरेक्ट ऐक्शन पर क्यों उतर आया?"

"बात यह है कि जापान के युद्ध में कूद पड़ने से अंग्रेज काफी परेशान हो गए हैं। वे किसी भी वजह से हिंदुस्तानियों को नाराज करना नहीं चाहते हैं।" दानिस ने बताया, "हमारे वकील का कहना है कि इस प्रदर्शन से मजिस्ट्रेट पर नैतिक दबाव पड़ेगा कि यदि मुजरिम को जमानत पर रिहा किया जाता है तो जनता नाराज हो जाएगी। यों ही गांधीजी ने भारत को युद्ध में झोंकने का विरोध कर अंग्रेजों के खिलाफ पलीते में आग लगा दी है। बस, विस्फोट होने भर की देर है।"

बात कुछ समझ में आई। रामकिशुन ने पियारी की ओर देखा, जैसे पूछ रहा हो कि तुम्हारी क्या राय है?

"हमें एतराज नहीं है, पर हमें लाला का नाम नहीं लेना चाहिए।" पियारी बोली। ऐसा लगा कि वह नर-पिशाच की कुटिल चालों से काफी डरी हुई है।

"नाम लेने की जरूरत क्या है? रानी बहू तो कह रही थीं कि हमें मौन प्रदर्शन करना चाहिए।"

"तो क्या तुम रानी बहू के यहाँ भी गए थे?" चकित होते हुए पियारी बोली। उसके नेत्र विस्फारित हुए और इस तरह दानिस से चिपक गए, गोया वह किसी लँगड़े को पहाड़ की चोटी पर देख रही हो।

"हाँ, गया था। इसमें आश्चर्य क्या? क्योंकि मैं तो रानी बहू की नजरों में एक गिरा हुआ आदमी हूँ।" दानिस थोड़े आवेश में आया। उसकी आवाज तेज हुई, "मैं उन्हें बताने गया था कि जिस आदमी के कुचक्र ने मुझे गिरा हुआ आदमी साबित करने में कुछ भी नहीं उठा रखा था, वह आदमी खुद कितना गिरा हुआ है।"

"इसे वह खूब अच्छी तरह जानती हैं।" अचानक छूटी यह आवाज मेरी माँ की थी, जो अभी-अभी कोठी से आई थीं और तनतनाती हुई बगल से निकलकर सीढ़ियाँ चढ़ने लगी थीं। न तो उन्होंने किसी के अभिवादन का ठीक जवाब ही दिया और न किसी की ओर मुखातिब हुईं। उनके व्यवहार से साफ जाहिर था कि यह सब उन्हें पसंद नहीं है।

दानिस की आवाज ढीली पड़ी। वह माँ के रुख को पहले से पहचानता था। फिर भी उमड़ती धारा किसी बड़ी चट्टान के पड़ने से बहना थोड़े ही बंद कर देती है, भले ही वह रास्ता बदल दे। दानिस की बातों ने रास्ता बदल दिया था। अब उसने रानी बहू से हुई बातों का ब्योरा दिया। उसने कहा कि "लाला के काले कारनामे मैंने बताए और कहा कि एक समाज-सेविका के नाते आपका भी कुछ कर्तव्य है। आप ही सोचें, ऐसे लोगों को जब तक सजा नहीं मिलेगी तब तक समाज का कोढ़ कैसे दूर होगा?"

"तब रानी बहू ने क्या कहा?" पियारी बोली।

"पहले तो उन्होंने बड़ा आगा-पीछा सोचा, फिर प्रदर्शन का नेतृत्व करने के लिए तैयार हुईं। किंतु उन्होंने कहा—हमें अपनी गरिमा और शालीनता का ध्यान रखना चाहिए। हम लोग अदालत के सामने नारे नहीं लगाएँगे, बल्कि एक पंक्ति में

खड़े हो जाएँगे। हमारे हाथों में तख्तियाँ रहेंगी, जिन पर लिखा रहेगा कि 'हम न्याय चाहते हैं।' 'बच्चों और निरीह अबलाओं की जिंदगी से खिलवाड़ करनेवालों को दंड दो' ...आदि।"

अब हम लोगों का ध्यान बनियाइन के उन टूटे दफ्ती के डब्बों की ओर गया, जिन्हें दानिस बगल में दबाए था और बातों के दरमियान जमीन पर रख दिया था।

"इसीलिए इन डब्बों को बटोर लिया है?" रामकिशुन ने मुसकराते हुए पूछा।

"और क्या?" उसकी बाँछें खिल गईं—"और जानते हैं आप? इन्हें छोटे सरकार की होजरी से ही इकट्ठा किया है। जाकर बोला, रानी बहू ने भेजा है। दफ्ती के टूटे डब्बे हों तो दे दीजिए। किसकी मजाल थी जो न देता!"

"क्या छोटे सरकार वहाँ थे?"

"उस साले से होजरी-ओजरी से क्या मतलब? पुटयानी देकर वह कहीं ऐश कर रहा होगा या किसी अफसर को मक्खन लगा रहा होगा।" इतना कहते-कहते उसकी मुद्रा बदली। वह होंठ चबाते हुए बोला, "कमीने हम गरीबों की मेहनत पर रँगरेलियाँ करते हैं। होने दो स्वराज्य, सालों को मूँछें उखाड़कर यदि सड़कों पर नंगा न घुमाया गया तो मेरा नाम नहीं।"

"गजब के आदमी हो, भाई!" रामकिशुन के मुँह से निकल पड़ा, "तुम्हारी हिम्मत की मिसाल नहीं!"

जरा सी प्रशंसा पाते ही दानिस और खुला—"क्या समझते हो! मैं तो अखबार के दफ्तर में भी गया था। संपादक से मिला और मैंने साफ-साफ कह दिया था कि सच्चाई को जनता के सामने लाना आपका धर्म है। मुझे यकीन है कि आप लाला के मामले में अपने कर्तव्य का पालन अवश्य करेंगे।"

"फिर क्या बोले संपादक मुलगाँवकर?"

"मुसकराने लगे और बोले—आप विश्वास रखिए, ऐसा ही होगा।" दानिस ने कहा और पूछा, "आज शाम का अखबार आपने नहीं देखा? बड़े विस्तार से खबर छपी है।"

इसके बाद वह बहुत देर नहीं रुका। उसे कल की तैयारी करनी थी। कल सुबह आठ बजे तक जे.पी. मेहता स्कूल के फाटक पर पहुँचने का निमंत्रण देकर वह चला गया। फिर भी उसकी चर्चा चलती रही। सचमुच हमारी जानकारी में ऐसा

संघर्षशील व्यक्तित्व नहीं था। चट्टान की तरह अपने सिद्धांत पर अडिग। विषम परिस्थितियों की लहरें आती हैं और अपना सिर फोड़कर लौट जाती हैं।

दानिस चला गया। उसका व्यक्तित्व मेरे सामने बादल की तरह पसरने लगा था। उस बादल की तरह, जिसे लाला तथा उसके गुंडों ने निचोड़ डालने की कोशिश में कुछ भी उठा नहीं रखा था। उसे बदनाम किया गया, फँसाया गया; पर दानिस दानिस था। उसने अकेले ही उसकी बखिया उधेड़ दी, उसके पाप का भंडाफोड़ कर दिया। एक ओर लाला के दल का बल और दूसरी ओर अकेला दानिस। एक ओर भाड़े के टट्टुओं का गिरोह और दूसरी ओर महज एक जंगी घोड़ा।

□

दूसरे दिन मैं सुबह से ही परेशान था। माँ से पूछूँ तो कैसे पूछूँ? मैंने पियारी से कहा, पर वह भी बिल्ली के गले में घंटी बाँधने के लिए तैयार नहीं दिखी। लाचार, जब माँ कोठी जाने लगीं, मैं उनके सामने खड़ा हो गया।

"क्या बात है?" उनकी आँखों से एक बार चिनगारी फूटी और फिर बुझ गई। उन्होंने मुझे बड़े गौर से देखा, मैं कुछ बोलने की स्थिति में नहीं था।

उन्होंने सबकुछ समझ लिया और एक क्षण तक मौन खड़ी रहीं। लगा, जैसे वह परिस्थिति से समझौता कर रही हों।

"तुम जाना चाहते हो न? अच्छा, पियारी के साथ चले जाना।" फिर वह सीढ़ियाँ उतरने लगीं। अचानक रुकते हुए उन्होंने मुझे पुकारा, "देखो, बहुत इधर-उधर मत करना। रानी बहू के पास ही रहना। बस्ता लेकर जाना और काम खत्म होते ही स्कूल चले जाना।"

चलते-चलते उन्होंने संदूक में रखे ऐसे मौके के लिए पुराने खद्दर के कुरते और पाजामे को भी निकालने का संकेत किया।

मैं एकदम खिल उठा। मुझे लगा, माँ स्वयं यूनिफॉर्म पहनाकर मुझे विदा कर रही हैं।

जब हम लोग कचहरी में पहुँचे तो हमारे साथ मुश्किल से साठ-सत्तर आदमी रहे होंगे। यह भी कितनी कठिनाई से जुटाए गए थे, इसे तो दानिस ही बता सकता है। पर कचहरी के भीतर पहुँचते ही वहाँ के लोगों का एक हुजूम हमारे साथ हो गया। इनमें अधिकांश तमाशबीन ही थे। पूरी कचहरी में एक सनसनाहट-सी फैल गई।

कोई शोर नहीं, कोई नारेबाजी नहीं। आपसी बातचीत भी नहीं। चुपचाप मौन। दो-दो की पंक्ति में लोग बढ़े चले जा रहे थे। आगे-आगे रानी बहू तथा पियारी और उनके बीच में मैं। मेरे हाथ में बाँस की खपाची में लगी तख्ती, जिस पर लिखा था—'हमें न्याय चाहिए'। मेरे पीछे भी लोगों के हाथों में कई तख्तियाँ थीं, जिन पर भिन्न-भिन्न वाक्य लिखे थे।

इसके पहले शायद ही कचहरी में ऐसा मौन हंगामा गुजरा हो। हर व्यक्ति के लिए यह अजीब था, विलक्षण था।

दानिस का काम महज जुलूस को भीड़ से अलग करना था। आदमियों के जंगल में गुजरती आदमियों की दो शांत लकीरें आगे बढ़ती चली जा रही थीं। मजिस्ट्रेट के कमरे के सामने आकर हम होग चुपचाप खड़े हो गए। किंतु भीड़ का सब्र कब तक थमा रहता! अचानक पीछे से एक आवाज छूटी—'इनकलाब' और फिर गूँज उठा—'जिंदाबाद'।

"चुप रहिए, चुप रहिए। हमें एक भी नारा नहीं लगाना है।" दानिस चिल्लाया और भाग-दौड़ करके भीड़ का मुख धर दबाया।

यह नारा इतना तेज था कि गोरा मजिस्ट्रेट एकदम अदालत से बाहर आ गया। वह चाहता तो पुलिस को ऑर्डर देकर भीड़ को तितर-बितर करा सकता था, पर उसने ऐसा नहीं किया।

"टुम सब क्या चाहटा है?" साहबी रोब में वह मूँछें ऐंठते हुए गरजा।

वैसे ही शांत भाव से रानी बहू ने उत्तर दिया, "हम जो चाहते हैं, वह हमारी तख्तियों पर लिखा है।"

"तब चिल्लाटा क्यों है?"

"अनजाने में हो गई इस भूल के लिए हमें क्षमा कीजिए।" रानी बहू ने हाथ जोड़ते हुए अपना सिर झुका दिया। एक अजीब खामोशी उभर आई। रानी बहू के माध्यम से संपूर्ण भीड़ विनयावनत हो गई।

रानी बहू बोलती रहीं, "हमारा कार्यक्रम कोई भी नारा लगाना नहीं था और न तो हम आपको डिस्टर्ब करना चाहते हैं। अनजान में हममें से किसी के मुँह से इनकलाब निकल आया। हम उसके लिए फिर से माफी माँगते हैं।"

हमने देखा, रानी बहू ने बड़ी होशियारी से उस भीड़ को अपना ही अंग बना लिया।

"अच्छा, आप चुपचाप बैठ जाइए।" मजिस्ट्रेट बोला।

और सभी वहीं जमीन पर बैठ गए। कुछ लोग किनारे-किनारे भी खड़े थे।

तब तक शांति भंग की आशंका से पुलिस की एक टुकड़ी भी वहाँ पहुँच गई और सुरक्षा की दृष्टि से 'पोजीशन' लेकर खड़ी हो गई।

मजिस्ट्रेट बड़े गौर से तख्तियों पर लिखे वाक्य पढ़ता रहा और एक स्थान पर आकर वह एकदम ठिठक-सा गया—"इसका क्या मतलब है?" वह बोला। उसने एक विशेष तख्ती की ओर संकेत किया।

"सावधान, आततायी को सजा देने में कानून की पकड़ कहीं ढीली न पड़ जाए।" इतना लंबा वाक्य और तख्ती छोटी सी—अक्षर अपनी हैसियत से छोटे और बात अपनी हैसियत से बड़ी। मजिस्ट्रेट का समझ न पाना स्वाभाविक था। उसने फिर पूछा, "क्या मतलब है इसका?"

"आप पुनः पढ़ने की कृपा करें। बात खुद अपना मतलब बता देगी।" रानी बहू ने मुसकराते हुए निवेदन किया।

उसने एक बार फिर रानी बहू को देखा, मानो उसकी अफसरी भभक उठना चाहती हो, पर रानी बहू के शांत भाव के समक्ष वह चुप ही रह गया। उसने सिर खुजलाते हुए उस वाक्य को पुनः पढ़ा और बोला, "ओ, अब समझा।" उसके संदर्भ के जाल में वस्तुतः समझ की मछली फँस चुकी थी—"आप यकीन करेगा। कानून का पकड़ कभी ढीला नहीं होटा। कानून वह खुडा है, जिसकी निगाह में हर एक बराबर है। आप परेशान न हों, अपने घर जाओ।" अंग्रेजी उच्चारण में उसकी हिंदी बड़ी अच्छी लगी।

मजिस्ट्रेट अब अदालत की ओर घूमा और बुदबुदाता हुआ आगे बढ़ा—"अजीब बाट है, लोग कैसे समझता है कि हमारे यहाँ जस्टिस नहीं होगा!"

बैठी हुई भीड़ उठते ही विसर्जित होने लगी। दानिस ने सबके हाथों से तख्तियाँ इकट्ठी कर लीं और मुझे बुलाकर बोला, "हम इसे इक्के पर रखवा देते हैं। तुम घर लेते जाओ। शाम तक मैं आकर इसे ले लूँगा।"

"पर मैं तो स्कूल जाऊँगा।" मैंने बस्ता दिखाया।

"यदि एक दिन नहीं जाओगे तो क्या होगा?"

"माँ बिगड़ेंगी।"

दानिस कुछ भुनभुनाया। फिर उसने सारी तख्तियाँ पियारी को सौंप दीं और

अदालत में चला गया।

मैं रानी बहू के साथ था। पीछे पियारी थी। कुछ तख्तियाँ उसके हाथ में थीं और कुछ रामकिशुन के हाथ में। लोग बड़े कुतूहल से उन्हें देख रहे थे। एक कांस्टेबल ने तीखी दृष्टि पियारी पर डाली—"अरे, ई त वही पियरिया हौ रे! अब चिन्हात नाहीं हौ।"

"सुराजी हो गइल हौ न!" दूसरा बोला।

"हजार चूहा खाय के बिलाई बनल भक्तिन।" दोनों हँस पड़े।

निश्चित ही यह कोई और नहीं, पियारी का अतीत ही उसपर खिलखिला रहा था।

□

यह पहला अवसर था, जब रानी बहू खुलकर राजनीति में आई थीं। शायद पहली बार लोगों ने मोटर छोड़कर उन्हें इक्के पर चढ़ते देखा था। इसकी गंभीर प्रतिक्रिया हुई। जहाँ बनारस की जनता ने राजनीति के क्षितिज पर एक नए नक्षत्र का दर्शन किया, वहीं खुद उनकी प्रतिष्ठा का सिंधु आलोकित हो उठा था। छोटे सरकार ने तो आसमान सिर पर उठा लिया था। मैंने सुना कि उस दिन की घटना पर उसने रानी बहू को बहुत कुछ बुरा-भला कहा था; पर रानी बहू का शिव-सा व्यक्तित्व सारा गरल पी गया। किंतु वह झुकने की स्थिति में नहीं था।

जब माँ ने इस संदर्भ में उन्हें छेड़ा, वह बड़े शांत भाव से उबल पड़ीं, "जब सिर की छाया भगवान् ने ही छीन ली तब जीजी, इस संसार में मेरा रह ही क्या गया है? यदि मेरी वजह से लोगों की इज्जत पर बट्टा लगता है, तब क्यों नहीं मैं इस कोठी को ही छोड़ दूँ!"

माँ में यह साहस नहीं था कि वह पूछें कि आखिर आप छोड़कर कहाँ जाइएगा? फिर भी रानी बहू शांत भाव से भभकती रहीं—"क्यों नहीं मैं अनाथालय में ही चली जाऊँ? आखिर इतनी अनाथ स्त्रियाँ वहाँ रहती ही हैं। रह गए बच्चे? वे तो मर्यादित ही हैं। उन्हें तो इस कोठी की छाया मिलनी ही चाहिए और यदि नहीं भी मिलेगी तो भाग्य में जो लिखा होगा, वह होगा।"

माँ बता रही थीं कि रानी बहू को इतनी विद्रोही मनःस्थिति में मैंने कभी नहीं देखा था। वह एकदम कगार पर थीं, जरा सा पैर आगे बढ़ा कि उन्होंने स्वयं को राष्ट्रीय भावधारा में समर्पित किया। जहाँ से लौटना फिर असंभव होता।

उनकी इस मानसिक स्थिति से पूरी कोठी थर्रा उठी थी। उसी थरथराहट ने उनकी आवाज छीन ली थी, अब वह मौन हो गई थीं। छोटे सरकार अपनी जिंदगी जी रहे थे और रानी बहू अपनी। यों रानी बहू और छोटे सरकार में दूरी पहले से ही थी, पर अब उसका फासला बहुत बढ़ गया था। कोठी का वातावरण पहले से बहुत बोझिल हो गया था। छोटे सरकार की सारी प्रगल्भता सिमट गई थी। अब उनकी ऐयाशी कोठी की ड्योढ़ी नहीं लाँघती। अब उसके दिलफेंक दोस्तों की महफिलें बगीचे में ही जमती थीं। अब रानी बहू भी लोगों से बहुत कम बोलती थीं; किंतु माँ के सामने वह अपने मन का हर पृष्ठ खोल देती थीं।

उस दिन कचहरी से लौटते समय मैं अपने स्कूल के सामने उनके इक्के से उतर गया था। उन्होंने पूछा, "कहाँ जाओगे, बेटा?"

"स्कूल जाऊँगा।" मैंने अपना बस्ता दिखाकर कहा।

"पर अब तो बड़ी देर हो गई है।" वे बोलीं, "सुना है, मिडिल स्कूल के मास्टर देर होने पर बहुत मारते हैं।"

"तो मार खा लूँगा।" मैंने सिर नीचा किए हुए ही कहा।

मेरी यह बात उन्हें प्रभावित कर गई थी। मन का शीशा भी बड़ा अजीब होता है। कभी-कभी वह भावुकता की मामूली कंकड़ी से भी टूट जाता है और कभी-कभी गंभीर विचारों के हथौड़े भी बेकार साबित होते हैं।

शायद इसीलिए एक दिन बातों के सिलसिले में उन्होंने माँ से कहा, "जीजी, तुम्हारा जग्गू भी बड़ा होनहार लड़का है। भगवान् उसकी रक्षा करें।" फिर पता नहीं क्या वह सोचते हुए चुप हो गईं। लगा कि हजारों अपाहिज लड़के उनकी आँखों के सामने तैरने लगे। क्षण भर में ही उनकी मुद्रा बदली, "उसके दिल में एक चिनगारी है जीजी, जो निश्चित ही एक-न-एक दिन जरूर आग बन जाएगी।"

"पर इस आग से हमें क्या लेना-देना है? हम तो गरीब लोग हैं। हमें तो रोटी चाहिए। हम आजादी लेकर क्या करेंगे?" माँ के विचार से यह आजादी का नारा उनके लिए ही है, जिनका पेट भरा है। गरीब को तो 'फिकर' है पहले अपने पेट की।

माँ की बात से उस समय रानी बहू हँस पड़ी थीं—"तू क्या समझती है कि आजादी की लड़ाई और रोटी की लड़ाई अलग-अलग है! अरे पगली, आजादी के बाद रोटी की समस्या आप-से-आप हल हो जाएगी। आजाद हिंदुस्तान में न कोई

भूखा रहेगा और न नंगा। फिर, जग्गू ऐसे बच्चों का भविष्य ही तो इस देश का भविष्य है। हमारे-तुम्हारे लिए क्या है? कौन जाने हमारी जिंदगी में आजादी मिले या न मिले, पर ये बच्चे तो उसका फल भोगेंगे ही!''

आज सोचता हूँ, तो लगता है कि रानी बहू कितने भ्रम में थीं। यदि वह आज होतीं तो मरीचिका के पीछे दौड़नेवाली उन हरिणी से लिपटकर मैं पूछता कि क्या बात है कि आजादी की लड़ाई जीतने के बाद भी हम रोटी की लड़ाई हार गए; पर मैं तो उस समय की बात कर रहा हूँ।

हाँ तो रानी बहू ने मुझे बुलाया था, बड़े प्रेम से बुलाया था। पर कोठी में नहीं, अनाथालय में—और कहा, ''किसी दिन शाम को उसे अनाथालय में भेज देना। आजकल मैं रोज ही वहाँ जाती हूँ।''

''किंतु शाम को तो यहाँ से छुटकारा नहीं मिल सकता।''

''पर मैंने तुम्हें तो बुलाया नहीं है!'' वह हँसीं।

''क्यों?''

''क्योंकि तू तो महज रोटी की लड़ाई लड़ना जानती है।'' इस बार रानी बहू और जोर से हँसीं। माँ उन्हें देखती रह गईं। शायद वह उस हँसी को समझ नहीं पाईं। उन्होंने महज इतना समझा कि जग्गू काफी समझदार है। वह अकेला ही मेरे पास आ सकता है।

□

चार से कुछ अधिक ही हुआ होगा। जाड़े की संध्या थरथराहट में डूबने लगी थी। मैं अपना बस्ता लिये लहुराबीर की ओर बढ़ा चला जा रहा था। एक बिजली के खंभे के नीचे क्रिश्चियन लाइब्रेरी के सामने कुछ भीड़ दिखाई दी। समझा, कोई पादरी उपदेश कर रहा होगा, पर निकट आकर देखा तो मेरे अनुमान को धक्का लगा।

यह बनारस का उस समय का अद्‍भुत 'कैरेक्टर' था। नाम तो मैं तब भी नहीं जानता था और आज अब भी नहीं जानता हूँ। कुरते पर कुरता, कई कुरते एक साथ पहने, माथे पर टिकुली लगाए, अधपके बालों के बीच माँग कुछ सामान्य से अधिक गाढ़ी भरी हुई, दोनों हाथों में खनकती हुई बहुत सारी रंगीन चूड़ियाँ और दाहिने हाथ में एक मोटा सा रूल लिये हुए वह अर्धनारीश्वर-सा सबके आकर्षण का केंद्र था। उसकी वेशभूषा और चाल-ढाल से अधिक उसका अजीब व्यवहार

भीड़ जुटा लेता था। वह जहाँ खड़ा होता वहीं आला अफसरों को गालियाँ देने लगता था।

इस समय भी वह अंग्रेजों की फूहड़ आलोचना कर रहा था और कलक्टर तथा कोतवाल के लिए हजार-हजार गालियाँ निकाले जा रहा था। कभी-कभी उन गालियों की बौछार लाट साहब तक चली जाती थी। साथ ही, वह शहर की हाल की घटनाओं की चर्चा कर रहा था···"इन स्साले अंग्रेजों की अब हालत खराब है। कुछ ही दिनों के मेहमान हैं। लाला जगजीवन दास के मामले में कलक्टर की भी···फट गई। उसे जेल जाने से वह भी न रोक सका। स्साला बड़ी 'डलियाएँ' पहुँचाता था। सोचता था कि कलक्टर हमारा बाप है, जो चाहूँगा, करा लूँगा। पर मादर···को आखिर जेल हो ही गई। क्यों नहीं उसके बाप ने उसे रोक लिया? एक ओर गलत काम करोगे, औरतें बेचोगे, नादान बच्चों की जिंदगी से खिलवाड़ करोगे और अफसरों को 'डलिया, पहुँचाओगे। अरे कमीनो! तुम्हारे शरीर में कीड़े पड़ेंगे, कीड़े।" वह बोलता रहा।

मैं भी चुपचाप खड़ा होकर सुनने लगा। कितना विलक्षण था वह। सुराजियों को भी बुरा-भला कहता था—"···धोने का सहूर नहीं और चले हैं स्वराज्य लेने।" आखिर यह कौन है? इस तरह की विचित्र वेशभूषा में? चौराहे-चौराहे पर जो मन में आए, वह बकता हुआ। बनारस के हर व्यक्ति के लिए रहस्य। मेरे मस्तिष्क के संदूक में वह आज भी रहस्य के पुतले की तरह बंद है। एकांत में या किसी अनमने क्षणों में पुराने दस्तावेजों के देखने के लिए जब भी वह संदूक खोलता हूँ, वह पुतला जाग उठता है और आज भी अनर्गल प्रलाप करता दिखाई देता है।

उस समय भी मैं उस रहस्य को समझने की कोशिश कर रहा था। उसका आकर्षण मुझे खींचे लिये चला जा रहा था। मैं भीड़ में काफी धँस चुका था और करीब-करीब उसके निकट आ गया था कि किसी ने पीछे से मेरा कंधा झकझोरा और हाथ पकड़कर खींचते हुए बोला, "चलो, यहाँ क्यों खड़े हो?"

यह आवाज दानिस की थी। अरे, वह यहाँ कहाँ? जरूर कोई बात होगी! मैं बाहर निकल आया। वह मुझे लेकर भीड़ से आगे बढ़ा।

"देखो, इसकी भीड़ में मत खड़े होया करो।" दानिस ने कहा।

"क्यों?"

"यह सी.आई.डी. है।" उसने इतनी गंभीरता से कहा, जैसे बहुत बड़ा

रहस्य बता रहा हो।

"पर यह तो बुजुर्गों को भी गालियाँ दे रहा था?"

"इसलिए कि लोग इसकी असलियत जान न सकें।" उसने कहा, "इसीलिए देखते नहीं हो, कैसे विचित्र ढंग का वेश बनाए रहता है!"

दानिस पर विश्वास करने के अतिरिक्त मेरे पास कोई चारा नहीं था। बहुत से लोग उसे सी.आई.डी. ही समझते थे, पर मैं आज तक जान नहीं पाया कि वह कौन था?

मैं तो दीया लगते-लगते स्कूल से छूटता था, पर आज क्यों जल्दी चला आया। दानिस को आश्चर्य था। ...और फिर घर न जाकर लहुराबीर की ओर क्यों जा रहा हूँ? जब मैंने उसे सारी बातें बताईं और कहा कि रानी बहू ने मुझे अनाथालय में मिलने के लिए बुलाया है, तब उसकी बाँछें खिल गईं और मेरी पीठ पर हाथ ठोंकते हुए बोला, "बेटा, अब तुम भी रास्ते पर आ रहे हो।"

दानिस भी वहीं जा रहा था। एक ही जगह हम दोनों साथ ही अनाथालय पहुँचे।

जिस कमरे को दानिस ने रानी बहू का कमरा बताया था, वह वहाँ नहीं थीं। पता लगा कि किसी बच्चे को वह भीतर दवा लगा रही हैं। मैं पहली बार अनाथालय में आया था। उत्कंठा स्वाभाविक थी। दानिस को वहीं बैठा छोड़कर मैं झाँक-ताक करता हुआ गलियारे में आगे बढ़ा, पर सबका सब भिखारी की हथेली की तरह खाली था। कुछ कमरों में बिखरे सामान वहाँ किसी के रह चुकने का बोध करा रहे थे। कुछ और आगे बढ़ने पर बाईं ओर मुड़ते ही एक बड़ा कमरा दिखाई दिया, जिसे छोटा-मोटा हॉल भी कहा जा सकता है।

इसी में दस-पंद्रह बच्चे और लगभग इतनी ही स्त्रियाँ रानी बहू को घेरकर खड़ी थीं। बीच में एक बड़ी बोरसी में आग जल रही थी। मेरी उम्र के एक नंग-धड़ंग लड़के के शरीर पर रानी बहू अपने हाथ से गरम हलदी-चूना लगा रही थीं। देखने में लग रहा था जैसे लड़के को किसी ने खूब पीटा हो। पीठ पर बेंत की साटें उभर आई थीं। मुँह पूरा सूज गया था। फटे हुए होंठ से रक्त बह रहा था। वह रोता हुआ कुछ कहना चाह रहा था, पर बोल नहीं पा रहा था। महज सिसकन और रुलाई ही मेरे पल्ले पड़ रही थी। हाँ, इतना उसके मुख से अवश्य निकला—"यदि अब वह मुझे पा जाएगा तो जिंदा नहीं छोड़ेगा।"

“जरा भी डरो मत बेटा, अब वह तुम्हें नहीं पाएगा।” रानी बहू ने उसे आश्वस्त किया।

वह एकदम उनके पैरों पर गिर पड़ा। उसकी कातर दृष्टि एक बार फिर रानी बहू पर पड़ी, मानो वह उनसे पूछ रहा हो, ‘यदि वह खोजता हुआ यहाँ आ जाएगा तब क्या होगा?’

“कुछ नहीं होगा। घबराओ नहीं, अब तुम यहीं रहोगे।” ममता थी उनके स्वर में। उन्होंने उसे उठाकर अपने सीने से लगा लिया। एक क्षण के लिए शायद वह भूल गईं कि इसे हलदी-चूना लगा है। याद आते ही उन्होंने उसे दूर हटाया; पर उनकी शॉल पर उस बालक की पीड़ा की छाप उभर आई थी।

उन्होंने एक बार अपनी शॉल की ओर देखा, फिर उस बालक के घावों को देखती रह गईं।

“वह आदमी था या जानवर? नीच कहीं कहा!” उनके मुख से निकला, शेष शब्द वह चबाती रह गईं।

फिटकरी मिला गरम दूध पिलाकर, खूब अच्छी तरह कंबल ओढ़ाकर सुलाने का निर्देश दे वह वहाँ से उठीं। अब उन्होंने मुझे देखा।

“तुम कब से आए थे?” औपचारिक ढंग से मुझसे पूछकर वह अपने बाहरी कमरे की ओर बढ़ीं। निश्चित ही उनकी चिंतना उस बालक से उलझी थी, अन्यथा उनकी ममता मुझे इतनी जल्दी न छोड़ती।

मैं भी उनके पीछे-पीछे चला। कमरे में आते ही दानिस कुरसी पर से खड़ा हो गया और बिना किसी अभिवादन के रानी बहू का गुबार निकलने लगा— “आखिर क्या हो गया है आदमी को? लगता है, उसके स्वार्थ ने उसकी संवेदनशीलता को मार डाला है। यह इतना निर्मोही कैसे हो गया?” एक दार्शनिक की मुद्रा में वह बोलती रहीं और इसी क्रम में उन्होंने बताया कि जग्गू की उम्र से छोटा ही एक लड़का भागा हुआ आया है। वह कैंट स्टेशन के पास किसी होटल में काम करता था। पैसा देना तो दूर रहा, मालिक खाने को भी नहीं देता था और रात-दिन काम लेता था। भूख लगी थी तो उसने कुछ खा लिया। बस, इसी पर मालिक ने इतना मारा कि उसकी सारी देह सूज गई।

“इतना होने पर भी उसने खाने के लिए चोरी नहीं की।” पराजित व्यक्ति की जीवित नैतिकता की आभा उनकी आकृति पर खेलने लगी। “ग्राहक को

परोसते समय उसने एक रोटी टेबल के नीचे गिरा दी और मौका पाकर उसे उठाकर खाने लगा। बस, इतना सा अपराध और इतनी बड़ी सजा!''

पूरी कहानी सुनने के बाद दानिस उत्तेजित होने लगा। उसका बारूदी व्यक्तित्व जरा सी चिनगारी पाते ही विस्फोटक हो उठता था। उसने बड़ी उत्तेजना में कहा, ''उस होटलवाले को तो चलकर कल ही घेर लेना चाहिए और वहीं धरना देना चाहिए।''

''इससे क्या होगा? और किस-किसके खिलाफ धरना देते व प्रदर्शन करते फिरोगे? यहाँ तो कुएँ में ही भाँग पड़ी है। हमें तो सारी सामाजिक व्यवस्था बदलनी पड़ेगी और यह तभी होगा जब अपने देश में अपना राज हो।''

''राज बदलने से क्या आदमी बदल जाएगा?'' स्वराज्य को इस मर्ज की दवा समझनेवाला दानिस आज कैसी बातें कर रहा है? या तो वह रानी बहू को टटोल रहा था या उसकी दमित शंकाएँ स्वयं मुखरित हो रही थीं।

''आदमी बदलेगा नहीं, पर उसके बदलने का उपक्रम किया जा सकता है।'' रानी बहू बोलीं, ''स्वार्थ और लोभ की अधिकता आदमी को जानवर बना देती है। धन-लोलुपता की धरती ही शोषण की पौध को जन्म देती है।''

''मनुष्य की यह प्रवृत्ति तो स्वराज्य के बाद भी रहेगी।''

''प्रवृत्ति भले ही रहे, पर उसपर नियंत्रण तो राज्य करेगा।'' रानी बहू ने कहा, ''आजादी के बाद यह नहीं होगा कि देश के धन पर मुट्ठी भर लोगों का ही अधिकार हो। ऐसा नहीं होगा कि कोई खा-खाकर मरे, ऐयाशी करे और कोई एक रोटी के लिए भी मारा जाए।''

रानी बहू के कहने का ढंग ऐसा था कि मेरी आँखों के सामने सोल्यूशन लगाकर अपनी मूँछें ऐंठता हुआ छोटा सरकार आ गया। उसकी रँगरेलियाँ आ गईं और उन्हीं चित्रों के बीच से उभर आईं उस बालक की पीठ पर बनी फूली-फूली लकीरें, बेंत की साट और खींचकर मारे गए थप्पड़ से सूजा हुआ गाल।

अजीब थे ये दृश्य। एक दूसरे के पेट पर मार रहा था, दूसरा अपने पेट द्वारा ही मारा जा रहा था। एक की विलासिता वैभव के विशाल भवन पर खड़ी मूँछें ऐंठ रही थी और दूसरा उसी भवन की नींव में पड़ा चीख रहा था।

दानिस और रानी बहू में बातों का सिलसिला अब भी जारी था, पर मैं कुछ अधिक समझ नहीं रहा था। मैं भावना में बहा जा रहा था। मेरी विचार-सरणी तो

उस समय टूटी जब दानिस ने पूछा, "आखिर उस लड़के को यहाँ ले कौन आया?"

"उसका तो कहना है, वह विद्यापीठ के मैदान में बैठकर रो रहा था। वहाँ उसे एक लँगड़ा आदमी मिला, वही यहाँ तक ले आया।" रानी बहू ने बताया कि "उस लँगड़े ने लड़के से यह भी कहा कि इस घर में चले जाओ। सारा दुःख दूर हो जाएगा। कभी बाहर मत निकलना, नहीं तो फिर पकड़ लिये जाओगे। इतना कहकर वह लँगड़ा सामने के बगीचे में चला गया।"

मुझे लगा कि वही लँगड़ा मृत्युंजय के हनुमान मंदिर में लाला के पीछे खड़ा है और उसकी विद्रूप हँसी मुझसे कह रही है—'इस कमीने के चक्कर में मत पड़ना, वरना यह चबा जाएगा।'

धीरे-धीरे आवेश सम पर आया। अब वह मेरी ओर मुखातिब हुईं—"स्कूल से सीधे चले आए?"

मैंने मुसकराते हुए सिर हिलाकर स्वीकार किया।

"तब तो भूख लगी होगी!" उन्होंने कहा और टेबल पर रखी घंटी बजाई। यह घंटी आज जैसी 'कॉलबेल' नहीं थी, वरन् पूजा की घंटी थी। उसको बजाते ही एक नौकरानी कमरे में दाखिल हुई।

"जरा भंडार में जाकर देखो, जलपान के लिए कुछ है?" रानी बहू ने कहा।

पलक झपते ही वह लौटकर आई और बड़े संकोच के साथ सूचित किया—"और कुछ तो नहीं है। हाँ, रमदेई के गाँव से आई ढूँढ़ी जरूर है।"

"तो उसी को ले आओ।"

ढूँढ़ी के टुकड़ों से भरी एक छोटी सी थाली आ गई। और शीघ्र ही तीन गिलासों में पानी भी।

"हाँ, लो बेटा।" उन्होंने थाली को मेरी ओर बढ़ाया और स्वयं एक टुकड़ा उठाकर खाने लगीं।

मैं तो उनका मुँह देखता रह गया। क्या यह वही कोठी की रानी बहू हैं, जो मेवे और पकवानों की ओर ताकती तक नहीं हैं? और जिनके जलपान में राम भंडार की गंगाजल से बनी मिठाइयाँ रखी जाती हैं। उनमें भी वह दो-एक को छोड़ ही देती हैं।

अब मुझे लगता है, कृष्ण ने सुदामा के तंदुल जरूर बड़े चाव से खाए होंगे। मास्टर ने मुझे गलत नहीं पढ़ाया है।

मैं ढूँढ़ी तो कम खाता रहा और रानी बहू का मुँह अधिक देखता रहा। एक बार उन्होंने टोका भी, "क्या देखते हो? खाओ, हिंदुस्तान की असली मिठाई यही है।"

मेरा हाथ एक टुकड़ा उठाने के लिए आगे बढ़ा ही था कि उन्होंने दूसरा टुकड़ा उठाकर मुँह में डाल लिया और हँसते हुए बोलीं, "खाने में जिसने संकोच किया, वह इस देश में भूखा ही रह जाएगा।" उनकी हँसी के साथ ही हमारी भी हँसियाँ शामिल हो गईं।

स्पष्ट लगा कि रानी बहू से दूर चला जानेवाला दानिस अब लौट आया है। उसके माथे पर लाला द्वारा लगाया गया कलंक का टीका अब मिट चला है। अब वह इतना निकट चला आया है कि एक ही थाली में बैठकर खा रहा है।

हिंदू और मुसलमान एक ही थाली में? यह भारत का स्वप्न है या यथार्थ? मेरा भावुक मन पुनः सोचने लगा। मेरे मानस में तो दो रानी बहू थीं। एक कोठी की रानी बहू और दूसरी अनाथालय की। सचमुच, यदि वह दो हैं तो इसमें असली कौन है और नकली कौन?

इसी बीच दरबान ने सूचना दी कि एक आदमी रानी बहू से मिलना चाहता है।

"अभी थोड़ी देर उसे रोको। उसका नाम और काम पूछो।" रानी बहू ने कहा।

"मैंने पूछा था, उसने कहा कि मैं मिलना चाहता हूँ। नाम और काम उन्हीं को बताऊँगा, क्योंकि वह मुझे जानती नहीं हैं।"

"अच्छा, जाओ, मैं अभी बुलवाती हूँ।"

दरबान चला गया। जल्दी-जल्दी हम लोगों ने ढूँढ़ी खत्म कर डाली। रानी बहू ने वही पूजा की घंटी फिर बजाई और वही नौकरानी भी दौड़ी हुई आई।

"यह सब यहाँ से हटाओ। टेबल साफ करो।" थाली और गिलास की ओर संकेत करते हुए उन्होंने कहा, "और दरबान से कहो कि उस आदमी को भेज दे।"

पल भर में ही एक लंबा-तगड़ा व्यक्ति धोती-कुरता पहने कमरे में दाखिल हुआ। रानी बहू ने एक दृष्टि उसपर डाली, जैसे सबकुछ समझ लिया हो—"आप कैंट के सामने के होटल के मालिक तो नहीं हैं?"

"जी हाँ।" वह व्यक्ति सकपकाया। कैसे उन्होंने पहचान लिया?

''बैठिए।'' रानी बहू ने सामने की कुरसी की ओर संकेत किया, ''कहिए, कैसे आपने तकलीफ की?''

''मेरे यहाँ से एक लड़का भागकर आपके यहाँ आया है।'' उसने कहा, ''वह मेरे यहाँ का नौकर है।''

''रहा होगा आपके यहाँ का नौकर।'' रानी बहू का स्वर अप्रत्याशित रूप से शांत था। आगंतुक की मानसिकता इतनी शांति का सामना करने की नहीं थी। वह थोड़ा असंतुलित हुआ, ''वह मेरे यहाँ से चोरी करके भागा है।''

''भागा होगा चोरी करके।'' उनकी आवाज में पहले जैसी ही शांति थी।

''मैं उससे मिलना चाहता हूँ।''

''हाँ, चोर से मिलना तो जरूरी होगा ही।'' एकदम गुरु-गंभीर रानी बहू ने पुनः पूछा, ''वह चोरी करके आया है या आपने उसे कुछ दिया है, वह उसे लेकर भागा है?''

वह व्यक्ति कुछ बोल नहीं पाया।

''लगता है, आपने उसे कुछ दिया है और वह उसे लेकर भाग आया।''

पकड़े गए चोर की तरह वह सिर नीचा किए ही बोल पड़ा, ''हाँ, बात कुछ ऐसी ही है। बड़ी कृपा होती, यदि आप मुझे उससे मिला देतीं।''

''अवश्य मिलिए। यदि वह आपकी कोई वस्तु लाया है तो वह आपको मिलनी ही चाहिए।'' इतना कहकर उन्होंने पूजा की घंटी बजाई और दाई को उस बच्चे को लाने का आदेश देकर वह एकदम मौन हो गईं।

इस बीच दानिस ने कई बार उस व्यक्ति को घूरकर देखा। ऐसा लगा कि वह उसे कच्चा चबा जाएगा, पर रानी बहू की शांत मुद्रा ने उसके हाथ-पैर जैसे बाँध दिए।

कंबल से लिपटा वह लड़का लाया गया। यद्यपि उससे चला नहीं जा रहा था। अपने मालिक को देखते ही वह चिंघाड़ मारकर रो पड़ा, मानो वह अप्रत्याशित मौत के सामने लाकर खड़ा कर दिया गया हो।

''चुप हो जाओ, रोने की कोई जरूरत नहीं है। यह तुम्हें ले नहीं जा सकते।''

रानी बहू के स्वर में अधिकार की इतनी गंभीरता थी कि वह होटल का मालिक उन्हें देखता रह गया। उसके मुख से यह भी नहीं निकला कि मैं क्यों नहीं

ले जा सकता? फिर भी लड़का रोता रहा।

"मैंने तुमसे कहा न कि डरो मत। चुप हो जाओ।" रानी बहू ने लड़के को फिर चुप कराया, "इनका कहना है कि इन्होंने तुम्हें कुछ दिया है और तुम उसे लेकर भाग आए हो।"

लड़का चकित-सा उन्हें देखता रह गया।

"बोलते क्यों नहीं? चुप क्यों हो?"

लड़का अब भी मौन था।

"पर लाए तो जरूर हो, मुझे मालूम है।" एक रहस्यमयी मुसकराहट उनके अधरों पर उभरी—"पर जो तुम लाए हो, उसे क्या लौटा सकते हो?"

सब चुप थे। बालक का चेहरा भय से काला पड़ता जा रहा था। तभी एक कड़कती आवाज बड़े नाटकीय ढंग से रानी बहू से छूटी—"इसका कंबल हटाओ और जो यह ले आया है, उसे इसके मालिक को लौटा दो।"

कंबल हटा दिया गया। पीपल के पत्ते-सा बालक काँपता रहा। उसके तन पर पड़ी मार के निशान की ओर संकेत करते हुए रानी बहू ने कहा—"यही यह तुम्हारे यहाँ से ले आया है। क्या यह तुम्हें लौटाया जा सकता है?"

"जरूर लौटाया जा सकता है।" दानिस एकदम बाँहें चढ़ाता हुआ खड़ा हो गया—"इस स्साले को जब इसी तरह पटककर मारा जाएगा तब यह समझेगा कि दर्द कैसा होता है!"

दानिस इतने आवेश में था कि यदि रानी बहू ने बैठ जाने का संकेत न किया होता तो वह दो-चार हाथ तो जरूर देता, किंतु नम हुई आतिशबाजी की तरह वह मात्र फुरफुराकर रह गया।

उस बच्चे को कंबल ओढ़ाकर रानी बहू ने भीतर भेज दिया और बड़ी बेरुखाई से उस होटलवाले से बोलीं, "आप आदमी हैं, जानवर बनने की कोशिश मत किया कीजिए।" फिर आज का अखबार देखने लगीं।

इस उपेक्षा का मतलब ही था—अब आप यहाँ से चलते बनिए। फिर भी वह होटलवाला बैठा ही रहा और उस मौन के घुटन भरे घूँट पीता रहा। जिस ताव से वह आया था, वह एकदम बुझ चुका था। फिर भी पता नहीं कैसे वह सारा साहस बटोरकर बोला, "अच्छा, अब उस लड़के को लौटा दीजिए। अब मैं ऐसी गलती नहीं करूँगा।"

''यह तो नहीं हो सकता।'' रानी बहू ने वैसे ही धीर-गंभीर स्वर में कहा, ''अब वह तो तुम्हारे यहाँ नहीं जा सकता।''

''खैर...'' वह दबी जबान में बोलता रहा, ''पर नियमत: तो उसे मेरे यहाँ जाना ही चाहिए।'' उसने धीरे-धीरे बताया कि ''उस लड़के का बाप स्थानीय मवैया गाँव का रहनेवाला है। उसने अपनी माँ के मरने पर दो सौ रुपए उधार लिये थे। उसी के ब्याज के एवज में लड़के को मेरे यहाँ रख गया है। जब वह रुपया लौटाएगा तब अपना लड़का ले जाएगा।''

रानी बहू सन्न रह गईं। उनकी खामोशी मानो सोचती रही—'क्या आदमी के बच्चे को भी बंधक रखा जा सकता है?'

दानिस चुप था—बंद ज्वालामुखी की तरह। इसी बीच लैंप जलाकर दाई किनारे के ताख पर धर गई।

''आपको कैसे मालूम हुआ कि वह लड़का मेरे यहाँ है?'' रानी बहू ने बातों का नया क्रम आरंभ किया।

''मुझे नरेंद्र बहादुर ने बताया।''

''कौन नरेंद्र बहादुर?''

''यहीं सामनेवाले बगीचे में रहते हैं।''

मन ने क्षण भर में सोच लिया, वही लाला जगजीवन दास का नौकर नरेंद्र बहादुर। दानिस की मूक सक्रियता से रहा नहीं गया, वह बोल ही उठा, ''लाला तो जेल की हवा खा रहे हैं।''

होटलवाले ने दानिस की ओर गौर से देखा, पर कुछ कहा नहीं।

''पर जबानी कहने से कुछ नहीं होगा।'' रानी बहू ने बातों के छूटते सिलसिले को पुन: पकड़ा, ''क्या प्रमाण है कि इसके पिता ने रुपया लिया था?''

''मैं लिखा कागज दिखा सकता हूँ।''

''तब आप इसी समय उस कागज को लेकर पधारें।''

वह व्यक्ति चला गया। दानिस को देखती हुई रानी बहू भभक पड़ीं, ''क्या हो गया इस देश को? विश्वास नहीं होता दानिस, कि यह देश बुद्ध और गांधी का है, राम और कृष्ण का है। जहाँ आदमी इतना स्वार्थी और खुदगर्ज हो गया है। वह खूँखार जानवरों से भी बदतर है।''

यों संदर्भ ही ऐसा छिड़ गया था कि रानी बहू ने मेरी ओर बहुत ध्यान नहीं

दिया। फिर भी वह मेरी उपस्थिति से प्रसन्न थीं। वह चाहती तो थीं लौटते समय वह मुझे अपने इक्के पर ही बैठा लें, पर उन्हें अभी देर थी। वह मुझे अकेला छोड़ते हुए भी डर रही थीं। उन्होंने कहा, "बेटा, आज तो तुमसे कोई बात न हो सकी। पर अब तुम सीधे घर चले जाओ।"

मैं चल पड़ा।

"नहीं, रुको।" उन्होंने एक आना देते हुए दानिस को सहेजा कि "इसे किसी विश्वस्त इक्के पर बैठा दो। मैदागिन उतरकर सीधे घर चला जाएगा। इसकी माँ आ गई होगी, बेचारी घबरा रही होगी।"

वह मुझे समझाते हुए बाहर तक आईं, "देखो बेटा, पढ़ना सबसे जरूरी है। खूब अच्छी तरह पढ़ो, अच्छे से पास हो। तुम्हारे जीवन का यही लक्ष्य होना चाहिए। यदि इस समय मिले तो कभी-कभी यहाँ भी चले आना। लेकिन सावधान रहना।"

वह इतना सचेत करती जा रही थीं कि लग रहा था, मुझे आदमियों के खूँखार जंगल से गुजरना है।

☐

दूसरे दिन का हाल मुझे दानिस से मालूम हुआ।

वह होटलवाला कागज लेकर आया था और सचमुच उसमें वही बात लिखी थी, जिसकी चर्चा उसने की थी। फिर भी रानी बहू को विश्वास नहीं हुआ। उन्होंने कागज पढ़ लेने के बाद उस लड़के के बाप का नाम, गाँव, पता आदि नोट किया और बोलीं, "आप दो-चार दिन और रुकें।"

"इसमें रुकने की क्या बात है?" आज उसकी आवाज में ऐंठन थी, "इस बीच मेरे काम का जो हरजा होगा, उसे कौन देगा?"

उस दिन होटलवाला तैयारी से आया था। अनाथालय के बाहर भी उसके कुछ आदमी टहल रहे थे। सोचा, हड़काकर काम निकाल लूँगा; पर उसे क्या मालूम था कि सौम्यता की इस मूर्ति के भीतर एक कराला काली भी निवास करती है। उसकी बातें सुनते ही उन्होंने कागज मोड़-माड़कर बाहर फेंक दिया और एकदम बरस पड़ीं, "लो जाओ अपना कागज-पत्तर। तुम्हारे काम का मैंने ठेका थोड़े ही लिया है। चले जाओ यहाँ से, अब वह लड़का तुम्हें वापस नहीं मिलेगा।"

वह वहाँ से उठा और 'कागज-पत्तर' बटोरकर रानी बहू को घूरता हुआ

चला गया।

सुना, उसी दिन उसने पुलिस में रिपोर्ट लिखाई कि लालू नाम का एक लड़का, जो मेरे यहाँ काम करता था, गल्ले से पंचानबे रुपए पौने तीन आना लेकर भागा है और वह अनाथालय में छिपा हुआ है।

दूसरे दिन अनाथालय के मैनेजर रामकिशोर को खोजती हुई पुलिस अनाथालय आ धमकी, पर रामकिशोर तो इधर महीनों से छुट्टी लेकर गाँव गया था। रानी बहू ही दो-एक दिनों पर आ जाती थीं और लिखा-पढ़ी का काम खुद देख लेती थीं।

किंतु इस पुलिस रिपोर्ट की सूचना उन्हें तुरंत दी गई।

मध्याह्न था। वसंत की तेज धूप अब काटने दौड़ती थी। जलपान की छुट्टी के बाद अब पाँचवाँ घंटा खुले मैदान में नहीं लगता था। मास्टर बद्री प्रसाद अब नीम की छाया में ही भूगोल पढ़ा रहे थे कि चपरासी ने आकर मेरे लिए सूचना दी कि हेडमास्टर के कमरे में बुलाहट है। उसकी मामी आई हैं।

मेरी मामी? मैं कुछ समझ नहीं पाया। दौड़ता हुआ जब हेडमास्टर के कमरे में पहुँचा तो रानी बहू को देखकर चकित रह गया।

वह मुझे देखते ही कमरे से निकल आईं।

''तुम्हारा बस्ता कहाँ है?'' वह बोलीं।

''मैं तो उसे कक्षा में ही छोड़ आया।''

''उसे ले लो और मेरे साथ चलो।'' मैं समझ गया कि उन्होंने मेरे लिए हेडमास्टर साहब से अनुमति ले ली है।

जब मैं बस्ता लेकर आया, उन्होंने तुरंत पूछा, ''तुम रामकिशुन और दानिस का घर तो जानते ही होगे?'' उनकी आवाज में व्यग्रता से अधिक शीघ्रता थी।

मैंने स्वीकारात्मक ढंग से उत्तर दिया।

''तब उनसे जाकर अभी कहो कि मैंने अनाथालय में तुरंत बुलाया है।''

''और यदि उनमें से कोई न मिला तो?''

''तब तुम पियारी को ही भेज देना।'' फिर वह मौन हो कुछ सोचने लगीं— ''यदि पियारी भी न मिली तब क्या करोगे?''

मैं चुपचाप उनका मुँह देखता रह गया।

''तब तुम मत आना। किसी भी हालत में मत आना। अच्छा, जाओ।''

हम दोनों साथ ही स्कूल से बाहर निकले। वह बुदबुदाती रहीं—''अजीब

मुसीबत है, रामकिशुन जो गया, सो गया। आज तक गोरा-काला भी नहीं हुआ।''

मैं घर की ओर चला जा रहा था। बड़ा प्रसन्न था मन-ही-मन। सोचने लगा कि रानी बहू कितनी मानती हैं मुझे। वह किसी नौकर से बुलवा सकती थीं। फिर स्कूल में आईं भी तो हेडमास्टर से कहा कि मैं उसकी मामी हूँ। साफ-सुथरी धुली हुई खादी सिल्क की साड़ी में उनका गौर वर्ण कितना आकर्षक लगा होगा हेडमास्टर साहब को। उनके आभिजात्य व्यक्तित्व का ही प्रभाव था कि उन्होंने चलते समय उन्हें अपनी कुरसी से उठकर विदाई दी। ऐसी महिला मेरी मामी? क्या सोचा होगा हेडमास्टर साहब ने मेरे संबंध में?

मेरी माँ तो कभी स्कूल आई नहीं हैं। उस बेचारी को समय ही कहाँ है और फिर महिलाएँ उन दिनों लड़कों के स्कूल में नहीं आती थीं। या तो छोटी जातियों की महिलाएँ आती थीं या प्रगतिशील नेत्री।

एक विपन्न के लिए संपन्नता का स्वप्न ही कितना मोहक होता है और मैं तो स्वप्नों के नहीं वरन् यथार्थ के अति निकट था, राजा की गोद गए भिखारी के पुत्र की तरह। भले ही मैं दत्तक पुत्र न होऊँ, पर दत्तक भानजा तो था ही। प्रसन्नता और उत्साह में मेरे पग धरती पर नहीं थे। यों मैं दौड़ नहीं रहा था, पर गति बड़ी तेज थी।

अपने में ही खोया चला जा रहा था कि लोहटिया के कुछ आगे बढ़ने पर मुझे सुनाई पड़ा—''क्यों रे जग्गू! आज स्कूल से भाग चला है क्या?''

मैंने मुड़कर देखा, साइकिल से रामकिशुन चला जा रहा था। क्या संयोग था! जिससे न मिलने की संभावना थी, वह रास्ते में ही मिल गया। मैंने उसे रोका और रानी बहू का संदेशा सुनाया। वह अनाथालय के लिए रवाना तो हुआ, पर इस बुलाहट का कारण जानने की उसकी इच्छा का समाधान मैं कर न सका।

''मुझे दानिस से भी संदेशा कहना है।'' उसके चलते हुए मैं बोला।

''अभी-अभी तो वह मेरे साथ ही था। वह गोदौलिया की ओर गया है। शायद गांगुली के यहाँ मिले।'' उसने कहा और साइकिल पर सवार होने लगा।

उन दिनों बनारस में रमागति गांगुली नाम के एक सज्जन थे, जो बड़े क्रांतिकारी थे और सुभाष बाबू से उनका निकट का संबंध था। दानिस बहुधा उनके यहाँ जाता था। वे गोदौलिया के पास ही कहीं रहते थे, पर मैं उनका घर नहीं जानता था।

मन में कहा कि अब दानिस को छोड़ो। रामकिशुन चाचा तो जा ही रहे हैं।

मैंने उनकी साइकिल रुकवाई और कहा, ''आप मुझे भी बैठा लीजिए। स्कूल के सामने उतार दीजिएगा।''

''तो तुम फिर स्कूल चलना चाहते हो? लगता है, आजकल पढ़ाई पर काफी जोर दे रहे हो।'' तेजी से पैडल मारते हुए रामकिशुन बोला।

''पढ़ना ही मेरे लिए सबसे जरूरी है।'' मैंने कहा, ''मामीजी ने कहा है कि खूब अच्छी तरह पढ़ो और अच्छे से पास हो।''

''मामीजी ने? किस मामीजी ने?'' जैसे उसे विश्वास ही न हो कि मेरी कोई मामीजी भी हैं।

''रानी बहू ने।'' मैंने स्पष्ट किया।

''वह तुम्हारी मामी हैं? ...ओ...हो...हो... !'' वह इतनी जोर से हँसा कि क्या बताऊँ।

□

दानिस का विचार था कि जब होटलवाला कागज लाया था, तभी उसे फाड़कर फेंक देना चाहिए था। न रहता बाँस और न बजती बाँसुरी। साला क्या करता? चिल्ल-पों करके चुप हो जाता। जड़ तो खत्म हो जाती, जिस पर आज इतना वितंडा खड़ा हुआ है।

किंतु रानी बहू इस मत की नहीं थीं—''कागज फाड़ने का मतलब है विश्वासघात करना और विश्वासघात सबसे बड़ा पाप है।''

''लेकिन पापी को परास्त करने के लिए यदि पाप भी करना पड़े तो करना चाहिए।'' दानिस का तर्क था।

''पाप से पाप समाप्त नहीं किया जा सकता। मैल से मैल नहीं धोई जा सकती।'' रानी बहू का कहना था, ''साधन की अपवित्रता साध्य को भी अपवित्र कर देती है।''

दानिस चुप ही रह गया। वह समझता था कि रानी बहू के दिमाग पर गांधीजी का भूत सवार है; पर इस भूत से हिंदुस्तान का कुछ होनेवाला नहीं है।

खैर, निश्चय यह हुआ कि उस बच्चे की डॉक्टरी करा ली जाए और उसकी ओर से पुलिस में एक रिपोर्ट लिखाई जाए। उधर उसके बाप को भी गाँव से बुलाया जाए।

वह शाम तो मुझे आज तक नहीं भूली है।

मैं स्कूल से सीधे उधर चला आया था। मुझे किसी ने बुलाया नहीं था, पर पता चल गया था कि आज वह आने वाला है। वासंती संध्या अनाथालय के लॉन में खिले गुलाबों पर मुसकरा रही थी।

एक व्यक्ति तार-तार हुई धोती पहने और भेड़ के पुराने कंबल से स्वयं को लपेटे कमरे में आया। एक उदास-सुनसान पड़ी किसी सूखी घाटी में आप-से-आप जम आई घासों के जंगल की तरह उसकी झुर्रियों पर उगी खिचड़ी दाढ़ी से स्पष्ट लगा कि भरी जवानी में ही उसे बुढ़ापे ने धर दबोचा है।

दरबान उसे पहुँचाकर चला गया। वह दरवाजे पर चुपचाप खड़ा रहा।

"तुम्हारा ही नाम दसमी है?"

उसने सिर हिलाकर स्वीकार किया।

"तुम्हीं लालू के बाप हो?"

उसकी प्रतिक्रिया पूर्ववत् रही।

"आओ! बैठ जाओ।"

वह बड़े संकोचपूर्वक जमीन पर बैठने लगा।

"जमीन पर नहीं, कुरसी पर बैठो।" पर वह खड़ा ही रहा। उसकी आकृति प्रतिक्रिया-शून्य थी। दृष्टि ऐसी सूखी-सूखी-सी, जैसे आँखों की घाटी ने बहुत दिनों से बादल देखा ही नहीं।

"संकोच मत करो, बैठो। मुझे तुमसे कुछ जानकारी हासिल करनी है।"

फिर भी वह कुरसी पर नहीं बैठा। दाएँ-बाएँ देखता रहा, मानो वह कुरसी का विकल्प खोज रहा हो और वह उसे मिल भी गया। सामने की ओर ही पीछे पड़ी बेंच पर वह दुबककर बैठ गया।

"तुमने उस होटलवाले रामलाल से कुछ रुपए उधार लिये हैं?"

"हाँ, सरकार।" और फिर बिना किसी संदर्भ के गिड़गिड़ाते हुए वह बोल पड़ा, "सरकार, हमरे लड़िकवा के दे देईं।"

रानी बहू हँस पड़ीं, "मैंने तुम्हारे लड़के को कैद थोड़े ही किया है। वह तो तुम्हारा ही है।"

"तब ओके लौटा देईं सरकार, नाहीं त रामलाल बाबू हमार जान मार डलिहैं।"

"तो क्या तुम फिर उसी होटलवाले को अपने लालू को सौंप दोगे?"

दसमी चुप था। वह लाचारी के उस शिखर पर दिखाई दिया, जहाँ से लौटने का मतलब खाई में गिरकर चूर-चूर हो जाना था।

"तुम्हें अपनी जान इतनी प्यारी है और अपने लालू की नहीं?" रानी बहू ने कहा। पर वह कुछ समझ नहीं पाया।

रानी बहू को उसकी अनभिज्ञता का अनुमान लग गया। उन्होंने घंटी बजाई और दाई को बुलाकर जोशपूर्ण स्वर में बोलीं, "ले आओ लालू को और सौंप दो इस बूढ़े को। यदि यह चाहता है तो ले जाए उसे और भाड़ में झोंक दे।"

अजीब स्थिति थी। रामकिशुन भी था, दानिस भी था और मैं भी; पर हममें से कोई कुछ बोल नहीं रहा था। सब निरपेक्ष तमाशबीन थे। देखो, क्या होता है?

लालू लँगड़ाता हुआ आया और अपने पिता को देखते ही दहाड़ मारकर रो पड़ा। लिपट गया अपने बाप से। यह उसका अप्रत्याशित मिलन था। आकस्मिक सहानुभूति की संभावना आँसुओं की बाढ़ को और अधिक बढ़ा देती है।

दसमी की आँखें भर आईं।

"रोओ नहीं, बल्कि कपड़ा हटाकर लड़के के शरीर को देखो।" रानी बहू बोलीं।

अब बूढ़े ने लालू के शरीर पर से कपड़ा हटाया और अपरिमित वेदना से सिसकने लगा।

"क्या यह तुम्हारे कर्मों का फल नहीं है?" रानी बहू ने पूछा।

"हाँ, जरूर हौ साहब।" कहते-कहते उसकी रुलाई छूट पड़ी। लड़का अब भी उसकी छाती से लिपटा रहा। दोनों की सिसकन समवेत हो गईं।

"तो तुम उस जानवर के पास इसे फिर ले जाओगे?"

"का करूँगा, साहब?" विवशतापूर्णरूप से मुखरित हो, इसके पहले ही बालक चीख उठा, "नाहीं बाबू, अब हम ओकरे हियाँ न जाब।"

"नहीं, जाओ; तुम्हारा बाप जब तुम्हें भूखे भेड़िए की माँद में ही छोड़ना चाहता है तो हम क्या करेंगे? हमारे पास तुम्हारे लिए जगह भी नहीं है।" रानी बहू बोलीं।

अब लालू पिता को छोड़कर एकदम रानी बहू के चरणों में गिर पड़ा—"ऐसा क्यों कहती हैं मालकिन! आपने तो कहा था कि अब तुम्हें मैं कहीं जाने नहीं दूँगी।"

''पर जब तुम्हारा बाप ही कहता है तो मैं क्या कर सकती हूँ?''

बलि के बकरे की तरह एक कातर दृष्टि लालू ने पिता पर डाली। शायद दसमी इतना लाचार, इतना बेबस और इतना असहाय अपने जीवन में कभी न हुआ हो। वह अपना सिर थामकर रोने लगा, ''क्यों? इतने परेशान क्यों हो?''

''का कही मालकिन? रुपया जो लेहले हई।''

''रुपया लेने का क्या मतलब है, तुम अपने लड़के को बंधक रख दोगे?''

''न रखित त का करित?''

मैंने देखा, पैसा आदमी को कितना लाचार बना देता है!

उसने सिसकते हुए ही बताया, ''मैंने उससे सौ रुपया 'माई' की मौत पर लिया था। दस रुपए महीने तो उसका ब्याज हो जाता। इसी से तय हुआ कि जब तक रुपया लौटाऊँगा नहीं, लालू तुम्हारे यहाँ काम करता रहेगा।''

''इसका मतलब है कि तुमने दस रुपए महीने पर अपने लालू को उसका दास बना दिया। वह चाहे जो कुछ भी करे उसके साथ!''

दसमी चुप था।

''यदि रुपया उधार न लेते तो क्या होता? माँ तो मर ही गई थी।''

''उसका 'किरिया-करम' कैसे होता, सरकार?'' दसमी गिड़गिड़ाया—''बिरादरी भोज कैसे होता, सरकार? उसकी आत्मा कैसे तिरती, सरकार?''

''तो तर गई उसकी आत्मा?'' रानी बहू बौखला उठीं—''अपने लड़के को बेचकर माँ की आत्मा को तार दिया तुमने! कैसे लायक सपूत हो!''

फिर कुछ समय के लिए एक अजीब खामोशी।

''पर उसके कागज पर तो दो सौ रुपए लिखे हैं।'' दानिस ने छूटी हुई बात को पकड़ा।

''हाँ सरकार, कागज दो सौ रुपए का लिखवाया है, पर दिया है सौ रुपए ही।''

''ऐसा क्यों किया तुमने?'' रानी बहू का प्रश्न था।

''यदि ऐसा न करता तो वह रुपया न देता।''

''क्या यह बात तुम पुलिस के सामने कह सकते हो?''

पुलिस का नाम सुनते ही उसकी रूह काँप उठी। वह कुछ बोल नहीं पाया।

''लगता है, तुम डर रहो हो!'' रानी बहू ने कहा, ''पर पुलिस से डरने की

कोई जरूरत नहीं है।''

वह कैसे कहे कि मैं पुलिस से नहीं, बल्कि उससे डर रहा हूँ। उसके विस्फारित नेत्रों के सामने तो रामलाल का रक्त से सना हिंसक पंजा था।

फिर भी, दूसरे दिन किसी प्रकार पुलिस के सामने दसमी द्वारा बयान दिलाया गया। रामलाल को भी थानेदार ने बुलवाया।

''यदि तुम सही-सही कबूल नहीं करते तो मैं अभी डी.एम. को फोन करती हूँ।'' रानी बहू की एक धौंस ने रामलाल की सारी हेकड़ी भुलवा दी। उससे स्वीकार करा लिया कि मैंने मात्र सौ रुपए ही दिए हैं।

''तुम इतने बड़े अपराधी हो! दूसरों को डरा-धमकाकर झूठा कागज बनवाते हो, लाचारी का नाजायज फायदा उठाते हो। तुम्हें शर्म नहीं आती!'' रानी बहू ने उसे फटकारना शुरू किया। उन दिनों एक संभ्रांत महिला का इस प्रकार थाने पर पहुँच जाना और ऐसी बातें करना, वह भी मामूली आदमी से नहीं बल्कि गैर-मामूली शातिर बदमाश से, एक अनहोनी बात थी।

अपराधी मन स्वयं भय और आशंकाओं का घर होता है। रामलाल को लगा कि अवश्य ही रानी बहू की ऊपर तक पहुँच है। वह कुछ भी करा सकती हैं। उसका भय अब बाहर निकल चुका था। वह लगभग समर्पण करने की स्थिति में आ गया।

''पहले आप उस कागज को मँगवाइए।'' रानी बहू ने कहा। और कुछ ही मिनटों में कागज थाने पर आ गया।

सौ का एक बड़ा सा नोट (उन दिनों सौ का नोट आज के नोट से बड़ा होता था) देकर रानी बहू ने स्वयं उस कागज को लेकर फाड़ दिया। चिंदियाँ फर्श पर बिखर गईं।

फिर लोग चलने को हुए।

''अब उस मुकदमे का क्या होगा, जो लालू की ओर से मुझ पर दायर हुआ है?'' रामलाल बोला।

''कानून के अनुसार काररवाई होती रहेगी।'' दानिस ने कहा।

रानी बहू कुरसी से उठ चुकी थीं। उन्होंने उसकी ओर देखा तक नहीं। रामलाल पहले से ही आतंकित था। वह दारोगाजी की ओर भी बार-बार देखता रहा, पर वह भी प्रतिक्रिया-शून्य ही था। हर महीने पूजा पहुँचाने पर यह हाल है।

अवश्य ही यह बड़ी पहुँचवाली हैं। रामलाल अब और अधिक सकते में आ गया। वह रानी बहू को रोकते हुए गिड़गिड़ाया, "आप चाहेंगी तो मामला रफा-दफा हो जाएगा।"

"क्या रफा-दफा होगा?" रानी बहू ऐंठते हुए बोलीं, "लालू को पहुँचाई गई चोटों से कैसा समझौता?"

"तो हुजूर, आप थानेदार साहब की बेंत उठाइए और उतना ही मुझे भी घायल कर दीजिए।"

"इससे क्या होगा? क्या तुम्हें घायल करने से लालू की चोट अच्छी हो जाएगी?" रानी बहू की आवाज में एक नेता का अहं और एक दार्शनिक की गंभीरता थी—"हम तुम्हें घायल करके लालू को अच्छा नहीं कर सकते। लालू तो अच्छा होगा तुम्हारे सहयोग और दवा-दारू से।"

रामलाल मौन हो कुछ समझने की कोशिश करने लगा।

पर रानी बहू बोलती रहीं, "जानते हो रामलाल, कितना अब तक लग गया है उस बच्चे की चिकित्सा पर?"

रामलाल कुछ बोला नहीं। रानी बहू की तेजस्विता के समक्ष उस हिंस्र पशु के नख-दंत जैसे गलकर गिर गए हों। सिर नीचा किए उसी सौ के नोट को उसने रानी बहू की ओर बढ़ाया, जैसे वह कहना चाह रहा हो, मैं और क्या सहयोग कर सकता हूँ?

रानी बहू उसे लेकर दसमी को देते हुए बोलीं, "लो, अपने बेटे के पीटे जाने का मुआवजा। और ले जाकर इसे भी लगा दो अपनी माँ को तारने में।"

रानी बहू बाहर आ चुकी थीं।

दसमी के हाथ में नोट था और आँखों के सामने थीं उसके कागज की फटी हुई चिंदियाँ। और मन में थी गऊ का पूँछ पकड़कर वैतरणी पार होती हुई माँ की शांत आत्मा।

□

: दो :

समय ने अँगड़ाई ली और परिस्थितियाँ बदलती चली गईं।

सोमारू की सजा बहाल रही। लाला जगजीवन दास की जमानत हाई कोर्ट से हो गई। इसकी सूचना हम लोगों को नहीं थी। इसी मंगलवार को सवेरे-सवेरे वह खुद हनुमानजी का प्रसाद लेकर हाजिर हुआ। उसके पीछे वही लँगड़ा नौकर था। जब उसने दरवाजा खटखटाया, माँ पूजा पर थीं। पियारी नहा रही थी। मैंने ही द्वार खोला। उसे देखते ही अवाक् रह गया। मैं तो सोचता था कि वह जेल में होगा, पर यह तो साक्षात् हाजिर है। दानिस ने भी हम लोगों को कुछ बताया नहीं। मेरा आश्चर्य मन से उठकर आँखों में केंद्रित हो गया था। मैं उसे एकटक देखने लगा।

"क्या देखते हो?" वह मुसकराया, "तुम्हारी माँ किधर हैं?"

"वह पूजा कर रही हैं।"

"पूजा कर रही हैं! और कोई नहीं है?"

"पियारी चाची है।"

"अच्छा, तो पियारी अब भी यहीं रहती है!" उसकी बाँछें खिल गईं—"तब उसी को बुलाओ।"

"वह नहा रही है।"

"तब तो लगता है, मुझे ही रुकना पड़ेगा।" इतना कहता हुआ वह भीतर घुस आया और दालान में पड़ी नंगी चौकी की ओर बढ़ा। पीछे-पीछे वह नौकर भी था। मैंने उसे देखा, बल्कि अपनी नजरों से उसे कई बार कुरेदा भी, पर कोई प्रतिक्रिया नहीं। सारा उफान जैसे किसी अज्ञात निराशा में डूब गया हो। वह चौकी के सामने की जमीन पर लड्डुओं से भरी दौरी और पूजा की डोलची रखकर बैठ गया।

''अरे, ऊपर जाकर कह तो दो कि लालाजी आए हैं।'' अपने गले में पड़ी गेंदे की गदराई माला पर हाथ फेरते हुए वह मुसकराया।

मेरी दृष्टि लाला की ओर ही थी, पर मैं सीढ़ियाँ चढ़ने लगा। मनुष्य की विकसनशीलता जहाँ उसकी जीवंतता का प्रतीक है, वहीं अतीत से जुड़े रहना उसकी विवशता भी है। उससे अलग होने का सारा प्रयत्न उसकी मजबूरी की एक भद्दी चकती की तरह उसपर चिपक जाता है। आज वही चकती मुझे लाला पर चिपकी दिखाई दी; पर वह उसके व्यक्तित्व के अलगाव को ढक नहीं पा रही थी।

सूचना मैंने सबको दी। पियारी नहा लेने के बाद भी नहीं उतरी; पर माँ जल्दी पूजा समाप्त कर चली आईं।

हमेशा की भाँति विनम्रता ओढ़े हुए, सधे-सधाए शब्दों में परमात्मा के प्रति हजार-हजार आभार उसने व्यक्त किया कि वह जेल से छूटकर चला आया है। और फिर वह कर्म के सिद्धांत को दोहराते हुए बोला, ''भाग्य में कलंक बदा था, सो तो लग ही गया। अब आप लोगों के आशीर्वाद और हनुमानजी की कृपा से फिर आप लोगों के बीच आ गया हूँ।'' इतना कहते हुए उसने फिर नौकर को इशारा किया। उसने कपड़े से ढकी दौरी से एक दोना निकाला। उसे लाला ने लेकर माँ को थमा दिया। मुझे याद है, दोने में सात लड्डू और तुलसीदल था। एक कोने पर महाबीरी लगी थी।

एक ओर लाला का घृणित व्यक्तित्व और दूसरी ओर प्रसाद की महत्ता, माँ अजीब दुविधा में थीं। पापी के हाथों में आकर भी गंगाजल अपनी महत्ता थोड़े ही खोता है। फिर प्रसाद तो प्रसाद है। माँ ने उसे लेकर माथे से लगाया और धन्यवाद देकर ऊपर चलने को हुईं।

''पियारीजी क्या···'' लाला अपना वाक्य पूरा करे, इसके पहले ही माँ बोल पड़ीं, ''अरे, इतना प्रसाद तो बहुत है, इसी में हो जाएगा।''

लाला ने फिर जिद नहीं की। उसने हाथ जोड़कर चलते हुए निवेदन किया कि रविवार को आप सब लोग मेरे यहाँ पधारें और वहीं भोजन करें।

''खैर, देखा जाएगा।'' माँ जल्दी में किसी तरह पिंड छुड़ाना चाहती थीं। पर वह इतनी सरलता से छोड़नेवाला नहीं था। वह फिर गिड़गिड़ाया, ''यदि आप न आ सकें तो जग्गू और पियारी को अवश्य भेजिए। उस दिन रानी बहू वगैरह सभी आएँगी।''

रानी बहू का नाम ऐसा था कि माँ कुछ सोचने लगीं।

''अच्छी बात है।'' कहती हुई वह ऊपर चली गईं। पर मैं लाला को पहुँचाने बाहर तक आया।

''वह लड़की भी तो यहीं कहीं रहती है, जो तुम्हारे साथ मंदिर में आती थी।'' निश्चित रूप से उसका आशय चंपो से था।

यदि कोई दूसरी स्थिति होती तो मैं थोड़ी आनाकानी करता, पर प्रसाद की बात थी, उस मायामृग के पीछे चल पड़ा।

सुमेर चाचा की दुकान खुल गई थी। पीपा (महेश) मिट्टी के तेल का कनस्तर बगल में रखे और सीढ़ी जमीन पर ढुलकाए दुकान पर बैठा बीड़ी पी रहा था। लाला को देखते ही हाथ जोड़कर दोनों खड़े हो गए, जैसे साक्षात् भगवान् आ गए हों। दोनों के लिए लाला की उपस्थिति अप्रत्याशित थी। दोनों के लिए लाला महान् था, क्योंकि धनी और शक्तिशाली था। हर पाप और अपराध के ऊपर उसका व्यक्तित्व चादर-सा फैल सकता था। दोनों को लाला इस समय पाप के पहाड़ पर देवता-सा खड़ा दिखाई दिया।

लाला ने नौकर की दौरी से प्रसाद का दोना निकालकर सुमेर की ओर बढ़ाया और बड़े नाटकीय ढंग से बोला, ''अपने पापों का प्रायश्चित्त कर रहा हूँ, सावजी। प्रारब्ध में जो लिखा है, वही होता है। भाग्य में जेल की रोटी बदा थी, सो खा आया। क्या पता था कि होम करते हुए भी हाथ जलता है! मैं तो गया था कालिख धोने और खुद अपने मुख पर कालिख पोत ली।'' इतना कहते-कहते उसकी आवाज भारी हो गई।

मैं समझ नहीं पाया कि लाला किस संदर्भ में बोल रहा है, पर सुमेर और पीपा दोनों सहानुभूति में सिर हिला रहे थे।

''तुम्हारी लड़की को जग्गू के साथ देखा था। वह बेचारी भी पहले मंदिर जाती थी। सोचा, उसे आशीर्वाद भी देता चलूँ।'' लाला बोला।

''जरूर, जरूर।'' इतने बड़े आदमी की बात सुमेर कैसे टाल सकता था। उसने 'धड़' से चंपो को बुलाया।

चंपो सकुचाती हुई भीतर से आई। लाला ने दो लड्डू निकालकर उसके हाथ पर रख दिए—''तुम हनुमानजी के यहाँ दर्शन करने जाती थीं न। लो, उनका प्रसाद आज खुद तुम्हारे दरवाजे आया है।''

चंपो ने लड्डू चुपचाप ले लिये।

"अरे, खड़ी क्यों है? लाला के पैर छू।"

मैं स्तब्ध रह गया। जो सुमेर लाला की इतनी आलोचना करता था, आज अपनी लड़की से पैर छुआ रहा है।

पर वह आगे बढ़े, इसके पहले ही लाला बोल पड़ा, "नहीं, नहीं, हम लोग लड़कियों से पैर नहीं छुआते। वे देवी होती हैं, देवी।" इसके बाद उसने चंपो को बड़ी विचित्र दृष्टि से देखा।

"साव, अब तो तुम्हारी लड़की सयानी हो चली है।" लाला बोला और चंपो सकुचाते हुए भीतर सरक गई—"...अब इसके हाथ पीले कर डालो।"

"सोचता तो बहुत हूँ, पर गरीब के लिए सयानी लड़की ऐसा पहाड़ होती है लालाजी, जिसका बोझ उठाए हुए वह समाज में रह भी नहीं पाता और उसे उतारकर फेंक भी नहीं सकता।"

"सो तो है ही।" लाला बोला, "पर घबराओ मत सावजी, कोई बात होगी तो निस्संकोच कहना। मुझसे जो हो सकेगा, जरूर करूँगा।" लाला ने चलते हुए दो लड्डू पीपा के हाथ पर भी धर दिए। दोनों परम गद्गद हो गए।

लाला आगे बढ़ा।

"तुम दानिस का घर तो जानते ही होगे?" उसने बड़े प्रेम से पूछा और मैंने सिर हिलाकर स्वीकार किया।

"तब बेटा, एक दोना उसके यहाँ दे आओ। और कहना, लालाजी मेरे यहाँ भी आए थे, तुम्हारे यहाँ भी आने वाले थे, पर देर हो चली थी। आ नहीं सके।" लाला बोलता रहा, "मेरी ओर से तुम्हीं दे देना। इसमें हरज क्या है? यों आज शाम तक मेरा आदमी उसके यहाँ अवश्य जाएगा।"

"तब उसी से भेज दीजिएगा।"

"भेज तो सकता हूँ, पर तुम्हारे द्वारा भेजने का कुछ और मतलब है। तुम हमारे प्रतिनिधि होकर जाओगे। वह तो हमारा नौकर ही रहेगा न!" और वह हँसने लगा।

"पर दानिस तो मुसलमान है। उसे हनुमानजी के प्रसाद से क्या मतलब?"

"प्रसाद से मतलब हो, चाहे न हो, पर उससे मेरा मतलब है।" सच्चाई आप-से-आप मुँह से छलक पड़ी। फिर उसने लीपापोती की, "अरे भाई, दोस्त हैं।

मतलब तो एक-दूसरे का रहेगा ही। फिर प्रसाद तो भगवान् का है और भगवान् हम सबका है।'' लाला मेरी समझ को बचकाना समझकर थपथपाता हुआ चला गया।

मैं दोना लेकर लौट रहा था कि माँ कोठी के लिए निकल पड़ी थीं। मुझे देखते ही वह उबल पड़ीं, ''कितना लालची है तू!''

मैंने सारी बातें उन्हें बता दीं। वह चकित भी थीं और मुसकराईं भी— ''लाला भी अजीब आदमी है, कैसे-कैसे रंग बदलता है!'' वह बोलती हुई आगे बढ़ीं, क्योंकि उन्हें देर हो रही थी।

□

देश का राजनीतिक क्षितिज खौलने लगा था।

हिटलर की युद्ध-लोलुप मदांधता ने जून १९४१ में रूस पर आक्रमण कर दिया। जिस विशाल देश की निष्ठुर प्रकृति ने नेपोलियन के भी हौसले पस्त कर दिए थे, हिटलर उसी को विजित करने का दुःसाहस कर बैठा। इधर जापान ने भी गत दिसंबर को पर्ल हार्बर पर अचानक आक्रमण कर दिया और युद्ध में शामिल हो गया। फिर क्या था? फिलीपींस, हिंदचीन, इंडोनेशिया, मलाया, बर्मा—एक के बाद एक जापान के समक्ष धराशायी होते गए।

अंत में फरवरी १९४२ में सिंगापुर पर और मार्च में रंगून पर भी जापानियों का कब्जा हो गया।

दानिस अंग्रेजों की प्रत्येक पराजय पर प्रसन्न होता, अपने मित्रों की सभा करता और मिठाई के नाम पर सूजी का हलुआ खिलाता था। यदि पैसे की व्यवस्था ठीक हो जाती तो जीउत हलवाई की जलेबी का पूरा थाल ही मुहल्ले के लड़कों को बाँट दिया जाता। यह स्थिति केवल दानिस की ही नहीं थी, प्रत्येक सुराजी कुछ ऐसी मनःस्थिति में था। रंगून के पतन का समाचार सुनकर तो रामकिशुन अहिरऊ नाच नाचने लगा था।

रविवार को तीसरे प्रहर दानिस मेरे यहाँ आया। पियारी भी थी और रामकिशुन भी। कुछ देर बाद शिवदेव भी चला आया। वह बहुत दिनों पर आया था। इसी से उसे देखते ही पियारी बोली, ''अरे, आज किधर से रास्ता भूल गए, भैया?''

''रास्ता नहीं भूला। सोचता हूँ, किसी भुलावे में तो नहीं डाला जा रहा हूँ।'' शिवदेव ने हम सबकी शंका को वाणी दी—''आज क्या बात है कि लालाजी ने हमें इतने अनुनय-विनय के साथ बुलाया है?''

''यही तो हम भी नहीं सोच पा रहे हैं।'' रामकिशुन बोला, ''हो सकता है, जेल की हवा खाने के बाद बुद्धि कुछ ठिकाने आ गई हो।''

''साँप चाहे जंगल में चरता रहे या मदारी की पिटारी में बंद हो जाए, उसके विष में कोई फर्क नहीं पड़ता।'' शिवदेव बोला।

''और उस विष-दंत को तोड़ दिया जाए तो?''

''तब तो वह बच्चों का खिलौना हो जाएगा, पर रहेगा साँप ही।'' शिवदेव हँसने लगा।

''पर साँप और आदमी में फरक है।'' पियारी बोली, ''आदमी ठोकर खाकर कभी-कभी सुधर भी जाता है।''

''लगता है, आप पर भी गांधीजी का प्रभाव पड़ रहा है!'' दानिस ने कहा, ''मैंने कई बार कहा है कि गांधीजी हृदय परिवर्तन की बात तो करते हैं, पर एक जिन्ना का हृदय परिवर्तन न कर पाए।''

''किंतु हमने तो हृदय परिवर्तन होते हुए देखा है।'' पियारी बोली और उसने मनोहर का सारा संदर्भ दोहरा दिया।

पियारी के तर्क पर सब चुप हो गए; किंतु लोगों का मन नहीं मान रहा था कि लाला में सचमुच कोई बदलाव आया है। शिवदेव ने तो एक दोहा भी सुनाया, जिसकी दूसरी पंक्ति थी—''ई तीनौं बहुतै नवैं चीता चोर कमान!''

''दुश्मन भी यदि इतने सत्कार से बुलाए तो चलना चाहिए और फिर लाला तो दोस्त भी है, दुश्मन भी।'' दानिस का यह मजाक प्रस्ताव बन गया और सब लाला के विश्वेश्वरगंज वाले मकान को चल पड़े।

वहाँ अच्छा-खासा जमावड़ा था। हॉल, दालान—यहाँ तक कि चौक में भी लोग बैठे हुए थे। लाला बाहरी दरवाजे पर खड़ा सबकी अगवानी कर रहा था। दानिस को देखते ही उसे सीने से लगा लिया। यह 'भरत-मिलाप' भी अजीब था। दिल मिले चाहे न मिले, पर शरीर तो एक बार मिल ही गया। उसने हम सबकी भी अच्छी आव-भगत की और हॉल में ले जाकर संभ्रांत लोगों के बीच बैठाया।

वहीं अनाथालय के मैनेजर के साथ ही रानी बहू भी बैठी थीं और बगल में गांधी टोपी लगाए छोटे सरकार भी, नेपाली नरेंद्र बहादुर भी और एक गद्दीदार सोफे पर कलक्टर फिनले भी। उनकी बगल में कुछ और हुक्काम थे, जिन्हें व्यक्तिगत रूप से मैं नहीं पहचानता था।

भोजन में अभी कुछ देर थी। चुपचाप बैठने की सजा दानिस को कब कबूल होती! उसने मेरा हाथ पकड़ा और धीरे से हॉल के बाहर आया—"यार, मामला कुछ समझ में नहीं आ रहा है। तरह-तरह के जानवरों को इकट्ठा किया गया है, वह भी एक ही बाड़े में। बात कुछ जरूर है।" इसके बाद वह कुछ और पीछे आया, जिससे उसकी आवाज मेरे कानों से टकराकर किसी और कान तक न पहुँचे।

"देखते हो, साले का चेहरा फक हुआ है।" उसने फिनले की ओर संकेत करके कहा, "जापान ने होलिया दुरुस्त कर दी है। अब चाहते हैं कि हिंदुस्तानियों को किसी तरह मिलाया जाए। क्रिप्स मिशन आया था एक लुभावना सपना लेकर पर साले बैरंग लौटे। वह बूढ़ा भी गजब का भेजा रखता है।" उसने उसके प्रस्ताव को पोस्ट डेटेड चेक कहा। यह पोस्ट डेटेड चेक क्या होता है, मैं नहीं जानता था और न मैंने उससे पूछा ही, क्योंकि दानिस जब चालू हो जाता है तो उसे रोकना बड़ा मुश्किल होता है। हाँ, इसे मैंने बार-बार अनुभव किया था और इस बार भी लगा कि वह गांधीजी का आलोचक अवश्य है, पर उसके मन में उनके प्रति श्रद्धा की कमी नहीं है। उनकी देशभक्ति, उनकी ईमानदारी और उनके सत्य की वह बहुत तारीफ करता है; पर उनकी अहिंसा उसकी समझ के बाहर है।

"आजकल सुभाष बाबू भी सिंगापुर पहुँच गए हैं। वे रासबिहारी बोस से मिले हैं। देखना, कोई गुल अवश्य खिलेगा!"

इसके बाद ही कुछ लोग उधर आ गए। कलक्टर साहब को प्यास लगी थी। ठंडी बीयर के लिए भाग-दौड़ हो रही थी।

"अरे, कितना भी ठंडा पिलाओ, पर उसका कलेजा तर होनेवाला नहीं। कलेजे में तो आग लगी है, चेहरा धुआँ-धुआँ हुआ जा रहा है।"

दानिस के बे-मतलब बड़बड़ाने के पक्ष में मैं नहीं था। कोई सुनेगा तो क्या कहेगा? पर वह अपनी आदत से बाज आनेवाला नहीं है। फिर भी उसने मेरी मनःस्थिति भाप ली। बड़बड़ाना तो नहीं छोड़ा, पर वह स्थान अवश्य छोड़ दिया।

दालान से होता हुआ भीतर की ओर आया। निश्चित रूप से वह इस घर के जर्रे-जर्रे से वाकिफ था। इधर जनानखाना था। वहाँ औरतों के बैठने की व्यवस्था थी। यहीं एक किनारे लालू भी बैठा था। वह हमें देखते ही बाहर निकल आया।

"अरे, तुम भी यहाँ?" मैंने कहा।

"इन्हीं लोगों के साथ आया हूँ।" उसने मुसकराते हुए एक ओर संकेत

किया। वहाँ दाई के साथ अनाथालय की कुछ औरतें दिखाई दीं।

लालू का रोम-रोम संतुष्ट तथा प्रसन्न था। शायद वह जीवन में पहली बार ऐसे समारोह में सम्मिलित हो रहा था, वह भी दर्शक बनकर नहीं वरन् समारोह का एक अंग बनकर।

फिर दानिस वहाँ से भी एक दूसरे गलियारे की ओर मुड़ा, जैसे लाला की पूरी कोठी ही मुझे दिखा देना चाहता हो। वहीं बगल का एक कमरा लगभग बंद था। भीतर से बिजली की रोशनी आ रही थी। उसने दराज से झाँककर देखा। फिर मेरी गरदन पर हाथ लगाकर मेरी भी आँखें दराज से सटा दीं। भीतर यशोदा 'मेक अप' कर कपड़े बदल रही थी।

मैंने ज्यों ही अपनी गरदन हटाई, वह बोला, "देखा, नागिन केंचुल बदल रही है।"

उसने इतने जोर से कहा कि मैं एकदम वहाँ से खिसक चला। कहीं वह सुन लेगी तो क्या कहेगी?

मैं अब बाहर आ गया था और उसी हॉल की ड्योढ़ी के भीतर हो गया, जहाँ हमें पहले बैठाया गया था।

"तुम बड़े डरपोक हो, यार!" दानिस ने फिर मेरे कंधे पर हाथ रखते हुए कहा, "तुम भी सोचते वही हो, जो मैं सोचता हूँ। अंतर यही है कि मैं बोल देता हूँ और तुम चुप रह जाते हो, क्योंकि तुम गुलाम हो।"

'मैं गुलाम?' मैं कुछ बोला नहीं, केवल मुसकराया।

"हाँ-हाँ, तुम गुलाम हो। जो मन की बात कह न सके, उससे बड़ा गुलाम और कौन हो सकता है? और मैं उसी गुलामी का जुआ उतारकर फेंक चुका हूँ; क्योंकि जब तक मैं भीतर की गुलामी से मुक्त न होऊँ तब तक बाहरी गुलामी से कैसे मुक्त हो सकता हूँ?"

दानिस बड़बड़ाता रहा कि हाथ जोड़े हुए लाला आया और विनय की मूर्ति की तरह बीच में खड़ा हो गया। हॉल की दृष्टि उस ओर खिंच गई। वह कुछ बोलने ही वाला था कि उसकी निगाह इन लोगों पर पड़ी—"अरे दानिस भाई, वहाँ क्यों खड़े हो, आज तो हमारे बगल में बैठते।" उसके कहने का ढंग ऐसा था कि एक खिलखिलाहट कई अधरों को छूती निकल गई।

हम दोनों उस भरी हुई चौकी पर किसी तरह जगह बनाकर बैठ गए।

लाला ने बोलना शुरू किया, ''भाइयो, आज हमारा सौभाग्य है कि आप हमारे यहाँ पधारे हैं। इससे भी बड़ा सौभाग्य यह है कि साहब ने (कलक्टर साहब की ओर संकेत करके) खुद आने की तकलीफ उठाई है। आखिर मेरी हैसियत ही क्या है! एक मामूली व्यापारी की। वह भी एक ऐसे व्यापारी की, जिसने बड़ी-छोटी अनेक गलतियाँ की हैं, जिसमें अनेक कमजोरियाँ हैं। मुझे लगता है, मैं परम अधम हूँ, नीच हूँ, फिर भी आप लोगों ने मेरे यहाँ आने की कृपा की, मैं आपका आभारी हूँ।''

लाला का गला भर आया था। इसके बाद वह और अधिक बोल नहीं पाया। सारी सभा पर एक अजीब सन्नाटा बरस पड़ा। आज लाला अपनी प्रकृति के सर्वथा विपरीत दिखाई दे रहा था, मानो वह प्रायश्चित्त की मुद्रा में हो। पर मुझे ऐसा लग रहा था, क्योंकि उसने अपने भाषण में यह भी कहा कि आज देश पर गंभीर खतरा है। हमें आपसी भेदभाव भुलाकर एक हो जाना चाहिए। इतना कहते हुए उसने जहाँ कलक्टर की ओर देखा, वहीं दानिस और रानी बहू को नजरअंदाज नहीं किया। वह एक ढेले से दो शिकार कर रहा था। एक तरफ वह हमारी ओर दोस्ती का हाथ बढ़ा रहा था, दूसरी ओर खतरे का बिगुल बजाकर कलक्टर साहब को भी संतुष्ट कर रहा था। मुझे लगा, पुराना लाला अभी मरा नहीं है। वह विवशता के घेरे में लाचार अवश्य हो गया है। जरूर इस सबके पीछे उसका कोई बड़ा मकसद है।

कभी-कभी अधिक झुकने से भी विरोधी को एक शह लग जाती है। लाला की अतिशय विनम्रता मानो दानिस से कहने लगी, 'लो बचो शह वरना बाजी मात है।' दानिस सकपकाया, पर चुपचाप अपनी जगह पर बैठा रहा। उसके चेहरे का रंग बदलता रहा।

रहस्य का और अधिक उद्घाटन हुआ कलक्टर फिनले के भाषण से। लाला के बाद उसने अपने अंग्रेजी टोन में ऐंठते हुए हिंदी में बोलना आरंभ किया और संक्षिप्त भाषण में कहा कि ''हमें खुशी है कि कल तक अलग-अलग रहनेवाले आज एक जगह पर इकट्ठा हैं। एक-दूसरे के दुश्मन आज गले मिल रहे हैं, क्योंकि आपका एक होना सबसे जरूरी है—आजादी के लिए भी और आजादी की रक्षा के लिए भी। आज क्रिप्स मिशन को कामयाबी नहीं मिली, न मिले; पर किसी-न-किसी मिशन को तो कामयाबी मिलेगी ही और आप आजाद होंगे ही।''

इसपर तालियाँ बजीं। पर जब उसने यह कहा कि आपसी फूट के रहते आप

शायद उस मिली हुई आजादी को भी गँवा बैठेंगे, तो दानिस कनमनाया और उठने-उठने को हुआ; पर मैंने उसका हाथ पकड़कर दबा दिया। मेरा विवेक कलक्टर के भाषण के बीच में टोकने की अनुमति नहीं दे रहा था।

अब तसवीर साफ थी। सारे आयोजन के पीछे लाला और फिनले की मिलीभगत थी। फिनले ऐसे शासक आसन्न बाहरी खतरे के सामने हमारी एकता को खड़ा करना चाहते थे। इनके लिए वे तरह-तरह के प्रलोभनों का सहारा ले रहे थे। दूसरी तरफ उसका लाभ उठाकर लाला ऐसे लोग अपनी तसवीर की गंदगी साफ करने में लगे थे।

अब भोजन का समय आया। पहली पंगत के लिए लाला ने अपनी दृष्टि से संभ्रांत लोगों को छाँट-छाँटकर उठाया। सरकारी अफसरों के लिए बगल के बड़े कमरे में कुरसी-टेबल पर प्रबंध था। बाकी लोग छत पर बैठाए गए। एक ओर प्यालियाँ खनकने लगीं और दूसरी ओर पुरवे व पत्तलों की खड़खड़ाहट आरंभ हुई।

किंतु पहली पंगत में रानी बहू को छोड़कर हमारी गोल का कोई नहीं उठाया गया। रानी बहू को मैं अपनी गोल का क्यों कहूँ? वह तो हमारे साथ आई भी नहीं थीं। दानिस को यह अच्छा भी नहीं लगा। वह बड़बड़ाया, "देखा, स्साले ने अपने बापों को खाने पर बैठा दिया।" फिर उसने पियारी की ओर संकेत कर कहा, "आपको भी पहली पंगत के लिए नहीं उठाया गया?"

"आपके साथ जो हूँ।" पियारी मुसकराते हुए बोली।

"मेरे साथ होने से क्या होता है? ...पियारी तो है आपकी।" दानिस ने इस ढंग से कहा और ऐसा इठलाया कि मुझे भी अच्छा नहीं लगा।

थोड़ी देर बाद लाला दौड़ा हुआ आया। लगता है, उसे मेरी मनःस्थिति की गंध कहीं से लग गई थी। उसने हाथ जोड़कर कहा, "बस पाँच मिनट की देर है। पंगत उठने वाली है। आप लोग तो घर के आदमी हैं। मैंने सोचा, पहले बाहरवालों से निपट लूँ...।"

"नहीं-नहीं, कोई बात नहीं।" इस बार रामकिशुन बोला। लाला फिर भीतर चला गया।

दानिस की प्रगल्भता अपने ही लोगों को भारी पड़ रही थी; पर इसमें ईमानदारी का इतना प्रकाश था कि हम उसकी आँच को भी बरदाश्त कर लेते थे। किंतु इस समय लाला के निवेदन पर वह भी शांत हो गया।

बगल के कमरे से प्यालियों और चम्मचों की खड़खड़ाहटें कुछ तेज हुईं। साफ जाहिर था कि साहबों का खाना खत्म हो चुका है। उस कमरे से भी एक बाहरी दरवाजा था। लाला ने सबको अभिवादन करते हुए उधर से ही विदा किया।

उसी कमरे से हमीद निकला और हम लोगों के बीच आकर बैठ गया।

"अरे, तुम भी!" मेरा आश्चर्य महज इतना कह पाया था कि उसने बताया कि साहबों का खाना अलग पका था और बावरचियों की देखरेख में मैं लगा था।

"उधर भी झोरा, इधर लड्डू खाने भी आ गए!" रामकिशुन ने कहा।

"यही तो जिंदगी भर किया है मैंने।" अपनी सच्चाई पर वह स्वयं ही हँस पड़ा। फिर उसे लगा कि वह क्या कह गया? उसने फिर लीपापोती आरंभ की, "आखिर इधर-उधर कब तक? अब तो सब एक ही हैं।"

पहली पंगत उठ चली थी। लोग पान चबाते और सिगरेट के शौकीन 'कैंची' या 'पासिंग शो' का धुआँ उड़ाते नीचे चले आए थे। बगल की अंधी गली में झमझम की आवाज के साथ ही कुत्तों के भौंकने का स्वर और बच्चों का कोलाहल सुनाई पड़ा। लगता था, ऊपर से कोई चीज फेंकी जा रही है और कुछ लोग उस पर टूट पड़ रहे हैं। दानिस के लिए ऐसी परिस्थितियाँ असह्य हो जाती थीं। वह एकदम बाहर निकला। पीछे-पीछे मैं भी बाहर चला, पर पियारी द्वारा रोक लिया गया, क्योंकि दूसरी पंगत के लिए लोग उठाए जा रहे थे। उसमें हमारी भी बारी थी, फिर भी मैं बाहर आया।

छत के एक ओर की सफाई हो चुकी थी। टाट की लंबी पट्टी पर लोग बैठाए जा रहे थे। दूसरी ओर की पत्तलें बटोरकर उसी अंधी गली में फेंकी जा रही थीं। मैंने ऊपर से ही देखा, उनपर कुत्ते, गायें और भिखमंगों के साथ ही अधनंगे गरीब बच्चे टूटे पड़ रहे थे। कुत्ते भौंककर गायों को तो पीछे कर देते थे, पर आदमी और कुत्तों ने जैसे समझौता कर लिया था।

भिखमंगे जूठन से अपनी झोली भर रहे थे, किंतु कुत्ते और बालकों की जीभें समान रूप से जूठी पत्तलों पर चल रही थीं। मैंने पहली बार देखा था कि भूख आदमी और जानवर का भेद मिटा देती है। दूर खड़ा चुपचाप दानिस भी शायद यही देख रहा था। उसका स्थिर मौन उसकी मुखरता से भयानक होता है। निश्चित रूप से वह किसी विस्फोटक स्थिति में था। तब तक मैं पियारी द्वारा बुला लिया गया, क्योंकि मेरी पंगत परोसी जा चुकी थी।

लाला ने कई बार हम लोगों को देखा और फिर पूछ ही बैठा, "दानिस कहाँ है?"

मैंने संकेत से उसे बताया। उसने अंधी गली की ओर झाँका और ऊपर से चिल्लाया, "अरे दानिस भाई, तुम्हारी पत्तल लगाई जा चुकी है।"

"पहले आप बाहरवालों से निपट लें। मैं तो घर का आदमी हूँ। अपने दोस्तों के साथ आखिरी पंगत में बैठ जाऊँगा।" नीचे से उठी दानिस की आवाज आते-आते छितराकर हलकी पड़ गई थी।

लाला गंभीर हो गया। जरूर कुछ सोचने लगा था। कुछ बोला नहीं। खाना खिलाने की व्यवस्था में लग गया।

सभी लोग तो बैठ गए हैं। दानिस ने आखिर किन दोस्तों की बात कही है? ऐसा तो नहीं कि उसने सोचा हो कि मैं नहीं बैठा हूँ? फिर यदि वह मुझसे अपने साथ बैठने के लिए कहेगा तो क्या कहूँगा? कहूँगा कि पियारी ने जबरदस्ती किया। वह मुझे अपने साथ ही घर ले जाना चाहती थी।

"यह दानिस भी बड़ा विचित्र आदमी है!" रामकिशुन की यह आवाज प्रतिक्रिया-शून्य रह गई और फिर वह भी आगे कुछ कह नहीं पाया।

भोजन समाप्त कर जब हम नीचे उतरे तब मैं तो सीधे भागता हुआ बाहर आया। बाहर खड़ा दानिस भिखमंगों और उन गरीब बच्चों को जूठी पत्तलों से हटा चुका था। वह उसे घेरे हुए खड़े थे। प्रसन्न थे, क्योंकि वे दानिस के दोस्त बन चुके थे। वह उनसे कह चुका कि तुम सब मेरे साथ खाना खाओगे। सच? जैसे उन्हें विश्वास ही न हुआ हो। उन लड़कों में से एक तो अपने दोस्तों को बुलाने के लिए ही भागा जा रहा है। शायद अपने जीवन में इतना अच्छा भोजन वह न पा सके।

लोगों को विदा देता हुआ लाला भी बाहर आया। उसने दानिस से पुनः कहा, "अरे यार, अब तो खाने चलते!"

"मैंने कहा न कि मैं तो घर का आदमी हूँ। दोस्तों के साथ सबसे बाद में बैठूँगा।"

"पर तुम्हारे दोस्त तो सबके सब खा चुके हैं!"

"कहाँ खा चुके हैं? वे तो मेरे साथ खड़े हैं!"

उन भिखमंगे और बच्चों के विस्फारित नेत्र लाला की आकृति पर टँग गए। लाला भी चुपचाप उन्हें देखता रहा, आखिर कहे भी तो क्या कहे।

"तुम भी तमाशा खड़ा कर देते हो, दानिस।" लाला झुँझलाया और अपने क्रोध को दबाता हुआ भीतर घुस गया।

"यह तमाशा ही है, लाला!" वह हँसा, "आदमी और कुत्ते में फर्क करना जरूर तमाशा है!"

जाहिर था कि दानिस का यह व्यवहार अधिकांश लोगों को अच्छा नहीं लगा। स्वयं रामकिशुन और पियारी भी उसके पक्ष में नहीं थे। रानी बहू भी उसे समझाना चाहती थीं। इस बेवक्त की शहनाई से क्या फायदा?

पर म्याऊँ का मुँह कौन पकड़े? सब जानते थे कि दानिस का विद्रोह जब फन काढ़कर खड़ा हो जाता है तब फुफकारने के सिवा और कुछ नहीं जानता। इसी से किसी ने कुछ विशेष नहीं कहा।

हमीद भी बाहर निकल आया था। उसने बड़े ढंग से उसे बुलाते हुए कहा, "अरे, जरा सुनना जी।"

वह उसके पास गया।

दानिस ने पत्तल चाटते कुत्ते को उसे दिखाकर पूछा, "तुम इन्हें पहचानते हो?"

हमीद समझ नहीं पाया कि दानिस क्या कहना चाहता है।

"ये सब तुम्हारी ही तरह हैं।"

हमीद का चेहरा लाल होने लगा।

दानिस बोलता गया, "इसमें नाराज होने की कोई बात नहीं है। सचमुच, ये हमारा-तुम्हारा प्रतिनिधित्व करते हैं।" दानिस ने अपने को शामिल कर हमीद के क्रोध को दबा दिया, फिर भी वह चकित हो उसकी ओर देखता रहा।

दानिस बोलता गया, "इन कुत्तों की अर्थव्यवस्था भी हमी लोगों जैसी है। ये यदि हमारे-तुम्हारे जैसे हैं तो वह देखो, वह लाला जैसा है।" उसने छोटे सरकार की कार की ओर संकेत किया, जिसकी पिछली सीट से उसका अल्सेशियन झाँक रहा था।

दानिस के इस कथन पर लाला की प्रतिक्रिया बड़ी तीखी थी, "कुत्ते की दुम कभी सीधी नहीं हो सकती।" क्योंकि उसने देखा, दानिस को मिलाना या उसके मन में बनी अपनी तसवीर पर नई रेखाएँ खींचना पानी पर लकीर खींचना है।

काफी देर हो गई थी। मैं पियारी के साथ चला आया। दूसरे दिन पता चला

कि हम लोगों के आने के बाद दानिस ने हंगामा खड़ा कर दिया था। वह भिखारियों और गली के बच्चों को लेकर ही पंगत में बैठना चाहता था; पर लाला के आदमी इसके सख्त खिलाफ थे। हमेशा की तरह लाला अपने आदमियों को लगाकर हट गया था।

"इन सबको क्यों नहीं खिलाओगे?" दानिस ने रोकनेवालों से पूछा।

"हम लोगों ने क्या सबका ठेका ले रखा है? अरे, आपको निमंत्रण है, आप सिर-माथे पर; किंतु आप सड़क के कुत्ते को कहिए कि हम खिला दें, यह कैसे हो सकता है?"

"तो क्या ये सड़क के कुत्ते हैं?"

"और नहीं तो क्या!"

"अगर ये कुत्ते हैं तो वे क्या हैं?" दानिस ने इस बार कुत्तों की ओर इशारा करके पूछा और जोर से हँसा—"वे भी कुत्ते हैं और ये भी कुत्ते हैं? अरे वाह रे लाला के नुमाइंदो!" वह अट्टहास करता और बोलता गया, "उन कुत्तों के काटने पर लाला रसौली जाकर अठारह सुइयाँ लगाकर बच जाएगा, पर जब ये कुत्ते काटेंगे तो लाला के साथ तुम सब लोग पागल होकर मरोगे; क्योंकि भूखे इनसान के काटे की दवा नहीं होती। इसलिए इन कुत्तों को खिला दो। मेरी बात मानो।"

सुना है, इसके बाद भी वे लोग उन्हें पंगत में बैठाने के लिए तैयार नहीं थे। हाँ, चार-चार पूड़ियाँ और सब्जी बाँटने के लिए वे किसी प्रकार राजी थे, पर दानिस इतने पर माननेवाला कहाँ था? वह सबको लेकर लाला के फाटक को घेरकर सत्याग्रह कर बैठा। अब भीतर के लोग भीतर, बाहर के लोग बाहर। अजीब स्थिति पैदा हो गई।

रामकिशुन ने बताया कि लाला को अंत में झुकना ही पड़ा। उन सबकी पंगत बैठी। सत्याग्रह विजयी हुआ। दानिस खुश था। उसने उन भिखमंगों से कहा, "आजादी भले ही न दिला सके, पर गरीबों को रोटी गांधी ही दिला सकता है।"

□

इस घटना की गंभीर प्रतिक्रिया हुई। अधिकांश लोगों का विचार था कि दानिस को ऐसा नहीं करना चाहिए था। यदि मन न मिले तो आप मत जाइए और यदि आप जाते हैं तो आपको अभद्रता नहीं करनी चाहिए। माँ का भी कुछ ऐसा ही मत था। पियारी से सारी घटना सुन लेने के बाद बस इतना ही बोलीं, "गए थे हरि

भजन को और ओटा वहाँ कपास।''

किंतु कुछ लोग ऐसे भी थे, जो दानिस के इस व्यवहार की आलोचना के साथ ही यह भी कहते थे कि लाला इसी का पात्र है। जो कुछ हुआ, अच्छा ही हुआ।

दो ही दिन बीते होंगे।

जुलाई की संध्या भीगकर लथपथ हो रही थी। बादल बरसते जा रहे थे। मैं लालटेन जलाकर दालान में पढ़ने की तैयारी में था कि गंगाराम आज की ताजा खबर लेकर आ धमका। मैंने उसे बैठाया, पर बातें बहुत धीरे-धीरे आरंभ कीं; क्योंकि माँ सुनेंगी तो बिगड़ेंगी। वह नहीं चाहती थीं कि उनका लाड़ला पढ़ाई के अतिरिक्त कहीं समय गँवाए।

गंगाराम ने बताया कि हो सकता है, अब आंदोलन तेज हो जाए और गांधीजी अंग्रेजों से भारत छोड़ने के लिए कहें।

''किंतु कहने से कोई भारत थोड़े ही छोड़ देगा।...दानिस ठीक ही कहता है कि आजादी खून बहाने से मिलती है, हाथ जोड़कर गिड़गिड़ाने से नहीं।'' मैंने कहा। और फिर इसी संदर्भ की एक बहस हम दोनों के बीच छिड़ गई। चलते-चलते उसने यह भी बताया कि लाला के यहाँ के दावत कि खबर सद्भावना गोष्ठी के नाम से छपी है। यह सद्भावना गोष्ठी क्या होती है, भगवान् जाने!

संयोग कुछ ऐसा कि ज्यों ही गंगाराम निकला त्यों ही दानिस ने प्रवेश किया—एकदम भीगा हुआ, सराबोर। मेघ दहाड़ता हुआ बरस रहा था। उसने आते ही कमीज उतारकर गारी। आज वह अपनी प्रकृति के सर्वथा विरुद्ध गंभीर दिखाई दे रहा था। जरूर कोई बात है। पहले कुछ बोला नहीं, किंतु जब मैंने उससे कपड़ा बदलने और बैठने के लिए कहा, तब वह कुछ भारी और दबी आवाज में बोला, ''नहीं, बैठूँगा नहीं। कल किसी समय आ जाते तो बड़ा अच्छा होता।''

''क्यों?''

''एक बड़ी जरूरी बात है।'' और वह चुपचाप कुछ सोचने लगा। अवश्य ही लोगों ने लाला के साथ उसके व्यवहार की आलोचना की होगी।

''अब जो हो गया, सो हो गया। उसपर इतना सोचने की क्या आवश्यकता?''

''आवश्यकता तो नहीं थी, पर सोचना पड़ रहा है।'' वह वैसी ही गंभीरता से बोला।

''पर कुछ लोग ऐसा भी कहते हैं कि लाला इसी का पात्र था।'' मैंने कहा।

अब वह मुसकराया, मेरी बात पर नहीं वरन् अपनी भूल पर!

''अरे यार, वह बात नहीं है। लाला तो उसी का पात्र था ही और है भी।''

''तब कौन सी बात है?''

''वह आने पर ही बताऊँगा।'' और चलने को हुआ।

मैंने उसे फिर टोका, ''पर कुछ लोगों का विचार है कि तुम्हें वैसा नहीं करना चाहिए था।''

''भले ही लोगों का विचार हो, पर मैंने जो भी किया, ठीक किया।'' फिर उसने विस्तार से मुझे समझाया, ''यह तो तुम जानते ही हो कि मैं पंगत में बैठाया नहीं जाता।''

''क्यों?''

''क्योंकि मैं मुसलमान हूँ। मेरे बैठते ही बहुत सारे हिंदू उठ जाते। देखो, हमीद भी पंगत में नहीं बैठा था। इसी स्थिति को बचाने के लिए मैं निकल आया। और फिर लाला को बेनकाब करने का मौका भी मिल गया। मैंने सोचा, इसका मुखौटा अच्छी तरह उतार ही दूँ।''

''किंतु यह अवसर नहीं था।''

''यही तो सबसे अच्छा अवसर था।'' उसने मुझे नकारते हुए कहना जारी रखा, ''इतने लोगों के सामने उसे नंगा करने का मतलब था, उसकी स्थापित हो रही छवि को चूरकर बिखेर देना। उसके नाटक का परदाफाश करना। ...और एक बात और हो गई। मैंने गरीब और सड़क के आदमी को गांधीजी की महत्ता समझाई।'' धीरे-धीरे वह वास्तविक रूप में आने लगा—''अभी तक यह आंदोलन कुछ लोगों का ही आंदोलन है। अधिकांश लोग इससे तटस्थ या उदासीन हैं। जब तक यह आंदोलन धरती का आंदोलन नहीं होगा, आम आदमी इससे जुड़ेगा नहीं; गरीब किसान और मजदूरों की इसमें हिस्सेदारी नहीं होगी तब तक आजादी की लड़ाई जीती नहीं जा सकती।'' मुझे लगा, दानिस यथार्थ के धरातल पर बड़ी दृढ़ता से खड़ा है।

लेकिन जब उससे मैंने पुनः बैठ जाने को कहा, वह फिर गंभीर हो गया, मानो कोई तार उसके भीतर झनझना उठा हो।

''कल आ जाते तो बड़ा अच्छा होता।'' उसने कहा। पर बात क्या है, मैं समझ नहीं पाया और न वह बताने की स्थिति में था।

जब वह चला, पानी थम चुका था; पर बादल अब भी पसीज रहा था।

□

मैंने इस स्थिति की कल्पना नहीं की थी।

स्कूल से छूटते ही मैं सीधे दानिस के घर पहुँचा। आज आसमान साफ था। संध्या अपना आँचल बटोर चुकी थी। बिना किसी झिझक के पहली ही दस्तक पर दरवाजा खोल दिया गया। सलमा दिखाई दी—मुसकराती हुई नहीं, बल्कि खोई-खोई-सी। ऐसा लगा जैसे कोई बात हो गई है।

मैंने एक दृष्टि चारों ओर दौड़ाई। जूठे बरतन नाली पर पड़े-पड़े पियरा गए थे। जैसे कई दिनों से खाना न बना हो। अम्मीजान अँधेरे में ही चुपचाप दालान में लेटी थीं। माहौल उदास और बोझिल था।

"भाईजान कहाँ हैं?" मैंने सलमा से पूछा।

उसने दाहिनी ओर की कोठरी की तरफ इशारा किया। धुआँ उगलती एक ढिबरी आले पर टिमटिमा रही थी।

दानिस भी लेटा था।

"क्यों? इतने उदास क्यों हो?" मैंने पूछा।

"क्या बताऊँ? जान-बूझकर मुसीबत मोल ले ली।" दानिस बोला।

उसने हाथ पकड़कर मुझे अपनी बगल में बैठाया और धीरे-धीरे खुलने लगा, "उस दिन लाला के यहाँ से तुम्हारे चले आने के बाद मैं फिर यशोदा के कमरे की ओर गया था। मैंने झाँककर देखा, वह अपना श्रृंगार उतार रही थी। ज्यों ही गहने श्रृंगारदान पर रखकर वह भीतर के कमरे में कपड़ बदलने गई, मैंने उसके गले का यह बेशकीमती हार उठा लिया और धीरे से बाहर चला आया।" इतना कहकर अपनी जेब से निकालकर वह जड़ाऊ हार मुझे दिखाया।

"अरे, यह तो कई हजार रुपए का होगा!" मेरे मुख से निकला, "हार उठाते समय तुम्हें किसी ने देखा नहीं?"

"नहीं, बिलकुल नहीं। यहाँ तक कि भिखमंगों की उस पंगत में बैठकर भोजन करके जब उठा तो यशोदा से मिला था और उससे बोला था—मेरी तो इच्छा थी कि आपको जबरदस्ती अपनी पंगत में बैठाता, पर आप उस समय दिखाई नहीं पड़ीं।"

"तब उसने क्या कहा?"

“चुप थी, उदास और चिंतित।” दानिस ने उससे मिलने का कारण स्पष्ट किया—“मेरा मकसद तो यही था कि उसका मेरे ऊपर कोई संदेह न हो। इसीलिए चलते समय भी मैंने उसे छेड़कर बातें कीं।”

“पर तुमने अच्छा नहीं किया।” मैंने कहा।

“अब मैं भी यही सोचता हूँ।” दानिस बोला, “पर उस समय ऐसा लग रहा था कि मैं ठीक कर रहा हूँ। तुम यकीन नहीं मानोगे जग्गू भाई, जब मैंने इतने जेवरात एक जगह देखे तो मेरे भीतर बैठा कोई छटपटा उठा। मुझे लगा, एक ओर इतनी दौलत और दूसरी ओर जूठी पत्तलें चाटते लोग! क्यों नहीं इसे उन गरीबों में चुपचाप बाँट दिया जाए!”

“यह तो आजादी के बाद होगा ही।” मैंने कहा, “पर चुराकर नहीं, छीनकर बाँटा जाएगा और दहाड़ते हुए कहा जाएगा कि इसपर अब तुम्हारा कोई हक नहीं है। यह सब गरीबों के पसीने की कमाई है, जिसको तुमने हड़प कर रखा है।”

वह चुप हो गया।

“हाँ, मैं कुछ जल्दी कर बैठा।” कुछ रुककर वह बोलता रहा, “सोचा, जब क्रांतिकारी लोग पार्टी चलाने के लिए सरकारी खजानों पर डाका डालते हैं, तब क्यों नहीं मैं भी कुछ इकट्ठा कर लूँ! रोज-रोज चंदे के लिए हर व्यक्ति के सामने हाथ फैलाने से तो छुट्टी मिलेगी।”

“किंतु जब हम चंदा माँगते हैं तब पैसा ही नहीं माँगते, उस व्यक्ति की सहानुभूति भी माँगते हैं। और तुम जानते ही हो, किसी आंदोलन के लिए पैसे से अधिक जन सहानुभूति आवश्यक होती है।” मैं बोलता रहा, “फिर माँगने और चोरी करने में फर्क भी तो है, एक गंगा जैसा पवित्र और दूसरा गँदले नाले जैसा दूषित।”

“हाँ, है तो!” उसकी आवाज कुछ डगमगाई, “लेकिन जब जवान होती हुई सलमा मेरे सामने आती है, कुछ सोचने लगता हूँ।”

इतना कहना था कि अम्मीजान एकदम कोठरी में घुस आईं—“तो क्या तू उसकी शादी चोरी करके करेगा? अरे कमीने, कभी यह तो सोचा होता कि मैंने कितनी तकलीफ से तुम्हें पाला, पर कभी नीयत खराब नहीं की।” उनका क्रोध भभक पड़ा।

मुझे लग रहा था कि वह और सलमा आड़ में खड़ी होकर हमें सुन रही थीं।

काँपती हुई अम्मीजान की दुर्बल देह भभकी और क्रोध आँखों से बहने लगा—''आओ, मैं तुम्हें बताती हूँ।'' मेरा दाहिना हाथ पकड़कर वह मुझे ले चलीं, पीछे-पीछे दानिस और सलमा भी। एक ऐसी सलमा, जिसे काठ मार गया था, जिसे ज्ञान हो गया था कि मेरी बढ़ती उम्र के कारण ही भाईजान को यह कुकर्म करना पड़ा है।

दालान में जहाँ बकरियाँ बँधी थीं, वहीं एक बड़ी सी चक्की जमीन में गड़ी थी। वहीं आकर वह रुक गईं और बोलीं, ''इसी चक्की को पीस-पीसकर मैंने इन दोनों को पाला है, पर कभी बेईमानी नहीं की।'' इसके बाद उसने अपनी मुसीबत की कहानी सुनानी शुरू की, ''इसके अब्बाजान बनारसी साड़ी के बड़े अच्छे कारीगर थे, पर उनका अपना करघा नहीं था। रहमत मियाँ के यहाँ बुनाई करते थे। वे हमारे अच्छे दिन थे। दोनों वक्त की रोटी नसीब हो जाती थी, पर अल्लाताला को कुछ और ही मंजूर था। दो दिन के बुखार में ही वे चल बसे। तब यह कमीना तीन साल का था और सलमा महज छह महीने की। अब मैं क्या करती? पर्दानशीन औरत थी। जाती तो कहाँ जाती?'' वह कुछ रुकीं। उनका मौन अतीत की गहराइयों में खोता चला गया—''इसी घर के सामने गली के उस तरफ, जहाँ अब एक पक्का मकान खड़ा है, वहीं एक झोंपड़ी थी। उसी में रमदेई का परिवार रहता था। उसका शौहर मूँगफली बेचता और वह चक्की पीसती थी। उन दिनों पाँच सेर गेहूँ की पिसाई दो पैसे मिलती थी। उसी रमदेई ने यह चक्की भी दी और बेचारी महाजन के यहाँ से गेहूँ भी ला देती थी। कितनी भली थी वह!''

मुझे स्पष्ट लगा कि वह भावुकता में डूबने लगी हैं। फिर साँस लेकर वह पुनः बोलने लगीं, ''तीन ही बजे बैठ जाती थी। पाँच सेर पीसते-पीसते सवेरा हो जाता था। लोगों ने यह भी राय दी कि आधा सेर गेहूँ निकालकर यदि उसकी जगह सफेद जोंधरी पीस दो तो तुम्हें एक पैसे की और भी बचत हो जाएगी और किसी को पता भी नहीं चलेगा; पर मैंने ऐसा कभी नहीं किया। भूखी रह गई, पर नीयत खराब नहीं की।'' फिर किटकिटाते हुए उन्होंने दानिस की ओर देखा—''और इस कमीने ने चोरी की! लगता है, जैसे यह मेरी औलाद ही नहीं है। आज तड़प उठी होगी इसके अब्बा की रूह।'' इसके बाद वह फफक उठीं। दानिस के किए का प्रायश्चित्त उनकी आँखों से टपकने लगा।

अम्मीजान का कहना था कि दानिस को खुद हार ले जाकर लौटाना चाहिए और लाला से माफी माँगनी चाहिए; पर दानिस इसके लिए तैयार नहीं था। वह हार तो लौटा सकता है, पर माफी नहीं माँगेगा। आखिर उससे माफी क्यों माँगे, जिसके अपराध घिनौने कूड़े के ढेर की तरह उसकी आँखों के सामने सदा भिनभिनाया करते हैं। उसने अपराध नहीं, गलती की है। वह उसे सुधार सकता है, किंतु माफी नहीं माँगेगा।

पर अम्मीजान अपने निश्चय पर दृढ़ हैं, दानिस अपने निश्चय पर। इस मानसिक खिंचाव ने घर के वातावरण में जहर घोल दिया है। दो दिनों से चूल्हा नहीं जला। दानिस मेरे माध्यम से समाधान निकालना चाहता था। उसका कहना था कि मैं हार ले जाऊँ और लाला को देकर कहूँ कि उस दिन मैंने इसे गलियारे में गिरा पाया था, जिसका हो उसे आप दे दें।

''पाया था तो उसी समय लौटा देना चाहिए था। यदि लाला पूछेगा तो क्या कहूँगा?'' मैं बोला, ''और अब तो कई दिन हो गए।''

वह चुप हो गया। सोचने लगा। मुझे भी कोई रास्ता नहीं सूझ रहा था। लगा जैसे में अंधी गली में खड़ा हूँ। इसी समय पत्थर की तरह अम्मीजान की आवाज मुझसे टकराई—''कह देना कि दानिस चुराकर ले गया था। अगर तुम नहीं कहोगे तो मैं कुएँ में डूब मरूँगी!'' अम्मीजान का क्रोध हद से बाहर था। लगा कि सचमुच वह कुछ भी कर सकती हैं।

दानिस मौन हो गया। उसके अहं की बर्फ पिघलने लगी—''तुम कह सकते हो कि मैंने चुराया है?'' दानिस की आवाज डगमगाई—''अब मुझे ही कुएँ में डूब मरना होगा।'' फिर वह उसी कोठरी में जाकर चुपचाप लेट गया।

अब मैं था। मेरे हाथ में हार था। सामने अम्मीजान थीं। धुँधलका था। और उस धुँधलके में सलमा के चेहरे पर चिपकती चंपो की आकृति थी।

मैंने स्थिति को सँभालने की कोशिश की, ''इसे जरूर लाला को लौटा देना चाहिए।'' मैं जरा जोर देकर बोला, ''पर एक बात समझ में नहीं आती!''

''क्या?''

''यही कि उस व्यक्ति के सामने सत्य की अहमियत क्या है, जिसकी सारी जिंदगी झूठ पर टिकी है?''

अम्मीजान मुसकराईं। मुझे लगा कि तनाव कुछ ढीला पड़ा। फिर बड़े

विचित्र अंदाज में दीये की ओर इशारा करते हुए वह बोलीं, ''इस अँधेरे में उस दीये की अहमियत है या नहीं? कितना छोटा सा दीया है और कितना बड़ा सा अँधेरा!''

इस तर्क के समक्ष मैं क्या कहता? अम्मीजान ही बोलती चली गईं, ''तुम सच कहकर देखो तो लाला पर क्या प्रभाव पड़ता है! यदि तुम लोग न कह सको तो मैं ही सलमा को लेकर चली जाऊँ और कहूँ कि मेरे लड़के से गलती हो गई है। माफ करो।''

''नहीं-नहीं, तुम्हें नहीं जाना है।'' दानिस झटके से उठा और बाहर निकल आया—''सलमा को लेकर कभी भूल से भी उसके घर मत जाना। वह आदमी नहीं, जानवर है।''

''नहीं, आपके जाने की क्या आवश्यकता है?'' मैंने पुनः सँभालने की कोशिश की, ''मैं खुद जाऊँगा और आपकी भावना का आदर करते हुए जो भी संभव होगा, करूँगा।''

किसी तरह अम्मीजान मान गईं। मामला ठंडा पड़ा।

अंधकार में आगे बढ़ा चला जा रहा था। मोड़ पर गली का लैंप टिमटिमा रहा था, गोया अपना ही मुँह देख रहा हो। रोशनी की दरिद्रता पर पीपा (महेश) का चेहरा उभर आया; पर शीघ्र ही मेरे भीतर एक आवाज गूँजी—'तुम्हारी जेब में हजारों का हार है और तुम अकेले हो, कोई यदि छीन लेगा तो तुम क्या करोगे?'

मेरा भय ही मेरा पीछा करने लगा। मेरे पैर और तेजी से आगे बढ़े।

□

मैंने कहने को तो कह दिया है, पर अब क्या करूँ? मैं सोचता रहा। उस रात अधिकांशतः नींद मेरे सिरहाने ही बैठी रही, बहुत कम मैं उससे लिपटकर सो सका। अंत में सुबह बिस्तर छोड़ते समय इसी निष्कर्ष पर पहुँचा कि सारी बातें पियारी से कहूँ। वही कोई रास्ता निकाले।

मेरी हाफ पैंट की जेब में वह हार अब भी चुपचाप पड़ा था। किंतु वह इतना भारी है कि अपनी उपस्थिति का एहसास हर गौर से देखनेवाले को करा देगा। हो सकता है, मेरी यह आशंका निर्मूल हो, किंतु मैं अपनी माँ की प्रकृति से इतना भयातुर था कि रह-रहकर मेरा हाथ जेब पर चला जाता था।

किंतु मैं क्या करूँ? कहाँ छिपाऊँ? ले-देकर मेरे पास एक ही जगह है।

वही, ठाकुर के सिंहासन के पीछे। हमीद की गंदी किताब भी वहीं छिपाई थी। दानिस की क्रांतिकारी पुस्तक भी वहीं। अब क्या यह हार भी वहीं छिपा दूँ? माँ देख लेंगी तब? आखिर उन पुस्तकों को तो उन्होंने देख ही लिया था।

ज्यों ही माँ रामकली दादी के यहाँ हुनमानजी का पूजन करने गईं, अवसर पाते ही मैंने अपना सारा अंतर्मंथन पियारी के सामने उगल दिया।

उस हार को देखते ही वह चकित रह गई—"यह तो बड़ा बुरा हो गया!" वह बोली।

"जो हो गया, सो तो हो गया। अब आप इसे किसी तरह लाला को लौटा दीजिए, नहीं तो अम्मीजान कुएँ में कूदकर जान दे देंगी।" फिर मैंने विस्तार से दानिस के घर की परिस्थिति से उसे अवगत कराया।

कुछ देर तक वह चुपचाप सोचती रही, फिर बोली, "मेरा ले जाना ठीक नहीं होगा।" इतना कहकर वह पुनः सोचने लगी। उसकी मुद्रा से लगा कि वह कहना चाहती है कि मुझसे नहीं लेगा, कहीं उसने मुझे ही लौटा दिया तब? उस एहसान को चुकाने के लिए कुछ भी करना पड़ सकता है। अचानक उसकी मुद्रा बदली—"अरे, लाला बड़ा पैसेवाला है। दो-चार हजार के हार से गोजर की कौन सी टाँग टूट जाएगी!" वह भी दानिस के ही मत की दिखाई दी कि इसे बेचकर पार्टी का काम चलाया जाए और अम्मीजान से कह दिया जाए कि लौटा दिया गया है।

"वह बड़ी विचित्र हैं। लाला से जाकर पूछ भी सकती हैं।"

"यदि ऐसी बात है तब तो तुम उसे लौटा ही दो।"

"पर मैं क्या कहूँ कि इतने दिनों तक मैं इसे रखे क्यों रहा?"

"कह देना कि उसी दिन लौटाने के लिए खोज रहां था, पर आप मिले नहीं। फिर आज-कल करते-करते देर हो गई।"

कहना तो सरल है, किंतु मन तैयार नहीं हो रहा था।

"जाओ, जाओ। अभी चले जाओ। वह मिल जाएगा। नहीं तो देर हो जाएगी तो वह घर से निकल जाएगा। जाओ, जल्दी करो।"

"कहाँ भेज रही है इसे सवेरे-सवेरे?" माँ ने घर में घुसते हुए ही पूछा।

मुझे ऐसा लगा, मैं एक बार फिर झकझोर दिया गया।

पियारी ने एकदम बात बदल दी, "यह कोई कॉपी देने अपने दोस्त के यहाँ

जाना चाहता था। वही कह रही थी कि जल्दी करो। जाओ, दे आओ, नहीं तो स्कूल जाने में देर हो जाएगी।''

माँ कुछ नहीं बोलीं। चुपचाप पूजा के घर में चली गईं।

पियारी ने संकेत किया कि जल्दी से एक कॉपी निकालो और चलते बनो।

हाथ में कॉपी लिये और जेब में हार दबाए जब मैं घर से निकला तब आठ बज चुके थे। सुमेर चाचा की दुकान खुल गई थी। मैं उधर बढ़ा भी। अचानक मुझे याद आया कि आज मंगल है। लाला अवश्य ही मृत्युंजय के हनुमानजी का दर्शन करने आएगा। तब क्यों नहीं यह कार्य वहीं संपन्न कर डालूँ।

मेरा रास्ता साफ था, पर मस्तिष्क अनेक प्रकार की संभावनाओं और प्रश्नों में उलझ गया। यदि लाला अभी मंदिर न आया होगा तो क्या करूँगा? और यदि आकर लौट गया होगा तो यशोदा तो होगी। उसी को हार देकर लौट आऊँगा। क्योंकि कुछ तोले का हार अब मेरे मन पर कई मन का बोझ डाल रहा था। उसे जल्दी-से-जल्दी किसी भी तरह मैं उतारकर फेंक देने के पक्ष में था।

प्रभु की बड़ी कृपा कि मंदिर के पास पहुँचते ही लाला का लँगड़ा नौकर डोलची लिये दिखाई दिया। मैंने मृत्युंजय महादेव को श्रद्धापूर्वक प्रणाम किया—''हे भगवान्! मुझे इस स्थिति से किसी तरह उबारो।'' और भीतर हनुमानजी के मंदिर की ओर चला।

दूर से ही देखा, लाला लकड़ी के एक बड़े कुंदे की तरह मूर्ति के समक्ष दंडवत् प्रणाम करते हुए ढुलका है। यशोदा पीछे हाथ जोड़े खड़ी है, ...और वह लँगड़ा सदा की भाँति पिछले खंभे के पास खड़ा मुझे घूर रहा है।

ज्यों-ज्यों मैं पास आता जा रहा था, मेरा मन उद्वेलित होता जा रहा था। आखिर कहूँ तो कैसे कहूँ? निकट आकर हनुमानजी को प्रणाम करता हुआ आँखें मूँदकर हनुमान चालीसा का पाठ करने लगा। लाला ने देखा अवश्य, पर कुछ बोला नहीं। फेरी करता रहा।

मेरा पाठ चलता रहा, किंतु उसकी फेरी समाप्त हो गई। वह चलने को हुआ, फिर भी वह मुझसे कुछ बोला नहीं और न अन्य दिनों की भाँति प्रसाद ही दिया। जरूर उस दिन के दानिस के व्यवहार से वह नाराज है।

पाठ के मध्य में मैं कभी किसी से बोलता नहीं था, पर उस समय मेरी व्यग्रता ही बोल पड़ी, ''मैं आपके घर जाने वाला था, पर अच्छा हुआ जो आपसे

भेंट हो गई।''

विनम्रता ऊपर से ओढ़कर उसकी नाटकीय मुद्रा प्रश्नवाची हुई।

मैंने धड़ से हार जेब से निकालकर उसकी ओर बढ़ाया—''उस दिन यह हार मैंने आपके यहाँ गिरा पाया था। आपको लौटाने आया हूँ।''

उसने हार हाथ में लिया, देखा और फिर यशोदा की ओर बढ़ा दिया। उसने एक रहस्यमयी दृष्टि मुझ पर फेंकी—''पाए उस दिन और लौटाने आए आज!'' वह हँस पड़ा।

इस स्थिति के लिए मैंने बड़ी तैयारी की थी, फिर भी पसीना छूटने लगा—''मैंने उसी दिन सोचा था कि आपको लौटा दूँ। मैंने बहुत खोजा, पर न आप मिले और न यही ही।'' मैंने यशोदा की ओर संकेत करके कहा और कहता गया, ''फिर एक-एक काम आता गया और देर हो गई।''

उसने हार लौटाने के लिए मुझे धन्यवाद नहीं दिया, बल्कि अजीब ढंग से हँसता रहा। फिर उसने यशोदा को संबोधित करते हुए कहा, ''क्यों जी, तुमने तो कहा था कि ज्यों ही मैं हार श्रृंगारदान पर रखकर भीतर कपड़े बदलने लगी, वह गायब हो गया; पर इसने तो दालान में गिरा पाया है।''

अब तो मेरे पैर के नीचे की धरती खिसकने लगी। मुझे लगा कि मैं गिर जाऊँगा। यशोदा की आवाज ने मुझे एक धक्का और दिया—''जी हाँ, मुझे ठीक याद है। मैंने उतारकर श्रृंगारदान पर रखा था।''

''और आपने तो कहा था कि हार को सुबरन उठा ले गया है।'' लँगड़ा बोला।

''चुप रहो जी!'' निश्चित है कि हार की चोरी उसी पर लगाई गई थी; किंतु इस समय उसका मुँह बंद करने के लिए लाला ने उसे डाँट दिया।

फिर मैं यह कह नहीं सका कि मैंने इसे दालान में पाया है। झूठ बोलने और उसपर जोर देने के लिए जिस साहस की आवश्यकता होती है, उसका मुझमें नितांत अभाव था। मेरे समक्ष शब्दों का इतना बड़ा अकाल कभी नहीं पड़ा था।

लाला हँसता जा रहा था। सामने हनुमानजी की प्रतिमा भी मुझ पर हँसती दिखाई पड़ी, मानो वह कह रही हो—झूठ के चक्कर में जो पड़ते हैं, उनकी यही गति होती है।

अपनी हँसी के बीच ही में लाला ने एक विष भरी सुई चुभोई—''लगता है,

यह हार तुम्हारी चंपो को अच्छा नहीं लगा।'' वह फिर हँसने लगा और धन्यवाद देते हुए बोला, ''अच्छा, एक दिन तुम उसे मेरे यहाँ ले आना। मैं अपने हाथ से उसे एक ऐसा हार पहनाऊँगा कि वह तो खुश होगी ही, तुम भी खुश हो जाओगे।'' और फिर उसकी हँसी से अचानक वासना छलकने लगी।

उस दिन लाला ने मुझे प्रसाद नहीं दिया वरन् एक ऐसा विषाद दे गया, जो रह-रहकर मुझे आज भी सालता है।

□

: तीन :

आसमान आग उगल रहा था। धरती तप रही थी। माहौल उबल रहा था, जून की गरमी से नहीं, वरन् खौलती हुई भारतीय राजनीति से। अजीब घुटन-सी थी। तूफान के पहले ही घुटन। धुआँ उठने लगा था। ज्वालामुखी फूटने को था।

उस उलझी राजनीति को मैं बहुत अधिक समझने की स्थिति में नहीं था। सुना है, एक गरमागरम मीटिंग रानी बहू के अनाथालय में हो चुकी थी। आज अनौपचारिक ढंग से रामकिशुन ने कुछ लोगों को संध्या छह बजे कंपनी बाग में बुलाया था। ऐसा सिताऊ (सीताराम) के कहने पर ही किया गया था। वह भी विचित्र व्यक्ति था। सुबह सिर पर कचौड़ी व छोले का खोमचा लगाता था और शाम को कुछ लोगों को लेकर कंपनी बाग के घास के लॉन में बैठकर सुराजी बहस झाड़ता था।

काफी लोग इकट्ठा हो गए थे। संख्या तीस-चालीस के करीब पहुँच चुकी थी। अन्य सभाओं के तौर-तरीके से दूर, बिना दरी, चादर व मसनद के और बिना सभापति के चुनाव के उस घास पर ही बैठकर बातें आरंभ हुईं।

''हमारा एक नेता है गांधी और जो वह कहेगा, हम उसका पालन करेंगे।'' बिना किसी भूमिका के सिताऊ ने बात छेड़ दी। फिर बात में बात निकलती गई।

इस बैठक की एक विशेषता और थी कि इसमें डिप्टी हरनारायण सिंह भी उपस्थित थे वह कभी इस तरह की मीटिंगों में आया नहीं करते थे, पर आज पता नहीं क्यों चले आए थे। वय और ज्ञान-वृद्ध होने के कारण सभी लोगों ने उनका सम्मान एक सभापति की ही तरह किया।

बात यह थी कि रंगून और सिंगापुर से पीछे हटते समय अंग्रेजी सेना ने वहाँ की सारी संपत्ति नष्ट कर दी, जिससे दुश्मन उसका उपयोग न कर सके। इसे

वे 'सुरक्षा' की अर्थनीति कहते थे। भारत पर हमले की आशंका से अंग्रेज काफी घबराए हुए थे। युद्ध के भय से ही बंगाल की नदियों में पड़ी हजारों नावें नष्ट कर दी थीं। बंगाल की अर्थव्यवस्था बुरी तरह लड़खड़ा गई थी। खाद्यान्न के बँटवारे में भी संकट उत्पन्न होने लगा था।

"दुश्मन द्वारा तो हम मारे ही जाएँगे, अब अपने सैनिकों द्वारा भी बरबाद किए जा सकते हैं!" राष्ट्र का टूटा हुआ मनोबल शिवदेव की आवाज में उभरा।

"इसीलिए तो गांधीजी ने कहा है कि अब अंग्रेजों को चाहिए कि सत्ता हम लोगों को सौंप दें।" रामकिशुन बोला, "याद रखिए, गांधीजी यह नहीं कहते कि अंग्रेजी सेना भारत से चली जाए। वे हमें आजाद करें, हम दुश्मन को देख लेंगे।"

"तब शायद दुश्मन हमारे दुश्मन भी न रहें।" दानिस बोला, "जापान या धुरी-राष्ट्र (जर्मनी, इटली और जापान) अंग्रेजों के दुश्मन हो सकते हैं, हमारे तो दुश्मन नहीं हैं। यदि दुश्मन होते तो सुभाष बाबू उनसे मिलकर भारत को आजाद करने की बात क्यों सोचते?" दानिस की मानसिकता सुभाष बाबू के लिए समर्पित थी। और यही उसके चिंतन की सबसे बड़ी दुर्बलता थी।

बातें चलती रहीं।

इसी समय हमीद के साथ भी दो आदमी आए और चुपचाप पीछे बैठ गए। दानिस की आशंका कुड़बुड़ाई। वह धीरे से मेरी बगल में खिसका।

"देखो, यह साला हमिदवा भी आ गया।" उसने मेरे कान में धीरे से कहा।

मैं चुप रह गया।

"उसके साथ वे दो आदमी कौन हैं?" उसने पूछा।

मैं उन्हें जानता नहीं था। मैंने अपनी अनभिज्ञता प्रकट की।

"लगता है, सी.आई.डी. वाले हैं!" फिर वह गुमसुम-सा बैठा उन्हें घूरता रहा।

बातों का क्रम आगे बढ़ता गया—"क्या यह स्थिति ऐसी है कि हम अंग्रेजों को भारत छोड़ने के लिए कहें?" एक ऐसा व्यक्ति बोला, जिसे मैं नहीं जानता, पर सुराजी लगता था।

अब डिप्टी साहब को मौका मिला। उन्होंने बड़ी संतुलित भाषा में बातचीत से हटकर भाषण की शैली में बोलना आरंभ किया, "मित्रो, यही तो मैं भी सोचता हूँ। जवाहरलालजी का कहना है कि ऐसा करने से नाजी ताकतों को शक्ति मिलेगी।"

"किंतु अब भारतवासी दोहरी मार सहने के पक्ष में नहीं हैं। उधर से दुश्मनों की भी मार खाएँ और इधर हारकर पीछे हटते समय अंग्रेज भी हमारा सत्यानास करें।" रामकिशुन बोला, "देश का गिरा हुआ मनोबल अब केवल स्वराज्य से ही उठ सकता है।"

एक क्षण के लिए खामोशी छा गई।

"देखिए, वर्किंग कमेटी क्या निर्णय लेती है!" डिप्टी साहब ने कुछ सोचते हुए कहा।

"निर्णय स्पष्ट है, जो गांधीजी चाहेंगे वही होगा।" शिवदेव बोला।

"क्या ऐसा नहीं हो सकता कि मामला कुछ समय के लिए टाल दिया जाए?" डिप्टी साहब ने कहा।

"ऐसा नहीं हो सकता, कदापि नहीं हो सकता!" दानिस चीखा, "क्योंकि गांधीजी ने स्पष्ट चेतावनी दे दी है कि यदि मेरी बात नहीं मानी गई तो मैं देश में ऐसा आंदोलन खड़ा करूँगा, जो कांग्रेस से भी बड़ा होगा।"

जिद संघर्ष की प्रस्तावना है और हद से गुजरी हुई जिद स्वयं में एक संघर्ष भी। इसी से दानिस जब कोई जिद पकड़ लेता था तो लोग चुप हो जाते थे। इस समय भी ऐसा ही हुआ। बहस समाप्त हो गई। कुछ थोड़े से लोग द्विधा की स्थिति में अवश्य थे, पर अधिकांश का निष्कर्ष स्पष्ट था। वे गांधीजी को ही जानते थे। उन्हें कांग्रेस से क्या लेना-देना। जो गांधीजी हुक्म देंगे, वही होगा।

लोग जब उठे, रात घिर आई थी। चौदहवीं का चाँद ऊपर उठने लगा था।

अधिकांश लोग डिप्टी साहब को घेरकर आगे बढ़े। दानिस और रामकिशुन के साथ मैं पीछे रह गया।

'हार' वाली बात शायद रामकिशुन को भी मालूम हो गई थी। उन्होंने उसी संदर्भ में कुछ कहना चाहा कि दानिस ने उनका हाथ दबाया। वह एकदम चुप हो गया। पीछे मुड़कर देखा तो हमीद भी चला आ रहा था।

"क्यों, अपने साथियों को छोड़ दिया?" दानिस व्यंग्यात्मक ढंग से बोला।

"नहीं, उन्हीं के साथ होने के लिए तो तुम्हारे पीछे चला आ रहा हूँ।"

"हम तुम्हारे कब के साथी?"

हमीद चुप हो गया। क्षण भर बाद ही बड़ी गंभीरता से बोला, "साथी तो तुम हमेशा से रहे, पर हमारा-तुम्हारा रास्ता जरूर अलग-अलग था।"

"अलग रास्ते के राही कभी साथी नहीं होते!"

"और यदि चौराहे पर दोनों रास्ते मिल जाएँ तब?" हमीद हँसा।

मुझे उससे इतने गंभीर उत्तर की आशा नहीं थी। उसकी आवाज और गंभीर हुई—"रास्ता परिस्थितियाँ बनाती हैं और चलते हम हैं। परिस्थितियों पर हमारा नियंत्रण क्या!"

स्पष्ट लगा कि हमीद अपने और हमारे बीच एक पुल बना रहा है।

"तुम अब समझते हो कि परिस्थितियाँ बदल रही हैं?" इस बार रामकिशुन बोला।

"मैं ही क्या, यह तो पूरा देश समझ रहा है कि परिस्थितियाँ बदल रही हैं।"

"देश की बात छोड़ो। यह बताओ, तुम्हारी सी.आई.डी. क्या सोच रही है?" रामकिशुन ने पूछा।

"सी.आई.डी. भी यही सोच रही होगी।" दानिस बोला, "अरे, यह हमीद अपनी भाषा थोड़े ही बोलता है।" तब तक दानिस का हाथ हमीद के कंधे पर पहुँच गया था। दो रास्ते मिले नहीं, पर मिलते दिखाई दिए। एक-दूसरे को टटोलती हुई बड़ी चतुराई से बातें चलती रहीं।

हमीद अधिक तो नहीं खुला, पर इतना जरूर बोला, "लगता है, अंग्रेजों को भारत छोड़ना ही पड़ेगा।"

"इसी से तुम उन्हें अभी से छोड़ने का प्रोग्राम बनाने लगे। गजब हो यार!" रामकिशुन बोला। पर हमीद जरा भी झेंपा नहीं। उसने पॉकेट से सिगरेट निकाली और कुंजन पानवाले की दुकान पर सुलगती नारियल की मोटी लटकती रस्सी से उसे जलाकर पीने लगा।

"भाई देखो, अंग्रेजों का तो अपना देश है, वे वहाँ चले जाएँगे; पर हमें तो यहीं रहना और मरना है।" वह एक गहरा कश खींचकर चिंतन की मुद्रा में हो गया।

रामकिशुन ने एक बार फिर उसे पहचानने की कोशिश की। हो न हो, यह हमीद का जासूसी व्यक्तित्व ही हमें परखने की चेष्टा कर रहा हो! रामकिशुन दाँव बचाते हुए बोला, "पर हमें तो विश्वास नहीं है कि अंग्रेज इतनी आसानी से चले जाएँगे।"

"आसानी से जाएँ या मुश्किल से जाएँ, जाना तो पड़ेगा ही। इसे अंग्रेज भी जानने लगे हैं। और ऐसी स्थिति न होती तो वह बूढ़ा 'भारत छोड़ो' का नारा बुलंद

न करता।'' हमीद बोलता गया, ''बूढ़ा देश की नब्ज पहचानता है। आर्थिक स्थिति खोखली हो गई है। कर्मचारियों की तनख्वाहें समय पर नहीं मिल पा रही हैं।''

दानिस मुसकराया—''तब तुम क्या करोगे?'' उसका तात्पर्य था कि जब पैसा ही नहीं मिल रहा है तब तुम्हारा खर्चा कैसे चलेगा? किंतु हमीद का उत्तर दूसरे ही संदर्भ में था—''कल से खद्दर पहनूँगा।'' वह जोर से हँसा और अपनी अवसरवादिता पर स्वयं एक शेर सुनाने लगा—

''जैसा मौसम हो मुताबिक उसके मैं दीवाना हूँ,
मार्च में बुलबुल हूँ, जुलाई में परवाना हूँ।''

□

सभी लोगों ने अपने-अपने घरों का रास्ता पकड़ा। मैं अकेला अपनी गली में मुड़ा। बीरू के चबूतरे से ही दिखाई दिया कि मेरे दरवाजे पर भीड़ लगी है। कुछ पुलिस की वरदी में भी लोग दिखाई पड़ रहे हैं। कोई बात जरूर है।

निकट आकर मैं एक किनारे खड़ा हो गया। माँ बाहर नहीं थीं। पुलिस पियारी से कुछ पूछताछ कर रही थी। दारोगा और मुंशी चारपाई पर बैठे थे। पियारी, सुमेर चाचा और मुहल्ले के कुछ लोग खड़े थे। गंगाराम ने धीरे से बताया कि चंदर और सोमारू दोनों जेल से भाग गए हैं। उन्हीं की तहकीकात में पुलिस आई है।

''तुम तो चंदर की मुसम्मात हो?'' दारोगा ने पियारी से पूछा।

पियारी चुपचाप खड़ी रही। मैंने उसकी ओर देखा। चाँदनी के धूमिल प्रकाश में भी उसका चेहरा सिंदूर होता दिखाई दिया।

''बोलतीं क्यों नहीं, तुम चंदर की औरत नहीं हो?'' दारोगा ने थोड़ा जोर देकर अपना प्रश्न दोहराया।

''नहीं।'' भीतर के उबाल से बस एक शब्द छलककर बाहर आया।

''पर लोग तो कहते हैं कि तुम उसी की औरत हो।''

''न मैं कभी उसकी औरत थी और न आज हूँ।''

''पर उससे तुम्हारा संबंध तो कभी था ही?''

''कभी रहा होगा, पर अब कोई संबंध नहीं रह गया।'' लज्जा और संकोच से दबी हुई पियारी अब भभकने लगी थी, ''वह मेरे लिए बहुत पहले ही मर चुका है।'' इसके बाद उसने संक्षेप में वह घटना बताई, जिसमें चंदर ने उसे मारते-मारते बेदम कर दिया था। ''मुझे मरा हुआ समझकर वह कमीना भाग गया। इसके बाद से

ही मेरा-उसका नाता टूट गया।''

''जेल में भी तुम कभी उससे मिलने नहीं गईं?''

''नहीं।''

''लेकिन जेल के रिकॉर्ड में अपने परिवार में महज एक तुम्हारा ही नाम उसने लिखवाया है और खुद को तुम्हारा शौहर बताया है।''

''यह गलत है, झूठ है।''

दारोगा कुछ सोचने लगा। उसने सुमेर चाचा से लालटेन ऊपर उठाने को कहा और उसके प्रकाश में फाइल के पन्ने उलटने लगा। एक कागज पढ़ते हुए वह बोला, ''उसका पेशा तो जरायम लिखा है, जाति अहीर है।'' फिर पियारी की ओर संकेत करके उसने पूछा, ''तुम्हारी जाति क्या है?''

अब पियारी क्या जवाब दे? नियति की दीमक द्वारा चाटी गई जिंदगी की किताब के कौन-कौन पन्ने उधेड़े? वह पसीने से तर-बतर थी।

''अरे साहब, औरत की भी कोई जाति होती है! गाय और लड़की को जिस खूँटे से बाँध दीजिए उसी की होकर रह जाती हैं।'' और फिर एक हलकी हँसी में चाचा ने प्रश्न को बहा देने की सफल चेष्टा की। पर एक बूढ़ा दीवान पियारी की ओर देखकर बुरी तरह मुसकराया। निश्चित ही वह उसकी पिछली जिंदगी से वाकिफ था। शेष जरूर अनजाने थे।

दारोगा कुछ नहीं बोला। वह फाइल के पन्नों में खोता गया। किसी सूत्र को पकड़ने की चेष्टा में वह बेतरह परेशान हो बुदबुदाया, ''बड़ी मुश्किल है। उसके किसी दोस्त का कहीं कोई जिक्र नहीं। आखिर पता लगाया जाए तो कहाँ पता लगाया जाए? और तुम भी उसके संबंध में कुछ बताती नहीं हो। क्यों नहीं मैं तुम्हें ही थाने ले चलूँ और साहब के हवाले कर दूँ?''

पियारी काँप उठी—थाने जाने से नहीं वरन् साहब के हवाले करने की बात से। उसकी सबसे बड़ी विडंबना यह थी कि वह अपनी पुरानी तसवीर से घृणा करती थी। वह उसे निहायत घिनौनी लगती थी और अकेले में वह उसपर थूक भी चुकी थी; पर हर पुराना पुलिस का आदमी पियारी को उसी शक्ल में देखता था—उसी बाजारू पियारी की शक्ल में।

सबकी खामोश निगाहें पियारी पर आकर अचानक गड़ गईं। यदि कोई दूसरी औरत होती तो इस स्थिति से मुक्ति की याचना करते हुए दारोगा का पैर पकड़

लेती, पर वह तो पियारी थी, हर परिस्थिति से जूझने का दम-खम रखनेवाली पियारी। उसने अपना बिखरता साहस बटोरा, "आखिर मुझे बड़े साहब के हवाले करने से क्या लाभ होगा?"

"यह तो बड़ा साहब बताएगा न!" वह बूढ़ा दीवान फिर बड़े बेहूदे ढंग से मुसकराया। पर वह मुसकराहट दारोगाजी से अछूती रह गई।

दारोगा के सामने लाचारी थी। जेल के कई कर्मचारियों की नौकरी खतरे में थी। चंदर और सोमारू का पता लगाना किसी भी हालत में जरूरी था; पर कहीं से कोई सुराग नहीं मिल रहा था। उसने लालटेन को जमीन पर रखवाते हुए फाइल बंद कर दी।

"आप एक शरीफ औरत लगती हैं, इसीलिए मैं अभी आपको थाने नहीं ले चल रहा हूँ; पर आप हमेशा तैयार रहिएगा, किसी भी समय आपकी जरूरत पड़ सकती है।"

सुमेर चाचा ने सोचा, क्यों नहीं इस भटके हुए आदमी को गली के दूसरे मोड़ पर खड़ा कर दिया जाए। वह बोला, "सोमारू का तो पता लगाया जा सकता है।"

"कैसे?" दारोगा की आँखें एकदम सुमेर के चेहरे पर लग गईं।

"वह लाला के यहाँ नौकर था।"

"पर लाला उसके संबंध में कुछ बताते नहीं हैं।" दारोगा बोला, "बल्कि उन्होंने ही हमें यहाँ भेजा है। उनका कहना है कि सोमारू ने मुश्किल से आठ-दस दिन ही हमारे यहाँ काम किया होगा। इतनी कम अवधि में ही वह इतनी बड़ी वारदात कर बैठा। हमारे मुँह में कालिख पोतकर जेल चला गया।"

"आठ-दस दिन तो नहीं वरन् सालों उसने उसके यहाँ नौकरी की है, क्यों रामनाथ?"

रामनाथ ने स्वीकारात्मक ढंग से सिर हिला दिया।

"हुजूर, आपने उससे यह नहीं पूछा कि आखिर सोमारू के कौन से दोस्त थे? कौन से लोग उससे मिलने-जुलने आते थे?"

"पूछा न। तभी तो उसने यहाँ का पता बताया।" दारोगा बोला, "वह तो कहता है कि पियारी ही उससे मिलने आती थी। वह उसके जेल में बंद शौहर का दोस्त है।"

"यह सब झूठ है! लाला कभी…" पियारी भभकने को थी कि चाचा ने उसका हाथ पकड़कर उसे शांत कर दिया। उसे लगा, वह आवेश में कुछ भी कह सकती है।

"यह ठीक है कि सोमारू और चंदर में दोस्ती थी और उन्होंने यह दोस्ती जेल में भी निबाही।" सुमेर चाचा ने कहा, "पर सोमारू से पियारी का कोई संबंध नहीं था।"

दारोगा चुप हो फिर सोचने लगा।

यह कहना अप्रासंगिक न होगा कि दारोगा कृष्णबहादुर सिंह निहायत शरीफ आदमी थे। देखने से ही वह किसी बड़े खानदान के मालूम पड़ते थे। कोतवाली में नए-नए आए थे, वरना उन दिनों पुलिस का एक मामूली सिपाही भी यमराज का दूत होता था। जिसके दरवाजे पर खड़ा हो जाता था, उसकी रूह काँप उठती थी। पुलिस की छाया तक कयामत लाती थी। पर ठाकुर साहब दारोगा होकर भी आदमी थे। उनकी सौम्यता और उनके व्यवहार में जरा भी रूखापन नहीं था। शायद इसीलिए लोग उनसे इतना खुलकर बातें कर सके।

सुमेर चाचा के सामने तसवीर साफ थी। लगा कि वह जो कुछ कहना चाहते हैं, सबके सामने कह नहीं पा रहे हैं। उन्होंने बाहर के लोगों को हटाया और पुलिस के आदमियों को घर में ले आए। नीचे दालान में बिछी चौकी पर उन्हें आदर से बैठाया और मुझे एक रुपया देकर मिठाई और पान लाने का संकेत किया।

"हुजूर, आप अधिक परेशान न हों।" चाचा ने बड़े इतमीनान से कहा, "आप लाला को ही घेरें। मेरे विचार से तो सारा मामला उसी के पेट में है।" इसी प्रसंग में लाला के व्यक्तित्व की सही तसवीर भी चाचा ने उन लोगों के सामने खींची; पर उस वृद्ध दीवान को मुसकराते देखकर चाचा अधिक बोल न सका। लाला के व्यक्तित्व का आतंक तो उसके मन पर था ही और कहीं बात फूट जाएगी तो गजब हो सकता है। उसने अपने कहे पर भी चिकनाना शुरू किया, "मेरे कहने का मतलब है कि लाला एक भले आदमी हैं। वे नौकरों का बड़ा खयाल रखते हैं। ऐसा नहीं हो सकता कि सोमारू की उन्हें जानकारी न हो।"

जलपान करके जब दारोगा साहब चले तब लगभग नौ बज चुके थे।

उनके बाहर निकलते ही माँ ने मुझे पीटना शुरू किया—"इस नीच को कई बार मना किया कि संध्या होते ही घर चला आया कर, पर मानता ही नहीं। देर-देर

तक घूमता ही रहता है।'' माँ चीखती और मुझे पीटती जाती थीं। यद्यपि इसके पहले भी मैं कई दिन इसी समय आया था, पर माँ ने एतराज नहीं किया था। आज क्या हो गया माँ को? माँ इतनी नाराज क्यों हैं?

यद्यपि अब मैं बड़ा हो गया था और झटका देकर खुद को अलग कर सकता था, पर संस्कारों से खुद को कैसे अलग करता? आखिर वह मेरी माँ थीं। किंतु इस अप्रत्याशित प्रहार से मैं कुछ सकते में आ गया था।

मेरा मन उस मार के कारण के मूल में पहुँचे, इसके पहले 'भड़ाभड़' मुझ पर हाथ पड़ते जा रहे थे। पियारी ने एक बार छुड़ाने की कोशिश भी की, पर माँ तड़पीं, ''तू हट जा पियारी, मैं आज इसे मारकर ही दम लूँगी!''

''व्यर्थ इसे मारने से क्या मिलेगा?''

''मर जाएगा कमीना तो चार दिन आँसू बहा लूँगी। जिंदगी भर बदनाम होने से चार दिन रो लेना अच्छा है।''

किंतु पियारी ने किसी तरह मुझे छुड़ा लिया। फिर भी दो-चार हाथ पुनः लग गए। माँ काँपती और गालियाँ उगलती रहीं। पियारी को कुछ आश्चर्य था कि आज इन्हें हो क्या गया है? किंतु माँ जिस तरह पियारी को झिड़कती रहीं, उससे उसे तो पहले ही मालूम हो गया कि जीजी धोबी का गुस्सा गधे पर उतार रही हैं। बाद में इस असलियत से मैं भी वाकिफ हो गया।

पियारी छाती से चिपकाकर मुझे अपनी कोठरी में ले आई।

क्रोध की आँधी के पीछे आँसुओं की बरसात लगी रहती है। घंटे भर बाद ही यह स्थिति आ गई थी। मैंने बाहर निकलकर देखा, माँ रो रही हैं। ढिबरी के प्रकाश में उसके सिसकनहीन मोटे-मोटे आँसू गालों पर ढुलककर सूखते जा रहे हैं।

पुलिस का घर पर आना माँ को बहुत बुरा लगा, वह भी चंदर और सोमारू के संदर्भ में। छिह, उसकी इज्जत की धवलता पर जैसे कीचड़ फेंका गया हो।

दूसरी ओर माँ भयंकर रूप से आतंकित थीं। जेल से भागे हुए चंदर और सोमारू उनके मन को बुरी तरह घेर चुके थे। उन्हें लग रहा था कि मेरा घर ही इन अपराधियों की कारगुजारी का कहीं अड्डा न हो जाए।

किंतु पियारी मुझे लेकर जो सोई तो सो ही गई। वह सुलाती भी बड़े प्यार से थी। उसके पास सोना मुझे अच्छा लगता था। सोते-सोते वह पंखा भी झलती जाती थी। उसकी नींद गरमी से लड़ते-लड़ते अभ्यस्त हो चुकी थी।

□

भीतर-भीतर राष्ट्र सुलगने लगा था। उसकी चिनगारी हम तक आ रही थी। लग रहा था कि धरती एक ऐसे आंदोलन को जन्म देने जा रही है, जो कांग्रेस से भी बड़ा होगा; पर साथ ही शहर में लाला की छवि भी निखरती जा रही थी। वह हर सुराजी क्रियाकलाप के पीछे अपनी थैली लिये दिखता था।

…और सारे अपराध भी उसी थैली में पलते नजर आते थे। औरों की तरह माँ को भी विश्वास था कि सोमारू और चंदर लाला के ही पेट में हैं, इसलिए उनका घबराना लाजिमी था, क्योंकि पियारी उनके साथ थी। वह पियारी के लिए अवश्य कुछ-न-कुछ करेगा। कीचड़ में मारना भी खराब और कीचड़ की मार भी खराब। और कुछ नहीं हुआ तो छींटे तो पड़ेंगे ही। तब क्यों नहीं पियारी को हटने के लिए कहा जाए।

माँ का आज का दिन इसी मानसिकता में उगा था। वह बड़ी उखड़ी-उखड़ी-सी दिखाई दीं। पियारी ने उनसे कई बार बोलने की कोशिश भी, पर उन्होंने सीधे मुँह बात नहीं की। उसे तो पहले से ही अयास था कि पुलिस का आना इन्हें अच्छा नहीं लगा है। पर वह कर क्या सकती थी, लाचार थी।

एक फिसली हुई नारी की अस्मिता गिरने के बाद भी खड़ी हो सकती है, पर हजार प्रयत्न करने पर भी वह अपने व्यक्तित्व पर लगी फिसलन की चिपचिपाहट को हटा नहीं सकती। बाद में यही उसका इतिहास बन जाती है। पियारी भी इस स्थिति से उतनी परेशान नहीं थी जितनी अपने इतिहास से। यही इतिहास आज भी अपनी पूरी विभीषिका के साथ माँ की आँखों के सामने नाचने लगा था। वह प्रत्यक्ष रूप से पियारी से कुछ कह तो नहीं पाई, पर जब रामकली दादी के यहाँ हनुमानजी की पूजा करने गई तब उन्होंने रामकिशुन से विस्तार से बातें कीं और कहा कि पियारी को मेरा घर छोड़ देने के लिए वह किसी प्रकार राजी करें।

माँ जब लौटीं तो गंभीर थीं। चेहरा उदास और आँखें फीकी-फीकी। आखिर इतने दिनों के साथ से वह एकदम मुँह मोड़ रही थीं। अपने शरीर में उगे एक अंग को वह नोचकर फेंक देना चाहती थीं—पीड़ा को सहते हुए भी, केवल लोक-लज्जा से भय से।

कोठी जाते समय आज उन्होंने मुझे विशेष रूप से हरका—"देखो, स्कूल से सीधे घर आना। यदि घर पर कोई न रहे (स्पष्टत: उनका संकेत पियारी की ओर था,

लेकिन पियारी से उन्होंने कुछ कहा नहीं) तो सुमेर चाचा के यहाँ ही रह जाना। बखत खराब है।''

वह चली गईं। मैं स्कूल जाने की तैयारी करने लगा।

कुछ ही देर बाद रामकिशुन आ धमका। पियारी को देखते ही वह मुसकराया—''एक खबर लेकर आया हूँ।'' जैसे कोई सुखद समाचार हो।

भीतर से उबलती पियारी चुपचाप उसके सामने खड़ी हो गई।

''अब आपको कोई दूसरा घर खोजना चाहिए।'' वह वैसी ही प्रसन्न मुद्रा में बोला।

''औरत का तो एक ही घर होता है भैया, और जब वही बिगड़ गया तब अब कहाँ शरण मिलेगी!'' भीतर का उबाल पियारी की आँखों में छलक आया—''और मैं ऐसी अभागिन हूँ कि मैंने अपने हाथ से ही अपने घर में आग लगाई है।''

मेरी भी आँखें नम हो गईं। पर रामकिशुन पर इसका प्रभाव नहीं पड़ा। लगता है, उसकी मानसिकता इसके लिए पहले से तैयार थी।

वह चुपचाप दालान में चौकी पर बैठ गया। पियारी आँसू पोंछते हुए बोलती रही, ''कल जब जीजी अनायास जग्गू को मारने लगी थीं, तभी मैंने समझ लिया कि वह मुझ पर नाराज हैं और मेरा क्रोध उसपर उतार रही हैं।'' फिर उसके गले में जैसे कोई चीज अटक गई। वह थूक निगलते हुए बोलती रही, ''वे दोनों जेल से निकल भागे। कमीने वे नीच हैं ही, फिर उन्हें लाला की छाया भी मिल गई। एक तो तितलौकी, दूसरे नीम चढ़ी। जरूर कोई-न-कोई खुराफात होगी।''

''कुछ नहीं होगा।'' रामकिशुन बोला, ''वे स्साले जेल से भागे हैं। पुलिस खोज रही है। उन्हें खुद अपनी जान की पड़ी है। वे क्या खुराफात करेंगे!''

पियारी की आँसुओं की बाढ़ थोड़ी थमी। वह चिंतन में डूबी रही। रामकिशुन बोलता रहा, ''वास्तव में पुलिस का आना ही किसी भले घर को कलंकित करने के लिए काफी है। फिर यदि वह दारोगा के साथ हो तो कहना ही क्या? जग्गू की माँ भी इसी से घबरा गई होंगी।''

''क्या सोच रही हो? घबराने की कोई जरूरत नहीं। न हो तो मेरे ही घर चलो। नीचे की कोठरी अब भी खाली पड़ी तुम्हारा आसरा अगोर रही है।'' रामकिशुन बोला और बड़े गौर से उसे देखता रहा। मैंने उसमें एक ललक देखी। ऐसी ललक पियारी के प्रति मैं कई बार उसकी आँखों में देख चुका हूँ।

पियारी ने अपनी कोई प्रतिक्रिया व्यक्त नहीं की। सोचती रही कि जीजी ने खुद मुझसे नहीं कहा। शायद वह मुझसे कह नहीं पाईं और फिर सिसक पड़ी—"कोई-न-कोई रास्ता तो खोजना ही पड़ेगा।"

स्पष्ट था कि ऐसा प्रस्ताव इसके पहले भी कई बार रामकिशुन पियारी से कर चुका था और वह हर बार टाल गई थी। इस बार भी वह टालने की नीयत से ही मुझसे बोली, "चलो बेटा, तुम्हें खाना दे दूँ, वरना स्कूल की देर हो जाएगी।"

रामकिशुन चुपचाप चला गया

ऊपर आते-आते मैंने पियारी से पूछ ही दिया, "क्यों चाची, अब तुम चली जाओगी?"

"जाना ही पड़ेगा, बेटा!"

"आखिर कहाँ जाओगी, चाची?"

"जहाँ भगवान् ले जाएगा।" इतना कहते-कहते उसकी आँखों का बाँध टूट गया। वह मुझसे लिपटकर बड़ी देर तक रोती रही। मैं भी रोता रहा।

□

दूध से जली पियारी अब मट्ठे को भी फूँक रही थी। किसी पुरुष का आश्रय उसे प्रेतछाया-सा भयातुर कर देता था। यद्यपि वह रामकिशुन को बहुत निकट से जानती थी, उसके हृदय में टँगी अपनी तसवीर पर उसकी प्रेमार्द्रता का भी वह अनुभव कर चुकी थी। फिर भी वह उससे दूर ही रही, क्योंकि गंदे नाले से निकलकर वह फिर दलदल में फँसना नहीं चाहती थी। वह रानी बहू के यहाँ गई और रो-गाकर किसी तरह उन्हें राजी कर लिया। उन्हें भी पियारी ऐसी होशियार औरत की जरूरत थी। उनके अनाथालय में एक अदद अनाथ और बढ़ गया।

इधर उसका न होना हम माँ-बेटे को बहुत खलने लगा। एक अकेला और सूनापन हमें घेरता रहा। साथ ही, बहुत से काम भी पड़े रह जाते थे। अब झाड़ू-बुहारू कौन करे? पानी कौन भरे? सँझबाती कौन दे?

माँ कोठी चली जातीं और पियारी की याद एक बड़े ताले की तरह बाहरी दरवाजे पर लटक जाती। मैं भी स्कूल से आकर सुमेर चाचा के यहाँ ही रह जाता।

ढले साँझ की कालिमा बटोरती हुई माँ जब कोठी से लौटतीं, मैं भी उनके साथ हो जाता। ताला खोलकर भीतर आते ही हम दोनों साँय-साँय करते अँधेरे में खो जाते।

वर्षा के दिन थे। दोपहर से ही मघा झकझोर-झकझोरकर बरस रहा था।

जब मैं सुमेर चाचा के यहाँ आया, भीगकर लथपथ था। चंपो देखकर हँस पड़ी। "कैसा मजा आया!" वह बोली और मुझे देखती रही। मेरा संपूर्ण शरीर विन्यास कपड़े से चिपककर उभर आया था। मुझे लगा, उसकी आँखों से निकली हुई रश्मियाँ धीरे-धीरे सहला रही हैं।

"कपड़े उतारकर गारो और फिर उसे अरगनी पर डाल दो।" बगल के कमरे से निकलती हुई चाची बोलीं।

मैं एकदम हड़बड़ाकर कपड़े उतारने लगा। चंपो भी धीरे से लालटेन उठा तेल भरने चली गई।

सारे कपड़े तो अरगनी पर डाल दिए, अब पैंट कैसे बदलूँ? चाची उठीं। चाचा के अधिकांश कपड़े गीले थे। जब कुछ नहीं मिला तब उसने चंपो की ही एक फटी साड़ी दे दी—"ले, इसी को लपेट ले।"

मैंने साड़ी को दोहरी कर लपेटा और पैंट को अरगनी पर डाल दिया।

मैंने कई बार साड़ी को देखा। वह फटी और गंदी थी। उससे एक गंध आ रही थी, फिर भी वह मेरे लिए लुभावनी थी। मेरा मन उलझने लगा। कुछ ऐसा लगा जैसे वह साड़ी ही मुझसे लिपटी हो, स्वयं चंपो आकर चिपक गई हो। मैंने मुड़कर देखा, चंपो मुसकरा रही थी।

पानी बरसना अब तेज हो गया था। चाचा की दुकान के पास काफी पानी लग गया था। बौछार भी दुकान की तरफ ही थी। उसने बाहर का सामान उठाकर पहले ही भीतर कर लिया था। अब द्वार भी बंद कर दिया गया। फिर भी पानी के छींटे भीतर आ रहे थे और कच्ची फर्श की मिट्टी चिपचिपी होती जा रही थी। चाचा भीतर आया और अन्य कोठरियों के द्वार पर जो पैर पोंछने के लिए टाट के टुकड़े बिछे थे, उन्हें उठाकर दुकान के बंद दरवाजे के पास लगा आया। अब बौछार बोरे पर ही पड़ेगी। जब बोरा भीग जाएगा तो वह उसे उठाकर चौक में निचोड़ देगा।

"लगता है, आज आसमान फट पड़ेगा।" सुमेर चाचा भीतर आकर बोला, "बेचारी महराजिन आज कैसे आएँगी?"

"यदि ऐसा ही बरसता रह जाएगा तो शायद वह न भी आएँ!" चाची बोली।

चाची की यह आशंका मेरे लिए लुभावनी थी। ऐसी बरसात, घिरता हुआ अँधेरा और चंपो की मुसकान—इनमें से एक ही मुझे बाँध लेने के लिए पर्याप्त था। यहाँ तो तीनों थे। मेरी इच्छा तो यहीं रह जाने की थी, पर माँ के आ जाने पर ऐसा नहीं होगा।

"क्यों जी, तुम्हारे यहाँ कोई चीज खुली तो नहीं है?" चाचा बोला, "तुम्हारी खपरैल तो चलनी हो गई है। घर में पानी पौंड़ रहा होगा।"

कहने को कह तो दिया कि कुछ नहीं खुला है, किंतु शीघ्र ही याद आया कि डारे पर कपड़े पड़े हैं। कनस्तर पर किताबें रखी हैं और रोटी का बैगुना तो जमीन में ही सुबह ढाँका गया था। कौन जाने वह पानी में तैर रहा हो।

मेरी गरीबी की कड़वाहट उस मधुरिमा में घुलने लगी।

अँधेरा बढ़ गया। दोनों हथेलियों के बीच मेहराई दियासलाई की काँटी रकड़कर चंपो गरम करती रह गई, पर एक न जली। अंत में मैं उससे दियासलाई लेते हुए बोला, "दे मुझे, तू जला चुकी।" इस संदर्भ में मेरा हाथ उसके बदन से टकराया। मैं सिहर उठा। उसकी त्योरियाँ चढ़ गईं, जैसे वह कह रही हो कि सबके सामने ऐसा मत किया कर, पर तू मानता ही नहीं है। यह अच्छी बात नहीं है।

'पर मैं क्या करूँ? मैंने जानकर ऐसा तो किया नहीं। हाथ ही है, लग गया तो कौन तुम्हारा अंग घिस गया।' मैंने यह कहा नहीं, मन में ही सोचकर रह गया।

मैंने दूसरे ही क्षण सलाई जला दी।

"देख, अक्किल बड़ी कि भैंस?"

"भैंस!" वह अजीब ढंग से मुँह चिढ़ाते हुए बोली।

हम सब हँस पड़े।

थोड़ी देर बाद एकदम भीगी हुई माँ आईं। वह पूरी तरह लथपथ थीं। उन्होंने अपनी बगल से कपड़े की एक छोटी सी पोटली निकाली, जो भीगी नहीं थी। उसमें पाव के दो बड़े-बड़े पराँठे बँधे थे। आज सोचता हूँ तो सिहर उठता हूँ। माँ कितनी भीग गईं, पर पराँठे नहीं भीगे। यदि वह भीग जाते तो हम क्या खाते? हे भगवान्! गरीबी में सब गीला हो जाए, पर आटा गीला न हो, रोटी गीली न हो।

माँ ताली ले तुरंत वहाँ से चल पड़ीं। द्वार खोलकर माँ ज्यों ही भीतर घुसीं, अंधकार में खो गईं। लगता है, नाली में कुछ फँस गया था। पूरे चौक में पानी भर आया था। छपर-छपर करती आगे बढ़ीं कि फिसलकर धड़ाम से गिर पड़ीं। वह

मेरा हाथ पकड़े थीं, मैं भी गिरा; पर पराँठे की पोटली अब भी ऊपर थी। माँ ने सँभलने और उठने के पहले ही पूछा, "देख, पराँठे तो पानी में नहीं गिरे?"

"नहीं।"

उन्होंने संतोष की साँस ली।

"आज बेचारी पियारी होती तो कम-से-कम दीया-बत्ती तो करती।" वह उठते हुए बोलीं और फिर चुप हो गईं।

ऊपर आकर माँ ने कपड़े बदले और बाहर छत पर बरसते पानी में ही फेंक दिए। मैंने भी चंपो की साड़ी उतारकर ऐसा ही किया, क्योंकि चौक में गिरने से उसमें काफी मिट्टी लग गई थी।

सभी कोठरियाँ बेतरह चू रही थीं। रोटी का बैगुना सचमुच तैर रहा था। तीसरी कोठरी, जिसकी फर्श पक्की थी और इस घोर बरसात से लड़ने में कुछ समर्थ थी, वहीं खा-पीकर हम दोनों ने सोने की व्यवस्था की।

अरगनी पर पड़े मेरे कपड़े लगभग भीग चुके थे, पर कनस्तर पर धरी पुस्तकें और कॉपियाँ बहुत कुछ सुरक्षित थीं।

सोते समय माँ ने बताया कि पियारी हम लोगों को बहुत याद करती है।

"अब तुम उसे बुला लो न, माँ।"

"अब वह यहाँ नहीं आएगी।"

मैंने अनुभव किया कि हम दोनों अकेले नहीं हैं। माँ के पास पियारी है और मेरे पास चंपो। पानी अब भी बरस रहा था। पूरब की खिड़की से हवा के झोंके रह-रहकर आ-जा रहे थे।

□

दूसरे ही दिन माहौल में गरमी आई। मुहल्ले का तनाव काफी बढ़ गया।

शाम को गलियों का लैंप जलाकर लौटते समय पीपा चाचा की दुकान पर बीड़ी पीने के लिए रुका। कई लोग वहाँ बैठे थे। उनके हटते-बढ़ते ही उसने धीरे से चाचा से कहा, "आज सोमारू मिला था।"

"कहाँ?" चाचा के कान खड़े हो गए।

"वहीं मृत्युंजय के पीछेवाली गली में।" पीपा कहता गया, "लगता है, उधर से ही कहीं से कच्ची पीकर आ रहा था। उसके पैर भी लड़खड़ा रहे थे और मुँह से भी दुर्गंध आ रही थी।"

''अरे यार, उसे पुलिस खोज रही है और वह सरेआम घूम रहा है।'' चाचा बोला।

''यही तो आश्चर्य है!'' महेश बोला, ''जब मैंने उससे बात चलाई और पूछा—कहो सोमारू, कैसे हो? तो वह एकदम तनकर खड़ा हो गया और बोला—तुम्हीं देख लो कैसा हूँ? सचमुच वह पहले से काफी तगड़ा हो गया है। उसे जेल की रोटी रास पड़ी है।''

''तुमने यह नहीं पूछा कि जेल से कैसे आए?''

''यह तो नहीं पूछा, पर उसने स्वयं बताया कि जमानत पर छूटा हूँ।''

तब तक कुछ ग्राहक और आ गए। बातें वहीं रुक गईं। चाचा ने चाची को बुलाया और उसे ग्राहकों को सौदा देने का निर्देश देकर दुकान से उठ आया। आवश्यकता पड़ने पर वह बहुधा ऐसा करता था।

उसने पीपा को भीतर ही बुला लिया। उसका कनस्तर और सीढ़ी बाहर पड़े थे।

''यार, बड़ी उखड़ी-उखड़ी बातें कर रहा था।'' पीपा ने बताया, ''वैसे ही तनकर वह बोला—देख, कितना बड़ा हो गया हूँ? फिर वह बड़ी जोर से हँसा और मेरा कंधा दोनों हाथों से पकड़कर अच्छी तरह हिलाते हुए बोला—जानता है, मुझसे भी बड़ा है लाला का पेट, जिसमें मैं पल रहा हूँ। ...और फिर हँसने लगा। इसी तरह नशे में वह पता नहीं क्या-क्या बड़बड़ाता रहा।''

मैंने देखा, चाचा की आकृति का रंग बदलने लगा—''और कुछ कह रहा था?''

''हाँ, तुम्हारे संबंध में भी उसने कहा था।'' उसने याद करते हुए सिर खुजलाया—''पूछ रहा था—सावजी का क्या हाल-चाल है लगता है? अब उन्हें भी पंख जम रहे हैं। ...अरे यार, वह नशे में धुत था। अंड-बंड बके जा रहा था।'' पीपा के लिए तो यह सचमुच नशे की बकवास थी, पर चाचा के नीचे की धरती खिसकी जा रही थी। उसे लग रहा था कि मैंने दारोगाजी से लाला के संबंध में जो बातें कहीं, उसका पता लाला को लग गया है। उसके सामने उस बूढ़े की मुसकान और अधिक विषैली होकर उसे चुभने लगी थी। फिर भी उसने अपनी मानसिकता का भान पीपा (महेश) को होने नहीं दिया।

''पियारी के संबंध में भी वह कुछ कह रहा था?'' चाचा ने बड़ी गंभीरता

से पूछा।

"पियारी के संबंध में तो उसने कुछ नहीं कहा।" पीपा कुछ सोचते हुए बोला, फिर अचानक उसकी मुद्रा बदली—"अरे यार, मैं उस शराबी-कबाबी से किसी प्रकार पिंड छुड़ाना चाहता था, उससे बातें लड़ाने से फायदा!"

महेश बाहर ही निकला होगा कि माँ कोठी से आ गईं। चाचा ने सारी बातें उन्हें सुनाईं। एक गंभीर मौन उनके चेहरे पर चिपक गया। उन्हें भी लगा कि लाला के खिलाफ दारोगा से कहकर अच्छा नहीं किया गया। विषैले सर्प पर कंकड़ी मारने से अच्छा था कि हम चुप ही रह जाते।

"अरे, बहुत होता, पियारी को लोग थाने पर ले जाते, हमारा क्या करते?" माँ बोलीं।

"उसी को न ले जाने के लिए तो हमने यह खोवा कूटा।" चाचा ने कहा।

"पर इससे हमसे क्या मतलब था? व्यर्थ में आ बैल मुझे मार।"

चाचा चुप हो गया। वह सोचने लगा—व्यर्थ में कहाँ की मुसीबत मोल ले ली। पर साथ ही एक दूसरा स्वर भी उसी के भीतर टकराया—पियारी तो अपने परिवार की हो गई थी, बिलकुल भाई-बहन की तरह। यदि उसके लिए मैंने कहा तो क्या बुरा किया? क्या उसका थाने पर ले जाना अच्छा होता? क्या मुहल्लेवालों की नाक न कटती? इसी संदर्भ में चाचा ने अपने कथन को न्यायोचित ठहराने का प्रयास किया।

माँ ने उसकी बात भी मानी, पर बड़ी गंभीरता से बोलीं, "मेरे लिए भी पियारी पिछले कई वर्षों से घर का अंग हो गई थी; पर क्या करूँ? ...औरत और घोड़ा जब एक बार फिसल जाते हैं तो फिर खड़े नहीं होते। आप कुछ भी करें, सुमेर भैया! पियारी सही रास्ते पर चलकर भी एक फिसली हुई औरत है। अब तो लगता है कि उसके उबारने का मतलब है—स्वयं को डुबो देना।"

चाचा फिर आशंकाओं से घिर गया।

"अब तो गलती हो ही गई। क्या करूँ, जाकर लाला से मिलूँ और क्षमा माँग लूँ?"

"एक गलती के बाद फिर दूसरी गलती।" माँ ने कहा, "अरे, ऐसे तो कह सकते हो कि मैंने नहीं कहा। किसी ने दुश्मनीवश उड़ा दिया है।"

चाचा सोचता रहा।

"अभी लाला ने तो कुछ कहा नहीं और न कुछ कहलाया ही है?"

"नहीं।"

"तब क्यों परेशान होते हो? कान में तेल डालकर पड़े रहो।"

"पर लाला कर क्या सकता है?"

"करने को तो वह बहुत कुछ कर सकता है। उसके पास पैसा है, सरकारी मदद है।"

चाचा जड़वत् खड़ा रहा। उसकी आँखों के सामने लाला की प्रेत-काया विशाल, विशालतर, विशालतम होती गई।

"क्या सोचने लगे?" माँ की आवाज ने उसे झकझोरा।

वह एकदम धरातल पर आया—"नहीं, कुछ नहीं।" उसने कहा।

"देखो, जितना सोचोगे उतना ही परेशानी में पड़ोगे।" माँ बोलीं, "वह तुम्हारा कर ही क्या सकता है? सभी लोग तो हमेशा घर में रहते हैं। डर तो मुझे है, जिसे हमेशा घर के बाहर ही रहना है—और मैं इसे क्या कहूँ? इसको तो अपनी नेतागिरी से फुरसत नहीं है।" माँ ने मेरी ओर संकेत करके कहा।

"ऐसा है, तो कुछ दिन यदि संभव हो तो तुम रानी बहू के यहाँ ही रह जाओ।" चाचा ज्यों-ज्यों सोचता जाता, आतंक की छाया लंबी होती जाती।

माँ उसके कथन पर हँस पड़ीं—"कितने दिन दूसरों के भरोसे बची रहूँगी? अरे, जैसे चलता है, चलता रहेगा और जो पड़ेगा, भोगूँगी।" माँ के जुझारू व्यक्तित्व ने चाचा की भयातुर मानसिकता को एक ठोकर लगाई और चली आई।

गंगाराम अपने दरवाजे पर चारपाई पर बैठा जैसे प्रतीक्षा कर रहा था। वह माँ को देखते ही बोला, "अभी दानिस आया था। वह एक चिट्ठी दे गया है।"

माँ की एक तीखी नजर मेरी ओर घूमी। मैंने भी समझा कि मुझे ही लिखकर दे गया होगा। तब तक गंगाराम ने पत्र माँ की ओर बढ़ाया।

"जिसकी चिट्ठी है, उसी को दो।" माँ झुँझलाईं और बढ़कर द्वार का ताला खोलने लगीं।

"जिसकी चिट्ठी है उसी को तो दे रहा हूँ!" गंगाराम हँसा।

"मेरी चिट्ठी! पर मुझसे दानिस से क्या मतलब?" पत्र थामते हुए माँ बोलीं।

"शायद वह अनाथालय गया था। वहाँ से पियारी ने आपके लिए भेजा है।"

गंगाराम ने बताया।

दीया जलाते ही माँ पत्र पढ़ने लगीं—

आदरणीय जीजीजी,

सादर चरण स्पर्श,

जब से यहाँ आई हूँ, आप लोगों की याद बराबर आती रहती है। दिन तो किसी तरह बीत जाता है, पर शाम होते-होते आप और जग्गू आँखों के सामने नाचने लगते हैं। लगता है, कोठी से लौटने के बाद आप जरूर मेरी चर्चा करती हैं, वरना ऐसी घबराहट कभी न होती। एक हाथ से ताली नहीं बजती।

मेरी वहाँ से आने की जरा भी इच्छा नहीं थी और आप भी मुझे न हटातीं; किंतु क्या करूँ, परिस्थिति ही ऐसी आ गई। यह सब मेरे भाग्य का ही खेल है। सोचा था कि आपके साथ रहकर आपने पापों का प्रायश्चित्त करूँगी और एक भले आदमी की जिंदगी जी लूँगी; पर लगता है, भगवान् को यह मंजूर नहीं है।

यद्यपि यहाँ कोई कष्ट नहीं है। रानी बहू ने भंडारे की सारी जिम्मेदारी मुझे सौंप दी है और मेरे साथ लालू को भी कर दिया है। वह बेचारा दिन भर मेरे साथ लगा रहता है और रात को मेरे ही पास सोता भी है, जैसे कभी-कभी जग्गू सोता था। सोते-सोते भी मुझे लगता है कि जैसे जग्गू ही सो रहा है; पर जब आँखें खुलती हैं तब कुछ दूसरा ही पाती हूँ। आखिर इतने दिनों का लगाव इतनी जल्दी थोड़े ही छूटेगा!

कभी-कभी बड़ी रात तक जागती रह जाती हूँ। लालू पैर भी दबाता है। फिर भी नींद नहीं आती। अपनी जिंदगी के संबंध में ही सोचती रहती हूँ। कहीं दलदल से निकलकर फिर दलदल में तो ढकेल नहीं दी जाऊँगी? दानिस कहता है—स्वराज्य के बाद सब ठीक हो जाएगा। भला कभी स्वराज्य होगा भी? मुझे तो विश्वास नहीं होता है। जब तक आदमी नहीं बदलता तब तक शासन बदलने से क्या होगा? हमारे देश में तो आदमी के चेहरों में बहुत जानवर घूम रहे हैं और अच्छी तरह जी रहे हैं।

खुद जब लालू अपने बारे में बताता है तब रोंगटे खड़े हो जाते हैं। वह कमीना रामलाल अभी भी अनाथालय का चक्कर लगाता है। एक दिन

उसकी (चंदर की) झलक भी मुझे सामनेवाले लाला के बगीचे में मिली थी। पहले तो आँखों पर विश्वास ही नहीं हुआ, खिड़की के झरोखे से मैंने बड़े गौर से देखा। वह संध्या के झुरमुटे में छत पर डंड-बैठक लगा रहा था। मोटाकर साँड़ जैसा हो गया है। सोमारू झूठ कहता था कि वह बीमार है, दुबला हो गया है, मर रहा है। अच्छा हुआ कि मैं उस समय उसके चक्कर में नहीं आई। सोचती हूँ, वहाँ क्या हो गया है पुलिस को? वह चारों ओर खोजती है और यहाँ मूसरचंड डंड लगा रहा है। उसी के डर के मारे मैं बाहर नहीं निकलती हूँ। यदि उसने कुछ कर दिया तो क्या करूँगी? अभी पुराना कीचड़ तो धो ही नहीं पाई, यदि नया कीचड़ फिर उछाल दिया तो कहीं की भी नहीं रह जाऊँगी। सोचती हूँ कि यदि फिर व्यक्तिगत सत्याग्रह चले तो मैं अपनी गिरफ्तारी दे दूँ, क्योंकि यह संसार इस समय मेरे लिए एक बड़ा जेल जैसा हो गया है। शायद जेल में ही मुझे एक नया संसार मिल जाए!

चलते समय न तो मैं आपके चरण छू सकी और न माफी माँग सकी। इसका मुझे दुःख है। मैं आपके उपकार को कभी भुला नहीं सकती। वह रात अब भी मुझे याद है, जब मैं अधमरी होकर खून से लथपथ आपके यहाँ आई थी। आपने मुझे दूसरी जिंदगी दी। आप मेरी माँ हैं। कहा-सुना माफ करें।

रानी बहू बहुधा शाम को आती हैं और दीया जलते-जलते लौट जाती हैं। क्या ऐसा नहीं हो सकता कि किसी दिन आप भी उनके साथ चली आएँ?

आपकी

पियारी

माँ ज्यों-ज्यों पत्र पढ़ती गईं, गंभीर होती गईं। अंत आते-आते उनकी आँखें भर आईं और बाद में बिना धुएँ की आग की तरह जलने लगीं।

लिखावट से मैं पहचान गया कि पत्र दानिस का ही लिखा है, पियारी ने जरूर उससे लिखवाया है, क्योंकि वह लिख नहीं सकती। अनुभव और संघर्ष की अग्नि में उसके संस्कार परिष्कृत अवश्य हो गए, उसकी मूर्खता धुलती गई; पर वह

अक्षर ज्ञान से अधिक जान नहीं पाई।

□

भोर की अजान शुरू हो गई थी। अभी अँधेरा ही था। न मैं जगा था और न माँ ही। बाहरी दरवाजे की भड़भड़ाहट के साथ ही 'जग्गू, अरे ओ जग्गू!' की आवाज कई बार मुझे छूती हुई निकल गई। फिर भी, हमारी नींद ब्राह्म मुहूर्त की ठंडी हवा की गोद में अलसाई पड़ी रही।

बार-बार की और तेज होती दस्तक ने हमें जगाकर ही दम लिया।

'अरे, यह तो सुमेर चाचा की आवाज है! जरूर कोई बात होगी।' व्यग्रता में आँचल सँभालती माँ नीचे गईं। पीछे-पीछे मैं भी चला।

"घोड़ा बेचकर सो गई थीं क्या?" चाचा झुँझलाया। वह कब से दरवाजा भड़भड़ा रहा है, बल्कि बगल का रामनाथ भी बाहर निकल आया है। चाचा भुनभुनाता हुआ भीतर चला आया और चौक में पैर रखते ही धीरे से भयातुर आवाज में बोला, "बड़ा गजब हो गया!"

हम उसकी भयग्रस्त मुद्रा ही देखते रह गए।

"रात को चंदर आया था।" उसने बताया।

"रात को! अरे, कब?"

"यही लगभग एक बजा होगा।" चाचा बोला, "शराब के नशे में लड़खड़ाता दुकान का दरवाजा पीटने लगा और चीखा—अबे साव का बच्चा, निकलता है या नहीं?··· तब मुझे निकलना पड़ा।"

"तब आपने क्या कहा?"

"कहता क्या! हाथ जोड़कर कहा, 'ओ चंदर भैया, यहाँ कैसे?' तब वह बोला—यहाँ नहीं हूँ, मैं तो लाला के पेट में हूँ। इतना सुनना था कि मेरे देवता ही कूच कर गए। मैं कुछ कह नहीं पाया, केवल हाथ जोड़े खड़ा रहा। फिर खुद ही तड़पा—अबे स्साले, खड़ा क्या है? निकाल फुक्का। 'अभी लाया', कहकर मैं भीतर बीड़ी लेने चल पड़ा, तब तक वह फिर बोला—देख, कैंची लाना। यद्यपि चंदर फुक्का बीड़ी को कहता था।

"मैंने सिगरेट और दियासलाई लाकर उसे दिया। वह सिगरेट जलाकर मेरी दुकान की 'तखत' पर पैर लटकाकर बड़े इतमीनान से बैठ गया। मैं चुपचाप खड़ा था। फिर वह अचानक डपटा—अबे, खड़ा क्या है? बैठता क्यों नहीं? मैं सहमता-

सहमता उसकी बगल में बैठ गया।

"जानता है, मैं तेरे यहाँ इतनी रात को दूसरी बार आया हूँ। बता, इसके पहले कब आया था?"' उसने कश खींचकर धुआँ सीधे मेरे मुँह पर मारा। मैंने बताया कि कई वर्ष पहले दंगे के समय।

" 'हाँऽऽऽ।' उस अँधेरे में भी उसकी बड़ी-बड़ी आँखें छटककर बाहर आती दिखाई दीं। मैं तो एकदम डर गया। 'उस समय मैं आया था मिट्टी का तेल लेने। ...और किस काम के लिए?' प्रश्न के साथ ही उसने धुआँ फिर मेरे मुख पर मारा।

" 'ढफाली का घर जलाने के लिए।' मैं हर प्रश्न का उत्तर यंत्रवत् दिए जा रहा था, क्योंकि इसके सिवा मेरे सामने कोई चारा नहीं था।

" 'हाँऽऽऽ।' उसकी आँखें एक बार फिर छटककर बाहर आईं और अंगार की तरह मुझसे टकराईं—'और आज आया हूँ तेरा घर जलाने के लिए।' इसके बाद वह जोर से हँसने लगा।"

चाचा खड़ा-खड़ा ही कहता गया और माँ सुनती गईं।

मैंने देखा, चाचा अब भी भयातुर है। उसकी आँखों में रावण जैसा चंदर का अट्टहास अब भी काँप रहा है।

"फिर आपने किया क्या?" माँ ने पूछा, "आखिर वह गया कैसे?"

"मैं तो हाथ जोड़कर माफी ही माँगता रहा—मुझसे यदि कोई भूल हुई हो तो माफ करो, चंदर भैया। फिर भी वह क्रोधित साँड़ की तरह गुर्राता रहा। अंत में मैं गिड़गिड़ाते हुए उसका पैर दबाने लगा। वह उसी पटरे पर ढुलक गया। अभी आधा घंटे के करीब हुआ है कि वह उठकर गया है।"

"जाते समय फिर कुछ बोला?"

"मैं बाहर तो था नहीं।" चाचा ने कहा, "उसके सोते में ही मैं भीतर चला आया था। वह चुपचाप उठा और चला गया।"

"फिर रात में सो तो सके नहीं होंगे?"

"कैसी बातें करती हो! ऐसे में भला किसी को नींद आएगी! मैं तो दरवाजा बंद कर उसकी आहट लेता रहा। चंपो और उसकी माँ बेचारी तो इतना डर गई थीं कि शायद ही उन्होंने किसी देवी-देवता की मनौती छोड़ी हो।"

माँ चुप हो सोचने लगीं—"लगता है, यह सारा खोवा उसी बूढ़े दीवान का

कूटा है और उसने बहुत बढ़ा-चढ़ाकर लाला से कहा है। कमीनों को वहाँ से पैसा जो मिलता है। जितना नमक-मिर्च लगाकर कहेगा, उनका उतना हितैषी बनेगा और लाला उतनी दक्षिणा देगा।''

''पर अब करना क्या चाहिए?'' चाचा की चिंतना व्याकुल हो उठी। सोचता तो हूँ कि मैं अभी लाला की कोठी पर चला जाऊँ। उसका पैर पकड़कर माफी माँगूँ। नहीं तो यदि मेरी दुकान में वह आग लगवा देगा तो हम बेमौत मारे जाएँगे।''

दालान में पड़ी चौकी पर अब हम बैठ चुके थे। माँ चुपचाप सिर पर हाथ रखे सोचती रहीं।

''आखिर पुलिस क्या कर रही है?''

''यही तो आश्चर्य है!'' चाचा बोला, ''रात के पहरे का सिपाही भी उसे देखकर चुपचाप बगल से निकल गया।'' क्षण भर रुककर चाचा पुनः बोला, ''मुझे लगता है, लाला से अवश्य मिलना चाहिए।''

''पर मैं अभी उसके घर जाने की सलाह नहीं दूँगी।''

''देर करना भी खतरे से खाली नहीं है।''

''तब तुम एक काम करो।'' माँ ने उपाय निकाला, ''अभी जाओ, नहा-धोकर तैयार हो। और करीब घंटे भर बाद तुम मृत्युंजय के हनुमान मंदिर में जाओ। वहीं लाला दर्शन करने आता है। चरण छूकर अपने योग्य सेवा पूछना। यदि लाला कुछ खुलेगा तो माफी माँग लेना।''

''और यदि लाला आज दर्शन करने ही नहीं आया तो?'' चाचा की मानसिकता विकल्प की खोज के लिए भी तत्पर थी।

''नहीं, वह जरूर आएगा। आज शनिवार है।'' मैंने कहा।

मेरे बोलते माँ ने ऐसे घूरकर देखा, गोया वह चबा जाएँगी। वह नहीं चाहती थीं कि मैं लाला के किसी संदर्भ में पड़ूँ। चाचा इसे समझ गया। वह चुपचाप चला गया।

''हर बात के बीच में बेमतलब टपक पड़ना, तुम्हारी इस आदत से मैं परेशान हो गई हूँ। मैंने हजार बार मना किया, पर तू मानता ही नहीं है।'' माँ ने बहुत डाँटा। वह मुझे इन सब पचड़ों से दूर रखना चाहती थीं। उनका स्पष्ट निर्देश था—केवल पढ़ने-लिखने से ही मतलब रखो।

करीब दो घंटे बाद चाचा फिर आया। उसके हाथ में हनुमानजी का प्रसाद था। माँ खाना बना चुकी थीं।

''लाला तो मिला, बोला बड़े प्रेम से।''

मैंने देखा, चाचा की आकृति का तनाव कुछ ढीला पड़ा है। उसने बताया कि ''जब मैं पहुँचा, लाला हनुमान चालीसा का पाठ कर रहा था। पाठ खत्म होते ही मैंने उसके चरण छुए। उसने मेरी पीठ थपथपाई, कुशल-क्षेम पूछा। तुम लोगों के बारे में पूछा।''

''तब तुमने क्या कहा?'' माँ बोलीं।

''मैं क्या कहता? जो पूछता गया, वह बताता गया।''

''तुमने माफी नहीं माँगी?''

''उसने मौका नहीं दिया।'' चाचा बोला, ''चलते समय उसने चंपो के विषय में जरूर कहा, 'कहीं लड़का देखा या नहीं? अब वह जवान हो गई है। उसके हाथ पीले कर दो।' ''

''तब तुमने क्या कहा?''

''कहा, 'देख रहा हूँ सरकार।' जब वह चलने लगा तब मैंने इतना जरूर कहा, 'जरा कृपा बनाए रखिएगा, 'हुजूर।' ''

''तब वह क्या बोला?''

''केवल मुसकराया। हाँ, जब वह आगे निकल गया तो पूजा की डोलची उठानेवाला उसका लँगड़ा नौकर अवश्य भुनभुनाया। उसे पूरा तो सुन नहीं पाया, पर इतना कान में अवश्य पड़ गया—बड़ा कमीना है। इसकी कृपा भी बड़ी जहरीली होती है।''

मेरी इच्छा हुई कि उस लँगड़े के संबंध में कुछ कहूँ, पर माँ की ओर देखकर चुप रह गया।

माँ सोचने लगीं—गजब का है लाला, इसकी बात और व्यवहार से जरा भी पता नहीं पता चला कि बूढ़े दीवान ने उससे कुछ कहा है या वह इसके संबंध में कुछ जानता है! एकदम अनजान बनता है और दूसरी ओर गुंडों से आतंकित भी करवाता है। गिरगिट की तरह रंग बदलनेवाली उसकी मानसिकता कितने मुखौटे उतारती है और पहनती रहती है, भगवान् ही जाने!

पर चाचा की घबराहट धीरे-धीरे हलकी पड़ गई थी।

"लाला को समझना हम लोगों की बुद्धि के परे है, सुमेर भैया।" माँ ने उस समय इतना ही कहकर चाचा से छुट्टी ली।

□

चाचा से तो माँ उस समय नहीं खुलीं, पर सोते समय उन्होंने बताया कि लाला आज कोठी में आया था। वह घंटों दीवानखाने में बैठा रानी बहू से बातें करता रहा, कुछ बात जरूर है!

इसके बाद माँ चुप हो गई थीं। मैंने भी कुछ पूछा नहीं, क्योंकि राजनीति के संबंध में न तो मैं उनसे कुछ पूछता और न ही मुझे कुछ बतातीं।

अब रामनाथ प्रेस में फोरमैन हो गया था। उसे रोज एक अखबार दफ्तर से मिलता था। गंगाराम उसे ले आता था। मैं इस समय वही अखबार ढिबरी की रोशनी में पढ़ रहा था। गरमी काफी थी, हवा गुमसुम और आकाश में बादलों का नाम-निशान नहीं।

अखबार से ही मुझे मालूम हुआ और मैंने ही माँ को पढ़कर सुनाया भी कि हर वार्ड में कांग्रेस कमेटियों का पुनर्गठन किया जा रहा है। उनके लिए अलग से ऑफिसों की व्यवस्था भी की जा रही है। रानी बहू के अनाथालय में भी एक कांग्रेस कमेटी का एक दफ्तर खुलेगा। परसों अर्थात् २ अगस्त को उसी का उद्घाटन है।

"कांग्रेस दफ्तर का या मनोहर कक्ष का?" माँ ने टोका। लगता है, उनसे रानी बहू की बातें हो चुकी थीं।

वस्तुतः मैं समाचार समझने में कुछ भूल कर गया था, कुछ उसकी रिपोर्टिंग भी दोषपूर्ण थी। बात यह थी कि रानी बहू ने अनाथालय के सबसे बड़े कमरे की मरम्मत आदि कराकर उसका नाम प्रसिद्ध समाज-सेवी मनोहर लाल के नाम पर 'मनोहर कक्ष' रखा था। उसी का उद्घाटन डॉ. भगवान दास करने वाले थे। बाद में इसी कमरे में वार्ड कांग्रेस कमेटी का भी दफ्तर खोला जाएगा।

मैंने माँ को बताया कि उन्हीं की सूचना सही है। माँ से ही पता चला कि डॉ. भगवान दास इस नगर के गौरव हैं, प्रसिद्ध दार्शनिक हैं और ऋषितुल्य उनका व्यक्तित्व है।

बात चल ही रही थी कि बाहर का दरवाजा खटका। अंदाज लग गया कि गंगाराम अखबार माँगने आ रहा है। अपनी आकृति के अनुसार उसे उलट-पलटकर देखा और मोड़कर उसे थमाते हुए बोला, "आज बड़ी जल्दी अखबार लेने आ गए?"

वह कुछ बोला तो नहीं, केवल मुसकराया। उसने एक कार्ड मुझे थमा दिया। वह मनोहर कक्ष के उद्घाटन का निमंत्रण-पत्र था। उसपर बाकायदा मेरा नाम लिखा था—जयनाथ शर्मा। माँ देखकर हँस पड़ीं—"चलो, अब तुम्हारे नाम से भी निमंत्रण आने लगा।" वह बोलीं और निमंत्रण से अधिक उन्होंने मेरे नाम को कई बार पढ़ा। कुछ सोचती रहीं। निश्चित ही वह कुछ कहना चाह रही थीं, पर कह नहीं पाईं। लिखावट पर उन्होंने ध्यान नहीं दिया, पर मैं पहचान गया था कि यह दानिस की है।

"पर इसे दे कौन गया?" मैंने पूछा।

"एक आदमी आया था।" उसने सधा-सधाया उत्तर दिया। उसने उस समय यह नहीं बताया कि दानिस ने दिया है और वह मेरे यहाँ बैठा है। मैं उसी के लिए अखबार ले जा रहा हूँ।

जीवन में यह मुझे मिला पहला निमंत्रण-पत्र था। मेरे लिए वह सामाजिक मान्यता का सुखद स्वप्न था और माँ के लिए रानी बहू की हार्दिक ममता का प्रतीक। पर किसी को यह भान नहीं था कि यह महज दानिस का खिलवाड़ था। हमारे लिए तो उसका मौखिक आह्वान ही काफी था।

मैंने उस निमंत्रण-पत्र को खूब सँभालकर एक पुस्तक में रख लिया। सोचा, कल इसे सबसे पहले चंपो को दिखाऊँगा, फिर स्कूल ले जाकर अपने मित्रों को। मेरी महत्त्वाकांक्षा बाहर पसरने के लिए उतावली थी।

"तुम तो जाओगी ही, माँ?" मैंने माँ से ही पूछा।

"मैं क्यों जाऊँ? क्या मुझे निमंत्रण-पत्र मिला है?" माँ की मुसकराहट की मिसरी में रुक्षता की फाँस थी। मैं चाहता तो कह सकता था कि निमंत्रण-पत्र भले ही न मिला हो, निमंत्रण तो मिला ही होगा; पर मैं चुप ही रह गया।

माँ बिस्तर ठीक करने लगीं। जब तक मैं सोया नहीं, निमंत्रण-पत्र मेरे मस्तिष्क में फड़फड़ाता रहा।

□

मैंने पहली बार डॉ. भगवान दास को देखा था। मीटिंग शुरू हो गई थी। वह बीच की काठ की ऊँची कुरसी पर बैठे थे। एक ओर कलक्टर फिनले था और दूसरी ओर रानी बहू। इन कुरसियों के सामने खादी के कपड़े से ढका एक बड़ा टेबल था, जिस पर फूलों से भरे शीशे के दो गिलास फूलदान बना दिए गए थे। पियारी 'वंदे

मातरम्' गा रही थी। आज उसके अंगों की भंगिमा पहले जैसी नहीं थी, पर स्वर में बड़ी प्रभावोत्पादकता थी। मैंने देखा, डॉक्टर साहब मौन स्थिर मुद्रा में ध्यानावस्थित होकर सुन रहे हैं। भावातिरेक में उनकी दोनों आँखें छलछला आई हैं। बीच-बीच में आँखों के मोती ढुलककर उनकी दाढ़ी के दुग्ध-धवल जंगल में खोते जा रहे हैं।

अनाथालय का लॉन खचाखच भरा था। स्पीकर बाहर भी लगा दिया गया था, भीड़ सड़क पर भी जमा थी।

ज्यों ही पियारी का गान बंद हुआ, डॉक्टर साहब की मुद्रा टूटी। उन्होंने फूलदान से एक फूल निकालकर आशीर्वादस्वरूप पियारी को थमा दिया। ताली बज उठी। पियारी ने उसे मस्तक से लगाया। मैंने माँ की ओर देखा, उनपर कोई प्रतिक्रिया नहीं थी।

फूल लेकर पियारी पीछे, निश्चित ही मेरी माँ की ओर आ रही थी कि लाला ने आग्रहपूर्वक उसे रोक लिया और अपनी बगल में ही बैठने को विवश किया। एक फूल बड़ी असमंजसता में काँटों के बीच ही 'सेट' हो गया।

सबसे पहले रानी बहू ने आगत बंधुओं का स्वागत किया और बड़े विस्तार से मनोहर का परिचय दिया। उसकी बदली हुई मानसिकता और बलिदान की कहानी बताते-बताते उनका गला भर आया। यद्यपि उनका भाषण लिखित था, फिर भी वह भावुकता में बहुत कुछ बहक जाती थीं। वह बराबर अपनी पुरानी मान्यता को ही दोहरा रही थीं कि आदमी कभी खराब नहीं होता। वह प्रभु की अनुपम कृति है। उसके विचार खराब हो सकते हैं, जिन्हें बदला जा सकता है। इसी संदर्भ में उन्होंने 'बाइबल' से भी कई उदाहरण सुनाए और गांधीजी के भी हृदय परिवर्तन की चर्चा की।

मैंने देखा, जब 'बाइबल' और क्राइस्ट का जिक्र आया, फिनले रानी बहू की ओर देखने लगा था; पर ज्यों ही गांधीजी का नाम आया था, वह गंभीर हो गया था।

एक विचित्र बात और थी। इस मीटिंग में जितने अवांछनीय तत्त्व थे, वे सब बुलाए गए थे। लाला, नरेंद्र बहादुर, हमीद और लालू को बेतरह पीटनेवाला रामलाल सभी दिखाई पड़ रहे थे—और सबको अच्छी तरह बैठाया गया था। मन कह रहा था कि बस यशोदा की ही कमी है। रानी बहू की यह नीति कुछ जगह समझ में नहीं आई। शायद इसी से नाराज होकर दानिस एकदम पीछे सुमेर चाचा की बगल में दीवार के सहारे बैठा था। ···और छोटे सरकार? वह भी जमीन पर ही विराजमान थे;

पर एकदम आगे, कलक्टर साहब के पैर के पास और वह भी मूँछें ऐंठते हुए। आज भी सोचता हूँ तो हँसी आती है। कैसे थे अंग्रेजपरस्त लोग? एक ओर मूँछें भी ऐंठते थे और दूसरी ओर चरण-चुंबन भी करते थे।

रानी बहू के भाषण के बाद ही दीप जलाकर डॉक्टर साहब ने कक्ष का उद्घाटन किया। उन्होंने अपने संक्षिप्त और गंभीर भाषण में रानी बहू के ही विचारों का समर्थन किया और देश व समाज के लिए कुछ करने का आह्वान किया।

इसी बीच मैंने देखा कि लाला के सामनेवाले बगीचे का नौकर पंडित भीतर आना चाहता है। कुछ लोग उसे रोक रहे हैं। उसके चेहरे से साफ जाहिर था कि कोई बड़ी बात हो गई है। वह काफी घबराया हुआ था। उसने इशारे से दानिस को बुलाया भी, पर दानिस टस-से-मस नहीं हुआ।

किसी प्रकार पंडित फाटक के भीतर चला आया; किंतु अब कलक्टर साहब का भाषण शुरू हो चुका था। उसे एक कदम भी बढ़ने नहीं दिया गया। सब चुपचाप फिनले को सुनने लगे।

उनका भाषण आशा के विपरीत बड़ा ही संक्षिप्त था। हम लोग सोचते थे कि वे युद्ध की चर्चा करेंगे, उसमें सहयोग के लिए आह्वान करेंगे; लेकिन उन्होंने ऐसा कुछ नहीं कहा, बल्कि रानी बहू की बात को ही पूरा किया और कहा कि यह स्वयंसेवी संस्था है, बिना आपके सहयोग के नहीं चल सकती। इनकी आपको तहेदिल से मदद करनी चाहिए।

इतना सुनना था कि लाला खड़ा हो गया—"इक्कीस रुपए मेरी ओर से दानस्वरूप ग्रहण किया जाए।" कहते हुए उसने अपने झोले से बटुआ निकाला और गिनकर एक-एक के इक्कीस सिक्के टेबल पर रख दिए।

रानी बहू ने रुपया तो नहीं उठाया, पर लाला को धन्यवाद अवश्य दिया तथा अन्य लोगों से भी आर्थिक सहायता के लिए अपील की और कहा, "जिन्हें दान देना हो, वे सभा के बाद ऑफिस में पैसा जमा करके रसीद ले लेंगे।" फिर उन्होंने धन्यवाद देने के लिए दानिस को बुलाया।

यह भी अप्रत्याशित था। हम लोग सोच रहे थे कि रामकिशुन या किसी और से रानी बहू धन्यवाद दिलाएँगी, पर ज्यों ही दानिस का नाम पुकारा गया, लोगों की दृष्टि एकदम उसकी ओर चली गई।

उसे खुद पता नहीं था कि उसे धन्यवाद देना है। पहले तो वह उठा ही नहीं।

"लगता है, दानिसजी हमारी किसी बात पर नाराज होकर पीछे बैठे हैं। मैं उनसे आग्रह करती हूँ कि वह मंच पर पधारें और जिसके लिए हम सब व्यग्र हैं, वह महत्त्वपूर्ण धन्यवाद हमें दें।" इतना कहते ही हँसी का एक फव्वारा फूट पड़ा और दानिस भी धीरे से उठकर मंच की ओर बढ़ा।

पंडित अब खड़ा न रह सका। लाला से मिलने के लिए उसकी व्यग्रता बेकरार हो उठी। वह बढ़ते-बढ़ते मेरे पास तक आया।

"क्या बात है, पंडित?" मैंने पूछा।

"गजब हो गया!" उसके मुख से इतना निकला, फिर जैसे उसने अपनी जबान को जबरन बंद कर लिया।

उधर दानिस का भाषण चल रहा था। उसने सभी आगंतुकों की उपस्थिति के लिए आभार प्रदर्शित करने के साथ-साथ यह भी कहा, "संस्था अभी जन्म ले रही है। उसे आपके हर प्रकार के सहयोग की जरूरत पड़ेगी और विशेष रूप से आपके आर्थिक सहयोग की अधिक आवश्यकता पड़ेगी। पर संस्था उन्हीं का दान स्वीकार करेगी, जिनका पैसा पवित्र हो। आपको मालूम होगा कि काशी हिंदू विश्वविद्यालय के लिए एक वेश्या ने अपनी सारी संपत्ति दे दी थी; किंतु मालवीयजी ने उसे स्वीकार नहीं किया। उनका विचार था कि अपवित्र पैसे से कोई पवित्र कार्य नहीं हो सकता।" इतना कहते ही दानिस ने डॉ. भगवान दास की ओर देखा। वह भी उसके कथन के समर्थन में सिर हिला रहे थे।

अब क्या था, आग को घी मिला। दानिस और तेजी से भभका—"इसलिए जिनका पैसा गंदा है, जो घी में मिलावट करते हैं, भोली-भाली औरतों को बहकाकर बेचने का धंधा करते हैं, गरीब बच्चों का अपहरण करते हैं और उन्हें अपाहिज करके भीख मँगवाते हैं, हमें उन कुकर्मियों का पैसा नहीं चाहिए। ऐसे एक व्यक्ति के हजारों रुपए की थैली पर हम थूकते हैं। और उस एक पैसे को प्यार से मस्तक से लगाते हैं, जो किसी गरीब की गाढ़ी कमाई का है।" जिस आवेश और जिस ढंग से दानिस ने कहा कि तालियाँ बज उठीं।

पर माँ धीरे से बोलीं, "यह अपनी आदत से बाज नहीं आएगा।"

उधर, रानी बहू भी दानिस का कुरता खींचकर भाषण समाप्त करने का संकेत कर रही थीं। किसी तरह दानिस का आवेश थमा, वह सम पर आया। उसने एक बार फिर आभार प्रदर्शित किया और बैठ गया।

सभा समाप्त हुई। अब पंडित लाला से मिला। उसने कान में कुछ कहा।

लाला भभक उठा—"तो मैं क्या करूँ? कुकर्म का यही अंजाम होता है।" कुछ मौन रहकर लाला फिर बड़बड़ाने लगा, "स्साले जेल से भागेंगे, गलत काम करेंगे तो मरेंगे नहीं तो क्या जिंदा रहेंगे?"

मेरी दृष्टि में सोमारू और चंदर की आकृतियाँ नाच गईं।

लाला खुद तो टेबल की ओर नहीं बढ़ा, किंतु उसने पंडित की ओर संकेत अवश्य किया। उसने टेबल पर पड़े इक्कीस रुपयों के सिक्के उठा लिये। किसी ने विरोध नहीं किया। किंतु जब पंडित वह रुपया लाला को देने लगा तो उसने झुँझलाने का एक बार नाटक और किया—"अनाथों के नाम पर दिया हुआ रुपया अब भला मैं वापस लूँगा! ले जाओ, इससे किसी अनाथ की सेवा करो।"

उसके कहने का आशय पंडित समझ गया। वह रुपए लेकर तीर-सा वहाँ से छूटा। पर मैं समझ नहीं पाया कि लाला ने किस संदर्भ में उससे कहा। इसी से लाला के कथन का पूरा तात्पर्य मेरे मस्तिष्क से बहुत दूर रह गया।

अनजान में तो नहीं कह सकता, पर लगता है, लाला जान-बूझकर दानिस से टकराया—"बुलाकर तो कम-से-कम जूते मत मारा करो।" उसने कहा और किसी उत्तर की प्रतीक्षा किए बिना वह आगे बढ़ गया।

बाहर फिनले का अरदली दो साइकिलों के साथ खड़ा था। एक उसकी खुद की थी और एक साहब की। आपको जानकर आश्चर्य होगा कि उन दिनों फिनले भी साइकिल पर चलता था। लड़ाई के कारण पेट्रोल की कमी हो गई थी। जनता को पेट्रोल मिलता भी नहीं था। उन दिनों मोटरों और बसों में एक भट्ठी जलती थी और वे उसी के सहारे चलती थीं।

पर अंग्रेज अफसरों को पेट्रोल मिल सकता था, फिर भी वे उसका उपयोग नहीं करते थे, क्योंकि उनके लिए पेट्रोल के नागरिक उपयोग का मतलब था अपनी सैनिक गतिविधि को कमजोर करना, देश के प्रति गद्दारी करना। अंग्रेज हमारे लिए चाहे जो रहे हों, पर अपने देश के प्रति गद्दार नहीं थे।

फिर फिनले? वह तो एक बूँद भी पेट्रोल खर्च करने के पक्ष में नहीं था। वह कोई मामूली हस्ती भी नहीं था। कलक्टर था—जिले का मालिक। उसके इशारे पर पत्ता खड़कता था। फिर भी वह साइकिल से चलता था।

लाला भी उसके साथ बाहर आया और बड़े विनीत भाव से गिड़गिड़ाया,

"हुजूर, आपको मैं अपनी बग्घी से भेज दूँ?"

"नहीं, आप किरपा कीजिए।"

लाला अपना-सा मुँह लेकर रह गया। उसके बगल हटते ही छोटे सरकार खिदमत में आ धमके। "हुजूर, अब आपको साइकिल से नहीं चलना चाहिए।" उन्होंने कहा।

"क्यों?"

"चारों ओर क्रांतिकारियों की गतिविधियाँ तेज हो गई हैं।" छोटे सरकार बोला।

"इसका मतलब है कि हमें गोली मार दी जाएगी?" फिनले बोला और फिर हँसने लगा। "मेरी मौत की चिंता न कर आप अपने देश की जिंदगी की चिंता करें।" उसने पुनः कहा और फिर हँसने लगा।

मुझे लगा कि उसने हम सबके गाल पर जमकर चाँटा मारा, पर छोटे सरकार दाँत निपोरकर रह गया। इससे अधिक उससे और आशा ही क्या की जा सकती है!

यों दानिस के भाषण की चर्चा सर्वत्र रही। रानी बहू भी इस पक्ष में थीं कि घर बुलाकर किसी को अपमानित नहीं करना चाहिए।

"तब मुझे धन्यवाद देने को क्यों कहा गया? मेरा न तन और न मन किसी का गुलाम नहीं है। मैं जो भी उचित समझता हूँ, कहता हूँ।" दानिस बड़बड़ाया। वह कब दबनेवाला था।

किंतु हमीद ने उसके भाषण की बड़ी तारीफ की। दानिस से मिलकर उसने उसे बधाई दी।

हमारी सबसे बड़ी विवशता यह है कि हम किसी व्यक्ति को उसके इतिहास से अलग करके देख नहीं पाते, बल्कि उसका इतिहास हमारे दृष्टि-पथ में पहले आता है और व्यक्ति बाद में। हमारे इतिहास-बोध ने ही हमीद को उस बधाई संदर्भ में नीयत संबंधी अनेक शंकाएँ उठाईं। हम समझ नहीं पा रहे थे कि अपने ही इतिहास से कटकर हमीद अब बदलने लगा है। इस बदलाव का कारण चाहे जो भी हो।

हमीद से ही मालूम हुआ कि सोमारू मारा गया। उसकी लाश रेलवे अस्पताल में पड़ी है।

सुनने में आया कि सोमारू और चंदर एक मालगाड़ी पर साथ ही थे। चलती

हुई ट्रेन से डब्बा काटने के प्रयत्न में सोमारू फिसल गया और उसका पैर ट्रेन के नीचे आ गया। घटना जीवनाथपुर रेलवे स्टेशन के करीब की है।

चंदर भाग निकला। दोनों पैर कट जाने के बाद भी सोमारू कुछ समय तक जीता रहा। उसने रेलवे पुलिस के सामने कोई बयान भी नहीं दिया है। उसकी लाश लावारिस घोषित की जा चुकी है और मुगलसराय रेलवे अस्पताल में पड़ी है।

मेरे मस्तिष्क ने सहज ही अनुमान लगा लिया कि लाला और उसके आदमियों के लिए परेशानी का कारण क्या है?

''सोमारू चला गया और चंदर जिंदा है? अरे वाह रे भगवान्!'' सुमेर चाचा बोला, ''लगता है, उसके पाप का घड़ा अभी भरा नहीं है।''

''पापी मरै न खँड़हर ढहै।'' हमीद ने तबर्रा पढ़ा, ''अरे चाचा, पापियों को भगवान् भी जल्दी नहीं पूछता!''

''पर रानी बहू तो उन्हें पूछती हैं! गांधीजी तो उन्हें पूछते हैं!'' दानिस बोला और हँस पड़ा। उसकी हँसी गांधीजी के हृदय परिवर्तन के सिद्धांत की हँसी उड़ाती निकल गई।

मैंने देखा, दूर खड़ा नरेंद्र बहादुर बड़े गौर से हमें सुन रहा है। वह तो हमेशा लाला के साथ ही रहता था, पता नहीं इस समय क्यों लाला उसे छोड़ गया है?

□

: चार :

९ अगस्त, १९४२ का ऐतिहासिक दिन।

रविवार था। स्कूल बंद, पर मेरे लिए छुट्टी नहीं। फाइनल की पढ़ाई थी, किंतु आज कुछ जल्दी कक्षा छोड़ दी गई थी। मैं घर की ओर लपका चला आ रहा था। संध्या भीगी और नम थी। 'आज' कार्यालय के नीचे भीड़ लगी थी। बोर्ड पर चिपकाए गए अखबार के चारों ओर लोग जमे थे, जैसे देश में कोई बहुत बड़ी बात हो गई है। कहीं अखबार बिकता भी नजर नहीं आ रहा था।

जिनके पास अखबार था, उसपर कई आँखें एक साथ लगी थीं। ऐसे कई झुंड मुझे कंपनी बाग के भीतर और बाहर दिखाई पड़े; पर कहीं कोई कोलाहल नहीं, कहीं अशांति नहीं, महज एक हलचल—मौन अंतर्मुखी चलचल। तूफान के पहले की शांति।

मुझे कंपनी बाग में हमीद भी दिखाई दिया और दानिस भी। दानिस तो बीच लॉन में बैठा कुछ बोल रहा था। उसके भी सामने अखबार पड़ा था। लोग उसे घेरे थे। वह हमेशा की तरह अपना प्रभामंडल बनाए था। उस ओर मुड़ना मेरे लिए उचित नहीं, क्योंकि काफी देर हो चुकी है। माँ अवश्य आ गई होंगी। खबरें तो घर पर भी मालूम हो जाएँगी। अखबार तो गंगाराम लाता ही है।

मैं सीधे घर आया। माँ की अनुपस्थिति द्वार पर ताले के रूप में लटक रही थी। जान में जान आई। चलो, अच्छा हुआ, माँ अभी तक नहीं आईं। मैं चाभी के लिए सुमेर चाचा की दुकान की ओर बढ़ा ही था कि सामने से माँ आती दिखाई पड़ीं। उनके साथ पियारी भी थी।

"लगता है, तुम अभी ही आए हो।" माँ ने कहा तो इतना ही, पर उनकी दृष्टि हमेशा की तरह वर्जना उगल रही थी।

उन्होंने मेरी ओर चाभी बढ़ाई और मैंने दरवाजा खोल दिया।

''देखो पियारी, इसी को कहते हैं किस्मत का खेल।'' माँ बोलती रहीं, ''जो जिंदगी भर अपने चारों ओर गुंडों, लफंगों को जमाए रहा और जो लाला से ऐसे चिपका था जैसे वही उसका असली वारिस हो, वह मरा भी तो लावारिसों की तरह।''

''और लावारिस की तरह उसकी 'किरिया' भी हो गई होगी।'' पियारी की नम आवाज ने माँ की बात पूरी की।

''किरिया! अरे, कहीं लावारिस की भी किरिया होती है!'' माँ ने कहा, ''उसे वैसे ही गंगा में बहा दिया जाता है।''

''पर रामकिशुन तो बता रहा था कि लावारिस लाशों को जलाने के लिए म्युनिसिपैलिटी से कुछ पैसा मिलता है।'' निश्चित ही पियारी ने सोमारू की 'किरिया' के संबंध में औरों से पूछताछ की थी। आखिर उसका लगाव तो था ही। कभी दोनों एक ही नाव के सवार थे, पर अब रास्ता अलग हो गया तो क्या हुआ? दबी स्मृतियाँ जब वक्त की धूल झाड़कर खड़ी हो जाती हैं, तब वे वर्तमान को प्रभावित किए बिना नहीं रहतीं।

इस समय पियारी भी ऐसी ही प्रभावित थी। स्मृतियों का सैलाब आँखों को भिगोए जा रहा था। जब उसने सुना कि म्युनिसिपैलिटी का दिया हुआ पैसा कुछ लोगों की जेब में ही चला जाता है, तब वह फफक पड़ी, ''आखिर किस दिन के लिए आदमी इतना पाप बटोरता है? वह भी (सोमारू) हमेशा आसमान सिर पर उठाए रहता था और मरा भी तो कुत्तों की मौत!''

नारी के लिए करुणा संक्रामक होती है। जहाँ उसने एक हृदय को छुआ वहाँ दूसरा उससे प्रभावित हुए बिना नहीं रह सकता। मैंने देखा, माँ भी पिघलने लगी थीं। दोनों अपने गालों पर हाथ रखे चारपाई पर कुछ समय तक बैठी रहीं।

''रानी बहू कह रही थीं कि मैंने अनाथालय के मैनेजर राघव को घाट पर भेजा था।'' माँ ने ही मौन भंग किया।

''किसलिए?''

''जिससे सोमारू की किरिया हो सके।'' माँ बोलीं और विस्तार से बताया कि मौत की खबर उसके गाँव में पहुँच चुकी थी, क्योंकि वह मुगलसराय के पास के ही किसी गाँव का रहनेवाला था। उसकी पट्टीदारी का एक भाई 'किरिया-

करम' के लिए गाँव से आया था। उसने अपने को लाश का वारिस बताया, पर पुलिस मानने को तैयार नहीं थी। वह तो लाश को लावरिस घोषित कर चुकी थी। बेचारे ने बड़ी कोशिश की, पर सब व्यर्थ गया। सुना है, वह लाला के यहाँ भी गया था, किंतु उसने उसे डाँटकर भगा दिया। बोला, "इसमें मैं क्या कर सकता हूँ? वह खुद जरायम पेशा करता था, उसका भला कोई साथ देगा!"

"लाला ने ऐसा कहा?" जैसे पियारी को विश्वास ही न हो।

"तुम लाला को क्या समझती हो? जब तक उससे उसका काम था तब तक वह उसका था, अब उसकी लाश से उसको क्या लेना-देना? व्यर्थ में वह उसकी तरफदारी कर स्वयं को कानून की गिरफ्त में क्यों डाले? क्योंकि सुना है, मरने के पूर्व के बयान में सोमारू ने कहा है कि वह लाला का नौकर है और यह सब वह लाला के ही लिए करता है। लाला के ही लोग रेलवे की चोरी का माल भी बेचते हैं।"

"यह आपको कैसे मालूम हुआ?"

"रानी बहू ने ही बताया।"

"फिर पुलिस उसके भाई को लाश क्यों नहीं दे रही थी?"

"वह पैसा चाहती रही होगी।"

"म्युनिसिपैलिटी के लोग लाश जलाने का पैसा खा जाते हैं। पुलिस लाश देने के लिए पैसा चाहती है। आदमी की लाश का आदमी सौदा करे! क्या हो गया है इस देश को?" पियारी भभक उठी। अत्याचार की चरम सीमा या तो मनुष्य की अस्मिता को ही चबा जाती है या उसे विद्रोही बना देती है। ऐसा ही विद्रोह पियारी में सुगबुगाने लगा था।

मेरे मन में दानिस की आवाज कौंधने लगी—'घबराओ मत, आने दो आजादी, यह सब ठीक हो जाएगा।' पर मैं चुप ही रह गया।

माँ ने ही बताया कि रानी बहू ने सीधे डी.एम. को फोन किया था और राघव को घाट पर भेजकर उसके भाई को लाश पुलिस के कब्जे से दिलाई है।

मुझे ठीक याद है, कुछ समय बाद माँ कुछ सोचते हुए बड़ी गंभीरता से बोली थीं, "आखिर एक औरत क्या-क्या करेगी? वह जीवित अनाथों की व्यवस्था करेगी या अनाथ लाशों का उद्धार? पर रानी बहू इस विषय में भी सोच रही हैं। वह अनाथ लाशों की अंत्येष्टि के संबंध में कुछ ठोस करने की चिंता में हैं।"

□

कुछ देर बाद ही गंगाराम अखबार लेकर आया और बड़े उत्साह से छूटते ही बोला, ''लड़ाई शुरू हो गई है।''

''शुरू हो गई? अरे, वह तो चल ही रही है।'' माँ ने कहा।

गंगाराम ने बताया कि उसका मतलब अंग्रेजों की लड़ाई से नहीं है। वह तो आजादी की लड़ाई के विषय में कह रहा है कि वह शुरू हो गई। बंबई के कांग्रेस महाधिवेशन में गांधीजी ने देश को एक महामंत्र दिया है—'करो या मरो'। अब यदि जीवित रहना है तो आजाद होकर ही जीवित रहो, वरना देश के लिए मर जाओ।

मैंने सोचा—तभी इस खबर को लेकर सारा शहर उबलने लगा है।

पियारी चारपाई पर ढुलकी रही। माँ उठीं और दीया जलाकर ले आईं। उसके कहने पर मैं अखबार जोर से पढ़ने लगा। भारत छोड़ो प्रस्ताव पर अखबारवालों ने उतना जोर नहीं दिया था जितना उस प्रस्ताव पर गांधीजी द्वारा दिए गए भाषण पर।

भाषण क्या था, विस्फोट था। एक शांत ज्वालामुखी को आग उगलते मैंने पहले-पहल देखा था। बातें सीधी और साफ तरीके से कही गई थीं—

''अब हमारे और अंग्रेजों के बीच कोई समझौता नहीं है। मैं नमक की सुविधाएँ या शराबबंदी लेने नहीं जा रहा हूँ। मैं तो जो चीज लेने जा रहा हूँ, वह आजादी है। नहीं देना है तो कत्ल करें। मैं वह गांधी नहीं, जो बीच में कुछ चीजें लेकर आ जाए। मैं आपको एक मंत्र देता हूँ—करो या मरो। अब जेल को भूल जाओ। आप सुबह-शाम यही कहें कि खाता हूँ, पीता हूँ, साँस लेता हूँ तो गुलामी की जंजीर तोड़ने के लिए। जो मरना जानते हैं, उन्हें ही जीने की कला आती है। आज से तय करें कि आजादी लेनी है। नहीं लेनी है तो मरेंगे। आजादी डरपोकों के लिए नहीं है। ...जिनमें करने की ताकत है, वही जिंदा रहेंगे। हम अब चींटियाँ नहीं, जो मसल दी जाएँ। हम हाथी से भी बड़े हैं, हम शेर हैं।''

''यह क्या कह दिया गांधीजी ने? हम सबको आश्चर्य था। मार खाकर भी हाथ न उठाने की बात तो वे कहते थे, पर मरने की बात पहले-पहल उनके मुख से निकली है। जरूर आग लग जाएगी।''

''लगता है, देश में कुछ होने वाला है।'' माँ बोलीं।

पियारी भी चारपाई पर उठकर बैठ गई थी। इसी बीच नीचे का दरवाजा खुलने की आहट हुई। लगा, कोई भीतर आया है। पग-ध्वनि पहचानी थी। यह तो

रामकिशुन है। हम लोगों ने देखा, वह सीढ़ी चढ़कर ऊपर आ रहा था।

"गजब हो गया!" रामकिशुन आते ही बोला, "गांधीजी आदि देश के सभी बड़े नेता गिरफ्तार कर लिये गए हैं और यह भी नहीं पता है कि वे कहाँ रखे गए हैं। देश में क्रांति हो गई है।" एक साँस में वह कहता गया।

"आज के अखबार में यह सब तो नहीं निकला है।" पियारी बोली।

माँ ने भी उसका साथ दिया—"अफवाह उड़ाई गई होगी।"

"नहीं, ऐसी बात नहीं है। रेडियो से खबर आई है।" रामकिशुन ने कहा, "आज रात इसी संबंध में रेडियो से लॉर्ड एमरी भी बोलने वाले हैं।"

हमारे दिल धड़कने लगे। एक विचित्र अनुभूति होने लगी। लगा, जैसे हम सचमुच आजाद होने जा रहे हैं। रामकिशुन ने बताया कि थोड़ी देर बाद हम लोगों ने एक मीटिंग भी बुलाई है।

"इस समय मीटिंग किसलिए?" माँ ने पूछा।

"बात यह है कि गांधीजी गिरफ्तार हो गए। उन्होंने कोई कार्यक्रम तो दिया नहीं है। आखिर कल सुबह हम क्या करेंगे?" रामकिशुन ने कहा, "हमें अपना तो कोई कार्यक्रम देना ही होगा। लड़के उतावले हैं। देश का नया खून खौल रहा है।"

"गांधीजी ने तो कार्यक्रम दिया है—करो या मरो।" माँ बोलीं, "देश को आजाद कराओ या मर मिटो।"

"बस यही तो एकमात्र कार्यक्रम हमारे पास है, और कुछ नहीं।" रामकिशुन बात बढ़ाने या बहस करने की मुद्रा में नहीं था। उसे तो पियारी को मीटिंग की सूचना भर देनी थी। "तो जल्दी ही आइएगा।" उसने चलते हुए पियारी से कहा।

"कहाँ? आपके घर पर ही मीटिंग है क्या?"

"नहीं, मेरे घर पर नहीं वरन् डिप्टी हरनारायण सिंह के यहाँ।"

"डिप्टी साहब के यहाँ!" पियारी को आश्चर्य हुआ—"वह तो पेंशनभोगी हैं। जिसकी रोटी सरकार की कृपा पर निर्भर हो, उसके यहाँ सुराजी मीटिंग! बात कुछ समझ में नहीं आती।"

"जैसा आप समझती हैं, बात वैसी है नहीं। डिप्टी साहब भी स्वराज्य के पक्ष में हैं। वह भी आजादी चाहते हैं। यह बात दूसरी है कि वह इसके लिए कुछ कर न सकें।" रामकिशुन बोला, "और दूसरी बात यह है कि उनके पास रेडियो है। रात में प्रसारित होनेवाला लॉर्ड एमरी का भाषण भी हम सुन सकेंगे।"

हमने समझ लिया कि यह दूसरी बात ही मुख्य बात है।

सीढ़ी तक बढ़ जाने के बाद वह पुन: लौटा—"जग्गू, तुम एक काम कर दोगे?"

"क्या?"

"जरा अपने दोस्त दानिस के यहाँ चले जाओ और उसे भी मीटिंग की सूचना दे दो।"

काम तो मेरे मन का था। मेरी इच्छा इस समय दानिस से मिलने की थी ही, पर बिना माँ की आज्ञा के मैं कैसे जाता? मैंने रामकिशुन को कुछ उत्तर नहीं दिया, केवल माँ की ओर देखने लगा।

रामकिशुन को मेरी विवशता का अनुमान लग गया। उसने माँ से कहा, "इसे जाने दो भाभी, मेरा काम कुछ हलका हो जाएगा। मुझे अभी और कई जगह जाना है।"

"क्या रानी बहू के यहाँ जाओगे?"

"नहीं, उन्हें रात को कष्ट देने से क्या फायदा! जो कुछ निश्चय होगा, सुबह जाकर बता दूँगा।"

रामकिशुन और मैं दोनों साथ ही घर से निकले।

दानिस का दरवाजा खुला था, पर वह घर में था नहीं। सलमा सामने दिखाई पड़ी। उसने बताया कि अभी-अभी भाईजान बाहर गए हैं। केवल बनियान पहने हैं। लगता है, मुहल्ले में ही कहीं हैं।

मैं भीतर घुस गया। अम्मीजान दीये की धुँधली रोशनी में दालान में बकरी दुह रही थीं। मुझे देखते ही जैसे चहक पड़ीं, "अरे, मुबारक हो जग्गू!"

"किस बात की मुबारकबाद, अम्मीजान?"

"आजादी की।" सारी खुशी एक साथ जैसे झलक आई—"दानिस कह रहा था कि कल-परसों में देश आजाद हो जाएगा।"

मैं चुप ही रह गया, पर मन बोल उठा—'आजादी की लड़ाई में सदा चार कदम आगे रहनेवाला यदि उसकी उपलब्धि का अनुमान भी कुछ आगे (पहले) करे तो इसमें आश्चर्य क्या?'

"आजाद होने के बाद क्या होगा, अम्मीजान?" मैंने यों ही मुसकराते हुए पूछा।

''हम अपने देश के खुदमुख्तार हो जाएँगे। फिर हम किसी के गुलाम नहीं रहेंगे।'' मैंने उस धुँधलके में ही देखा, उनकी मुख-मुद्रा की प्रत्येक झुर्री से एक स्वप्न झाँक रहा था। वह बोलती जा रही थीं, ''दानिस बता रहा था कि आजाद होते ही हमारे सारे मसले हल हो जाएँगे!''

वह दुहना बंद कर दूध की बालटी लेकर उठीं और मुझसे बोलीं, ''बैठो, वह आता ही होगा।''

मैं वहीं एक मचिया पर बैठ गया।

थोड़ी बाद दानिस आया। मुझे देखते ही वह दूर से चिल्लाया, ''ओ हो जग्गू, मुबारकबाद भाई, मुबारकबाद!'' खुशी में गले मिलते हुए उसने मुझे लगभग जमीन से उठा लिया।

''किस चीज के लिए मुबारकबाद?'' मैंने पूछा।

''आजादी के लिए।''

''उसके लिए तो लड़ाई अब शुरू हुई है। आजादी अभी मिली कहाँ है?''

''महात्माजी ने कह दिया है, अब हर हिंदोस्तानी अपने को आजाद समझे।''

दानिस गांधीजी को बहुत कम महात्मा कहता था। लगता है, आज वह गांधीजी पर बहुत खुश था।

फिर मैंने डिप्टी साहब के यहाँ मीटिंग की बात कही और बोला, ''मुझे तो विश्वास नहीं था कि तुम घर पर मिलोगे। ऐसा माहौल और तुम अपनी माँद में लौट आओ, ऐसा हो नहीं सकता।'' मैं हँसा और वह भी हँसने लगा—''क्या करूँ? अम्मीजान इसी समय बकरी दुहती हैं। और इनकी शख्त हिदायत है कि दुहते ही तुम दूध पी लिया करो। लिहाजा, इस वक्त घर पर रहना लाजिमी हो जाता है।''

''आजकल बड़ा हुक्म मानने लगे हो, अम्मीजान का!'' मैंने हँसते हुए कहा।

''बस, यही एक बात यह मानता है।'' अम्मीजान बोलीं और हम सब हँस पड़े।

दानिस को खुशी थी कि उसकी एक समस्या हल हो गई। वह रात में बी.बी.सी. सुनना चाहता था, इसलिए अभी-अभी घर से गया था दारानगर के रामानंदजी के यहाँ। पर कोरा लौटा है। वह घर पर नहीं हैं। यह भी हो सकता है कि उन्होंने रहकर कहलवा दिया हो कि घर पर नहीं हैं; क्योंकि वे पक्के सरकारपरस्त

हैं। फिर दानिस को बुलाकर खतरा मोल क्यों लेते?

दूध का गिलास मुझे थमाते हुए वह बोला, ''सभी नेता गिरफ्तार हो गए हैं। नेहरूजी को बंबई के ग्वालिया तालाब के मैदान में झंडा फहराना था। पुलिस ने उन्हें गिरफ्तार कर मैदान के चारों ओर पहरा लगा दिया। कड़ी चेतावनी के बाद भी अरुणा आसफ अली ने झंडा फहरा दिया।'' उत्साह में चिड़िए की तरह उसकी आवाज फुदक रही थी, ''अब हम सरकार की हिदायत क्यों मानें? अब हम आजाद हैं, खुदमुख्तार हैं।''

मेरा मन दानिस के वायवीय उत्साह का साथ न दे सका। मुझे तो एक नया नाम मिल गया था—अरुणा आसफ अली। मेरा मस्तिष्क उसी में उलझ गया। अंत में मैंने पूछ ही लिया, ''यह अरुणा आसफ अली कौन हैं?''

''अरे, तुम अरुणा आसफ अली को नहीं जानते!'' उसे मेरे सामान्य ज्ञान पर आश्चर्य था। फिर भी उसने बताया, ''एक महान् नेता।''

''अरे, नेता तो होंगे ही; पर यह बताओ, औरत हैं या मर्द?''

वह जोर से हँस पड़ा। उसकी हँसी मेरा मजाक उड़ाती निकल गई। पर मेरी जिज्ञासा ज्यों-की-त्यों बनी रही। जब मैंने दूसरी बार जोर दिया तब उसने बताया, ''वह औरत हैं। अरुणा उनका नाम है और आसफ अली उनके पति का।''

''अरुणा का पति आसफ अली? बात कुछ समझ में नहीं आई।'' मैंने कहा, ''औरत तो हिंदू मालूम होती है और पति मुसलमान।''

''तो इसमें तुम्हें आश्चर्य है क्या?'' वह बोला, ''अरे पगले, स्वराज्य के बाद न कोई हिंदू रहेगा और न कोई मुसलमान। यह सारी फिरकापरस्ती खत्म हो जाएगी। आदमी महज आदमी रह जाएगा।''

''तो क्या हिंदू-मुसलमान में शादी-ब्याह होने लगेंगे?''

''जरूर होंगे।'' कितना विश्वास था उसकी आवाज में।

मेरा संदेह उसकी आस्था पर मुसकरा उठा। मैंने मुड़कर देखा, सलमा बड़े प्यार से मुझे देख रही थी।

□

पानी का एक झोंका बरसकर निकल चुका था। फिर भी बड़ी गरमी थी। हवा गुमसुम थी। इतने तरह के लोग इकट्ठे हो जाएँगे, मुझे कल्पना नहीं थी। जहाँ एक ओर गांधीजी की स्वप्नजीवी और आजादी को एक सुखद सपना माननेवाले प्रो.

चंद्रशेखर सिंह ऐसे लोग उपस्थित थे, वहीं ऐसे भी लोग थे, जिन्हें आजादी से कुछ लेना-देना नहीं था। वे आजादी का सही मतलब भी नहीं जानते थे, पर गांधीजी को देवता या अवतारी पुरुष मानते थे।

एक ओर दीवार से सटे हुए सुमेर चाचा थे, हमीद था तो दूसरी ओर चार-चार बीड़ी एक साथ सुलगाए हुए भारी-भरकम गोल-मटोल सुवारत साव डिप्टी साहब की मसनद पर ढुलके थे। उस खचाखच भरे बैठके में औरत के नाम पर एकमात्र पियारी थी—चुप, शांत और उस माहौल में दबी-दबी-सी।

मैं बैठक के भीतर अभी जा नहीं पाया था। कई बार झाँककर मेरी दृष्टि ने दानिस को खोजने की चेष्टा की, किंतु वह दिखाई नहीं दिया। इसी बीच मुझे शीतल मिल गया।

"अरे, तुम भी मीटिंग में आए हो?" मैंने पूछा।

"नहीं।" वह मुसकराया।

"तब यहाँ कैसे?"

"अब यहीं नौकरी करता हूँ।" उसने बताया।

"कोठी में नहीं जाते?"

"नहीं।"

"तुम्हारी माँ भी यहीं काम करती है?"

"नहीं।" उसने कहा, "वह तो कोठी में ही हैं।"

"तुम वहाँ से क्यों हटे?"

पहले वह हँसा, फिर उसने बताया कि उसी 'बंबइया तमाशे' के फेर में मुझे हटना पड़ा। पहले तो मैंने 'बंबइया तमाशे' का मतलब नहीं समझा। जब उसने बताया कि मैंने तुम्हें भी एक बार दिखाया था—दरवाजे की दराज से, तब मुझे हँसी आ गई।

उसका कहना था कि छोटे सरकार रोज 'बंबइया तमाशा' करता है। रोज कोई-न-कोई औरत आती है उसके कमरे में। यही दोपहर के दो-तीन बजे के करीब।

"और तुम रोज दराज में झाँकते रहे होगे!" मैंने कहा।

वह मुसकराया और बातों के क्रम में ही उसने बताया कि उस दिन झाँकते समय वही लालावाली 'काली-मुटकी' पीछे से गुजरी। उसने देख लिया। फिर क्या

था, शामत आ गई।

"बड़ी मार पड़ी होगी?" मैं बोला।

"मार न पड़ती तो क्या फूल बरसता!" कहकर वह हँसने लगा।

मुझे शीतल बड़ा अच्छा लगा। उसकी हँसी कितनी निश्छल और निर्दोष थी। उसने यह भी बताया कि "यहाँ बड़ा आराम है। मुझे कोठी छोड़ने का कोई दु:ख नहीं है। दु:ख बस इसी बात का है कि अब वह 'बंबइया तमाशा' देखने को नहीं मिलेगा।" इतना कहकर वह हँसते हुए मुझसे लिपट गया।

"मुहल्ले में ही रहकर तुम मुझसे मिले नहीं, शीतल?" मैंने पूछा।

"मिलने की इच्छा तो बहुत थी। कई बार मैंने तुम्हें देखा भी, पर बोला नहीं। सोचा, चाची (वह मेरी माँ को चाची कहता था) बिगड़ेंगी, क्योंकि मैं एक बदचलन लड़का हूँ, 'बंबइया तमाशा' जो देखता हूँ।" वह फिर हँसने लगा। उसकी निर्विकार हँसी कह रही थी, देखनेवाला बदमाश और वह तमाशा करनेवाला रईस। कितनी विचित्र है यह दुनिया!

तब तक कपड़े का बहुत सा बैज लिये दूसरे कमरे से दानिस निकला—"अरे, तुम यहाँ क्यों खड़े हो? आओ मेरे साथ।" और वह मुझे भीतर ले गया।

सभा शुरू हो गई थी। रामकिशुन ने इस आपात बैठक के कारणों पर प्रकाश डाला और कहा, "स्थिति विषम हो चुकी है। सभी नेता गिरफ्तार हो चुके हैं। जो नहीं हुए हैं, वे आज रात-बिरात हो जाएँगे। गांधीजी ने 'करो या मरो' का मंत्र दिया है; पर हमारे पास कोई कार्यक्रम नहीं है कि हम क्या करें। ...सुना है, अच्युत पटवर्धनजी बनारस में हैं। हम लोग उनसे संपर्क करना चाहते थे, पर अभी तक उनसे मुलाकात हो नहीं पाई। उड़ती-उड़ती खबर है कि गिरफ्तार होते समय जब प्यारेलालजी ने गांधीजी से जनता के लिए कोई संदेश माँगा, तब वे विशेष कुछ नहीं बोले। केवल इतना कहा—'कल से लोग 'करो या मरो' का बैज बाँधें और इसी मंत्र पर चलें।' हम लोगों ने बैज तो बनवा लिये हैं।" इसके बाद उसने दानिस से लेकर बैज दिखाया। कुछ बाँह में बाँधने के थे, कुछ छोटे थे और उन्हें आलपिन से कमीज पर लगाया जा सकता था।

इनके अतिरिक्त कुछ दफ्तियाँ भी लिखकर तैयार की गई थीं। उन्हें भी दानिस से लेकर रामकिशुन ने दिखाया, जिन पर लिखा था—'करो या मरो', 'अब हम आजाद हैं', 'कोई भी ताकत हमें गुलाम नहीं रख सकती', 'अंग्रेजो भारत

छोड़ो' आदि-आदि।

इन पंक्तियों को देखते ही मुझे मजिस्ट्रेट के सामने किया गया प्रदर्शन याद आया। रामकिशुन बोल रहा था, "कल हम लोग बैज लगाएँगे, उपवास रखेंगे और एक बड़ा जुलूस निकालकर नेताओं की गिरफ्तारी के खिलाफ प्रदर्शन करेंगे। तब तक कोई-न-कोई कार्यक्रम तो हमारे पास आ ही जाएगा।"

"और बातें तो मेरी समझ में आती हैं, पर उपवास की बात मेरे पल्ले नहीं पड़ती। आखिर उपवास से आजादी का क्या ताल्लुक?" दानिस बीच में ही बोल पड़ा।

"इसे समझने के लिए बुद्धि चाहिए।" रामकिशुन ने मुसकराते हुए बताया, "गांधीजी के उपवास सिद्धांत का दार्शनिक पक्ष भी है और राजनीतिक भी। जब हम कोई महत्त्वपूर्ण कार्य करते हैं तो उपवास रखते हैं। हमारे यहाँ विवाह आदि शुभ संस्कारों के समय भी लोग उपवास रखते हैं। इस दृष्टि से आजादी की लड़ाई को भी हम शुभ कर्म ही समझते हैं। इससे हमारा मन पवित्र होने के साथ ही दृढ़ भी होता है। दूसरी बात यह है कि इससे एक राजनीतिक माहौल बनता है।"

"पर, मेरा इसमें विश्वास नहीं।" दानिस ने पुनः कहा।

"तुम्हारा विश्वास नहीं है तो तुम खाना खा लेना। तुमको मना कौन करता है!" ऐसे विचित्र ढंग से सुवारत साव ने चार बीड़ियों का एक साथ कश खींचते हुए ढुलके-ढुलके ही कहा कि लोग हँस पड़े।

"आप क्या समझते हैं कि मैं पेटू या खब्बू हूँ? यदि खब्बू होता तो आप जैसा ही भारी-भरकम शरीर लेकर मसनद पर ढुलका रहता।" दानिस उत्तेजित हो उठा।

"व्यक्तिगत बात नहीं, व्यक्तिगत बात नहीं।" कई आवाजें एक साथ उभरीं। दानिस को चुप करा दिया गया।

स्थिति को रामकिशुन ने स्वयं सँभाला—"अनेक लोग गांधीजी की बहुत सी बातों में विश्वास नहीं करते, फिर भी उन्हें मानते हैं, क्योंकि मान लेने में उन्हें कोई हर्ज दिखाई नहीं देता। मेरा खयाल है कि दानिसजी भी मेरी बात मानेंगे; किंतु वे इतने ईमानदार आदमी हैं कि अपनी आत्मा की आवाज कभी दबाते नहीं और जो उचित समझते हैं, उसे निस्संकोच भाव से कह डालते हैं। इस समय भले ही वे विरोध कर रहे हैं, पर कल जितनी ईमानदारी से वे उपवास करेंगे

उतनी ईमानदारी से शायद हम न कर सकें।''

दानिस का अहं जरा सी ठेस से फुफकार उठता था और पुचकारते ही पिटारी में बंद हो जाता था। इस समय भी ऐसी ही स्थिति थी।

''अरे भाई, एक ही रोजा तो रहना है, इसमें मुझे एतराज क्या! मैं तो सिद्धांत की बात कह रहा था।'' उसके इतना कहते ही लोगों ने तालियाँ बजा दीं।

लगभग सभी ने रामकिशुन के कार्यक्रम का समर्थन किया, पर सुवारत साव ने वैसे ही लेटे-लेटे ज्योतिषियों के अंदाज में कहा, ''हो सकता है, कल इन सबकी आवश्यकता ही न पड़े।''

''क्यों?'' शंका हमीद की तरफ से उठाई गई।

सुवारत साव कुछ बोला नहीं, केवल बीड़ी पीता रहा। जब लोगों ने कई बार पूछा और जोर दिया तब उसने अपने शरीर को बड़ा कष्ट देकर थोड़ा सा उठाया और तकिए का सहारा लेते हुए बोला, ''पहले आप लोग लॉर्ड एमरी का भाषण सुनें। कौन जाने वे आजादी की ही घोषणा करें!''

''यदि आजादी की ही घोषणा करनी होती तो नेतागण गिरफ्तार न किए जाते।'' दानिस बोला।

''यदि ऐसी बात है तो हो सकता है, सुबह तक आप भी गिरफ्तार कर लिये जाएँ।'' सुवारत साव ने कहा।

''अगर हम गिरफ्तार भी कर लिये जाएँगे तो भी आंदोलन चलता रहेगा।'' रामकिशुन ने बताया, ''शहर कांग्रेस कमेटी इसकी व्यवस्था कर रही है।''

शंकाएँ उठती रहीं, बहस चलती रही; पर स्पष्ट तसवीर किसी के सामने नहीं थी। लोग अँधेरे में ही हाथ-पाँव मार रहे थे। लोग पसीने से तर-बतर थे। धरन से लटकता बिजली का एक बड़ा पंखा चल रहा था। फिर भी पसीना सूख नहीं पा रहा था। लोग परेशान थे।

अब चिर प्रतीक्षित घड़ी आ पहुँची। डिप्टी साहब ने पहले से ही बी.बी.सी. पर रेडियो की सुई ठीक कर रखी थी। उन्होंने ही बताया कि अब लॉर्ड एमरी बोलने वाले हैं। फिर एक भर्राई आवाज में विलायती अंग्रेजी सुनाई पड़ी। हर एक के कान उधर लग गए, पर शायद ही कोई उसे समझ रहा हो। मैं भी बड़े गौर से सुन रहा था। इंडिया, गांधी, रेवोल्यूशन, रेल, टेलीफोन, डू ऑर डाई आदि शब्दों के अतिरिक्त मेरे पल्ले कुछ नहीं पड़ा, तब भला सुमेर चाचा या पियारी आदि लोग क्या समझ पा रहे

होंगे! फिर भी उनकी मुख–मुद्रा से लग रहा था, मानो वे कोई बहुत बड़ी बात सुन रहे हैं।

रेडियो के एकदम निकट कान लगाए डिप्टी हरनारायण सिंह थे। वह सुनते हुए एक कागज पर नोट करते जा रहे थे। हम लोगों ने तभी समझ लिया था कि अंत में वे भाषण का सारांश सुनाएँगे—और उन्होंने सुनाया भी।

एमरी का भाषण समाप्त होते ही रेडियो बंद कर दिया गया। डिप्टी साहब बड़ी गंभीरता से बोलने लगे, ''पहली बात तो आप लोग यह समझ लीजिए कि सरकार आपको आजादी देने नहीं जा रही है। लॉर्ड एमरी का कहना है कि सरकार इन नेताओं को गिरफ्तार करने के लिए विवश हो गई थी, क्योंकि गांधीजी के नेतृत्व में इन लोगों ने बगावत की योजना बनाई थी। अगर इन्हें गिरफ्तार न किया जाता तो देश में अराजकता फैल जाती। इन लोगों की योजना थी कि रेल रोक लो, संचार माध्यमों को नष्ट कर दो, टेलीफोन के तार उखाड़ दो, सरकारी संपत्तियों को नष्ट कर डालो, पुलिस स्टेशनों पर कब्जा कर लो, सरकारी भवन पर यूनियन जैक हटाकर तिरंगा फहरा दो।''

इतना कहकर डिप्टी साहब फिर अपना नोट पढ़ने लगे। एक क्षण के लिए शांति और गहरी हो गई।

''इसके बाद लॉर्ड साहब के भाषण का अधिकांश अंश कांग्रेस और गांधीजी की आलोचना का है।'' डिप्टी साहब बोले, ''उनका कहना है कि जब देश पर दुश्मन मँडरा रहे हैं, ब्रिटिश साम्राज्य संकट में है, तब इस तरह जनता को भड़काकर गांधीजी ने अच्छा नहीं किया, बल्कि हमारे विश्वास की पीठ में छुरा भोंका है। फिर भी हम भारतीय जनता के साथ विश्वासघात नहीं कर रहे हैं। वे शांति और धैर्य से काम लें। उनके नेता बड़े आराम से रखे गए हैं।''

''विश्वासघात नहीं कर रहे हैं!'' दानिस बड़बड़ाया, ''विश्वासघात के सिवा इन कमीनों ने हमारे साथ और किया क्या है? पिछले विश्वयुद्ध में क्या हमारे साथ विश्वासघात नहीं किया गया?''

''पिछले विश्वयुद्ध की बात छोड़ो, अब आगे की सोचो।'' डिप्टी साहब बोले।

उनकी उम्र तो अधिक थी ही, साथ ही उनका व्यक्तित्व ऐसा गंभीर था कि दानिस ऐसा व्यक्ति भी उनके मुँह नहीं लगता था। सभी उनकी इज्जत करते थे।

लोगों ने उन्हीं से पूछा, "अब आप ही बताइए कि हम क्या करें?"

डिप्टी साहब और अधिक गंभीर हुए। उनकी मुख-मुद्रा पर कुछ आड़ी-तिरछी रेखाएँ बनीं, फिर वे कुछ रुक-रुककर असमंजस के स्वर में बोलने लगे, "भाई, क्या कहा जाए! गांधीजी ने कोई कार्यक्रम दिया नहीं। कांग्रेस ने कोई कार्यक्रम दिया नहीं। वह केवल 'भारत छोड़ो' प्रस्ताव भर पास कर सकी। पर लॉर्ड एमरी के भाषण से लगता है कि कांग्रेस के पास कोई कार्यक्रम था।" इतना कहकर डिप्टी साहब चुप हो गए। सब बड़ी उत्सुकता से उनकी ओर देखते रहे। लगा कि किसी रास्ते की ओर वह अवश्य संकेत कर रहे हैं।

जब डिप्टी साहब काफी असमंजस में दिखाई दिए, तब रामकिशुन ने ही पूछा, "आप किस कार्यक्रम की चर्चा कर रहे थे?"

"अरे, लॉर्ड एमरी ने कहा नहीं कि कांग्रेस ने सरकारी भवनों पर कब्जा करने, रेल की पटरियाँ उखाड़ने, तार व टेलीफोन आदि को ठप करने की योजना बनाई थी।" साथ ही डिप्टी साहब ने यह भी कहा, "इस कार्यक्रम में मेरा विश्वास नहीं होता। गांधीजी कभी ऐसा विध्वंसात्मक कार्यक्रम नहीं दे सकते।"

"क्या किसी को विश्वास हो सकता था कि गांधीजी 'करो या मरो' का भी मंत्र दे सकते हैं?" बड़े अदब के साथ दानिस बोला और बताया, "अब गांधी बदल चुका है। वह सुभाष बाबू के रास्ते पर आ रहा है।"

डिप्टी साहब को हँसी आ गई—दानिस की प्रगल्भता पर नहीं, वरन् उसके सुभाष-प्रेम पर।

अंत में यही तय हुआ कि अब नेता तो कोई नहीं है, जो हैं भी वे कल तक अवश्य गिरफ्तार हो जाएँगे। तब क्यों नहीं यह आंदोलन विद्यार्थियों को सौंप दिया जाए! उन्हीं को लॉर्ड एमरी का दिया हुआ कार्यक्रम दे दिया जाए और कहा जाए कि अब देश तुम्हारे ही हाथों में है।

सभा इसी निष्कर्ष पर समाप्त हुई। लोगों की प्रतीक्षा थी कि कल का सूरज कौन सी आग लेकर पैदा होगा। पर दानिस बड़े उत्साह में था। डिप्टी साहब की बैठक से निकलते-निकलते वह हमीद से टकरा गया—"देख हमिदवा, अब हम लोग आजाद हो रहे हैं। अब तू क्या करेगा?"

"तेरे साथ मैं भी आजाद होऊँगा।"

"पर करेगा क्या? पेट कैसे चलेगा?"

“आजाद हिंदुस्तान में कोई भूखा नहीं रहेगा।” हमीद बोला।

“और आजाद हिंदुस्तान में कोई पुलिस का दलाल भी नहीं रहेगा।” दानिस ने हमीद के स्वर में स्वर मिलाया और हँसने लगा।

□

मैं अपनी गली की ओर मुड़कर बीरू के चबूतरे तक आ चुका था। अचानक मेरी बगल में एक अपरिचित व्यक्ति आया और एक रूमाल दिखाकर बोला, “यह तुम्हारा तो नहीं गिरा है?”

“नहीं।”

“तब आप बता सकते हैं कि यह किसका है? लगता तो किसी भले आदमी का है!” वह खोदकर अनायास मुझसे बोलने लगा, “या यह उस तेज दिमाग के लड़के का हो, जो मीटिंग में बैज लेकर आया था।” स्पष्टतया उसका संकेत दानिस की ओर था।

यह आदमी भी डिप्टी साहब की बैठक में चुपचाप बैठा था, पर इस समय वह मेरे पीछे क्यों लग गया? बात कुछ समझ में नहीं आती। और फिर कुछ विचित्र ढंग से बातें करने लगा, “जब तुम्हारे ऐसे बच्चे भी आंदोलन में भाग लेने लगे तब अब यह देश गुलाम नहीं रहेगा। रामकिशुनजी बोलते अच्छा हैं। निश्चित ही वे भविष्य के बहुत बड़े नेता होंगे। और वह लड़का (दानिस) तेज मिजाज का मालूम होता है। लगता है, क्रांतिकारी है। उसका नाम क्या है?”

“दानिस।”

“ओ दानिस! दानिस का अर्थ होता है—‘समझ’। सचमुच बड़ा समझदार है। लगता है, कल वही नेतृत्व करेगा। कल कुछ होगा जरूर और होना भी चाहिए। बड़ा अच्छा लड़का है। उसका घर तो तुम जानते ही होगे?”

पर मैं कुछ नहीं बोला।

वह बोलता ही रहा, “यहीं कहीं रामकिशुन भी तो रहते हैं?”

“लगता है, आप इस मुहल्ले में नए आए हैं?”

अब वह थोड़ा घबराया।

मैंने कहा, “मैं भी आपको पहले-पहल ही देख रहा हूँ।”

“तुम्हारा मतलब?”

“मतलब यही कि इस रूमाल की तरह मैं भी आपको पहले-पहल ही देख

रहा हूँ।''

वह जोर से हँसा, शायद मेरी सजगता को वह उड़ा देना चाहता था।

इतने में हमीद सिगरेट जलाता हुआ पीछे से आ गया। उसने एक सिगरेट उस अपरिचित व्यक्ति को थमाई और दूसरी से कश खींचते हुए बोला, ''इतनी देर तक बिना सिगरेट के मीटिंग में बैठा रह गया। सिर में दर्द होने लगा।''

''मैं भी कुछ ऐसा ही अनुभव कर रहा था।'' उस अपरिचित व्यक्ति ने कहा और लगातार कई कश सिगरेट पी गया। हमीद के आने के बाद मेरा आगे बढ़ना रुक गया था। हम तीनों वहीं खड़े रहे।

''अच्छा, अब जाइए त्रिपाठीजी, मैं तो हूँ ही।'' हमीद बोला।

और वह आदमी रूमाल को अपनी जेब के हवाले करता हुआ बिना कुछ कहे-सुने चलता बना।

जब तक वह जाता दिखाई देता रहा, हम लोग चुपचाप खड़े रहे। गली से मुड़ जाने के बाद मैंने हमीद से पूछा, ''तुम इसे जानते हो?''

''मैं तो इसे जानता ही हूँ, पर तुम इसे जानते हो या नहीं?''

''नहीं।''

''यह सी.आई.डी. है, हीरालाल त्रिपाठी।'' हमीद ने बताया, ''बड़ा ही शातिर और सरकारपरस्त!''

''मुझे इसकी बात से ही लग गया था।'' मैंने कहा।

''तुमने उसे कुछ बताया तो नहीं?''

''नहीं, मेरे पास बताने को था भी क्या! कोई बात छिपी तो है नहीं! वह दानिस और रामकिशुन चाचा का घर पूछ रहा था।''

''अरे, वह हरामजादा सबका घर जानता होगा। तुम्हारी थाह ले रहा था।''

''मेरी थाह ले रहा था? अब कभी दिखाई देगा तो मैं उसके मुँह पर ही उसे जलील करूँगा।''

''नहीं-नहीं, ऐसा मत करना। नहीं तो वह यही समझेगा कि हमीद ने ही मेरा भेद खोल दिया।'' हमीद बोला, ''उससे हमेशा होशियार रहना।''

हमीद ने ही बताया कि इस समय वह ऑफिस गया होगा और मीटिंग की सारी रिपोर्ट देगा।

हम लोग बातें करते गली के अगले मोड़ पर आए थे कि सुमेर चाचा की

दुकान पर भीड़ दिखाई दी। जरूर कोई बात है, मेरा मन बोल उठा।

"लगता है कि वहाँ भी कुछ ऐसी ही बहस छिड़ी है।" हमीद बोला।

कुछ आगे जाने पर उसकी आवाज स्पष्ट हुई।

"अरे, यह तो चंदर है!" अब साफ सुनाई पड़ रहा था, "अरे सुमेर भैया! याद है, उस पहली रात को मैं तुम्हारे यहाँ क्या करने आया था?"

सुमेर चाचा चुप था।

"अरे, बोलते क्यों नहीं कि मिट्टी का तेल माँगने आया था—दूसरे का घर फूँकने के लिए। और दूसरी बार भी मिट्टी का तेल ही माँगने आया था—तुम्हारा घर फूँकने के लिए। और सुमेर भैया, आज भी मिट्टी का तेल ही माँगने आया हूँ—खुद को फूँकने के लिए।" इसके बाद उसकी आवाज नम हो गई—"अब मेरे आगे-पीछे कौन रह गया है, जो मुझे फूँकेगा? जिसके आगे-पीछे इतने लोग थे, वह सोमारू भी आखिर कच्चा ही फेंका जा रहा था।" इतना कहते-कहते उसका गला भर आया।

हम दोनों दूर पर ही खड़े होकर सुन रहे थे। मेरे मुँह से निकला, "लगता है, पीकर आया है। नशे में है।"

हमीद उसे गौर से सुनने लगा था, फिर वह दार्शनिकों जैसी गंभीरता से बोला, "पश्चात्ताप में खुद एक नशा होता है, जग्गू। इस नशे में जब आदमी डूबता है तब उसे अपने कुकृत्य ही दैत्य बनकर खाने को दौड़ते हैं। तब आदमी अपने पर ही खीझता है, चिल्लाता है, रोता है।"

मैं देख रहा था, चंदर रोने लगा था, "इतना किया सोमारू ने लाला के लिए और अंत में उसकी लाश को भी पहचानने से इनकार कर दिया उसने। आदमी कितना खुदगर्ज है, सुमेर भैया! अब मैं समझ रहा हूँ कि अंत समय कोई साथ नहीं जाता दोस्त! केवल अपना धरम-करम ही साथ रह जाता है। पर मेरे पास धरम-करम के नाम पर है क्या? हाथ खाली-का-खाली। वह भी अनेक पापों से रँगा हुआ।"

लोग बड़े गौर से सुन रहे थे चंदर को, पर कोई कुछ बोल नहीं रहा था। उन्हें विश्वास नहीं था कि यह उसका पश्चात्ताप है या नाटक है; क्योंकि चंदर की जो तसवीर लोगों के मनों में बनी हुई थी, यह चंदर उससे बिलकुल भिन्न दिखाई दे रहा था। शायद इसीलिए अविश्वस्त भी था।

किंतु हमीद कुछ और जानता था। उसने बताया कि सोमारू के साथ किए गए लाला के व्यवहार से चंदर बड़ा दुःखी हुआ था और क्रोधित भी। उसने इतना बड़ा पत्थर उठा लिया था लाला को मारने के लिए कि क्या बताऊँ? यह तो कहो कि बहुत से लोगों ने उसे पकड़ लिया। यदि वह उसे पटक देता तो लाला 'टें' बोल जाता।

"लाला के लोगों ने उसे मारा नहीं?" मैंने पूछा।

"किसकी हिम्मत थी, जो हाथ उठाता? क्या चंदर किसी से कमजोर है?" हमीद बोला, "अरे, हजार गाली उसने सुनाई लाला को; पर लाला एक चुप, हजार चुप।"

"लाला की ही वजह से तो छुट्टा साँड़ बना घूमता है, वरना जेल से भागा है, अब तक पुलिस पकड़कर बंद कर देती।"

"यह तो है ही।" हमीद बोला, "पर लाला का सारा कारोबार भी तो चंदर ऐसे लोगों की बदौलत चलता है। फिर वह लाला की राई-रत्ती भी जानता है। उसे नाराज कर वह कितने दिन चल सकता है?"

"लाला के बिना न चंदर रह सकता है और न चंदर के बिना लाला।"

"फिर भी, वह इस समय बिलकुल नाराज है। लगता है, अब उसका लाला से कोई वास्ता नहीं रहा।"

आदमी अपने कर्मों के घेरे में ही घिरता जाता है। एक के बाद एक तह उसकी ख्याति के तन पर जमती जाती है। यदि वे सत्कर्म हुए तो उसकी सुगंध से सारा समाज महक उठता है। यदि वे दुष्कर्म हुए तो एक-न-एक दिन व्यक्ति को अपनी ही गंध असह्य हो जाती है। वह सारी तहों को नोचकर फेंक देना चाहता है। और तब तक वह इतनी दृढ़ हो जाती है कि उनके क्षरण को आँखों से बहने के अतिरिक्त और कोई चारा नहीं रह जाता।

इस समय सचमुच चंदर की आँखों से उसका पाप ही बह रहा था और पश्चात्ताप में डूबते हुए कोई ऐसा नहीं था, जो हाथ पकड़कर उसे उबार सकता। एक तिनके के सहारे के लिए भी वह तरसकर रह गया।

□

: पाँच :

सवेरे से ही एक धधकता सूरज ज्वाला उगलने लगा था। और एक क्रांति जन्म लेने के लिए छटपटा उठी थी।

नेताओं की गिरफ्तारी पर आज पूर्ण हड़ताल थी। दुकानें तक बंद थीं। सड़कें अभागे भिखारियों की हथेलियों की तरह खुलीं और सुनसान, पर उदास नहीं। नई आजादी की धड़कन से भरी हुईं।

धीरे-धीरे लोग गलियों से सड़कों पर निकल आए थे। पर कहीं पर भी पुलिस का नामोनिशान नहीं। मैदागिन के चौराहे की भी पुलिस नदारद थी। ऐसा लग रहा था कि कहीं कोई शासन नहीं है। सारी ब्रिटिश सत्ता कपूर की तरह उड़ गई है।

गलियाँ अपने नित्य कर्म में ही व्यस्त हैं। वही बीरू के चबूतरे पर भीड़, सरकारी बंबे पर पानी के लिए छीना-झपटी। पर ऊँचे खंभे पर टँगा म्युनिसिपैलिटी का लैंप अब भी धुआँ उगल रहा है। लगता है, आज पीपा नहीं आया है। वह भी आजादी की खुशी मना रहा है।

सुना है, रामकिशुन आज बहुत तड़के आया था और पियारी को कहीं ले गया है; क्योंकि कल डिप्टी साहब की मीटिंग के बाद पियारी मेरे यहाँ ही रह गई थी आखिर उतनी रात को जाती कहाँ?

मैंने उठते ही उसके संबंध में माँ से पूछा, ''पियारी चाची गई क्या?''

''हाँ।'' बिना मेरी ओर देखे नितांत उपेक्षा भाव से माँ बोलीं।

''कहाँ गई?''

''जहाँ से आई थी।''

फिर मैंने उससे कुछ भी नहीं पूछा, क्योंकि मुझे लगा कि इस समय माँ की मुद्रा ठीक नहीं है। वह भी अजीब थीं। कभी-कभी उनकी मानसिकता हिमालय

की तरह गंभीर हो जाती और कभी सावन-भादों की तरह रंग बदलने लगती। उनकी प्रकृति का यह संतुलन शायद लंबे अरसे तक उनके वैधव्य भोगने का ही परिणाम था।

जब वह हमेशा की तरह कोठी जाने के लिए निकलीं, तब मैं भी गली में आ गया और सीधे सुमेर चाचा की दुकान की ओर बढ़ा। वहाँ भी अच्छा-खासा जमावड़ा था।

द्वार पर ही चंपो खड़ी थी। उसने मुझे देखते ही पुकारा, यद्यपि आजकल वह मुझसे बहुत कम ही बोलती थी। केवल काम से काम रखती थी।

''क्या है?'' मैंने उसके पास पहुँचते ही कहा।

वह पहले मुझे चुपचाप देखती रही, फिर धीरे से बोली, ''देखो, आज सड़क पर मत जाना।''

''क्यों?''

''गोली चलेगी।'' उसकी भय से काँपती आवाज मुझे छूकर जैसे फिर उसकी आँखों में ही समा गई। वह नितांत भयातुर दृष्टि से मुझे देखती रही।

''गोली चलेगी तो चलने दो। यही न होगा कि मैं शहीद हो जाऊँगा, पर मैं जाऊँगा।'' इस बार मैं नहीं, मेरी दीवानगी बोली थी।

आप विश्वास नहीं करेंगे, वह मेरा हाथ पकड़कर मुझे देखती रह गई। यदि उसका वश चलता तो वह मुझे किसी कमरे में ले जाकर बंद कर देती, किंतु वह पुनः आग्रह करके ही रह गई, ''मेरी बात मानो, मत जाओ। तुम्हारे एक आदमी के जाने, न जाने का देश की आजादी पर कोई असर नहीं पड़ता।''

''एक-एक से ही तो अनेक बनता है। और अनेक का सीधा संबंध है आजादी से।'' मैंने कहा।

वह कुछ बोली तो नहीं, केवल देखती रही, मानो उसकी आँखें कह रही हों, मेरा तो सीधा संबंध है महज एक से—अर्थात् तुमसे।

भीतर से चाची ने पुकारा। वह मेरा हाथ छोड़कर चली गई, पर उसकी आँखें मुझे पकड़े रहीं, बहुत दूर तक पकड़े रहीं। दुकान पर पहुँचकर मैंने एक बार फिर भीतर की ओर झाँका, वह अब भी मुझे देख रही थी।

''सुना है, आज स्कूली लड़के अंग्रेज शासन को उखाड़कर फेंक देंगे?'' सुमेर चाचा की दुकान पर मँगरू बोला, ''टेलीफोन के तार तोड़ डाले जाएँगे। रेल

रोक ली जाएगी। सरकारी इमारतों पर तिरंगा फहराया जाएगा।'' वह एक साँस में और जाने क्या-क्या कह गया। उसकी आवाज में तेजी उतनी नहीं थी जितना इनकलाबी उत्साह था।

आश्चर्य तो मुझे था कि मँगरू जैसा जाहिल-जपाट यह सब जान कैसे गया? अवश्य ही पूरे माहौल में क्रांति की लहर दौड़ने लगी है।

''आज महेश भैया, तुमने सरकारी रोशनी नहीं बुझाई और न सीढ़ी ही लेकर निकले?'' सुमेर चाचा ने पीपा से पूछा।

''सोचा, आज जलने ही दो। रोशनी नहीं तो आजादी कैसी?'' पीपा बात टाल ले गया, पर रहस्य कुछ और था। उसने भी सुन रखा था कि आज स्कूली लड़के टेलीफोन का तार काटेंगे। यदि कहीं मैं सीढ़ी लेकर निकला और वे छीनकर इसी से अपना कार्य आरंभ कर देंगे तो मैं क्या करूँगा? नौकरी तो खतरे में पड़ जाएगी। इसीलिए वह काम पर निकला ही नहीं।

स्थिति विचित्र थी। कुछ लोग आजादी को अवश्यंभावी समझते थे। कुछ अतिवादी थे, जो इसी क्षण से अपने को आजाद हो गया अनुभव करते थे; किंतु कुछ पीपा ऐसे लोग भी थे, जिनके लिए यह एक महज आँधी थी, जो कुछ उखाड़कर, कुछ फेंककर और कुछ तोड़-फोड़कर चली जाएगी। तब क्यों नहीं इसे बैठकर ही गँवा दिया जाए?

'आँधी आवै बैठ गँवावै' की नीयत से ही आज पीपा सवेरे-सवेरे चाचा की दुकान पर आ धमका था और बातें लड़ा रहा था, ''अच्छा, जब स्वराज हो जाएगा तब तुम क्या करोगे, सुमेर भैया?'' उसने यों ही पूछ दिया।

''मैदागिन के तालाब में चलकर पानी पीटूँगा।'' सुमेर चाचा ने बड़े विचित्र ढंग से कहा और सब हँस पड़े—''अरे पगले, आजादी आने पर हमारी-तुम्हारी स्थिति पर 'फरक' थोड़ी ही पड़ने वाला है! 'फरक' तो आएगा बड़े-बड़ों की स्थिति में। तू तो लालटेन जलाता और तेल चुराता ही रह जाएगा।''

''अरे, तू डाँड़ी मारता ही रह जाएगा!''

लोग हँस पड़े।

महेश को तेल चुरानेवाली बात सार्वजनिक रूप से कहने पर जरूर बुरा लगा था। इसी से उसने सुमेर चाचा की नीयत पर सीधा प्रहार किया। बात नहले पर दहला मान ली गई और मजाक में उड़ गई।

इसी बीच मेरी दृष्टि गली के मोड़ पर पड़ी। जवाहिर इशारे से मुझे बुला रहा था। एक दिन सुमेर चाचा ने किसी बात पर उसे डाँटकर भगा दिया था। तब से वह चाचा की दुकान पर नहीं आता था।

मेरे पहुँचते ही वह बोला, "आज चलोगे न?"

"कहाँ?"

"कचहरी पर झंडा टाँगने।" वह बोला और बताया कि "नौ बज चुके हैं। घंटे भर में ही हरिश्चंद्र, डी.ए.वी. कॉलेज आदि के लड़के वहाँ इकट्ठे होंगे और जुलूस बनाकर चलेंगे। भैया, मैं भी जाऊँगा।"

"सुना है, गोली चलेगी।" मैंने कहा।

"मैंने भी सुना है।" उसने कहा, "पर मैं जुलूस के आगे-आगे थोड़े ही जाऊँगा। जुलूस में रहूँगा जरूर, पर रहूँगा किनारे-किनारे। जहाँ भी गड़बड़ हुई कि गली में घुस जाऊँगा।"

मैं चुप ही था, पर मेरे चेहरे पर मुसकराहट दौड़ गई, मानो वह कह रही हो, तुमने जीवन भर तो यही किया है। उसने मेरी मुख-मुद्रा पढ़ ली और फिर अपने कथन पर पछताने लगा। आखिर अपने को सुधारे तो कैसे सुधारे?

कुछ देर तक मौन रहने के बाद वह बोला, "फिर सोचता हूँ कि क्यों नहीं मैं ही आगे-आगे चलूँ और कचहरी पर चढ़कर खुद झंडा टाँगूँ? बहुत होगा, पुलिस की गोली का शिकार ही हो जाऊँगा!"

"जब तुम्हीं नहीं रहोगे तब क्या होगा?"

"मेरा इतिहास तो रहेगा। मेरी शवयात्रा में हजारों लोग जाएँगे। हर साल मेरी जयंती मनाई जाएगी। लोग मेरी प्रशंसा में गीत गाएँगे। मैं अमर हो जाऊँगा जग्गू, अमर।"

मैंने देखा, उसकी आँखों में स्वप्न तिरने लगे, भले ही वह आरोपित ही रहे हों।

इस बीच उधर से हमीद गुजरा। वह जवाहिर को देखकर बोला, "अबे जवहिरा, कहाँ घूम रहा है? जा, सीधे से घर चला जा। तेरा बाप तुझे ढूँढ़ रहा है।"

"पर यह तो जुलूस में जाएगा, कचहरी पर झंडा टाँगेगा।" मैंने कहा।

"यह स्साला क्या करेगा! पुलिस को देखते ही इसकी पैंट खराब हो जाती है। अरे, झंडा टाँगने के लिए पाँच सेर का कलेजा चाहिए, कलेजा!"

तब तक किसी ने पीछे से मेरी बाँह पकड़कर बड़ी बेरहमी से खींचा और मुझे खींचते ले चली। यह मेरी माँ थीं। अभी तो गई थीं और अभी ही आ गईं। लगता है, वातावरण की गंभीरता के कारण वह रास्ते से ही लौट आई हैं।

जो बात उन्हें अप्रिय थी, वही हो गई थी। वह कभी नहीं चाहतीं कि मैं हमीद और जवाहिर जैसे आवारा लड़कों से बातें करूँ। किंतु जब मैंने बताया कि वे अचानक मिल गए थे और मैं खुद उनसे दूर रहता हूँ, तब वह शांत हुईं। फिर भी उन्होंने पूछा, ''कहाँ जाने की बात हो रही थी?''

''जुलूस में।'' मैं धीरे से बोला।

वह चुप ही रहीं। फिर उन्होंने साड़ी बदली। अकसर वह घर आने के बाद बाहर की साफ साड़ी उतारकर रख देती हैं और घर की दूसरी पहन लेती हैं। अब मुझे विश्वास हो गया कि वह घर से नहीं जाएँगी। मेरे लिए यह सबसे बड़ा बंधन था। मुझे लगा कि मैं खुले कमरे में बंद कर दिया गया हूँ।

एक बंदी की चेतना मेरे भीतर छटपटाने लगी है। कैसे माँ कहीं जाएँ और मैं बाहर निकलूँ? पर यह होने का नहीं है। मेरे लिए समय भागने लगा था और सूरज स्थिर हो गया था। मैं अपने आंतरिक ताप से ही जलता जा रहा था। मेरी व्यग्रता ने ही मुझे मुखरता के बिंदु तक ढकेल दिया। जानते हुए भी मैंने पूछा, ''मेरा खद्दर का कुरता किस बक्से में है?''

''क्यों?''

''मैं जुलूस में जाऊँगा।''

माँ की इच्छा के विरुद्ध आगे बढ़ने की मुझमें हिम्मत कहाँ से आ गई? माँ चकित थीं। वह मेरा मुँह देखती रह गईं।

''सुना है, गोली चलेगी?'' पिटी-पिटाई आशंका उन्होंने पुनः दोहराई।

''तो मारा जाऊँगा!'' मैं बड़े सहज भाव से बोल गया। यह क्या हो गया था मुझे? मैंने ऐसा कैसे कह दिया? उन्हें ऐसे उत्तर की आशा भी नहीं रही होगी। न मैंने भागने की बात कही, न बचने की बात कही। सीधे-सीधे मृत्यु का वरण। यह मैं नहीं बोला था, मेरे माध्यम से एक पराधीन देश की विद्रोही आत्मा बोली थी।

माँ का आश्चर्य अपने चरम बिंदु पर था। पहले तो उन्हें लगा, किसी ने इसे सिखाया है, किंतु मेरी मुद्रा और वाणी की सहजता से वह स्वयं समझ गईं कि इसके भीतर इसका अतीत सो गया है। वर्तमान विद्रोही हो गया है और भविष्य की

आशान्विता सुगबुगाने लगी है। वह बड़ी देर तक मुझे देखती और सोचती रहीं।

"जुलूस में जाकर तुम क्या करोगे?"

"कचहरी पर झंडा टाँगूँगा। यदि मारा गया तो इतिहास में जिंदा रहूँगा।" इसके बाद मैंने जवाहिर का बोला गया संवाद ज्यों-का-त्यों दोहरा दिया।

वह अवाक् रह गईं।

यह पहला अवसर था, जब मेरा विद्रोह अपनी पूरी अस्मिता के साथ उनके समक्ष खड़ा था। वह समझ गईं कि आग की नदी पर बाँध नहीं बनाया जा सकता।

"कुरता-पाजामा से अच्छा है कि तुम पैंट-कमीज पहनकर ही जाओ।" उन्होंने कहा।

'जाओ' शब्द सुनते ही लगा कि मैं बंधन-मुक्त हो गया हूँ। मेरे चारों ओर की दीवारें भरभराकर बिखर गई हैं। मैं एकदम उछल पड़ा और माँ से लिपट गया। पर माँ बिलकुल गंभीर। उनकी आँखें भरीं-भरीं। सपनों से नहीं वरन् आशंकाओं से नम।

पैंट तो पहने ही था, कमीज ऊपर से डाल ली और फुर्र से उड़ जाने को हुआ। मैंने देखा, माँ की आँखें पसीजने लगीं। मैं उनका एकमात्र पुत्र था। पता नहीं किन परिस्थितियों का सामना करना पड़े! वह एकदम घबराई हुई थीं। मैं आगे बढ़कर भी पीछे लौटा और उनके चरणों पर गिर पड़ा। उन्होंने मुझे उठाकर सीने से लगा लिया। आँखें झरती रहीं।

उन्होंने तो अपने बच्चे को सीने से लगाया था, पर रोमांचक अनुभूति ऐसी हो रही थी मानो भारत माता अपने लाल को सीने से लगाकर रणक्षेत्र में भेज रही हो।

□

जुलूस ठीक दस बजे उठ चुका था। अंग्रेजी साम्राज्य की बदन में लगी जोंक की तरह वह आगे बढ़ने के साथ-साथ धीरे-धीरे बड़ा होता गया। कुछ लोगों ने बड़ी-बड़ी रस्सियों में लोहे की अँकुसी जैसी कोई चीज बाँध रखी थी। इसी को लोग फेंककर टेलीफोन के तार में फँसाते थे और जोर से खींचते थे। चटककर तार टूट जाता था। नारे लगाता और वंदे मातरम् गाता हुआ जुलूस आगे बढ़ा।

पर आश्चर्य था, आज वंदे मातरम् गाने के लिए पियारी नहीं थी। यह पहला सुराजियों का जुलूस था, जिसमें कोई औरत नहीं थी। लोग बारजों और अधखुली खिड़कियों से आतंकित दृष्टि से झाँक रहे थे। नारे लगाते और उछलते-कूदते हम

दीवाने आगे बढ़े जा रहे थे। कहीं कोई पुलिस नहीं थी।

बरना पुल तक जाते-जाते एक पुलिसवाला दिखाई दिया। हमारे नौजवान साथी उबल पड़े—"एक दो, लाल पगड़ी फेंक दो! एक दो···" वह बेचारा पुलिसवाला दुम दबाकर किसी गली में दुबक गया। नौजवान प्रसन्न थे; पर कुछ गंभीर लोगों को यह बात अच्छी न लगी। उन्होंने एक नए नारे को जन्म दिया—"पुलिस हमारे भाई हैं।"

अब 'पुलिस हमारे भाई हैं' और 'अंग्रेजो भारत छोड़ो' का नारा लगाता जुलूस कचहरी की त्रिमुहानी पर पहुँच चुका था। वहाँ हमें भारी संख्या में पुलिस दिखाई दी और सामने एक अफसर था। उसे देखते ही सारा जुलूस सहम गया।

"अरे यार, यह तो रमाशंकर श्रीवास्तव मालूम होता है। जरूर गोली चला देगा। असली अंग्रेज का पैदा है स्साला।" पीछे से एक आवाज उभरी और सनसनाती हुई हरेक को छूती निकल गई, "यह कमीना जहाँ भी रहा है वहीं गोली चलाई है।"

लोग वहीं रुककर जुलूस को व्यवस्थित करने लगे या यों कहिए कि किलेबंदी होने लगी।

"चार-चार की लाइन में ही हम लोग आगे बढ़ेंगे, सीना खोलकर आगे बढ़ेंगे। देखें, स्साला कितनी गोली चलाता है!"

अब प्रश्न था—जुलूस के सबसे आगे कौन चलेगा? माऊँ का मुँह कौन पकड़ेगा? मेरे भीतर जैसे कोई बोल उठा—'आगे बढ़ो। ऐसा अवसर फिर नहीं मिलेगा।' और मैं आगे चला आया। मैंने देखा, दानिस भी मेरी ओर आ रहा है। साथी तो वही, जो जिंदगी से अधिक मौत के वक्त साथ दे।

हमीद ने कान में कहा, "आगे मत जाओ, यह श्रीवास्तव बड़ा हरामी है। जरूर गोली चलाने का हुक्म दे देगा।"

पर मेरे भीतर से एक आवाज आ रही थी—'क्या पीछे हटने के लिए ही तुम आए हो? तुमने माँ से क्या कहा था?' अचानक जवाहिर मेरे मस्तिष्क में उभर आया। मैंने हमीद से पूछा, "जवाहिर कहाँ है?"

उसने चारों ओर नजर दौड़ाई, फिर उपेक्षा भरी आवाज में बोला, "ऊ सरवा इहाँ आई? अरे, पुलिस के देखतै घूम गयल होई!"

दानिस ने मुझे समझाया कि मैं पीछे चला जाऊँ। उसे मेरी माँ का डर था। वह सोचेंगी कि मैंने ही उसे बहकाकर सूली पर चढ़ाया है। उसने कहा, "जग्गू, तुम

पीछे चले जाओ। तुम्हारी माँ तुम्हें बिगड़ेंगी।''

''उन्होंने तो मुझे भेजा है!''

''क्या कहा, तुम्हारी माँ ने तुम्हें भेजा है?'' वह चकित रह गया।

''हाँ, विश्वास करो। माँ की अनुमति लेकर ही आया हूँ।''

फिर वह कुछ नहीं बोला। मैं कह नहीं सकता कि वह मुझ पर अविश्वास कर रहा था या मेरी माँ को फिर से समझने की कोशिश।

आप विश्वास नहीं करेंगे, बहुत से लोग हट-बढ़ गए थे। अब जुलूस आधा रह गया था। यह शहीदों की एक बड़ी टोली थी।

सबसे आगे मैं था। मेरे हाथ में था तिरंगा। मेरी कमीज के बटन तो पहले से ही खुले थे। मेरी छाती साफ दिखाई दे रही थी, मानो वह पुलिस की गोली की प्रतीक्षा कर रही हो। मुझे लग रहा था, मैं एक सपने की दुनिया की ओर बढ़ रहा हूँ, जिसकी सुनहरी धरती मेरा पग चूमने के लिए आतुर है।

लोग नारे लगाए जा रहे थे। मैं बड़ी मस्ती में झूमता हुआ चला जा रहा था। इन इनकलाबी नारों की हलचल के बीच एक भुनभुनाहट सुनाई पड़ी, ''यार, यह किसका लड़का है?''

''भारत माता का।'' पता नहीं यह किसने उत्तर दिया था; पर यह आवाज मुझसे चिपक गई। एक मैं ही तो भारत माँ का पुत्र हूँ, बाकी सब भीड़ है—मेरे पीछे चलनेवाली, मेरी जय-जयकार करनेवाली। सचमुच, अब मेरे पैर धरती पर नहीं थे। मैं तो सपनों पर चल रहा था। परी देश में पहुँचनेवाले राजकुमार की तरह संकट से गुजरता हुआ आगे बढ़ा।

''रुक जाओ!'' रमाकांत श्रीवास्तव की कड़कती आवाज हमसे टकराई और चूर-चूर होकर बिखर गई। हमारे आगे बढ़े कदम बढ़ते रहे, पर उसकी गति सहम अवश्य गई थी। निश्चित था कि गोली चलाने का ऑर्डर दे दिया जाता और हम भून दिए जाते।

तब तक कलक्टर फिनले आ गया—''आप लोग क्या चाहते हैं?'' वह एकदम जुलूस के सामने खड़ा था। उसकी निर्भीकता हम पर भारी पड़ी।

''हम कचहरी पर झंडा लगाना चाहते हैं।'' पीछे से एक आवाज ढेले की तरह मारी गई। यह दानिस बोला था। था तो मेरी बगल में ही, पर अब कुछ पीछे चला गया था।

फिनले ने दानिस को गौर से देखा। वह उसे पहले से ही पहचानता था—"तुम्हारे झंडा लगाने से क्या ब्रिटिश हुकूमत समाप्त हो जाएगी?"

"जरूर समाप्त हो जाएगी।" किसी के बोलने के पहले ही मैं बोल पड़ा।

"तो जाओ, लगाओ।" वह मेरी अबोधता पर मुसकराया और मुड़कर श्रीवास्तव की ओर विशेष दृष्टि से देखा। पुलिस मुड़ गई। वह मैदान खो चुकी थी।

मुझे लगा, जैसे फिनले ने मुझे ही चैलेंज किया हो। वह क्या सोचता है? मैं छोटा हूँ और ऐसा कर नहीं सकता। मैं जरूर झंडा टाँगूँगा। मुझे उसका चैलेंज स्वीकार है। मेरा उत्साह झलकता पड़ रहा था।

अब हम दीवानी कचहरी के प्रांगण में आ चुके थे। पुलिस के हटते ही भीड़ चौगुनी हो चुकी थी। पता नहीं कहाँ से धरती ने इतने लोगों को उगल दिया। प्रांगण ही नहीं, उसके सामने का उद्यान भी भर गया।

किसी ने आदेश नहीं दिया था, किसी ने कहा भी नहीं। हरेक नारा लगाता रह गया, पर मेरा मन बोल उठा—'चैलेंज तो तुम्हें ही किया गया है, झंडा तो तुम्हें ही लगाना है।' और मैं ऊपर जाने के लिए पोर्टिको की सीढ़ियाँ चढ़ने लगा। मेरे साथ कुछ लोग भी चढ़े, पर फाटक तो बंद था। शायद इसीलिए फिनले मुसकराया था। अब क्या होगा?

सीढ़ियाँ उतरकर मैं फिर भीड़ में आ गया। मैंने अपने हाथ का झंडा दूसरे को थमाया। भीड़ नारा लगा रही थी। "फाटक खोलो।" चिल्लाती रही। किसी ने कहा, "सब मिलकर धक्का मारो, दरवाजा छिटक जाएगा।"

"इस नलुए के सहारे चढ़कर ऊपर पहुँचा जा सकता है।" मेरी बगल से यह आवाज आई थी या मेरे भीतर से, कह नहीं सकता; पर मेरी दृष्टि उस लौह नलुए पर अवश्य गई, जो पहली मंजिल से उतरता हुआ धरती में समा गया था।

मैं उसकी ओर बढ़ा। सबसे पहले जवाहिर की तसवीर मेरे सामने आई और फिर उसके भीतर से मेरी माँ उभरी—'देखा, इसीलिए तुमसे कहा था कि कुरता-पाजामा मत पहनो, वरना फँसकर गिर जाते। तुम्हें झंडा टाँगना है न!' मेरा उत्साह और बढ़ा और मैं उछलकर नलुए पर चढ़ गया।

"अरे, कहाँ जा रहे हो?" दानिस नीचे से चिल्लाया।

"झंडा टाँगने।"

"पर झंडा कहाँ है?"

सचमुच मेरे पास झंडा नहीं था। मैं यों ही चढ़ा चला जा रहा था। मैंने तो अपना झंडा दूसरे को थमा दिया था। वह मूर्ख दूर खड़ा मुझे देखता रहा।

मैंने उसे अपने पास बुलाया और नीचे थोड़ा सा उतरकर धम्म से धरती पर कूद पड़ा। फिर डंडे से निकालकर वह झंडा दानिस ने मेरी कमर में बाँधा, जिससे चढ़ने में किसी प्रकार की दिक्कत न पड़े।

अब मैं उस माहौल का 'हीरो' था। हर दृष्टि मुझे देख रही थी। 'शाबाश! बढ़े चलो' की आवाजें मुझे ऊपर ढकेलती रहीं।

"घबराना मत जग्गू, मैं नीचे हूँ।" एक तीखी आवाज मुझे छूती हुई निकल गई। मैंने नीचे की ओर देखा। अपने लाल गमछे को दोनों हाथों से फैलाए हुए चंदर लोक लेने की मुद्रा में खड़ा एकटक मुझे निहार रहा था।

मैं पहली मंजिल पर पहुँचा। धीरे से रेलिंग पार की। तालियों की गड़गड़ाहट से सारा वातावरण गूँज उठा।

"घबराने की बात नहीं है, अब ऊपर की सीढ़ियों पर दरवाजे नहीं हैं। सीधे ऊपर पहुँचो।" यह आवाज भी भीड़ से ही आई थी।

मैं धड़धड़ाता हुआ छत पर पहुँच गया।

यहाँ आकर भी तिरंगा कैसे टाँगूँ? ऊँची मुँड़ेर के ऊपर कँगूरे में लगी लोहे की छड़ से यूनियन जैक लहरा रहा था। मुँड़ेर पर चढ़ा और किसी तरह उस लोहे की छड़ तक पहुँचा। भीड़ ने फिर तालियाँ बजाईं। जैसे ऊपर से नीचे के आदमी छोटे हो गए थे वैसी ही यह गड़गड़ाहट भी बहुत छोटी पड़ चुकी थी।

सूत की मोटी डोरी से 'यूनियन जैक' बँधा था। पहले तो मैंने मुँड़ेर पर खड़े होकर हाथ से खोलने की कोशिश की, फिर दाँत लगाया। कोई पाजामे का इजारबंद थोड़े ही था, जो खुल जाता। आखिर था यूनियन जैक। दुनिया के दो-तिहाई भाग में उस समय लहराता हुआ यूनियन जैक।

फिर आवाज आई—"घबराओ मत!" तब तक एक चमचमाता चाकू किसी ने नीचे से जोर से ऊपर फेंका। चाकू छत पर गिरा और मैं मुँड़ेर से कूद पड़ा। यह ५०१ नंबर का चाकू था, जिससे मास्टर साहब कलम बनाते हैं। बड़ा तेज होता है यह चाकू।

फिर क्या था? मैंने रस्सी काटी, यूनियन जैक उतारा और तिरंगा लगा दिया। वह फर-फर कर हवा में फहराने लगा। गगनभेदी तालियों की ऐसी गड़गड़ाहट मैंने

कभी नहीं सुनी थी। मैं कितना प्रसन्न था, सो कैसे बताऊँ? मैं फुदकता, उछलता और सीढ़ियाँ उतरता पहली मंजिल पर आ गया। और फिर रेलिंग लाँघने लगा। सोचा, उसी नलुए के सहारे उतरना होगा। तब तक एक आवाज सुनाई पड़ी, "सीढ़ियों से उतरकर चले आओ, दरवाजा खोल दिया गया है।"

यह आवाज अदालत के एक चपरासी की थी। उसी ने मुझे सीढ़ियों का एक रास्ता भी बताया। ज्यों ही मैं सीढ़ी से उतर रहा था, फिनले मेरे सामने आया— "तुम्हें बधाई है!"

मैं क्या कहूँ? क्या जवाब दूँ? मेरे लिए यह बधाई अप्रत्याशित थी। मैं तो उसका मुँह देखता रह गया।

"यह झंडा मुझे दे दो।" उसने यूनियन जैक माँगा।

"नहीं दूँगा।" बोलकर नहीं, केवल मुद्राओं से मैंने कहा।

"तब क्या करोगे?"

क्या उत्तर देता? चुप था।

"देखो, इसका अपमान मत करना। जैसे तिरंगा तुम्हें जान से प्यारा है वैसे यह भी मुझे अपनी जान से प्यारा है। इसका अपमान मेरा अपमान होगा। इसलिए तुम इसे मुझे दे दो।"

मैंने दिया नहीं वरन् उसके सामने ही उसे तह करके कमीज के नीचे पैंट की बेल्ट से दबा लिया।

"मुझे नहीं दोगे?" उसने पुनः पूछा।

मैंने नकारात्मक ढंग से सिर हिलाया।

"तब किसे दोगे?"

"इतिहास को दूँगा।" मैं यह कैसे कह गया, मुझे आज भी आश्चर्य है। मेरे मुँह से निकल रहा था कि मैं माँ को दूँगा, पर निकलते-निकलते मेरा उत्तर अचानक बदल कैसे गया? बुद्धि की छोटी सी तराजू पर मैंने इतना बड़ा भार कैसे तौल डाला?

मुझे देर होता देखकर जनता को संदेह हो गया कि मैं गिरफ्तार कर लिया गया। अजीब कोलाहल मचा—"लड़के को छोड़ो। गिरफ्तार करना हो तो हमें गिरफ्तार करो। उस अबोध बालक को पकड़कर सरकार अपने मुख पर कालिख न लगाए।"

मेरे नीचे उतरते ही भीड़ ने सोचा कि हमारी विजय हुई। उसे क्या मालूम था कि हम क्यों रोक लिये गए थे। लोगों ने यूनियन जैक की माँग की। कुछ लोग दियासलाई जलाकर भी मेरे पास आए। वे उसे लेकर फूँक देना चाहते थे; पर वह तो मेरे सीने से लगा था। लोग माँगते रह गए, पर मैंने किसी को भी नहीं दिया।

अब भीड़ दीवानी से फौजदारी की ओर चली। ब्रिटिश साम्राज्य की इमारत चरमरा रही थी। उत्साह दूना था। भीड़ बाढ़ की नदी की तरह किनारा तोड़ती आगे बढ़ी चली जा रही थी। सारा बगीचा रौंद डाला गया। किनारे लगाए गए काँटेदार तार कुछ पैरों में उलझकर ही अपनी प्रतिरोधक क्षमता खो बैठे।

उमड़ते तूफान के आगे आने की किसकी हिम्मत थी? फिर भी फिनले वहाँ भी आगे आया—"अब आप लोग क्या चाहते हैं?"

"हम फौजदारी कचहरी पर भी झंडा टाँगना चाहते हैं!" भीड़ चिल्लाई।

कुछ देर तक फिनले सोचता रहा। हलचल कुछ थमी।

"अच्छा, आप में से एक आदमी ऊपर जाकर झंडा टाँग सकता है।" उसने कहा।

आगे के लोगों ने एक-दूसरे का मुँह देखा—"वह लड़का कहाँ है?"

फिनले निश्चय ही मुझे खोज रहा था। शायद यूनियन जैक को भीड़ को न सौंपने के कारण वह मुझसे प्रसन्न था।

इधर चंदर दीवानी कचहरी के लॉन में ही मुझे अपनी गोद में लेकर उछल रहा था। कुछ लोग उसके नाचने पर ताली बजा रहे थे। मैंने देखा, उनमें मेरे मास्टर बद्री प्रसादजी भी थे। वे उतने ही खुश थे जितना चंदर।

मैं किसी तरह चंदर की पकड़ से छूटा और उछलकर बाहर आया। मुझे आश्चर्य था कि आज चंदर इतना बदल कैसे गया है? वह इस जुलूस में क्यों आया? बाढ़ में कूड़ा-करकट ही अधिक बहकर आ जाता है।

इसी बीच बद्री प्रसादजी दौड़े हुए मेरे पास आए—"बेटा, वह चाकू मुझे दे दो। मैंने ही उसे फेंका था।" वे मुसकराते हुए बोले।

मैंने धड़ से जेब में हाथ डाला और चाकू निकालकर उन्हें दे दिया। उन्होंने उसे लेकर माथे लगाया, जैसे धन्य हो चुका हो वह चाकू।

"मैं इसे सँभालकर रखूँगा। इसी की बदौलत आज यूनियन जैक धरती पर आ गया।" बद्री प्रसादजी की प्रसन्नता में इतिहास करवट बदल रहा था।

मैंने देखा, मेरे हटते ही दो आदमियों ने चंदर को पकड़कर एक ओर ले जाने की चेष्टा की, पर उसने झटक दिया। नाटक में विष्णु बननेवाले व्यक्ति की तीसरी और चौथी चिपकी हुई भुजा की तरह दोनों झटका खाकर दो ओर गिरे। तब तक कुछ लोग और दौड़े और चंदर को धर दबोचा। बाद में हमीद ने ही बताया कि वे लोग सादे वेश में पुलिस के आदमी थे।

इधर वही बात फिनले ने झंडा टाँगनेवालों से कही, जो मुझसे कही थी, "तिरंगा टाँगना है, टाँग दो; पर यूनियन जैक का अपमान मत करना।" इसके बाद उसने भीड़ को संबोधित करते हुए कहा, "आपको जो करना हो, शांतिपूर्वक कीजिए; पर याद रखिए, कचहरी का एक भी रिकॉर्ड नष्ट न होने पाए, क्योंकि आजादी के बाद भी आपको उन रिकॉर्डों की बड़ी आवश्यकता पड़ेगी।"

उस समय तो जनता शांत हो गई, पर बाद में जब वह व्यक्ति झंडा टाँगकर उतरा, तब भीड़ ने उसके हाथ से यूनियन जैक छीन लिया। उसे जूतों से रौंदा और फाड़कर चिथड़े-चिथड़े कर दिए। उसकी चिंदियाँ बड़ी बेरहमी से जलाई गईं, मानो वह ब्रिटिश शासन की क्रूरता का प्रतीक हों।

अब फिनले मौन न रह सका। अपने राष्ट्रीय झंडे का अपमान एक देशभक्त कैसे सह सकता था। उसने आँसू गैस के गोले छोड़ने और लाठियाँ बरसाकर भीड़ को तितर-बितर करने का हुक्म दिया। बड़ी बेरहमी से पुलिस के डंडे चलने लगे। 'पुलिस हमारे भाई हैं' का नारा बेअसर हो गया।

भगदड़ मच गई। सोचता हूँ, फिनले सचमुच बड़ा भला आदमी था। इस स्थिति में भी उसने गोली चलाने का आदेश नहीं दिया।

□

पहले मैं भीड़ में था, इस समय भीड़ मेरे भीतर थी। बाहर से एकदम अकेला। कचहरी से जब लौटा, पैर धरती पर नहीं थे। आकाश में उड़ता चला जा रहा था। बरना पुल पर आते-आते सनसनी फैल गई कि कचहरी में गोली चल गई है। गणेश की प्रसिद्ध पानवाली दुकान आधी खुली थी, वह फट से बंद हो गई। कुछ लोग वहाँ बैठे बातें कर रहे थे—"कमाल किया उस लड़के ने। जरा भी डरा नहीं। लोग देखते ही रह गए और उसने चढ़कर झंडा टाँग दिया।"

लोगों ने मेरी ओर देखा भी नहीं, पर बात मेरे ही संबंध में थी। और मैं कैसे कहता कि वह लड़का मैं ही हूँ। अपनी प्रशंसा सुनकर मेरी कल्पना को पंख लग

गए। मैं आजाद भारत का भावी नेता होकर उस धरती पर विचरने लगा, जहाँ किसी आँख में भी अभाव का आँसू नहीं था, किसी पेट में भूख नहीं थी।

लगभग दो बज रहे थे, जब मैं घर पहुँचा। मेरा दरवाजा दोनों पट खुला था। लगा, कोई आया था और लौटते समय घबराहट में खुला छोड़ गया।

मैं सीधे माँ के पास पहुँचा। वह ठाकुरजी के सामने दीया जलाकर 'दुर्गा सप्तशती' का पाठ कर रही थीं। वह संस्कृत नहीं जानती थीं। पिताजी के समय की ही एक पुरानी पोथी थी, जिसमें हिंदी अनुवाद था। वह उसी का पाठ करती थीं। हर विपत्ति और संघर्ष के समय वह ऐसा ही करती थीं और कई बार यह धार्मिक आस्था ऐसी आपात स्थितियों को कुचलने में समर्थ भी हो चुकी थी।

उनके अधर बुदबुदा रहे थे और आँखों में आँसुओं की बाढ़ थी। मेरी आहट ने उन्हें जरा सा विचलित किया। उन्होंने मेरी ओर देखा और एकदम अपने प्रभु के समक्ष मत्था टेक दिया। फिर मुझे भी इशारे से बुलाकर मेरा सिर पकड़कर मूर्ति के चरणों में डाल दिया। पर वह बोलीं नहीं और न उन्होंने आसन ही छोड़ा; क्योंकि पाठ पूरा नहीं हुआ था। अधूरा संकल्प वह कभी नहीं छोड़ती थीं।

मैं वहाँ कुछ देर तक चुप खड़ा था, फिर धीरे से खिसका। आकाश में बादल आ गए थे। हवा कुछ ठंडी और नम थी। मौसम फुदकने लायक था। मैं सुमेर चाचा के यहाँ पहुँचा। दुकान बंद थी। मँगरू मुझे देखते ही बोला, "अरे, तुम आ गए! बड़ी खोज हो रही थी तुम्हारी।"

क्यों? किसलिए? मैंने कुछ पूछा नहीं। उसी ने बताया कि "मुहल्ले में हल्ला हो गया है कि कचहरी में गोली चली है। कुछ लोग मारे गए हैं और कुछ घायल होकर अस्पताल में आए हैं। सुमेर अभी-अभी अस्पताल गया है, महज तुम्हें खोजता हुआ।"

तब तक कई लोग वहाँ आ गए। सबके विस्फारित नेत्रों ने मुझे देखा जैसे कह रहे हों—अरे, यह तो सही-सलामत है!

"गोली नहीं चली है, कुछ लोग लाठी-चार्ज से घायल अवश्य हो गए हैं।" मैंने अफवाह का खंडन किया और सीधे चाचा के घर में घुसा। दरवाजे में घुसते ही चंपो का उदास चेहरा दिखाई दिया। मुझे देखते ही सूखे धान पर पानी पड़ा। वह खिल उठी।

"मैंने कहा था न कि कचहरी मत जाना। गोली चलेगी और तू माना नहीं।"

इतना कहते-कहते उसने मेरे गाल पर एक चाँटा जड़ दिया। आप विश्वास कीजिए, मुझे बिलकुल चोट नहीं लगी।

अब मैंने कमीज के भीतर से निकालकर उसे 'यूनियन जैक' दिखाया।

"धुत, मैंने सोचा, मेरे लिए कोई कपड़ा लाए हो!" चंपो एकदम झिझक उठी।

तब मैंने उसे बताया, "यह अंग्रेजों का झंडा है।"

"झंडा तो उनका बहुत अच्छा है।" उसने हाथ लगाकर उसके कपड़े को देखा—"और इस पर लाल पट्टियाँ भी सुंदर लगती हैं। इसे तुम क्या करोगे? मुझे दे दो।"

"और तुम क्या करोगी? "

"मैं इसका जंफर बनवाऊँगी।" अब उसने उसे पूरा खोलकर देखा—"अरे, इसमें तो दो जंफर अच्छी तरह बन जाएँगे।"

"पगली कहीं की, जंफर बनवाएगी।" मैंने उसके हाथ से छीनकर फिर तह करना आरंभ किया—"तू क्या जानेगी इसका महत्त्व! यह दीवानी कचहरी पर फहरनेवाला झंडा है। आजादी के बाद इसका ऐतिहासिक महत्त्व होगा। तब इसका मूल्य हजारों में आँका जाएगा।"

"अच्छा जी, तो तू आजाद होने के बाद झंडा ही बेचेगा।" उसने मेरी आकांक्षा को गुदगुदाना आरंभ किया।

पर तब तक चाची ने घर में प्रवेश किया। "अरे, तू आ गया!" उसने एकदम मुझे छाती से लगा लिया। उसकी आँखें भर आईं। उसे लगा जैसे मैं खोया हुआ अचानक पा लिया गया हूँ।

उसी की बात से मालूम हुआ कि वह मेरा पता लगाने रामकिशुन के यहाँ गई थी। वह भी अभी तक नहीं आया है। सुमेर चाचा ने जब गोली चलने की बात सुनी तो वह एकदम घबरा गया। उसने सबसे पहले माँ से कहा। माँ कहीं और भागने की अपेक्षा प्रभु की शरण में गईं, पूजा पर बैठीं। और उसी घबराहट में चाचा बाहरी दरवाजे का दोनों पट खुला छोड़कर भागा।

"देखती क्या है, जाकर 'अचक्का माई' की पूजा की तैयारी कर।" मुझे छाती से लगाए हुए ही चाची ने चंपो से कहा और चंपो मुसकराती हुई भीतर चली गई।

“अचक्का माई सबका भला करें।” चाची ने आँखें मूँदकर जैसे कुछ स्मरण किया, फिर मुझे छोड़ते हुए बोली, “जा, माँ को बुला ला। अचक्का माई की पूजा होगी।”

“माँ इस समय खुद पूजा पर बैठी हैं।” मैंने कहा।

“अच्छा, तो जब उनकी पूजा खतम हो, तभी उन्हें बुला ले आना।” चाची बोली, “और हाँ, गंगाराम के यहाँ से ढोल भी लेते आना।”

जब कोई अचानक आपदा आती थी तब हम लोगों के यहाँ 'अचक्का माई' की पूजा मान दी जाती थी। लोगों का विश्वास था कि आकस्मिक विपदा से अचक्का माई के सिवा कोई मुक्ति दिला नहीं सकता। आज की स्थिति ने इस विश्वास को और अधिक बल दिया। चाची के यहाँ पूजा की तैयारी होने लगी। क्योंकि मान्यता थी कि जिस क्षण विपत्ति टले, उसी क्षण पूजा होनी चाहिए।

अब माँ की पूजा लगभग समाप्त होने वाली थी। उन्होंने पाठ समाप्त कर भगवान् को अंतिम दंडवत् किया। फिर वह उठीं, मुझे तिलक लगाया—“क्या तुम सचमुच कचहरी तक चले गए थे?” जैसे उन्हें विश्वास ही न हो कि मैं वहीं से लौटकर आ रहा हूँ।

तब मैंने उन्हें कमीज के नीचे से निकालकर 'यूनियन जैक' दिखाया और बताया, “दीवानी कचहरी के कँगूरे से उसे उतारकर मैंने ही तिरंगा फहराया है।”

“सचमुच, यह सब तुमने ही किया? सच!…” आश्चर्य की चरम सीमा पर मानसिकता अविश्वास की मुद्रा में होती है, पर वह विश्वास खोती नहीं। माँ ऐसी ही स्थिति में थीं। मैंने उन्हें इतना विह्वल कभी नहीं देखा था। मुझे छाती से चिपकाए हुए पूजा की मूर्तियों को एकटक देखती रहीं।

जब उन्होंने मुझे छोड़ा तब 'यूनियन जैक' को देखने लगीं। फिर बोलीं, “रानी बहू वहाँ थीं?”

“नहीं।”

“और पियारी?”

“वह भी नहीं।” मैंने बताया कि उस जुलूस में कोई भी औरत नहीं थी। फिर वह कुछ सोचने लगीं। मुझे कुछ ऐसा लग रहा था जैसे माँ चाहती हों कि मेरे इस पराक्रम को रानी बहू भी देखतीं।

जब मैंने उन्हें बताया कि चाची ने 'अचक्का माई' की पूजा के लिए ढोल-

मजीरा लेकर बुलाया है, तब उन्होंने यूनियन जैक को तह करके संदूक में रखा। उसी संदूक में 'गीता' की एक पुरानी पोथी थी। उसे देखते ही वह बोलीं, "आज तेरे पिताजी होते तो कितने खुश होते! वह भी तेरी तरह ही जिद्दी थे। जो निश्चित कर लेते थे, उसे करके ही छोड़ते थे।" फिर उस पुस्तक में रखी पिताजी की तसवीर निकालकर वह कुछ समय तक देखती रहीं।

व्यक्ति की भावुकता की बाढ़ में उसका वर्तमान ही नहीं, अतीत भी बहा चला आता है। और इस समय माँ की आँखों से अतीत टपकने लगा था।

गंगाराम के यहाँ से ढोल और मजीरा लेकर मैं पहले ही पहुँच गया था। बाद में घर बंद करके माँ आईं। कड़ाही हुई और फिर सुमेर चाचा का आँगन गीत से गूँज उठा—"मइया आनंद करनी भवानी, मइया संकट हरनी भवानी···।"

□

आज मुझे हर व्यक्ति विचित्र दृष्टि से देख रहा था। और उस समय मेरी और भी विचित्र स्थिति हो गई जब गंगाराम अखबार लेकर आया।

अखबार के पहले पृष्ठ पर ही एक चित्र छपा था, जिसमें चंदर मुझे अपने कंधे पर लेकर नाच रहा था। चित्र के नीचे लिखा था—'कचहरी पर तिरंगा लगानेवाले वीर बालक को कंधे पर उठाकर नाचता हुआ एक स्वराजी।'

सबने उस चित्र को बड़े ध्यान से देखा और मेरे 'करतब' की सराहना की। मैंने अनुभव किया कि सुमेर चाचा खुश तो है, पर वह यह नहीं चाहता कि लोग मेरी और पीठ थपथपाएँ। उसकी दृष्टि से तो मैं सफलतापूर्वक सूली से उतर आया था। अब वह नहीं चाहता था कि मैं फिर सूली पर चढ़ूँ। किसी बात पर वह बोल भी पड़ा था, "जगुआ को और अधिक मत चढ़ाओ भैया, नहीं तो पागल हो जाएगा।"

"ऐसे पागल और दीवाने लोग ही देश के लिए कुछ कर सकते हैं।" पीपा बोला।

"लगता है, तुम्हें आज भी म्युनिसिपैलिटी की लालटेन नहीं जलानी है।" चाचा ने बात को दूसरी ओर मोड़ने की कोशिश की।

"अरे, जब देख रहा हूँ कि अंग्रेजों का ही चिराग गुल हो रहा है तब दो-चार दिन यदि म्युनिसिपैलिटी का ही चिराग नहीं जलेगा तो क्या होगा?" पीपा चाचा की अधखुली दुकान पर बैठा बीड़ी का कश खींचता हुआ बड़े इतमीनान से बोला।

यह तो आप जानते ही हैं कि चाचा की दुकान कभी बंद नहीं होती। सारे

शहर में हड़ताल रहेगी तब भी उसका एक पट खुला रहेगा, क्योंकि उसके ग्राहक रोज कुआँ खोदने और रोज पानी पीनेवाले थे। दिन भर मेहनत-मजदूरी करते और शाम होते-होते सीधा-पिसान लेने चले आते; किंतु आज वह दुकान बंद कर मुझे खोजने निकला था।

अखबार का चित्र देखते हुए बात पीपा ने ही शुरू की, "आखिर चंदर भी सुराजी हो गया!"

"यह कैसे हो सकता है?" चाचा ने प्रतिवाद किया।

पीपा ने चाचा को पुन: वह चित्र दिखाया और नीचे की इबारत पढ़कर सुनाई—"अरे, इसपर तो मैंने ध्यान ही नहीं दिया था। सचमुच यह चंदर है! गांधी टोपी लगाकर तो पहचान में ही नहीं आया।" चाचा बोला और चित्र देखता रहा।

"गंदा नाला भी गंगा में मिलकर गंगा हो जाता है, सुमेर भैया! फिर यदि सुराजियों के बीच में चंदर भी सुराजी हो जाए तो आश्चर्य क्या?" मँगरू ने कहा।

"चलो, जिंदगी भर पाप किया तो क्या हुआ, अंत में गंगा तो मिली; अखबार में तसवीर तो छपी!" यह प्रतिक्रिया पीपा की थी।

सुमेर चाचा कुछ नहीं बोला, क्योंकि वह चंदर से बहुत डरता था। केवल चित्र देखता रह गया। जब उसे पता चला कि चंदर गिरफ्तार हो चुका है तब उसने इतना ही कहा कि ऐसे पापी को तारकर गंगा ने अच्छा नहीं किया।

चाचा ने अखबार मोड़कर भीतर रखा ही था कि कतवारू 'सीधा' लेने आ पहुँचा और बोला, "आज तो कोई कमाई नहीं हुई, सुमेर भैया।" इसका मतलब साफ था कि आज का सामान वह उधार ही लेगा। कतवारू सगड़ी खींचता है।

"कोई बात नहीं, कतवारू! अगर आज कमाई नहीं हुई तो कल होगी।" चाचा बोला।

"सुना है, कल भी हड़ताल रहेगी, क्योंकि सुराजियों पर लाठी चली है।" जिंदगी से जूझते उसके स्वर में उदासी थी—"यदि ऐसी बंदी चली तो पेट का क्या होगा, सुमेर भैया?"

"अरे पगले, पेट के लिए ही तो लड़ाई लड़ी जा रही है। स्वराज हो जाने पर कोई भूखा नहीं रहेगा।"

"पर इ बखत त भूखल हई। वह हालत हो गइल हौ जइसन दंगा के समय भइल रहल।" कतवारू बोला।

सुमेर चाचा को हँसी आ गई। उसे क्या मालूम कि इन मेहनतकशों के लिए स्वराज की लड़ाई और दंगा दोनों बराबर हैं।

धीरे-धीरे अँधेरा बढ़ने लगा। संध्या के खिसकने के साथ-साथ बादल भी घने होने लगे। बूँदियाँ छूट पड़ीं। ग्राहक अपना सामान लेकर हटने-बढ़ने लगे। महेश भी चलने को हुआ—''अब चलता हूँ, सुमेर भैया! बारिश आ रही है।''

''अरे, बरसै दा यार, तू गल थोड़े जइबा। पीपा के तरे त मोटायल हउवऽ। तो के गलत-गलत भी कुछ समय लगी, तब तक त बदरै फट जाई।'' सुमेर चाचा बोला और हँसने लगा।

पीपा कुछ बोला तो नहीं। थोड़ा दुकान में भीतर की ओर खिसक आया। उसने एक बीड़ी और सुलगाई। बारिश कुछ और तेज हुई। महेश को भीतर कर चाचा ने अपनी आधी खुली दुकान पर बोरे का परदा डाल दिया।

महेश ने लालटेन की रोशनी में फिर अखबार में छपी वह तसवीर देखी—''यार, चंदर का तो बन गया!'' वह बोला।

''चलो, जो हुआ अच्छा ही हुआ।'' चाचा की प्रतिक्रिया थी, ''चंदर बदमाश भी है और गुंडा भी। इधर उसकी बदमाशी लाला के शह पर अधिक बढ़ गई थी।''

''अब वह लाला की असलियत समझ गया है।'' पीपा बोला।

''इसमें मुझे संदेह है।'' चाचा ने कहा और बातें चंदर व लाला के इर्द-गिर्द चलती रहीं।

अचानक गली में भाग-दौड़-सी हुई। चाचा ने झाँककर देखा, पुलिस आ-जा रही थी। पता चला कि रामकिशुन को गिरफ्तार करने पुलिस आई थी, पर वह घर पर मिला नहीं।

'दिन भर स्साले तो बिल में छिपे रहे, सड़कें सूनी पड़ी रहीं; पर इस समय वे इतने सक्रिय हो गए हैं।' मेरा मन बोला, पर मैं चुप ही रह गया। चंपो ने इशारे से मुझे भीतर बुलाया। उसने बताया, ''पियारी को भी पुलिस खोज रही है।''

''तुम्हें कैसे मालूम?''

''अभी वह भीगी हुई, एकदम लथपथ यहाँ आई थी।'' चंपो ने बताया, ''माँ तो पुलिस के नाम से काँपती हैं। पुलिस देखते ही माँ डर गई। वह पियारी से बोलीं—यहाँ तुम्हारा रहना सुरक्षित नहीं। दुकान पर बहुत से लोग आते-जाते हैं।

किसी ने देख लिया तो आफत खड़ी हो जाएगी।''

''तब वह कहाँ गई?''

''यह तो नहीं मालूम, पर वह गई है तुम्हारे घर की ओर ही।'' चंपो बोलकर चुप हो गई; पर मैं सोचता रह गया। इस बारिश में तो लोग दुश्मन को भी शरण देते हैं, फिर वह तो कुछ सोचकर आई होगी। चाची ने उसे हटाकर अच्छा नहीं किया और यदि माँ ने भी यही रुख अख्तियार किया होगा, तब बेचारी कहाँ जाएगी? निश्चित ही गंगाराम के घर उसे शरण मिल जाएगी। चंपो के सामने कुछ बोल नहीं पाया, भीतर-ही-भीतर कुड़बुड़ाकर रह गया। फिर भी मैं व्यग्र था।

मैं निश्चित ही अपने घर की ओर लपक पड़ता, पर मन कह रहा था कि अखबार लेता चलूँ। चित्र माँ को दिखाऊँगा।

मैं दरवाजा खोलकर दुकान में घुसा ही था कि अवाक् रह गया। सामने लाला खड़ा था। उसपर छाता लगाए उसकी बगल में बड़ी-बड़ी मूँछोंवाला एक बलिष्ठ जवान था तथा उसके पीछे वैसे ही हट्टे-कट्टे दो और लोग थे।

इस समय बरसते पानी में भीगते हुए लाला कैसे चला आया? चाचा स्तब्ध था। उसके चेहरे पर भय की छाया उभर आई थी। इसे संयोग ही कहा जाएगा कि जब भी वह लाला की आलोचना करता, तभी उसका कोई आदमी या वह स्वयं आ टपकता। पीपा अभी बैठा ही था, वह भी लाला को देखकर सकपका गया।

''ओ हो, तुम यहीं हो! मैं तो तुम्हें ही बधाई देने आया था। आज तुमने वह काम कर दिखाया, जिसे बड़े-बड़े क्रांतिकारी भी नहीं कर सके।'' लाला मुझे देखते ही बोला। फिर उसने नाटकीय मुसकराहट के साथ अपने आदमियों को बताया कि ''यह वही लड़का है, जिसने आज दीवानी कचहरी पर तिरंगा फहराया है और जिसकी तसवीर अखबार में निकली है।'' साथ ही उसने यह भी बताया कि ''यह घर इसका नहीं है। यहाँ तो इसकी एक दोस्त रहती है चंपो। बड़ी अच्छी लड़की है। बेचारी, एकदम सीधी-सी। शादी के लायक हो गई है, पर सुमेर साव कान में तेल डाले बैठा है।''

''क्या करूँ सरकार, कहीं अच्छा वर मिले तब तो!'' चाचा हाथ जोड़कर बोला।

''अरे, वह तो तुम्हारे घर में ही है।'' लाला मुसकराया—''जग्गू से क्यों नहीं शादी कर देते?''

इतना सुनते ही मेरी रगों में बिजली-सी दौड़ गई।

"अरे, यह कैसे हो सकता है? कहाँ यह ब्राह्मण और कहाँ मैं कानू बनिया!"

"अब जात-पात कुछ नहीं रहेगा सावजी, अब देश आजाद होने वाला है।" लाला बोला, "तुमने सुना नहीं, गांधीजी के लड़के के साथ राजाजी की लड़की ब्याही है। एक तेली और दूसरा ब्राह्मण।"

"वे बड़े लोग हैं, सरकार। समरथ कहुँ नहिं दोषु गुसाईं।" चाचा ने कहा, "हम लोग ऐसा करें तो पंचों का कोप हो जाए, जाति बाहर कर दिए जाएँ। और फिर, चंपो जग्गू से बड़ी भी है।"

लाला आया था किसी दूसरी गरज से। शादी की बात तो उसने यों ही शुरू कर दी थी, महज चाचा से आत्मीयता जताने के लिए।

"मैं सोचता हूँ कि तुम्हारी माँ से मिलकर उन्हें भी बधाई दूँ, जिन्होंने ऐसा सपूत पैदा किया है।" लाला ने अपने उद्देश्य की गाड़ी को खींचकर पटरी पर किया और मुझे आगे कर मेरे घर की ओर चल पड़ा।

"लगता है, तुम मुझसे नाराज हो और यह अच्छी बात नहीं है।" लाला ने चलते-चलते सुमेर साव से कहा और एक ऐसी निगाह से उसे देखा कि उसके देवता ही कूच कर गए। फिर लाला के पीछे चल रहे उसके आदमियों ने भी उसे तरेरा।

"लो बेटा, यह तुम्हारे लिए मिठाई ले आया हूँ।" कुछ आगे बढ़ते ही अपने आदमियों से लेकर मिठाई का एक बँधा हुआ दोना उसने थमाया—"तुमसे कहीं अच्छी तो चंदर की तसवीर छपी है।" वह बोला और रहस्यमय ढंग से मुसकराया—"चंदर बेचारा भी है भला आदमी, व्यर्थ ही पुलिस उसके पीछे पड़ी है।"

यह बात उसने मेरी प्रतिक्रिया जानने के लिए कही थी, पर मैं चुप ही रह गया। अंत में उसे खुलना पड़ा, "कहाँ है चंदर?"

"गिरफ्तार हो गया।" फिर मैंने उसे सारी बात बताई और कहा कि "सादी वरदी की पुलिस उसे पकड़ ले गई।"

"तुम्हें कैसे मालूम कि सादी वरदी के वे लोग पुलिस के ही आदमी थे?" एक वकील की तरह उसने जिरह की।

"हमीद ने बताया था।"

इतना सुनते ही उसके चेहरे की मुद्रा जैसे बदल गई। उसने अपनी घड़ी की

ओर देखा। वर्षा थम चुकी थी।

"अच्छा बेटा, अपनी माँ से मेरा प्रणाम कह देना। समय काफी हो गया है। अब चलता हूँ।"

अजीब बात है! जो मेरी माँ को बधाई देने आ रहा था, घर के पास आकर ही उसके समय की पूँजी एकदम चुक गई। वह माँ से न मिलकर आगे बढ़ गया, जबकि उसे पीछे लौटना चाहिए था। उसके आदमी पीछे लौटे भी।

वह उन्हें अपने साथ लेते हुए बोला, "थोड़ी ही दूरी पर उसका घर है। उससे सारी बात मालूम हो जाएगी।"

अब उसकी माया मैं समझ सका। वह हमीद के घर जाएगा। उसे तो मूलत: चंदर का पता लगाना है। बधाई देना तो मात्र उसका बहाना था। जब मैंने माँ से सारी बातें बताईं तब उन्होंने भी मेरी धारणा का समर्थन किया।

"सुना है, लाला से उसका झगड़ा हो गया है।" पियारी बोली।

"और यही उसके लिए सबसे बड़ा खतरा है। वह लाला की सारी पोल-पट्टी जानता है। लाला हर चंद कोशिश करेगा कि उसके मार्ग का यह काँटा हमेशा के लिए निकालकर फेंक दिया जाए। चंदर के लिए अच्छा ही हुआ कि वह गिरफ्तार हो गया।" माँ बोलीं।

पियारी गंभीर हो गई। इसी बीच माँ को मैंने अखबार में छपा वह चित्र दिखाया। वह एकदम खिल उठीं। माँ जैसे अपने बच्चे का हर कष्ट आगे बढ़कर खुद झेल लेना चाहती हैं, वैसे ही वह उसकी हर उपलब्धि को आगे बढ़कर अपनी ही उपलब्धि की तरह स्वीकार करती हैं। मेरी माँ को लग रहा था कि यह सबकुछ सचमुच उन्होंने किया है। उनके अधरों में मुसकराहट, आँखों में स्वप्न और हृदय में उल्लास था। उनकी रगों में इस समय रक्त का संचार बहुत तेज हो गया था। उन्होंने वह चित्र बार-बार देखा और पियारी की ओर बढ़ा दिया। पियारी संज्ञाशून्य-सी उसे देखती रही। थोड़ी देर बाद माँ ने उसे झकझोरा—"क्या सोच रही हो?"

उसने सँभलते हुए कहा, "कुछ नहीं। तसवीर देख रही थी।"

"किसकी? जग्गू की या चंदर की?" माँ की इस चिकोटी से पियारी के चेहरे पर ललाई दौड़ गई।

□

: छह :

१३ अगस्त, १९४२ की वह संध्या अब भी मेरे मन में तैर जाती है, जब वह इनकलाबी जुलूस दशाश्वमेध घाट से निकला था। ढेड़सी के पुल तक आते-आते गोरी पलटन पहुँच गई थी।

"जुलूस खत्म करो, तितर-बितर हो जाओ!" अंग्रेज अफसर चिल्लाया; पर कोई भी नहीं हटा था।

"यदि आगे बढ़े तो गोली मार दी जाएगी!" उसकी अंतिम चेतावनी थी; पर इन आजादी के दीवानों को क्या परवाह? जुलूस को बढ़ना ही था। वह आगे बढ़ा और गोली चल गई। पटापट चार व्यक्ति वहीं ढेर हो गए। मुझे ठीक याद है, उनमें एक मल्लाह था, जो मेरे पैर के पास ही गिरा था। आह तक न निकली। छाती से खून का फव्वारा फूट पड़ा था, पर हाथ से तिरंगा नहीं छूटा, बल्कि वह उसी के रक्त से लाल हो चला था।

"अंत में इस देश का झंडा लाल ही होगा।" मेरे पीछे से आवाज आई। अवश्य ही वह व्यक्ति रूस की क्रांति से प्रभावित रहा होगा, क्योंकि इस इनकलाबी बाढ़ में एक लहर समाजवादी विचारवालों की भी थी।

उनके गिरते ही भगदड़ मच गई। मैं उस लाश की बगल से आगे बढ़नेवाला ही था, किसी ने मेरा हाथ जोरों से खींचा और मुझे लेकर कालीजी के मंदिर की ओर जानेवाली गली में भागा। कुछ ही पल में मुझे आभास हो गया कि हाथ पकड़कर खींचनेवाला कोई और नहीं, हमीद ही है; किंतु मैं उससे स्वयं को छुड़ा नहीं पाया बल्कि भागता ही चला गया, क्योंकि मैं एक भगदड़ में था, भागती हुई भीड़ का एक अंग।

हमीं नहीं, गाय-साँड़ और कुत्ते भी भागते जा रहे थे। अजीब भागमभाग।

आदमी और पशु दोनों साथ-साथ। कुछ दूर और निकल जाने के बाद हम लोग एक शिव मंदिर में पहुँचे। तब मैं प्रकृतिस्थ होते ही हमीद पर झुँझलाया—"तुम मुझे क्यों ले आए?"

"तो क्या तुम्हें मरने के लिए छोड़ देता?" हमीद बोला, "जानते हो, 'सूट ऐट साइट' तक का ऑर्डर है। देखो और गोली मार दो। सरकार ने आंदोलन को कुचल देने का दृढ़ निश्चय कर लिया है।"

और हुआ भी ऐसा ही। शासन की पाशविकता अपनी चरम सीमा पर आ गई। कहीं-कहीं दस-पंद्रह दिनों तक भारतीयों का ही शासन रहा, किंतु शीघ्र ही आंदोलन घायल सर्प की तरह कुचल दिया गया। हाथ में आई आजादी अँगुलियों के बीच से बालू की तरह झर गई।

एक-एक सुराजी बीन-बीनकर जेल में ठूस दिया गया। कुछ भूमिगत हो गए। उन्हीं में एक दानिस भी था। कहाँ गया? किसके घर है? कहीं कुछ पता नहीं।

पियारी तो मेरे यहाँ थी। उसने रानी बहू से भी संपर्क किया। पर उन्होंने असमर्थता दिखाई—"ले-देकर अनाथालय ही एक ऐसी जगह है, जहाँ मैं तुम्हें रख सकती हूँ; पर वह सार्वजनिक स्थल है, हर कोई आ-जा सकता है। फिर भी, सबसे बड़ी बात यह है कि लाला का बगीचा सामने पड़ता है। कोई भी बात छिपी रह नहीं सकती।"

अब मेरे यहाँ रहने के सिवा उसके पास कोई चारा नहीं था, किंतु एकदम गोपनीय। किसी को कानोकान खबर नहीं। यहाँ तक कि सुमेर चाचा भी इस तथ्य से अनजान। माँ जब भी बाहर निकलतीं तो बाहरी ताला लटकाकर। कौन जानता था कि उस ताले के भीतर कोई कैद है!

इस कैदखाने में सरकारी कैदखाने से ज्यादा न तो सहूलियत थी और न जगह ही। फिर भी, पियारी को वह कोठरी अपनी लगती थी। अपनत्व का यह सुख भी मैं और मेरी माँ रूपी दो बिंदुओं का स्पर्श करता हुआ महज एक त्रिकोण बनाता था। इसी त्रिकोण में पियारी का संसार सिमटकर बहुत छोटा हो गया था।

एक दिन पता नहीं किस मूड में पियारी ने माँ से कहा, "औरत खुद में एक विपत्ति है।"

"क्यों?"

"क्योंकि यदि मैं मर्द होती तो छिपने की ऐसी समस्या मेरे सामने न रहती।"

माँ गंभीर हो गईं—"हाँ पियारी, औरत के लिए खुद को छिपाने से कहीं ज्यादा खुद को बचाने की समस्या रहती है।"

"सोचती हूँ कि यदि भगवान् ने हमें औरत बनाया तो दाढ़ी-मूँछें क्यों नहीं दीं?" पियारी बोली और माँ जोर से हँस पड़ीं। कुछ सोचकर वह बड़ी देर तक हँसती रहीं।

"इसमें हँसने की बात नहीं है, बहन! यदि हमें दाढ़ी-मूँछें होतीं तो हम छिप भी जातीं और बच भी जातीं।" माँ हँसती रहीं, पियारी बोलती गई, "यदि कोई आदमी इतने दिनों तक एकांतवास करता तो दाढ़ी-मूँछों का ऐसा जंगल उसके चेहरे पर उग जाता, जो उसे खुद छिपा देता, पर मैं ज्यों-की-त्यों हूँ।"

माँ इस बार और जोर से हँसीं।

धीरे-धीरे समय सरकता गया। वर्षा बीत गई। क्वार भी दम तोड़ रहा था। मैदागिन की रामलीला शुरू हो गई थी कि एक विचित्र घटना ने पियारी को कोठरी से निकालकर लोगों की आँखों के सामने खड़ा कर दिया।

अपनी चरम सीमा पर जाकर सरकारी सतर्कता भी कुछ ढीली पड़ गई थी। सुराजी लोग भी लुके-छुपे इधर-उधर दिखाई पड़ जाते थे। रात-बिरात घूँघट निकालकर पियारी गली में निकलने लगी थी। कभी सुमेर चाचा के यहाँ जाती और कभी गंगाराम के यहाँ। जी आन-मान हो जाता। उस शाम एक अजीब बात हुई।

एक अपरिचित औरत ने पता नहीं कैसे पियारी को देख लिया। वह उससे लिपटकर रोने लगी, "बहुत दिनों के बाद मिली हो बहन, मैं तो लुट गई। जिंदगी भर की सारी कमाई यह कलमुँहा लेकर भाग गया।" वह रोती जा रही थी।

पियारी उससे अपने को छुड़ा भी न सकी और कुछ बोल न पाई। मुहल्ले के कुछ लोग इकट्ठा हो गए। पियारी ने बड़ी होशियारी की कि उस औरत को लेकर घर में चली आई। फिर भी, देखनेवालों ने देख लिया। चर्चाएँ सुगबुगाने लगीं।

जिस औरत को लेकर पियारी आई थी, उसके संबंध में उस समय तो कुछ विशेष समझ नहीं पाया, पर आज उसकी हर बात स्पष्ट होती जा रही है।

अब मैं समझता हूँ कि पियारी के साथ उस समय उसका इतिहास ही लिपटकर मेरे घर में आया था। वह औरत तो एकमात्र उसका प्रतीक थी।

उस औरत का नाम आज तक मुझे नहीं मालूम। इतना समझ पाया था कि वह दालमंडी की एक वेश्या थी। अवश्य ही संपन्न रही होगी। बचपन बिहार के

किसी गाँव में बीता था। माता-पिता चंद्र ग्रहण नहाने बनारस आए थे। लाला के लोगों को सुंदर दिखी। निगाह पर चढ़ गई और मध्य रात्रि में ही भीड़ से उठा ली गई। फिर शायद इलाहाबाद के मीरगंज की कोठेवालियों को सौंप दी गई। यहीं वह पेशे में उतरी। रात को ग्राहक की और दिन में अपने मालकिन की गुलामी करती रही।

पेशा तो जिंदगी से चिपक गया था। जबकि मालकिन की गुलामी वक्त आने पर ओढ़ी गई रजाई की तरह उतारकर फेंकी जा सकती थी।

संयोग कुछ ऐसा हुआ कि चंदर उन्हीं दिनों लाला के काम से इलाहाबाद आया था। अपनी प्रकृति के अनुसार वह मीरगंज के संगम में गोता लगाने पहुँच गया। उस औरत से वहीं उसकी मुलाकात हुई। नदी-नाव संयोग हुआ और नाव बहती हुई बनारस चली आई। वह कुछ दिनों चंदर के साथ ही रही। यहीं उसका पियारी से भी परिचय हुआ। पर एक म्यान में दो तलवार कैसे रह सकती थीं! पियारी की जवानी के तीखे तेवर ने उसे फिर घर के कोठे पर भेज दिया।

समय और परिस्थितियों की तह-पर-तह जमती चली गई और स्मृतियाँ धुँधली होती चली गईं; किंतु इस समय उसे देखते ही पियारी के मस्तिष्क में परत-दर-परत खुलने लगी थी और वह अपने अतीत से ही डरती दिखाई दी। वह उस औरत से जल्दी-से-जल्दी मुक्त होना चाहती थी, पर वह उसे छोड़ना नहीं चाहती थी। वह रोती जा रही थी—"अब क्या होगा, बहन? मैं तो लुट गई।"

तमाशा यह कि पियारी उससे यह भी नहीं पूछ पा रही थी कि क्या लुट गई, कहाँ लुट गई, क्यों लुट गई? वह महज धीरज बँधा रही थी और कह रही थी, "धीरज रखो। अपना काम देखो। भगवान् सब ठीक कर देगा।"

"अरे, वह कमीना मेरा भगवान् ही बनकर तो आया था।" वह कुछ तेज बोली।

पियारी ने उसे चुप रहने का संकेत किया और चुपचाप उसे दालान में बिछी चौकी की ओर ले गई। मुझे भी यह कहकर हटाया कि तुम यहाँ खड़े क्या कर रहे हो? तुम्हें पढ़ना-लिखना नहीं है?

जिज्ञासा और सरपत को जितना काटिए, वह उतनी ही तेजी से बढ़ते हैं। मैं यहाँ से कटने के बाद दरवाजे के पीछे से सुनने लगा था। पियारी ने कहा कि यह भले लोगों का घर है, यदि तुम जोर से बोलोगी तो मेरे ऊपर भी आफत आ जाएगी।

निश्चित था कि पियारी यह नहीं चाहती थी कि इस संदर्भ में माँ कुछ जानें। एक ओर उसका गंदा अतीत और दूसरी ओर धुल-धुलकर उज्ज्वल होता उसका वर्तमान। कहाँ से उस उज्ज्वलता में एक घिनौने धब्बे की तरह यह औरत चली आई? पियारी की मानसिकता सचमुच एक अप्रत्याशित उलझन का सामना कर रही थी।

दोनों की फुसफुसाहट से झलके शब्द मेरे कानों में पड़ते रहे; पर वे समझ के बाहर थे। आज सोचता हूँ तो हर बात साफ होती जा रही है। वह कह रही थी, ''मेरे कोठे पर एक ग्राहक आया। खूब खाया-खरचा भी। उसने मुझे एक हार भी पहनाया, जिसे वह हीरे का कह रहा था। अब तो लगता है, वह काँच का ही रहा होगा।'' इतना कहकर वह फिर सिसकने लगी।

''फिर क्या हुआ?'' पियारी बोल पड़ी, क्योंकि वह जल्दी-से-जल्दी किस्सा खत्म करना चाहती थी।

''हुआ क्या, मैं लुट गई!'' उसने कहा, ''फिर उसने औरत की सबसे बड़ी कमजोरी को पकड़ा और ऐसा नाटक फैलाया कि वह मेरे बिना एक पल भी रह नहीं सकता था। मैं उसकी राधा हूँ, वह मेरा कृष्ण है। कहने लगा, हमारे प्राण तुम्हारी मुट्ठी में हैं।''

''फिर क्या हुआ?'' पियारी ने उसे पुनः रोका, क्योंकि उसे लगा जैसे बात बढ़ने लगी है।

''फिर एक दिन उसने खुद गाया—'तुम राधे बनो श्याम मैं मनमोहन।' ठुमरी शैली में उसने बड़ी अदा से गाया था। गला तो उसका अच्छा था ही।'' उस औरत ने फिर विस्तार लेना आरंभ किया और फिर पियारी ने टोका। वह बोली, ''उस रात वह स्वयं राधा बना। मैंने उसके कपड़े पहने और उसने मेरे। मेरे सारे गहने भी उसने धारण कर लिये और एक-एक सेट नहीं, दो-दो, तीन-तीन सेट। क्या कहूँ बहन, मैं अपने वश में नहीं थी। उसने ऐसा जादू मारा कि मैंने अपने सारे-के-सारे जेवर उतारकर दे दिए।''

मैंने देखा, पियारी बड़ी जिज्ञासा से उसे सुन रही थी। शायद वह शीघ्रातिशीघ्र इस रहस्यमय कहानी का अंतिम छोर पकड़ना चाह रही थी।

वह औरत कह रही थी, ''उस रात हम दोनों साथ-साथ सोए भी। सचमुच बड़ा अजीब सा लग रहा था। रात में उसने मुझे अपने हाथ से पान खिलाया। बस

इसके बाद ही मैं सो गई। फिर क्या हुआ, मुझे नहीं मालूम। सुबह आठ बजे महरिन ने आकर दरवाजा खटखटाया, तब कहीं जाकर आँखें खुलीं। देखा तो वह नदारद था। उसकी रूह तक का पता नहीं। तब से मैं पागल होकर उसे खोज रही हूँ।''

''उसने कुछ अपना अता-पता बताया था?''

''यही बताया था कि मध्यमेश्वर के डिप्टी साहब का रिश्तेदार हूँ। मेरे घर के लोग वहीं ठहरे हैं।''

''तो उनके यहाँ पता लगाया?''

''हाँ, उन्हीं के यहाँ से तो आ रही हूँ।'' वह बोली, ''उन्होंने कहा कि ऐसा कोई व्यक्ति मेरा रिश्तेदार नहीं और इधर महीनों से कोई मेरे यहाँ मेहमान भी नहीं आया है।''

''पुलिस में रिपोर्ट की?''

''हाँ, पुलिस का भी दरवाजा खटखटाया।'' उसने कहा, ''पर जो भी सुनता है, वही मजाक उड़ाता है। दारोगाजी कहने लगे, 'जब तुम्हारी राधा ही थी तो जो ले गई, सो ले गई। उसका दिल तो तुम्हारी मुट्ठी में है। कभी-न-कभी वह खा-पचाकर फिर तुम्हारे यहाँ आएगा, तब मुझे खबर करना। उसे गिरफ्तार किया जाएगा। ऐसे बिना अता-पता के कहाँ हाथ-पैर मारा जाए। यों सरसरी तौर पर उन्होंने एक रिपोर्ट दर्ज कर ली है।'' फिर वह अपने किए पर पछताने लगी।

दुर्भाग्य यह कि तब तक माँ नीचे आ गईं।

''क्या बैठी फुसफुसा रही हो? आप लोगों को कोई काम नहीं है क्या?'' माँ का तेवर और छनछनाती आवाज से दोनों सहम गईं। पियारी खड़ी हो गई और उसे लेकर बाहर आई। विदा कर दरवाजा बंद कर लिया।

''कीचड़ से निकलकर कमल फिर कभी कीचड़ से मुँह नहीं लड़ाता!'' माँ का गुस्सा अप्रत्यक्ष रूप में पियारी पर उतरा।

पियारी चुप ही रह गई। वह कह नहीं पाई कि कीचड़ यदि खुद कमल की ओर आए तो कमल क्या करेगा? पियारी को फिर लगा कि अपने को बदलकर उसने क्या किया? पर वह अपने इतिहास को बदल नहीं सकी।

पियारी के ऊपर आते ही माँ ने कहा, ''देखो पियारी, रंडी-पतुरिया घर में आए, यह मुझे बिलकुल पसंद नहीं है।'' माँ उबल रही थीं, ''अब वह तुम्हारी उपस्थिति की चारों ओर चर्चा करेगी और फिर पुलिस का छापा पड़ेगा।''

“मैं खुद यहाँ नहीं रहूँगी।” भरी-भरी आवाज में पियारी बोली, “मैं यहाँ रहने लायक नहीं हूँ।” और फिर सिसकने लगी। उसकी हर सिसकन मानो कह रही हो कि कमल को तो मूर्ति पर चढ़ने का हक है, पर कीचड़ से मूर्ति अपवित्र करने का किसी को हक नहीं।

□

रामलीला देखने जाते समय चंपो मिली। अपनी माँ के साथ जा रही थी। उसके साथ मुहल्ले की दो-तीन औरतें और थीं। मुझे देखते ही चंपो की गति मंद पड़ी। वह पीछे रह गई—“सुना है, तुम्हारे यहाँ पियारी चाची थी?” जानते हुए भी उसने पूछा।

“हाँ, थी तो?”

“तब तुमने मुझसे बताया नहीं।”

“माँ ने मना किया था।”

“जैसे लगता है कि तुम माँ की हर बात मानते हो!” चंपो ने नाराजगी दिखाई—“जब तुम मुझसे इतना छिपाते हो तब मैं भी तुमसे कुछ नहीं बताऊँगी।” यह चंपो नहीं, उसकी आत्मीयता का अधिकार बोल रहा था, जिसके समक्ष मैं लगभग निरुत्तर था।

मैंने बात दूसरी ओर मोड़ी—“लेकिन वह चली गई।”

“कब गई?”

“अभी-अभी।”

“अभी कुछ देर पहले ही तो मुहल्लेवालों को सूचना मिली और अभी ही चली गई?”

“सूचना मिलने के कारण ही तो उसे जाना पड़ा, अन्यथा पुलिस आ जाती।”

“पर वह गई कहाँ होगी?”

“यह तो नहीं मालूम।”

“तुम्हारे यहाँ तो पियारी मजे में थी।” चंपो सोचने लगी, “आखिर क्या बात हो गई कि उसे जाना पड़ा?”

“उससे उसकी एक पुरानी दोस्त मिलने आई थी।”

“तो इससे क्या हुआ?”

“वह रंडी थी।”

"छिह, तुम कैसी बातें करते हो? जानते हो, रंडी किसे कहते हैं?"

"नहीं।" कुछ-कुछ जानता था, फिर भी मैंने नकारात्मक उत्तर दिया और उसी से पूछा, "अच्छा, तुम्हीं बताओ, रंडी किसे कहते हैं?"

"मैं नहीं जानती।" वह झटके से बोली। लगा कि खूब जानती है, किंतु बताना नहीं चाहती।

"अच्छा जी, तुम मुझसे छिपा रही हो और कहती हो कि तुमसे कुछ नहीं छिपाती।"

"तुमने भी तो मुझसे पियारी चाची की खबर छिपाई थी?"

"तो तुम मुझसे उसका बदला निकाल रही हो?"

"यही समझ लो।" वह मुसकराई और इठलाती हुई औरतों के झुंड में चली गई।

दारानगर से मैदागिन जाते समय दाईं तरफ की पटरी पर औरतें बैठती थीं और बाईं ओर मर्द तथा बीच खुली धरती पर रामलीला होती थी।

बाईं ओर टैक्सियाँ और बसें खड़ी होती थीं। एक तरह से वह उन दिनों का बस अड्डा था। कुछ रामलीला दर्शक उन बसों की छतों पर भी सुविधानुसार बैठ जाते थे।

चंपो सामने जमीन पर बैठी औरतों की अगली पंक्ति में थी और मैं एक बस की छत पर। वह रह-रहकर मुझे देख लेती थी और मेरी भी निगाह उसपर पड़ जाती थी। यह स्वाभाविक था, सहज था; पर इससे मेरे ही आगे बैठे कुछ मनचले छोकरों को गलतफहमी हुई। उनमें से एक ने अपने साथी से कहा, "यार, तोके तजबीजत हौ। हौ चालू जरूर।"

"माल भी टोर्रम हौ।" दूसरा बोला।

"यार, हौ बड़ी करारी।" तीसरा बोला, "अइसन करारा माल हाथ से जाए न देवय के चाही।"

उन सबों की बातें चल रही थीं, पर मुझे बड़ी घबराहट हो रही थी; किंतु मैं कुछ बोलने की स्थिति में नहीं था, एकदम लाचार। एक तो अकेला, फिर उन गुंडों के मुँह कौन लगे?

सुनता रहा, सुनता रहा और जब सहन के बाहर हो गया तब धीरे से वहाँ से उतर आया। मैंने रामलीला की भीड़ से निकलकर देखा, वे तीनों अब भी चंपो को

घूर रहे थे। मुझे लगा, जैसे कोई चीज उनकी आँखों से छूटकर चंपो का स्पर्श करती हुई मुझे बेधती चली जा रही है।

मैं विचलित हो उठा। मैंने सोचा—मैं भीड़ में उस ओर घुसूँ जिधर औरतें हैं और रामलीला के कार्यकर्ताओं से चंपो को दिखाकर कहूँ कि उस लड़की और उसकी माँ को बाहर भेज दें, उनके घर से बुलावा आया है।

मैं आगे बढ़ा भी कि इसी बीच लक्ष्मण को शक्ति लग गई। राम विलाप करने लगे। भीड़ की हलचल थम गई। जब तक शक्ति नहीं छूटेगी, कोई भी औरत उठ नहीं सकती। अब किसी भी कार्यकर्ता से कुछ कहना व्यर्थ था। मैं एक ऐसे स्थान पर चुपचाप खड़ा हो गया, जहाँ से चंपो दिखाई पड़ रही थी; पर वह मुझे नहीं देख रही थी। उसकी दृष्टि अब भी सामने बस की छत पर भटक रही थी। अवश्य ही वह खोज रही थी कि मैं कहाँ चला गया?

निराश होकर चंपो की आँखें अब राम-विलाप की ओर लगी थीं। सामने उनके संज्ञाशून्य लक्ष्मण का शरीर पड़ा था। राम के विलाप के साथ-साथ अधिकांश औरतों के नेत्र नम हो गए थे।

शक्ति छूटते ही भीड़ में हलचल हुई। बहुत से लोग उठ खड़े हुए। मैं एक झटके में चंपो के पास पहुँच गया।

"चलो, अब काफी देर हो चुकी है।" मैंने कहा और मेरे कहते ही चाची उठ पड़ी। उसके साथ मुहल्ले की और औरतें भी थीं।

मैं चंपो को लेकर थोड़ा आगे हो गया। मुझे डर था कि कहीं वे लफंगे मेरा पीछा न कर रहे हों। मैंने कई बार पीछे मुड़कर देखा भी।

"तुम अपनी बदमाशी से बाज नहीं आते!" चंपो बोली, "बस पर चढ़कर क्यों बैठ गए थे?"

मैंने उसका कोई उत्तर तो नहीं दिया, वरन् सीधे आरोप लगाया, "तुम भी शरारत से बाज नहीं आतीं।"

"आखिर मैंने क्या किया?"

"उन लफंगों की ओर क्यों ताक रही थीं?" मैंने पूछा।

"किन लफंगों की ओर?" उसकी ध्वनि में आश्चर्य था।

तब मैंने विस्तार से उनके बारे में बताया। 'धुत' कहकर वह चुप रह गई। उसका संकोच यह भी न स्वीकार कर पाया कि मैं तुम्हें देख रही थी। उन सबको

गलतफहमी थी।

मैंने कुछ शब्दों और संकेतों का सहारा लेते हुए बताया कि मुझे बड़ा बुरा लग रहा था उनका बोली बोलना, इसीलिए मैं चिढ़कर उतर आया।

''और मैंने सोचा कि तुम घर चले गए।'' चंपो बोली।

''मैं भला तुम्हें छोड़कर कैसे जाता!'' इतना कहते ही मैंने हाथ में चिकोटी काटी। निश्चित ही उसके चेहरे पर ललाई उभर आई होगी, लेकिन उस अँधेरे में मैं देख नहीं पाया।

मैंने पीछे देखा, चाची अपनी सहेलियों से बात करने में मगन थी, ''विपत्ति भगवान् को भी नहीं छोड़ती। कैसा बिलख-बिलखकर रामजी रो रहे थे।''

''मेरा खयाल है कि अब तुम्हें घर से बाहर नहीं निकलना चाहिए।'' मैंने गंभीर होते हुए कहा।

''क्यों?''

''क्योंकि अब तुम बड़ी हो गई हो।''

''और तुम भी तो बड़े हो गए हो।''

''लड़का जितना बड़ा होता है, उसे उतना ही घर से बाहर रहना चाहिए और लड़की जितनी बड़ी होती है उतनी ही घर के भीतर।'' मेरी आवाज मुसकरा रही थी।

''चलो-चलो, अब तुम बड़े बकवादी हो गए हो!'' इसके सिवा वह बोल भी क्या सकती थी!

इसके बाद हम गली में मुड़े और एक आवाज बड़ी बेरहमी से हमसे टकराई—''अरे वाह राजा, काट मालिक तोहरे भाग में ई माल बदा हौ।''

हम अवाक् रह गए। एक अप्रत्याशित भय ने हमारी गति मंद कर दी और चाची की औरतों का समूह जब तक आ नहीं गया, हम निश्चिंत नहीं हुए।

□

ऐसा लगा कि कुछ समय के लिए राष्ट्रीय आंदोलन खूँटी पर टाँग दिया गया हो। अब शाम को जब गंगाराम अखबार लाता तो उसके पढ़ने में कोई मजा नहीं रहता, क्योंकि खबरों पर सेंसर था। सरकार जो चाहती थी, वही छपता था। लड़ाई के समाचारों में भी हर जगह मित्र राष्ट्रों की जीत ही दिखाई देती थी और कहीं-कहीं बड़ी बहादुरी से उनकी सेनाएँ पीछे हटती मालूम पड़ती थीं। किंतु राष्ट्रीय

आंदोलन तो उन दिनों अखबारों में दफना दिया गया था। सभी नेता जेल में थे। कौन कहाँ है, इसका भी पता नहीं था।

माँ मुझ पर अब काफी नियंत्रण रखतीं, क्योंकि मैं अखबारों की सुर्खियों में आ चुका था। हर किसी की नजर में था। एक दिन विचित्र घटना घट गई। मैं स्कूल जा रहा था। 'आज' कार्यालय के कुछ पहले लोहटिया चौराहे पर पुलिस की एक लॉरी खड़ी थी। पता नहीं क्यों मेरे मन में आया कि मैं 'वंदे मातरम्' चिल्लाकर देखूँ कि क्या होता है।

"वंदे मातरम्! वंदे मातरम्!" मैं दो बार जोर से चिल्लाया। इस चिल्लाहट के मूल में जरा भी राष्ट्रीयता का उद्रेक नहीं था और न अचानक मेरे मन में देशभक्ति ही जाग पड़ी थी, बल्कि यह महज मेरे बाल स्वभाव का चापल्य था।

सिपाहियों में से कुछ ने पहचान लिया कि कचहरी पर झंडा फहरानेवाला यही था। और पकड़कर लॉरी में बैठा लिया गया।

किसी ने मुझसे कुछ पूछा नहीं और न किसी प्रकार का मुझे कष्ट दिया गया, पर उन्होंने समझ लिया था कि मैं व्यक्तिगत सत्याग्रह कर रहा था! मैंने भी मान लिया कि अब मैं जेल में डाल दिया जाऊँगा, तब मेरी माँ का क्या होगा? वह एकदम अकेली हो जाएँगी। उनकी बरसती आँखोंवाला चेहरा मेरे सामने आया और मुझसे कहने लगा, 'मैंने मना किया था न कि तुम इस झंझट में मत पड़ना। फिर तुमने यह क्या किया?'

मन की गति बड़ी चंचल होती है। ऐसे अवसरों पर हर कोने-अँतरे में झाँकने लगता है। मुझे लगा, मेरे पिता की लाश पड़ी है। माँ दहाड़ मारकर रो रही हैं। रामकली दादी उन्हें समझा रही हैं—'कुछ भरोसा रखो बहू, जग्गू की ओर देखो।' पर वह कब किसे देखेंगी? मैं तो जेल जा रहा हूँ, शायद वह दहाड़ मारकर वैसे ही रो पड़ेंगी।

लॉरी चली जा रही थी। मेरे सामने मेरी माँ की चीखती मासूम आकृति थी। मैंने बहुत कोशिश की उनसे मुक्त होने की, पर वह अनेक मुद्राओं में बार-बार आती रहीं। अब स्वयं को सँभाल पाना मेरे लिए असंभव हो गया। मैं विचलित हो उठा। इससे तो अच्छा है कि मैं माफी माँगकर मुक्त हो जाऊँ।

मैं अपनी माँ को दु:खी देख नहीं सकता। मैं मौका मिलते ही माफी माँगूँगा और दौड़कर उनकी छाती से लग जाऊँगा।

लगभग इस दृढ़ता की ओर बढ़ता मेरा निश्चय उस समय धराशायी हो गया जब मेरी लॉरी कचहरी के परिसर में प्रविष्ट हुई। सामने दीवानी कचहरी थी। वही विशाल इमारत है, जिस पर मैंने तिरंगा लगाया था। कितनी बहादुरी और कितने उत्साह से ऊपर चढ़ा था। अब तो वहाँ फिर यूनियन जैक लहरा दिया गया है। उस समय नीचे खड़ी भीड़ मेरे अभिवादन में चिल्ला रही थी। मेरे चित्र अखबारों में छपे थे। मेरा अहं ही मुझे दुतकारने लगा। 'नहीं-नहीं, मैं माफी नहीं माँगूँगा। फिर मेरी माँ का क्या होगा? भारत माँ की वंदना करनेवाले लोग अपनी माँ की चिंता नहीं करते।' यह आवाज कहीं से आई नहीं थी, वरन् मेरे ही भीतर उठी थी और भीतर ही गूँजती रही।

लॉरी से उतारकर मैं कलक्टर साहब के सामने पेश किया गया। उसने घूरकर मेरी ओर देखा, फिर उसे जैसे कुछ याद आया, "तुमने वंदे मातरम् का नारा लगाया था?"

मैं मौन ही रहा और स्वीकारात्मक ढंग से सिर हिलाया।

"क्यों लगाया था?"

"यह मैं नहीं जानता।" मैंने धीरे से कहा।

"हूँ।" वह गुर्राया।

मुझे लगा कि मुझे सत्य कह देना चाहिए—"बात यह हुई कि पुलिस की लॉरी देखकर मेरे मन में आया कि मैं 'वंदे मातरम्' का नारा लगाऊँ।"

"आखिर किसलिए?"

"यही तो मैं नहीं जानता।"

"तुमने पुलिस को चिढ़ाने के लिए नारा नहीं लगाया?"

"नहीं।"

"तुमने और सुराजियों की तरह ब्रिटिश हुकूमत को ललकारने के लिए नारा नहीं लगाया?"

"नहीं।"

"तुमने व्यक्तिगत सत्याग्रह नहीं किया?"

"नहीं।"

"तब तुमने नारा क्यों लगाया?" उसकी आवाज तेज थी, खीझ से भरी थी।

मैं सहमा। अब यदि सत्य नहीं कहा जाएगा तो परिस्थिति विषम हो

सकती है। मैं बोला, "केवल यह देखने के लिए मैंने वंदे मातरम् कहा कि देखें, क्या होता है?"

"तो यह तुम्हारी महज एक बचकानी हरकत है।" उसने एक कागज पर कुछ लिखा और उठकर भीतर चला गया। लंच का समय हो गया था।

बाद में पता चला कि मुझे अदालत उठने तक की सजा हुई है। मुझे इसी अदालत में चुपचाप शाम तक खड़े रहना है। और यह भी बताया गया कि यदि फिर कभी ऐसी हरकत मैंने की तो मुझे कड़ी सजा दी जाएगी।

फिनले मुझे जानता था। यों भी वह भला आदमी था, वरना और कोई कलक्टर होता तो मैं जरूर जेल भेज दिया जाता।

मेरे पास केवल जलपान के लिए एक पैसा था। भूख लगी थी। कचहरी के बाहर पटरी पर एक खोमचेवाला प्याज की गरम-गरम पकौड़ियाँ निकाल रहा था। मैंने अपने पैसे का सदुपयोग किया और पकौड़ियाँ खाकर भरपेट पानी पीया। जेब खाली हो गई। कचहरी से पैदल ही चल पड़ा। दिन भर खड़े रहने के बाद चलना भारी पड़ रहा था, फिर भी लाचार था। धीरे-धीरे संध्या सिमट चुकी थी और घर आते-आते अँधेरा हो चला था।

यदि मेरी माँ को जरा भी इस विषम स्थिति का आभास होता तो वह पूजा पर बैठी मिलतीं, पर वह अभी-अभी कोठी से आई थीं। उन्होंने मुझे देखते ही पूछा, "आज बड़ी देर हो गई, जग्गू?"

"भूगोल के मास्टर साहब ने रोक लिया था।" मैंने धीरे से कहा।

"समय-बखत कैसा है? मास्टर साहब से कहो, जल्दी छुट्टी दे दिया करें।"

मैं कुछ बोला नहीं, क्योंकि झूठ को विस्तार देना स्वयं को खतरे में डालना था। चुपचाप झिलँगी चारपाई पर लेट गया। बहुत थक गया था। माँ ने कई बार खाने के लिए कहा, फिर भी उठने की हिम्मत न हुई।

मुश्किल से आधा घंटा बीता था, अभी अँधेरा नहीं हुआ था, किसी ने दरवाजा खटखटाया, जबकि साँकल बंद नहीं थी। दूसरी कोठरी में माँ कपड़े बदल रही थीं, मैं पड़ा ही था। कोई बोला नहीं। आहट लगी कि आगंतुक दरवाजा खोलकर चौक में आ गया है।

"जग्गू है?" एक महीन और जानी-पहचानी आवाज मुझे छूती हुई निकल गई।

मैं उठा। उधर से माँ भी आईं। मैंने देखा, नीचे चौक में बुरका ओढ़े कोई खड़ी है। माँ ने मेरी ओर देखा और बोलीं, "कहो, क्या बात है?"

उसने बुरका हटाया।

"अरे, यह तो सलमा है!"

"अम्मीजान ने जग्गू भाई को बुलाया है।" वह बोली और अनासक्त भाव से मेरी ओर देखा।

इसके बाद माँ ने अपनी जिज्ञासा शांत की और जान लिया कि यह दानिस की बहन है। माँ ने कई बार मेरी ओर भी देखा, मुझे पढ़ने की कोशिश की। वह नहीं चाहती थीं कि मैं दानिस के यहाँ जाऊँ; किंतु रात होते-होते एक मासूम लड़की द्वारा बुलाया जाना किसी गंभीर समस्या का संकेत दे रहा था। असमंजस में उलझी उनकी मानसिकता बहुत देर तक मौन रही। अंत में उन्हें कहना ही पड़ा, "अच्छा तुम चलो, मैं जग्गू को भेजती हूँ।"

वह चली गई।

खाना खाकर मैं चलने को हुआ। इस बार उन्होंने मुझे कुछ विशेष सावधान नहीं किया। वह स्वयं अनुभव कर रही थीं कि नियति की डोर मुझे अनचीन्हे और अनजाने डगर की ओर खींचती चली जा रही है, जिस पर उनका कोई वश नहीं है। वह मात्र इतना बोलीं, "देखो बेटा, जल्दी आ जाना।"

□

दालान की पुरानी तख्त पर पड़ी अपनी जईफी में तार-तार हुई दरी पर अम्मीजान पड़ी कराह रही थीं। सिरहाने की ओर ड्योढ़ी पर जल रहा दीया रोशनी से कहीं अधिक धुआँ उगल रहा था। पियारी अम्मीजान का सिर दबा रही थी। अरे, पियारी यहाँ! मेरे आश्चर्य ने जिज्ञासा को धर दबाया। मैंने उसे नमस्कार किया और उसने अम्मीजान को छोड़कर मुझे अपने सीने से लगा लिया। एक विचित्र प्रकार की अनुभूति हुई।

"अम्मीजान कब से तुम्हें याद कर रही थीं!" सलमा बोली, पर अम्मीजान अब भी कराहती ही रहीं। बाद में पता चला कि वे हफ्तों से बीमार हैं। बुखार छोड़ने का नाम नहीं लेता।

"बेटा, सुनो!" अम्मीजान ने कराहते हुए मुझे अपने पास बुलाया तथा मुझे और निकट खींचते हुए बोलीं, "बेटा, अब लगता है, जिंदगी ज्यादा नहीं

चलेगी। पता नहीं दानिस का क्या हाल है!'' इतना कहते-कहते उन्होंने एक गहरी साँस ली और कुछ क्षणों के लिए चुप हो गईं। फिर बोलीं, ''सुना है, वह सारनाथ के आगे कादीपुर स्टेशन पड़ता है। वहीं किसी गाँव में रमजान मियाँ के यहाँ रहता है।'' वह फिर चुप हो गईं, मानो वह मुझे पूछने का अवसर दे रही हों कि आपको यह कैसे मालूम?

''एक दिन उसने एक आदमी से अपनी खैरियत भेजी थी।'' बात इस बार भी एक टूटी हुई आह के साथ ही खत्म हो गई।

वह बोलीं तो कम ही, पर जो कुछ मैंने समझा उसका अर्थ साफ था कि घर की हर चीज चुक चुकी है। यहाँ तक कि बकरी के लिए चारा भी नहीं है। लाए तो कौन लाए? पियारी बाहर तो निकल नहीं सकती। और पैसे भी कहाँ से आएँ? जब तक जाँगर चलता रहा, नसीर के कारखाने से मोजा सिलने को लाती रही। (उन दिनों मोजे के पंजे और एड़ी की सिलाई उसी का तागा निकालकर हाथ से होती थी) अम्मीजान ने पियारी को भी सिखा दिया था। वह बोलती रहीं, ''हम दोनों उसी की बदौलत अपनी जिंदगी की नाव खींच रहे थे, पर खुदा को यह भी न सुहाया।'' इतना कहने के बाद उन्होंने 'या अल्लाह' कहते हुए ऊपर खपरैल की ओर देखा और आँखें बंद कर लीं, जैसे अल्लाह से दुआ माँग रही हों।

मैंने अनुभव किया कि उन्होंने कितनी विवशता में सलमा को मेरे पास भेजा होगा। पर मैं कर क्या सकता हूँ? इस विषम परिस्थिति में सागर के किनारे निरीह-सा खड़ा उसकी उत्ताल तरंगें देखता रहा। अचानक मैंने कहा, ''कहिए तो कल मैं दानिस का पता लगाऊँ?''

''क्या करोगे उसका पता लगाकर!''

मुझे आश्चर्य था, जो अम्मीजान अभी दानिस के लिए बेचैन थीं, वह क्या कह रही हैं।

''खुदा उसकी खैर करे।'' अम्मीजान की लड़खड़ाती आवाज आगे बढ़ती गई, ''अगर वह सुनेगा तो घबरा उठेगा। जरूर आएगा। और मैं उसे खतरे में डालना नहीं चाहती, क्योंकि हमारी जिंदगी से देश की आजादी कहीं ज्यादा जरूरी है।''

मैं एकदम झनझना उठा। मेरी रगों में जैसे कोई चीज अचानक पिघलकर दौड़ने लगी। क्या कह गई यह बूढ़ी? उनकी काँपती और गंभीर आवाज अब तक मेरे कानों में गूँज रही है। आखिर यही जज्बात तो दानिस को विरासत में मिला था।

वह हर मुसीबत झेल सकता था, पर अन्याय और गुलामी नहीं सह सकता।

थोड़ी देर बाद अम्मीजान ने सलमा को बुलाया और संकेत से कहा कि अपनी दोनों बालियाँ उतारकर जग्गू को दे दो। जैसे बातें पहले से निश्चित थीं, उसे उतारते और देते देर न लगी। पियारी हतप्रभ-सी देखती रह गई।

बालियाँ मेरे हाथ में थीं। सामने सलमा का मासूम चेहरा था। उसकी पथराई आँखें टपकने लगी थीं, मानो परिस्थितियों ने पत्थर निचोड़ा हो।

"इसे ले जाओ, बेटा...और माँ से कहना, कहीं गिरवी रखकर या इसे बेचकर हमारा काम चला दें, आगे अल्लाह मालिक है!" अम्मीजान बोलीं।

अब मैं क्या करूँ? जी में आया कि बालियाँ उसे लौटा दूँ। सलमा के सूने-सूने कान मुझे घूरने लगे थे। पियारी निरीह-निस्सहाय-सी मुझे देखती रही। इसी बीच बकरी भी मिमियाई, पर इतने धीरे से जैसे उसने मिमियाने की ताकत भी खो दी हो।

"जल्दी करो जग्गू, नहीं तो रात अधिक हो जाएगी।" कराह में लिपटी अम्मीजान की आवाज फिर मुझसे टकराई और ऐसा लगा जैसे कोई मुझे ढकेल रहा हो। मैं चल पड़ा। सलमा द्वार तक मुझे पहुँचाने आई।

मैं ज्यों ही द्वार से निकला, सलमा ने मेरा हाथ दबाया। "भैया!" इतना कहते ही वह सिसकने लगी। मैं आज तक समझ नहीं पाया कि उसकी सिसकन में दानिस के प्रति मोहमुक्त जिज्ञासा थी या पराजित मन की हताशा अथवा मेरे प्रति कोई और भाव।

मैं गली में चला आ रहा था। सलमा की सिसकियाँ अब भी मेरा पीछा कर रही थीं।

माँ ने पहुँचते ही पूछा, "क्या बात थी?"

मैंने दोनों बालियाँ उन्हें दिखाईं और सारी स्थिति कह सुनाई।

माँ आर्द्र हो उठीं। लगा, उन्हें अपने दिन याद आ गए, जब उन्होंने अपनी बालियाँ बेचकर पिताजी की चिकित्सा की थी। वह बहुत देर तक उन बालियों को देखती और कुछ सोचती रहीं। फिर उन्होंने कनस्तर से एक मोटे झोले में आटा उड़ेला, दूसरे कपड़े में चावल की गठरी बाँधी। पर दाल की मटकी तो खाली थी।

"जा, सुमेर चाचा से कह कि माँ ने सेर भर दाल और दो पुड़िया जोशाँदा का काढ़ा माँगा है।" उन्होंने कहा।

अब मैं चाचा के यहाँ दौड़ा।

''अजीब बात है! इस समय तेरी माँ को दाल और जोशाँदे की क्या जरूरत आ पड़ी? अभी शाम को तो वह इधर से ही गई थीं। तब तो उन्होंने कुछ नहीं कहा।'' चाचा ने शंका व्यक्त की।

अब मुझे खुलना ही था। मैंने सब बता दिया। वह गंभीर हो गया, कुछ बोला नहीं। कागज के चोंगे में बिना नापे-जोखे वह दाल भरने लगा और अच्छी तरह भरकर दो की जगह चार पैकेट जोशाँदे के दे दिए।

''देखो, यदि इतने से बुखार न उतरे तो हमें बताना।''

चाचा की मुद्रा मुझे हर तरह की सहायता के लिए तत्पर दिखी और वह कुछ-कुछ उपयुक्त भी लगा। क्यों न लगता, कभी वह दूसरों का घर फूँकने के लिए मिट्टी का तेल देने के लिए मजबूर किया गया था, आज तो उसे बेबस और मजबूर लोगों की पेट की ज्वाला बुझाने का अवसर मिल रहा था।

चाची खुश थी पियारी के संबंध में जानकर।

''अच्छा हुआ कि पियारी वहीं है, पर उन लोगों के साथ रहकर खान-पान करके उसका 'धरम' तो चला ही जाएगा!'' वह बोली।

चाचा कुछ बोला नहीं। उसकी गंभीरता मानो कह रही थी, 'पगली, आजादी के बाद 'धरम' के ये चोंचले नहीं रहेंगे। तब न कोई हिंदू रहेगा और न मुसलमान। आदमी महज आदमी रहेगा।'

आते ही माँ ने दाल और जोशाँदे के साथ आटे के झोले और चावल की पोटली को रखकर एक बड़ी गठरी बाँध दी। वह झोले का मुँह पहले से ही बाँधकर बैठी थीं। फिर उसे उठाकर अंदाजा।

''गठरी तो वजनी हो गई है, तुमसे चली जाएगी?''

मैंने उसे एक झटके से उठाकर सिर पर रख लिया, गोया यह क्या है, इससे भी अधिक उठा सकता हूँ। फिर माँ ने बालियाँ मुझे थमा दीं। बोलीं, ''इसे लौटा देना।'' अचानक वह ठिठकीं बालियाँ लौटा लेते हुए वह बोलीं, ''कह देना कि बालियाँ माँ के पास हैं।'' उनकी भंगिमा बता रही थी कि सुराजी लोग बड़े स्वाभिमानी होते हैं, कहीं बालियाँ लौटा देने से वह यह गठरी ही स्वीकार न करें।

एक बार माँ की राय हुई कि मैं गंगाराम को भी साथ ले लूँ; किंतु शीघ्र ही उन्होंने राय बदली, ''पियारी भी वहीं है। गंगाराम है बड़ा बड़बड़िया। हो सकता है,

उससे बात खुल जाए।''

जिंदगी के इतने अनचीन्हे और अनजाने रास्तों पर माँ चली थीं, इतनी अनिश्चितताओं के बीच से गुजरी थीं कि हर बात में आगा-पीछा सोचना उनका स्वभाव हो गया था। वह मेरे साथ सड़क तक आईं।

गठरी तो मेरे सिर पर थी, पर वह अपने हाथ से पकड़े हुए उसका बोझा बँटा रही थीं। किंतु सड़क पर आकर उन्होंने उसे छोड़ दिया, ''देखो, जल्दी आना।'' कहकर वह लौट गईं।

ज्यों ही दानिस के घर में घुसा, बकरी मिमियाई। यह उसकी प्रकृति थी। किसी भी आगंतुक को देखते ही वह बोल पड़ती थी, पर मुझे लगा मानो वह मुझसे कह रही हो कि 'सबके लिए तुम ले आए हो, पर मेरे लिए क्या लाए हो?'

मेरी शीघ्रता पर लोगों को आश्चर्य था। उस बुखार में भी अम्मीजान उठकर बैठ गईं और मुझे सीने से लगा लिया।

जरूर उनकी धड़कती गरम छाती के भीतर मेरी छवि दानिस से मिलकर एक हो गई होगी, मुझे ऐसा लगा। उन्होंने जोशाँदे के पैकेटों को बार-बार देखा, औरों को भी दिखाया—''देखो, मेरे लिए दवाई लाया है।'' वह कितनी खुश थीं मुझ पर, सो कैसे बताऊँ!

पियारी तो गठरी खोलने में लगी थी, पर सलमा एकटक मुझे देख रही थी। उसकी आँखों से कहीं अधिक उसके नंगे कान घूरने लगे थे।

जब मैं खाली झोला लेकर चलने लगा, अम्मीजान चिल्लाईं, ''अरे, खाली झोला नहीं लौटाया जाता पगली, उसमें दो-चार चावल ही डाल दे।''

सलमा मेरे लिए चावलों में से एक मुट्‌ठी ले आई और झोले में डालते हुए भी मेरी ओर देखती रही। उसकी दृष्टि में एक अभावजन्य आवेग था। दरवाजे तक आते-आते वह बोल ही पड़ी, ''तुम्हारी माँ ने मेरे संबंध में तो कुछ नहीं कहा?''

''नहीं।'' आखिर मेरी माँ से क्या कहने की अपेक्षा थी?

''बालियों का क्या हुआ?'' उसने पूछा।

अब उसकी पीड़ा का संदर्भ मेरी समझ में आया।

''वह माँ के पास हैं।'' मैंने बताया।

''खुदा हाफिज!'' कहते हुए उसने द्वार बंद कर लिया।

मैं गली में चला जा रहा था। रात के बढ़ते हुए अँधेरे पर सलमा के कानों का

सूनापन पिघलकर पसर गया था।

□

स्कूल से लौट रहा था। आकाश बादलों से ढक गया था। घोर बारिश की आशंका थी, इसलिए छुट्टी कुछ जल्दी हो गई थी। तेजी से पैर बढ़ाए चला आ रहा था कि कोठी का नौकर नगीना आगे जाता दिखाई दिया। वह दो गठरियाँ लिये था। एक में पुराने कपड़े बँधे मालूम पड़ रहे थे और दूसरे में कुछ सामान लग रहा था।

"कहाँ जा रहे हो, नगीना?" पीछे से उसके निकट आकर मैंने पूछा।

"तोहरे इहाँ त चलत हई।"

"माँ कहाँ हैं?"

"उहो अवतै होइहैं।" नगीना बोला, "हमसे कहलिन इके घरे पहुँचा दऽ। अच्छा भइल कि तू मिल गइलऽ, नाहीं त सोमारू के इहाँ रख के हम चल आइत।"

शायद माँ ने दानिस के परिवार की हालत रानी बहू से बताई होगी, तभी उन्होंने इतना सामान भिजवा दिया था। मैं कपड़े की गठरी खोलने का लोभ संवरण न कर सका। मैंने देखा, कुछ मेरे लायक कपड़े हैं, कुछ बड़े-बड़े फ्रॉक और छोटे-छोटे जंफर हैं। अवश्य ही रानी बहू ने अपने बच्चों के कपड़े भेजे हैं। पर चंपो तो अब फ्रॉक नहीं पहनती? जरूर ये सलमा के लिए होंगे। फटी न होने पर भी उम्र की समाप्ति की छोर पर पड़ी कुछ साड़ियाँ भी थीं।

थोड़ी देर बाद माँ आ गईं और मुझे कपड़े उधेड़ते देखकर झिड़कीं, "मैं जानती थी कि तुम खोलकर बिखेर दोगे।"

"नहीं-नहीं, मैं तो तही लगाकर रखता जा रहा हूँ।" मैंने कहा।

मैं महज कपड़ों की स्थिति देख रहा था और प्रसन्न हो रहा था। इस बार मिले कपड़े फटे नहीं थे। केवल कुछ बटन टूटे थे और कुछ की कहीं-कहीं सिलाई उधड़ गई थी।

"तुम अपने कपड़े अलग कर लो और बाकी को बाँधकर रख दो।" माँ बोलीं।

"क्यों?"

"यह सब दानिस के घरवालों के लिए है।"

'इतने सारे कपड़े वहाँ चले जाएँगे?' यह मैं नहीं, मेरे भीतर से चंपो बोली थी। माँ ने जैसे सुना ही न हो। वह साड़ी बदलकर आईं और उन कपड़ों को देखने

लगीं। निश्चित ही उन्होंने इसके पहले देखा नहीं था। ज्यों-ज्यों वह देखती जातीं, उनका लोभ बढ़ता जाता। मैं उनकी मुख-मुद्रा ही देख रहा था।

अंत में साड़ियों को देखते-देखते उनके मुँह से निकल ही पड़ा, ''इनमें से तो सभी पहनने लायक हैं।''

उसने कुछ को छोड़कर लगभग सभी साड़ियों को हटा लिया और मुझे चंपो को बुलाने के लिए कहा, वह जरूर कुछ चंपों के लिए भी निकाल देना चाहती हैं। बात मेरे मन की थी। मैं उसके घर की ओर लपका।

घटा और घनी हो गई थी। अँधेरा बढ़ रहा था। कोई दूसरी स्थिति होती तो चाची कभी इस समय चंपो को घर से बाहर न निकलने देती, पर मामला कपड़ों का था; वह अपनी बेटी की ललक को दबा न पाई। चंपो मेरे साथ चली, पर जल्दी आने का आश्वासन देकर।

उसने सारे जंफर छाँट लिये और फ्रॉक छोड़ दिए; किंतु उसने एक समीज (एक तरह की मैक्सी) भी अपने लिए ले ली।

''यह क्या करोगी?'' माँ ने पूछा।

''पहनूँगी।'' चंपो ने विस्तार से बताया कि इसे पहनकर वह साड़ी पहनेगी। इसके नीचे का हिस्सा साया का काम करेगा और ऊपर का जंफर का।

माँ हँस पड़ीं—चंपो के लोभ पर नहीं वरन् उसके सोचने के ढंग पर।

''इसे रहने दो। मैं तुम्हें साया अलग से ला दूँगी।'' माँ की दृष्टि में सलमा की निरीह आकृति उभर आई। उन्होंने समीज उसके हाथ से ले ली।

अब बारिश शुरू हो गई थी, वह भी काफी तेज। लगता था, आसमान फट पड़ेगा। खपरैल टपकने लगी थी। माँ ने आवश्यक चीजें उठाकर, चारपाई, पनघड़े आदि ऊँचे स्थानों पर रखना आरंभ किया। अनुमान हो गया था कि इस बरसात को हमारा टूटा खपरैल सँभाल नहीं पाएगी और कोठरी देखते-देखते झील में बदल जाएगी।

हम लोग भी कपड़े की गठरी उठाकर चारपाई पर बैठ गए और ऊपर से दो छातों के नीचे उस चारपाई को ढकने की असफल चेष्टा करने लगे।

घर में दो ही छाते थे—एक पिताजी के समय का एकदम पुराना, लगभग छलनी ही समझिए; दूसरा कुछ नया था—किसी के त्रयोदशाह में माँ को 'बरनी' में मिला था।

माँ दूसरी कोठरी में बिस्तर और अनाज को बचाने में लगी थीं। इधर कमरे में पानी भरने लगा था, पर हमें कोई चिंता नहीं थी। हम ऐसी जिंदगी जीने के आदी हो चुके थे। ऐसी अनेक बरसाती रातें हमने चारपाई के टापू में सिमटकर बिताई थीं। फर्क यही था कि आज चंपो थी और दूसरी ओर हमारे लोभ की अरगनी से लटक रही उन कपड़ों की गठरी। हमारी मानसिकता उन्हीं से लिपटी रही।

''रानी बहू अपने बच्चों के लिए कितने सारे कपड़े सिलवाती होंगी!'' चंपो बोली, ''जब इतना हम लोगों को देती हैं, तब कितने अभी उनके पास होंगे!''

''तभी तो वे दिन में कई बार कपड़े बदलते हैं!'' मैंने कहा।

चंपो चुप थी। उसकी मुखाकृति से लगा, उसका मन बोल रहा है—'और हम लोग तो तब तक एक कपड़ा पहने रहते हैं, जब तक वह तार-तार न हो जाए।'

''दानिस कह रहा था कि स्वराज के बाद ऐसा नहीं होगा।'' मैंने कहा।

''तो क्या सारे कपड़े इकट्ठा करके देश के हर व्यक्ति में बराबर-बराबर बाँट दिया जाएगा?'' चंपो हँस पड़ी। उसकी हँसी में दानिस का विश्वास फड़फड़ाता दीख पड़ा।

''तुम तो एकदम हमीद की तरह सोचने लगी हो!''

''तुम्हारा मतलब?''

''हमीद कह रहा था कि स्वराज से कुछ नहीं होता, जब तक देश लाल झंडे के नीचे नहीं आता!''

''यह लाल झंडा क्या है?''

मैं उसे कैसे बताऊँ? मैंने हमीद के ही संबंध में कहना शुरू किया, ''आजकल वह रूसी पार्टी का सदस्य हो गया है।'' मैंने उसे बताया कि ''रूस में कम्युनिस्ट पार्टी है। उसने वहाँ के राजा को मारकर सत्ता छीन ली।''

''तो वहाँ दूसरा राजा हो गया होगा?'' वह बड़े ही सहज भाव से बोली।

''लोग कहते हैं, जनता ही राजा है।'' मैंने कहा, ''जनता ने अमीरों की संपत्ति छीनकर गरीबों में बाँट दी है। हमीद कहता है—जब यहाँ भी लाल झंडे का राज होगा तो ऐसा ही होगा।''

चंपो चुप थी। पानी और तेज हो गया था। वह खपरैल की टपकन के परिवर्तन के साथ-ही-साथ छाते को इधर-उधर करती रही और उसका तन मेरे तन से टकराता रहा। तिरंगे झंडे से जुड़ा उसका मन निश्चित रूप से लाल झंडे के

संदर्भ से बहुत दूर था, उसने निकट आने का कोई प्रयास भी नहीं किया, क्योंकि हमीद के संबंध में उसकी धारणा अच्छी नहीं थी। वह उसे आवारा और पुलिस का खुफिया से अधिक कुछ नहीं समझती थी। हमीद के कथन में उसे सरकारी चाल की ही गंध आई।

सुमेर चाचा की दुकान पर शाम को बैठनेवालों की बातें सुनते-सुनते चंपो देश की गतिविधि से बहुत कुछ वाकिफ थी। वह स्वराज, गांधीजी आदि के बारे में थोड़ा-बहुत जानती थी, पर वह यह मानने को तैयार नहीं थी कि तिरंगे के अतिरिक्त कोई लाल झंडा भी देश में होगा।

यदि मैं उससे यह कहता कि हमीद अब सुभाष बाबू को भी गाली देता है, उन्हें फासिस्टों का दलाल कहता है तो वह निश्चित ही भड़क उठती, भले ही वह 'फासिस्ट' शब्द का अर्थ न समझती।

इस बीच बौछार के साथ ही तेज हवा का झोंका आया और आले में किताब की आड़ में जल रही ढिबरी काँपकर बुझ गई।

"अब नहीं, अब बना।" बगल की कोठरी से माँ की आवाज सुनाई दी, "देखो, खाट के नीचे मत उतरना। जमीन की मिट्टी फूल गई होगी। फिसलकर गिर जाओगे।"

यही तो हम चाहते थे। प्रकाश के अभाव में हमारी निकटता और बढ़ी। मेरा हाथ उसके तन के अनेक स्थलों पर आता-जाता रहा। उसने रोका तो नहीं, किंतु इतना अवश्य बोली, "अब तुम बड़े दुष्ट होते जा रहे हो।"

अचानक बड़ी तेज की चमक हुई और उसका पीछा करती दिल दहला देनेवाली कड़कड़ाहट। वह एकदम मेरे बदन से चिपक गई। छाता हाथ से छूट गया। ऐसा लगा, आकाश की बिजली फड़फड़ाती हुई मेरी नसों में दौड़ गई है। मुझे एक अकथनीय अनुभूति हुई, पर शीघ्र ही वह प्रकृतिस्थ होते हुए सिमट-सी गई।

"क्या हुआ?"

"कुछ नहीं। लगता है, कहीं बिजली गिरी है!" वह छाता ठीक करते हुए बोली।

थोड़ी देर बाद पानी कुछ कम हुआ। माँ मेरी कोठरी में आईं। हम दोनों की सजगता ने अपने बीच की दूरी ठीक की।

माँ ने दीया जलाया और मुझसे बोलीं, "तुम चंपो को पहुँचा दो। पानी कुछ

थमा है। हो सकता है, फिर तेज हो जाए।''

फिसलन और चौक में लगे पानी को पार करते हम किसी तरह एक छाते में घर से बाहर निकले। वह छाता पकड़े थी और मेरा हाथ उसके कंधे पर था। कमर तक जाते-जाते वह धीरे से मेरा हाथ हटा देती थी, पर झिझकती नहीं थी।

कुछ आगे बढ़ने पर हम लोगों ने देखा कि गली के मोड़ पर एक आदमी छाता लगाए जैसे किसी की प्रतीक्षा कर रहा है।

''अरे, यह आदमी तो तब भी यहीं दिखाई दिया था जब मैं आ रही थी। तुम इसे जानते हो?'' चंपो ने पूछा।

''नहीं।'' मैं उसे गौर से देखता रहा।

उसने अपनी कमर से कोई चीज निकाली और उसे खोलने लगा। भले ही वह कोई दूसरा चीज रही हो, पर मेरे भय को वह चाकू जैसा ही दिखाई दिया—''न हो तो हम लौट चलें! इस अँधेरे में आगे बढ़ना ठीक नहीं।''

चंपो भी निश्चित रूप से डर गई थी, पर वह कुछ बोली नहीं। उसकी चाल बहुत धीमी पड़ गई थी। लगा कि वह लौट चलने का ही निर्णय लेने वाली है। तब तक पीछे से एक आदमी और आता दिखाई दिया, जिसको देखते ही पहलेवाला आदमी 'धड़' से गली में मुड़ा और खिसक गया।

अब स्पष्ट हुआ कि सुमेर चाचा ही आ रहे हैं। जान में जान आई। चंपो को लेने ही आ रहे थे।

□

: सात :

समय का क्षितिज रंग बदलने लगा था। यूरोप के फ्रंट पर मित्र राष्ट्रों की विजय ने अंग्रेजों के हौसले बुलंद कर दिए थे। भारत भी उसके प्रभाव से मुक्त न रह सका। उन दिनों मैं डी.ए.वी. स्कूल का विद्यार्थी था।

'वी' माने विक्टरी अर्थात्—विजय। चर्चिल ने दो अँगुलियों को मिलाकर 'वी' बनाने का नया रिवाज निकाला था। अंग्रेज-भक्त अँगुलियों के इसी 'वी' से अब अभिवादन भी करने लगे थे। हमारे स्कूल में बड़े-बड़े पोस्टर 'वी' के लगाए गए थे। रोज अखबार बस विजय के ही समाचार छापते थे। कुछ अँगुलियों पर गिने लोग उनके विजय पर्व में शामिल होते थे; किंतु हमें ऐसा लगता था कि हमारी पराजय हो रही है। साधारण जनता के दिल बुझने लगे थे।

हमारी आजादी की उम्मीद का चिराग तूफान को झेल रहा था कि बंगाल में भीषण अकाल पड़ा। सरकारी आँकड़ों के अनुसार मृतकों की संख्या १५ लाख तक ही पहुँची थी, पर प्रो. के.पी. चट्टोपाध्याय की गैर-सरकारी रिपोर्ट के अनुसार ३५ लाख लोगों को दुर्भिक्ष निगल गया था। उन्हें बचाया जा सकता था, पर सरकार ने कारगर कदम नहीं उठाए। देश की आत्मा कराह उठी; किंतु कोई क्या कर सकता था? छोटे कार्यकर्ता से लेकर नेता तक जेल में ठूस दिए गए थे। निराशा और रिक्तता-बोध ने अजीब स्थिति पैदा कर दी थी। अमन सभाइयों के सिर पर चढ़ी गांधी टोपी उतरकर अब फिर रद्दी की टोकरी में जा चुकी थी। उनकी गतिविधियाँ भी तेज हो गई थीं।

पीपा ने सुमेर चाचा को बताया, ''लाला ने अपने बगीचे में एक नया अनाथालय खोला है।''

''तुम्हें कैसे मालूम?''

''नगर का शातिर गुंडा बलदांऊ बता रहा था।'' पीपा बोला, ''अब वह भी वहीं काम करता है।''

''गुंडा और अनाथालय में! साँप और अस्पताल में!'' चाचा कुछ सोचने लगा—''लगता है, अब रानी बहू का अनाथालय बंद हो जाएगा।''

''दोनों आमने-सामने ही हैं।'' चाचा ने कहा, ''तुम तो जानते ही हो, एक ही जगह की उठी दुर्गंध वहाँ की सुगंध को दबा देती है।''

''और तुम जिसे दुर्गंध समझते हो, वही सुगंध हो तो?'' बीड़ी के बंडल के लिए चवन्नी फेंकते हुए एक नया ग्राहक बोला।

चोर का जी आधा। जहाँ चाचा ने लाला के खिलाफ कुछ कहा, वहाँ कोई-न-कोई अपरिचित अवश्य आ धमका। उसे मात्र संयोग कहा जाए या लाला की सजगता कि उसने चाचा की गतिविधि को घेर रखा था। चाचा सहमा। शेष पैसे लौटाते हुए एक कृत्रिम मुसकान चेहरे पर चिपकाकर बोला, ''तब तो सुगंध से ही सुगंध होगी बाबूजी, सुगंध-ही-सुगंध।''

''हाँ, अब रास्ते पर आए।'' ग्राहक रहस्यमय ढंग से मुसकराया।

वह चलने को हुआ कि चाचा ने धड़ से तीन बीड़ी सुलगाकर एक उसे थमा दी, दूसरी पीपा को और एक खुद पीने लगा।

''भैया, इसके पहले मैंने आपको इधर कभी नहीं देखा था।''

''न देखा होगा!'' बड़ी बेरुखाई से वह बोला।

चाचा की दहशत पर एक तह और जमी। वह चाहता था कि इस नए ग्राहक को वह दुकान पर बैठाए, उसका कुछ और सत्कार करे; पर उसने पुट्ठे पर हाथ रखने नहीं दिया, वह खड़ा ही रहा। जब चलने लगा तब चाचा बोला, ''आप हमारे नए ग्राहक हैं!''

अब उसकी ऐंठन ने एक घुमाव और लिया, ''घबराओ मत, जल्दी पुराना हो जाऊँगा।''

''बड़ी कृपा है आपकी।'' चाचा कहना चाहता था कि सेवा का अवसर दीजिएगा। किंतु उसके मुख से निकला, ''जिस चीज की जरूरत हो, निस्संकोच माँगिएगा।''

''माँगूँगा या खुद ले लूँगा। आप बिलकुल चिंता न करें।'' वह अजीब ढंग से तरेरता चला गया।

उसके चले जाने के बाद बहुत देर तक चाचा सोच में पड़ा रहा। उसे लग रहा था, उसके चारों ओर भय की अदृश्य दीवारें उठती चली जा रही हैं और उनमें जड़ती जा रही हैं उस नए ग्राहक की घूरती अगणित आँखें। उसकी वाणी उन्हीं दीवारों में कैद हो गई थी। वह चुप था।

उस मौन के मध्य ही उसने संकल्प किया, अब लाला के खिलाफ कुछ नहीं कहूँगा। उसका मन ही बोलने लगा था, 'तुम बोलना भले ही बंद करो, पर सोचना कैसे बंद कर सकते हो?'

□

आज अम्मीजान सलमा को लेकर आई थीं—शुक्रिया अदा करने। माँ उनकी मुसीबत में काम जो आई थीं। माँ प्रसन्न हो गईं। उन्होंने उनकी आवभगत की। उन्हें कोठी जाने को देर हो रही थी, फिर भी उनके लिए उन्होंने जल्दी से हलुआ बनाया। अब दें तो किसमें दें? शीशे की एक प्याली थी, वह भी फूट चुकी थी। घर के बरतनों में दिया नहीं जा सकता, क्योंकि 'तुरुक' जो ठहरे। माँ ने मुझसे कहा, "जा, हनुमान मंदिर में पत्ते या दोने पड़े होंगे, दौड़कर उठा ला।"

मैं रामकली दादीवाले हनुमान मंदिर की ओर दौड़ पड़ा।

'मैं तो अम्मीजान के यहाँ दानिस के साथ बैठकर कई बार खा चुका हूँ।' मेरी यह कहने की हिम्मत न हुई और मैंने जरूरी भी नहीं समझा। फिर मैं ही क्यों बताऊँ, इसे वक्त बताएगा।

खैर, दोने में ही सही, हलुआ तो हलुआ है। माँ उनका सत्कार करके खुश थीं। और उस समय तो इस सत्कार के सिंधु में जैसे ज्वार-सा आ गया, जब माँ ने नितांत विनीत भाव से सलमा की बालियाँ लौटाईं।

"अरे, यह अभी आपके ही पास हैं!" अम्मीजान बोलीं, "मैंने तो इन्हें बेचने के लिए भेजा था।"

"पर इन्हें कोई खरीदनेवाला नहीं मिला।" माँ ने कहा और हँस पड़ीं।

अम्मीजान की हँसी भी उसमें शामिल हो गई। ...और सलमा? उसका तो रोम-रोम खिलखिला रहा था; किंतु होंठ बंद थे। वह रह-रहकर मुझे देख रही थी, मानो उसकी आँखें कह रही थीं—'तुम्हारी माँ सचमुच बहुत अच्छी हैं।'

"तब इतने सारे अनाज का, जोशाँदे का इंतजाम आपने कैसे किया?" अम्मीजान बोलीं।

"मैंने नहीं, सब भगवान् ने किया।" माँ मुसकराईं और रानी बहू की सहायता का उल्लेख किया।

"बड़ी मेहरबान औरत हैं, अल्लाह उनकी जकात कबूल करे।" अम्मीजान के दोनों हाथ ऊपर उठे और आँखें आकाश पर टँग गईं, जैसे वह खुद अल्लाह को देख रही हों या एक कृतज्ञ के लिए उसका हितैषी किसी देवता से कम नहीं होता। हो सकता है, रानी बहू ही अम्मीजान की भावुकता के समक्ष आ गई हों—"सचमुच, वह बेचारी गरीबों के लिए बहुत करती हैं। एक अनाथालय को ही लो, कितने अनाथों का भला होता होगा, खुदा उनका खैर करे!" उनकी आँखें फिर आकाश की ओर उठीं।

किंतु जब माँ से मालूम हुआ कि अनाथालय बंद होने वाला है तब वह स्तब्ध रह गईं।

"आखिर क्यों?" उनके मुँह से निकल पड़ा।

"वह परेशान हो चुकी हैं।" माँ बोलीं, "अब तक रात में उनके अनाथालय के अहाते में मरे हुए कुत्ते और बिल्लियाँ फेंक दी जाती रही हैं। कल किसी ने एक औरत को ही मारकर फेंक दिया।"

"औरत को ही मारकर फेंक दिया! हाय अल्लाह! यह क्या कह रही हैं आप?" अम्मीजान के आश्चर्य का ठिकाना न रहा—"उसकी शिनाख्त तो हुई होगी? आखिर वह थी कौन?"

"रानी बहू बता रही थीं कि लाश शिनाख्त के काबिल नहीं थी। उसका मुँह तेजाब से जलाकर अच्छी तरह से कूच दिया गया था।"

अम्मीजान का सारा शरीर जैसे गनगना गया। उनकी आकृति की प्रत्येक झुर्री से इस पाशविकता के प्रति घृणा फूट पड़ी—"किस कमीने ने की ऐसी हरकत?"

"किसको कहा जाय, बहन?" माँ बोलीं, "रानी बहू बड़ी गंभीर औरत हैं। वह कुछ बताईं नहीं। हो सकता है, वह जानती भी हों। फिर झमेला मोल लेने से फायदा ही क्या? पुलिस के यहाँ दौड़ो, कचहरी में गवाही दो। हजार आफत। इससे अच्छा है, अनाथालय को बंद कर दिया जाए।"

घृणा से भरे मौन का संक्षिप्त अंतराल! पर माँ अब रुकने को तैयार नहीं थीं। उन्हें देर हो रही थी। वह दालान में पड़ी चौकी पर से उठ खड़ी हुईं, जबकि

अम्मीजान और सलमा अभी बैठी ही थीं।

"तो उस अनाथालय की अनाथ औरतों का क्या होगा?" अम्मीजान ने पूछा, "सुना है, रानी बहू के अनाथालय के सामने ही एक और अनाथालय खुल गया है।" माँ यह कहना चाहती थीं कि 'वह उन औरतों को लेने को तैयार है', पर अम्मीजान बीच में ही बोल पड़ीं, "एक और अनाथालय? आखिर किसका?"

बातों के सिलसिले ने माँ को वहीं लाकर खड़ा कर दिया जहाँ वह आना नहीं चाहती थीं। उन्हें बताना पड़ा कि लाला के बगीचे में ही अनाथालय खुला है।

लाला का नाम सुनते ही अम्मीजान को जैसे साँप सूँघ गया। वह कुछ पलों तक मौन थीं। उनका शरीर काँपने लगा था। लगा कि कुछ पिघलकर उनकी नसों में बहने लगा है।

"अब मैं समझ गई, यह सारी करामात उसी कमीने की है!" उन्होंने अपने क्रोध से फड़कते होंठों को दाँतों से दबाया, "उस शैतान के खिलाफ कई मुकदमे भी तो चल रहे थे?"

"अरे, उसे मुकदमे-उकदमे की क्या परवाह है!" माँ बोलीं, "जब तक सुराजी लोग थे, उसपर अंकुश था। इस समय तो वह खुलकर खेल रहा है।" इतना कहते-कहते माँ ने एकदम बात बदल दी, "इससे हम लोगों को क्या लेना-देना है बहन! जो जैसा करेगा वैसा भरेगा।" माँ की मानसिकता लाला के पाशविक व्यक्तित्व से परोक्ष में भी थर्रा उठती थी। उन्हें दीवार में भी कान उगते दिखाई देने लगे थे। किंतु अम्मीजान कुछ दूसरी ही धातु की बनी थीं। वह अब भी होंठ चबाती रहीं, "आजकल नहीं है हमारा बेचारा दानिस, वरना लोहे के चने उस कमीने को चबवा ही देता।"

□

जमी हुई नदी और थमी हुई जिंदगी किस काम की? आजकल मैं एक थमी हुई जिंदगी जी रहा था। स्कूल जाना, घर आना, बहुत हुआ तो कभी-कभार अम्मीजान से मिलकर दानिस की खोज-खबर ले लेना, अन्यथा वही सुमेर चाचा, वही चंपो। अब मुझे अखबारों की खबरों में भी कोई रस नहीं मिलता, सेंसर से छनी हुई एकदम सीठी खबरें।

एक दिन जिंदगी की रेत में एक नया पौधा उगता दिखाई दिया। अचानक मैं एक अद्‍भुत व्यक्तित्व के संस्पर्श में आया।

मेरे स्कूल में एक ड्रिल मास्टर थे—श्री रामदास माणिक। सप्ताह में महज दो घंटे उनके पड़ते थे। शुक्र और शनि को वे छठे पीरियड में ड्रिल कराते थे। उनके कई घंटे यों ही बीत गए। बहुधा मैं अनुभव करता था कि वे मुझे गौर से देखा करते हैं। एक दिन उन्होंने हमारी कक्षा को 'खो-खो' खेल में लगा दिया।

हम लोग खो-खो में मस्त थे और वे फील्ड के दक्षिणी छोर पर शीशम के पेड़ के नीचे पत्थर पर बैठ गए। वहाँ से भी उनकी दृष्टि मुझ पर लगी थी। उन्होंने हाथ के इशारे से मुझे अपने पास बुलाया।

"किस स्कूल से यहाँ आए हो?" उन्होंने पूछा।

"लगता है, इसके पहले भी मैंने तुम्हें कहीं देखा है।" उनकी स्थिर दृष्टि मुझमें कुछ खोजती रही। मैं चुपचाप खड़ा रहा।

"ऐसा तो नहीं कि सन् १९४२ के आंदोलन में तुम्हीं ने दीवानी कचहरी पर झंडा लगाया था?"

मैंने मुसकराते हुए स्वीकार किया।

वह एकदम खिल उठे। "जानते हो, मैंने तुम्हें कैसे पहचाना? मैंने अखबारों में छपी तुम्हारी तसवीर देखी थी।" उन्होंने खुद बताया कि उन दिनों मैं पीलिया में पड़ा था। हार्दिक इच्छा होते हुए भी उस आंदोलन में मैं कुछ कर नहीं पाया।

इसके बाद उन्होंने मुझे अपनी बगल में उसी पत्थर पर बैठाया और प्रेम से बातें आरंभ कीं। उन्हें आश्चर्य था कि "इतने बहादुर होते हुए भी तुम बुझ क्यों गए, जबकि आज देश को तुम्हारी बड़ी आवश्यकता है।"

"आखिर किया क्या जा सकता है? लड़ाई में अंग्रेजों की जीत हो रही है और नेता भूमिगत हैं या गिरफ्तार हैं। आंदोलन को बेतरह कुचल दिया गया है।" मेरी आवाज में एक पराधीन मन की हताशा थी।

माणिकजी की मुद्रा और गंभीर हुई—"यह आंदोलन नहीं, वरन् एक साँप कुचला गया है; पर वह साँप मरा नहीं है, वह छटपटा रहा है। यह आंदोलन भी छटपटा रहा है। और जानते हो, यह अब जब उठकर काटेगा तो अंग्रेजों को लहर नहीं आएगी।" इसके बाद उन्होंने विस्तार से बताया कि "अखबारों में खबरें नहीं छपतीं। यह तो ठीक है कि यूरोप के फ्रंट पर मित्र राष्ट्र विजयी हो रहे हैं, पर जापान ने नाक में दम कर दिया है।" इसके बाद उन्होंने जो कुछ बताया, उससे लगा कि हमारे संघर्ष का दीप तूफान झेल रहा है, पर वह बुझा नहीं है। उसे तेल

चाहिए।...और माणिकजी से ही पता चला कि उस तेल के लिए सुभाष बाबू ने गुहार लगाई है, बर्मा के फ्रंट से ही ललकारा है—'तुम मुझे खून दो, मैं तुम्हें आजादी दूँगा।' वे एक आजाद हिंद सेना का नेतृत्व कर रहे हैं। उनमें वे सारे भारतीय सैनिक हैं, जिन्हें जापानियों ने बंदी बनाया है। अब सुभाष बाबू अंग्रेजों को परास्त कर आजादी दिलाएँगे, केवल हमें भीतर की दबी आग को उभारना है।

उन्होंने यह भी बताया कि दो दिन पूर्व ही बर्मा रेडियो से सुभाष बाबू का भाषण आया था। किंतु अब हमें करना क्या चाहिए? उसके उत्तर में उन्होंने हमें कल घर पर बुलाया।

जब पीरियड समाप्त हुआ और हम क्लास की ओर लौट रहे थे तो मेरे मित्रों में एक ही जिज्ञासा थी, "क्या बात कर रहे थे मास्टर साहब?"

अब मैं क्या बताता? इस तरह की बातें करना स्पष्ट रूप में आफत मोल लेना था। मैंने बहाना बनाया, "वे मेरे पिता के परिचित थे। पुरानी यादों में खो गए।"

दूसरे दिन रविवार था। माँ के कोठी जाते ही मैं माणिकजी के घर पहुँचा। वह पितरकुंडा के पास की एक गली में रहते थे। मैंने दरवाजा खटखटाया। वह स्वयं बाहर निकले और मुझे भीतर ले गए। आश्चर्य था, वे पूरे मकान में अकेले थे। केवल एक बूढ़ी औरत थी, वह उनकी नौकरानी थी या कोई और, कह नहीं सकता।

वे अपनी बैठक में मुझे ले गए। एक बड़ी चौकी पर दरी बिछी थी, वह भी पूरी चौकी को ढक नहीं पा रही थी। बीच में बैठकर लिखने की डेस्क थी। बगल में सुंदरलाल लिखित 'भारत में अंग्रेजी राज' नामक पुस्तक थी। डेस्क के चारों ओर कुछ अखबार एवं पत्रिकाएँ बिखरी हुई थीं और दीवार पर राष्ट्रीय नेताओं के चित्र लगे हुए थे।

पूरा कक्ष माणिकजी के व्यक्तित्व के अनुरूप ही था, जहाँ अभावयुक्त सीलन थी, अंधकार था, पर कोने-अँतरे तक राष्ट्रीयता छिटकी थी।

वे मुझे बैठाकर भीतर गए। मैं सुंदरलाल की पुस्तक उलटने लगा। वे चीनी की तश्तरी में दो बिस्कुट और एक गिलास पानी लेकर आ गए। इस अप्रत्याशित और अनपेक्षित आवभगत से मैं बड़े संकोच में पड़ा। यह भी नहीं कह पाया कि अरे, इसकी क्या जरूरत थी?

झट से मैंने पुस्तक छोड़कर तश्तरी और गिलास पकड़ लिये।

''तुमने यह पुस्तक देखी? इसमें अंग्रेजों की क्रूरता का और हमारी वास्तविकता का यथार्थ चित्र है। इसे हर व्यक्ति को पढ़ना चाहिए।'' वे बोलते रहे, ''इसीलिए तो सरकार ने इसे जब्त कर रखा है।''

शीघ्र ही वे अपने विषय पर आए और मतलब की बात छेड़ी, जिसके लिए उन्होंने मुझे बुलाया था, ''तुम तो यह जानते ही हो कि अखबार अब सरकारी खबरें छापते हैं। सही बात जनता को मालूम नहीं हो पा रही है, इसलिए इस नगर से एक बुलेटिन निकाली जा रही है, जिसका नाम है—'रणभेरी'। यह सरकार की नजरों से छिपाकर निकाली जाती है। ब्रिटिश शासन की दृष्टि में इसे निकालना, पढ़ना और यहाँ तक कि इसे वितरित करना भी गुनाह है। हम लोग चाहते हैं कि इसे अधिक-से-अधिक लोग पढ़ें।''

इस संदर्भ में उन्होंने 'रणभेरी' के कुछ अंक भी मुझे दिखाए और कहा, ''अभी यह सप्ताह में एक बार ही छपती है। वह भी किस दिन छपेगी, यह किसी को मालूम नहीं होता। मेरी इच्छा है कि दस या पाँच प्रति तुम ले जाओ और रात में छिपाकर किसी सार्वजनिक स्थान पर चिपका दिया करो। तुम्हारी इतनी सेवा ही इस समय राष्ट्र के लिए काफी होगी।''

मैं कुछ सोचता हुआ चुप था।

''क्या सोचने लगे?''

''सोचता हूँ कि माँ से छिपाकर ही मुझे यह काम करना होगा।''

''क्यों, तुम्हारे पिताजी?'' उनके नेत्र कुछ विस्फारित हुए।

मैंने कहा, ''वे नहीं रहे।'' और फिर अपने परिवार की स्थिति मैंने साफ बता दी।

''तब तुम पहले इसे ले जाकर अपनी माँ को ही पढ़ाओ।'' उन्होंने कहा, ''मैं नहीं चाहता कि तुम अपनी माँ से छिपाकर कुछ करो।''

''तब शायद यह काम मैं न कर पाऊँगा।''

''तुम भ्रम में हो! जिस माँ का बेटा एक खूँखार सत्ता के विरुद्ध आंदोलन में पुलिस की गोली की परवाह किए बिना दीवानी कचहरी पर नलुए के सहारे चढ़कर झंडा टाँग सकता है, वह माँ अवश्य ही वीरप्रसू होगी। पहले तुम उन्हें ही 'रणभेरी' सुनाओ।''

''और यदि उन्होंने अनुमति न दी तो?''

''तो फिर मत जाना।'' उनकी आवाज थोड़ी और गंभीर हुई—''पर मुझे विश्वास है कि माँ तुम्हें अवश्य अनुमति देंगी। ऋषियों ने कहा है—आत्मावजायते पुत्रः। पुत्र माता-पिता की आत्मा होता है। तुममें राष्ट्र-प्रेम का बीज माता से आया है। तुम इसलिए ऐसे ही हो कि तुम्हारी माँ भी ऐसी हैं। हो सकता है, परिस्थितियों ने उन्हें बेबस कर रखा हो। मैं नहीं चाहता कि तुम उनसे छिपाकर कुछ करो, क्योंकि माता-पिता से छिपाकर किया गया पुण्य भी पाप होता है।''

इस छोटी सी मुलाकात में ही माणिकजी के व्यक्तित्व ने मुझे प्रभावित कर लिया। मैंने उनसे 'रणभेरी' का एक अंक माँ को दिखाने के लिए माँगा। उन्होंने कहा, ''परसों आना तो ताजा अंक दूँगा। उसमें सुभाष बाबू का भाषण तुम्हें पूरा-का-पूरा छपा हुआ मिलेगा। पढ़ोगे तो नसों में बिजली दौड़ जाएगी।''

और सचमुच वह अंक ऐसा ही था। जब मैं माँ को पढ़कर सुनाने लगा तो उन्हें रोमांच हो आया और उस समय वह एकदम चारपाई से उठकर खड़ी हो गईं, जब मैं उन्हें भाषण का यह अंश सुना रहा था—''सुनो, भारत हमें पुकार रहा है। भारत की राजधानी दिल्ली हमें पुकार रही है। हमारे देश की चालीस करोड़ जनता हमें पुकार रही है। हमारा खून हमें पुकार रहा है।

''उठो, यह वक्त खोने का नहीं है। हथियार उठाओ। तुम्हारे सामने एक ही रास्ता है, जिसे आजादी के दीवानों ने बनाया है। तुम उस रास्ते पर चलो। यह रास्ता औरों के रास्ते से अलग है। यह दिल्ली की ओर जाता है। ईश्वर ने चाहा तो हमारी सेना दिल्ली पहुँचेगी, वरना हम इस रास्ते को चूमते हुए शहीद हो जाएँगे। दिल्ली का रास्ता आजादी का रास्ता है। दिल्ली चलो।''

माँ की भावुकता उनकी आँखों में छलछला आई थी। मैंने अवसर देखा और माणिकजी के विचारों से उन्हें अवगत कराया। एक अनजान व्यक्ति की उनके प्रति ऐसी धारणा हो सकती है, इसे स्वप्न में उन्होंने सोचा नहीं था। आपको जानकर आश्चर्य होगा कि उन्होंने खुद लेई बनाई और उसे बुलेटिन पर पोतकर मुझे निर्देश दिया—''इसे चुपचाप अन्नपूर्णागंज प्राइमरी स्कूल के फाटक पर चिपका आओ।'' सड़क तक वह स्वयं मेरे साथ आईं और गली में ही दुबककर खड़ी होकर मुझे देखती रहीं।

इसके बाद माणिकजी से मिलने का मेरा रास्ता साफ हो गया। इसके साथ ही मेरे और माँ के बीच जो झूठ की दीवार आ जाती थी, वह भी लगभग ढह गई।

□

अखबार से पता चला कि हमीद को कुछ लोगों ने पीट दिया है। समाचार के अनुसार उसे कुछ गुंडों ने बुरी तरह मारा। यदि ऐन मौके पर पुलिस न पहुँच जाती तो वह जान से ही मार डाला जाता। पर गंगाराम बता रहा था कि आजकल कम्युनिस्ट लोग सरकार के पक्ष में और धुरी राष्ट्रों के खिलाफ इक्के पर वह प्रचार करते हैं। काफी भीड़ जुटा लेते हैं। ऐसे ही एक-एक इक्के पर अपने दो साथियों के साथ हमीद भी था। वह जोश में आकर इक्के पर खड़े होकर सुभाष बाबू के संबंध में अंड-बंड कहने लगा। बस, भीड़ ने नीचे खींचकर उसे पीटना शुरू किया,...और आव देखा न ताव, जिसको भी मौका मिला, घूँसे जमाता चला गया। काफी चोट आई है। आगे के दो दाँत भी उखड़ गए हैं।

''कोई पकड़ा नहीं गया?''

''पुलिस के आते ही भीड़ तितर-बितर हो गई और मारनेवाले रफूचक्कर।'' गंगाराम बोला, ''फिर गवाही कौन देता?''

खबर इस तरह से बढ़ा-चढ़ाकर छापी गई थी, जैसे कोई सरकारी आदमी मारा गया हो। हमीद को जाननेवालों में उसकी छवि भी 'सरकारपरस्तों' जैसी थी, इसलिए किसी को भी दुःख नहीं हुआ। यहाँ तक कि मँगरू भी किसी से नहीं कह रहा था—'अच्छा भयल कि सरवा भरहिक पिटायल।'

हमीद चाहे जो रहा हो या हो, पर मेरे लिए कभी बुरा नहीं था। बचपन में उसने अपनी बुराइयाँ मेरी ओर कुछ उछालीं जरूर, किंतु किसी और नीयत से नहीं, वरन् अपना बनाने के लिए ही। मैं उसका नहीं हुआ, यह सत्य है; पर वह मुझे अपना समझता रहा। शायद यही कारण था कि मैं उसके पीटे जाने से प्रसन्न नहीं था।

आज स्कूल में तीसरा और चौथा पीरियड खाली था, क्योंकि इन पीरियडों में अंग्रेजी की पढ़ाई होती थी और उसके अध्यापक त्रिपाठीजी छुट्टी पर थे। चौथे के बाद रेसस था। काफी समय मिल रहा था। अतएव मैं वाचनालय में न जाकर सीधे अस्पताल पहुँचा।

हमीद वार्ड नंबर ३ के बेड नंबर ५ पर पड़ा था। हाथ, पैर, सिर पर पट्टियाँ बँधी थीं। उन पट्टियों के अनुपात में पीड़ा बहुत कम ही थी, क्योंकि उसकी चारपाई के पास जो दो-चार आदमी बैठे थे, उनसे वह बड़ी सरलता से बातें कर रहा था।

करवट बदलते समय उसने एक कराह अवश्य भरी, किंतु मुझे देखकर उसकी बाँछें खिल गईं।

''मैं जानता था कि तुम अवश्य आओगे।'' वह बोला।

स्टूल पर जगह न होने के कारण मैं चुपचाप बेड के पायताने ही बैठ गया।

''लगता है, स्कूल से ही चले आ रहे हो?'' मेरे हाथ में किताब और कॉपियाँ देखकर हमीद बोला और फिर मुझसे ही बातें करने लगा। स्टूल पर बैठे तीनों व्यक्ति मेरे लिए अपरिचित थे। वे बड़े गौर से मुझे देखते रहे। उनके नेत्रों की ऐसी जिज्ञासा से मेरा व्यक्तित्व अनेक बार टकरा चुका था, क्योंकि मैं अखबार की सुर्खियों में आ चुका था। इसलिए हर नजर मेरा पीछा करती थी, मुझ पर छाती थी, पहचानने की कोशिश करती थी और फिर अपने भीतर बैठा लेती थी।

उन अपरिचितों का मौन अंतराल लंबा नहीं था, क्योंकि सामने से यशोदा आती दिखाई दी, वही लालावाली यशोदा और उसके पीछे वही लँगड़ा नौकर सुबरन—हाथ में दोनों से भरी डोलची लिये हुए।

''आइए, आइए!'' यशोदा को देखते ही वे तीनों खड़े हो गए।

''अच्छा तो हम लोग चलें।'' उनमें से एक ने कहा और यशोदा से विनीत भाव से बोला, ''आप अन्यथा न लीजिएगा, हम लोग बड़ी देर से बैठे हैं।''

कुछ क्षणों तक यशोदा मुझे देखती रही और मैं उसे देखता रहा। निश्‍चित रूप में उसकी आँखों में मुझसे अधिक आश्चर्य था। वह सोच रही थी कि मैं हमीद के पास कैसे? यह दो विरोधी छोरों का मिलन! वह हमारे संबंधों के इतिहास से परिचित नहीं थी।

''बड़ी कृपा की आपने, जो दर्शन दिया।'' नितांत औपचारिक ढंग से हमीद बोला।

वह अपनी सधी-सधाई अदा में मुसकराते हुए बोली, ''मिठाई खिलाने आई हूँ।''

''लात खाने की खुशी में!'' हमीद की हँसी के साथ ही उसकी हँसी वार्ड के अनेक पलंगों को छूती निकल गई।

''नहीं, सरकार की विजय की खुशी में।'' यशोदा ने बताया, ''इधर अंग्रेजी फौजें लगातार जीतती चली जा रही हैं। इसलिए हम लोगों ने हनुमानजी को लड्डू चढ़ाया है।'' उसने लँगड़े की डोलची से निकालकर एक दोना हमीद की ओर

बढ़ाया और मुझसे बोली, ''तुम्हारा हिस्सा सुमेर साव को दे आई हूँ।''

''अरे यार, इसी में से लो तुम भी।'' हमीद ने दोना मेरी ओर किया। पर मेरा हाथ उठा नहीं। मुझे लगा, मेरी ही आजादी के ध्वस्त होते सपनों पर खड़े होकर कोई लड्डू लुटा रहा है।

मेरे मुख से निकल पड़ा, ''रखो, फिर ले लूँगा।''

''यूरोप में जरूर अंग्रेज जीत रहे हैं।'' हमीद बोला, ''पर बर्मा के फ्रंट पर तो हमारी हार हो रही है। मणिपुर तक आजाद हिंद फौज चली आई है। कलकत्ते में भगदड़ मच गई है।''

''हनुमानजी की कृपा होगी तो उधर भी फतह होगी।'' यशोदा बोली।

'अरे वाह रे हनुमानजी के भक्त! तुम्हारे हनुमान क्या पराधीन भारत में रहना चाहते हैं?' मेरा मन बोलने के लिए छटपटा रहा था, पर मैं चुप ही रह गया; क्योंकि यशोदा के विरोध का मतलब था लाला का विरोध करना। और उस विरोध से जहाँ तक हो सके, हम दूर ही रहना चाहते थे।

शीघ्र ही यशोदा चली गई। हमीद बड़बड़ाया, ''साले कलक्टर को खुश करने के लिए प्रसाद बाँट रहे हैं। कमीनो, अपनी राजनीति में भगवान् को क्यों घसीट रहे हो? मार्क्स ठीक कहता है कि भगवान् की धारणा ही बुर्जुआ मस्तिष्क की देन है।''

''यह बुर्जुआ क्या?'' अचानक मेरे मुख से निकल पड़ा।

''समाज का वह अल्पसंख्यक वर्ग, जो धर्म के नाम पर, संप्रदाय के नाम पर, रूढ़ि और परंपरा के नाम पर सर्वहारा का अधिकार छीनकर अपनी मुट्ठी में रखता है।'' कहते-कहते हमीद आवेश में आकर भाषण देने की मुद्रा में उठ बैठा। मैंने उसे यह कहकर शांत किया कि इस समय तुम्हें अधिक बोलना नहीं चाहिए।

वह शांत तो हुआ, किंतु यह आश्वासन लेकर कि मैं उसका दिया 'लिटरेचर' पढ़ूँगा। उसका कहना था कि तुम 'लिटरेचर' पढ़ोगे तो तुम्हारी आँखें खुल जाएँगी। बहुत जल्दी सारी दुनिया में सर्वहारा की लड़ाई छिड़ने वाली है। हम सबको उस लड़ाई में हिस्सा लेना होगा। सर्वहारा की विजय का दिन ही सच्ची आजादी का दिन होगा।

बातचीत से लगा कि वह अंग्रेजों को भी दुश्मन मानता है और लाला जैसे लोगों को भी। अंग्रेज यदि उसके लिए दुश्मन नंबर दो हैं तो लाला जैसे लोग

दुश्मन नंबर तीन। असली दुश्मन तो इस समय नाजी, फासिस्ट और उनके सहयोगी लोग हैं।

"फिर तुम अंग्रेजों का साथ क्यों दे रहे हो?"

"साथ नहीं दे रहा हूँ, बल्कि दुश्मन से दुश्मन को लड़ा रहा हूँ।" वह मुसकराया—"एक-न-एक तो हारेगा ही। फिर हमारी लड़ाई उसके जीतनेवाले से शुरू होगी।" वह बड़बड़ाया। कुछ ऐसी बातें भी बोल गया, जो उस समय मेरी समझ के बाहर थीं। मुझे आश्चर्य था कि उसने यह सब जाना कैसे? उसकी तो कभी पढ़ने-लिखने में रुचि नहीं थी, फिर वह ज्ञान की इस धारदार नदी में किसके बूते तैर रहा है?

मुझे लगा कि उसकी परिस्थितियों ने उसे गढ़ना शुरू कर दिया है और बहुत जल्दी ही हमें एक ऐसा हमीद दिखाई देगा, जो पिछले हमीद से बिलकुल भिन्न होगा। अतीत हमारी धरोहर है, पर कभी-कभी यह धरोहर ही बोझ बन जाती है, तब हम उसे उतारकर फेंक देते हैं। हमीद लगभग फेंक चुका था। अब वह वर्तमान बटोर रहा था। इस प्रयत्न में रूस उसकी गठरी में अधिक आ गया था। वह उसकी क्रांति और वहाँ की राजनीति से अधिक प्रभावित था।

यद्यपि वह बोलते-बोलते थक चुका था। तकिए पर ढुलकते हुए उसने सिगरेट जलाई और अपेक्षाकृत कुछ धीरे से बोला, "मेरी बदनसीबी है कि लोग मुझे गलत समझते हैं। मैं सुभाष बाबू का व्यक्तिगत विरोधी नहीं हूँ। उस आदमी के देश-प्रेम के संबंध में किसी को भी संदेह नहीं हो सकता।"

"तब तुम उनका विरोध क्यों करते हो?"

"क्योंकि उनका रास्ता गलत है।" वह बोला, "वे फासिस्ट ताकतों की साँठ-गाँठ से देश को आजाद कराना चाहते थे। उन्होंने उनसे दोस्ती की है, जो अंग्रेजों से ज्यादा खतरनाक हैं।"

"अंग्रेजों से कौन अच्छा है और कौन खतरनाक, इसे क्या तुम ही समझ सकते हो? क्या इसे समझने की ताकत सुभाष बाबू में नहीं है?" मैंने कहा, "जैसा तुम सोचते हो, क्या वैसा वे नहीं सोच सकते कि एक बुराई की मदद लेकर उससे बड़ी बुराई को समाप्त किया जाए?"

"यह नहीं हो सकता।" उसने बड़े विश्वास से कहा और सिगरेट का एक कश खींचा—"गलत माध्यम से कभी सही काम नहीं हो सकता!"

मुझे हँसी आ गई। आज सोचता हूँ, उसके विचारों में परिपक्वता नहीं थी। उसने तो विचार बटोरे थे, पचाया कहाँ था कि परिपक्वता होती!

"आखिर तुम्हें गांधी का ही सहारा लेना पड़ा। इसका मतलब है कि तुम्हारे मार्क्स को समझने के पहले हम गांधी के ही पास जाएँ।"

अब वह क्या कहता। उसे लगा, वह अपने दाँव पर ही चित हो गया है। कुछ क्षणों तक वह सिगरेट पीता रहा और मेरी मुसकराहट देखता रहा, फिर बड़े अन्यमनस्क भाव से बोला, "तुम मानो चाहे न मानो, आजादी मिलने से कुछ होनेवाला नहीं है। इसके बाद भी हमें एक लड़ाई लड़नी होगी और वह होगी अमीर व गरीब की लड़ाई।"

मैं बात बढ़ाना नहीं चाहता था, क्योंकि वह बोलते-बोलते उत्तेजित हो जाता था। और अस्पताल के वार्ड में भाषिक उत्तेजना के लिए कोई स्थान नहीं होता। दूसरे, मेरे मस्तिष्क में रेसस का घंटा बज रहा था। मैं चुप ही रह गया।

मैं उठकर चलने को हुआ। अभिवादन करके दो-एक कदम बढ़ा भी था कि उसने मुझे बुलाया और मेरे पास आने पर बड़ी गंभीरता से बोला, "तुमसे एक बात कहनी थी।"

"क्या?"

"मुझे कुछ ऐसा लगता है कि लाला सुमेर साव से कुछ नाराज है।"

"यह तुम्हें कैसे मालूम?"

"यह मेरा सिर्फ अंदाजा है, मैं कुछ विशेष नहीं कह सकता।"

उसने अपने अनुमान के आधार पर नहीं बताया; किंतु मेरे मन ने पूर्व घटित घटनाओं के क्रम को अपने ढंग से बैठा लिया। इस संदर्भ में मेरा गंभीर हो जाना स्वाभाविक था।

"क्या सोचने लगे?" उसने मेरी चिंतना को टोका।

"कुछ नहीं।"

मेरे यह कहने पर भी उसने समझाया, "इस विषय में कुछ अधिक सोचने की आवश्यकता नहीं है। केवल सुमेर साव से कह देना कि व्यर्थ में लाला से झगड़ा मोल लेने से क्या फायदा? सुराजियों की गिरफ्तारी और अंग्रेजों की जीत ने उसमें पंख उगा दिए हैं। आजकल लाला उड़ रहा है। उसके खौफनाक डैने उड़ते चले जा रहे हैं।"

मैं जब स्कूल आया, रेसस चल रहा था। दो पीरियड खाली होने से मेरे क्लास के लड़कों ने 'वॉलीबॉल' निकाल लिया था। खेल जमा था। मैं किनारे आकर खड़ा हो गया। साथियों ने सोचा होगा कि मैं खेल देख रहा हूँ; पर मेरा मस्तिष्क लाला की उड़ान देख रहा था, एक ऐसे आदमखोर पक्षी की उड़ान, जो मानवता के सारे मूल्य निगल जाता है और डकार तक नहीं लेता, जिसके खतरनाक डैनों के नीचे शहर का सारा अपराध जनमता और पलता है।

मैं सोचता रहा। लगा, उसका डैना बढ़ता चला आ रहा है, वह सुमेर चाचा की दुकान तक चला आया है कि अचानक बॉल बहककर मेरे सिर से टकराया और एक समवेत खिलखिलाहट मुझे झकझोर बैठी। मैं जाग गया।

अब पाँचवाँ घंटा चल रहा था, सामान्य विज्ञान का घंटा। निहायत अनुभवी और कुशल अध्यापक पंचमदास जल जंतुओं के बारे में बता रहे थे। इसी क्रम में उन्होंने ऑक्टोपस की चर्चा छेड़ दी, "यह एक भयानक समुद्री जीव है। इसके आठ हाथ-पैर होते हैं। अत्यंत घिनौना यह जीव जीवभक्षी है। समुद्र के तल में, चट्टानों पर या जल में यह चुपचाप पड़ा रहता है, अपने शिकार को तजवीजता रहता है और ज्यों ही इसके प्रभाव में कोई जीव आता है, ट्रेंडिल (मुलायम तने) जैसे इसके हाथ बढ़ते हैं और उसे धर दबोचते हैं। बड़ा भयानक होता है यह ऑक्टोपस। इसकी पकड़ में आने के बाद फिर पसलियाँ ही बचती हैं। जानते हो, समुद्र में जहाँ ऑक्टोपस होते हैं वहाँ लाल रोशनी से लोगों को आगाह कर दिया जाता है।"

इसी सिलसिले में मास्टर साहब ने बताया कि "ऑक्टोपस पर ही अंग्रेजी की एक बड़ी अच्छी फिल्म बनी है—'इट क्रेम फ्रॉम बिनीथ सी'। यदि कभी आए तो जरूर देखना। उस फिल्म में समुद्र के किनारे एक खुशहाल नगर दिखाया गया है। पर दुर्भाग्य से कहीं से एक ऑक्टोपस पहुँच जाता है। जहाँ किसी व्यक्ति या वस्तु को अपने प्रभाव-क्षेत्र में देखता है, समुद्र से उसके हाथ निकलते हैं और क्षण में उसका सर्वनाश हो जाता है। यहाँ तक कि मोटर-गाड़ियों पर यदि वह हाथ रखता है तो वे भी चरमराकर चूर हो जाती हैं। नगर की सुख-शांति को उसके आठों हाथ धर दबोचते हैं।"

पंचमदासजी विस्तार से उसका वर्णन करते जा रहे थे। विद्यार्थी मंत्रमुग्ध-से तिलिस्मी कहानी जैसा आनंद ले रहे थे। हो सकता है, कुछ ने जिज्ञासाएँ भी व्यक्त की हों; पर मैं चुप था, एकदम चुप। मेरा मन तो ऑक्टोपस पर लाला की तसवीर

चिपका रहा था।

अब लाला एक भयानक ऑक्टोपस की तरह मेरे सामने था। आठ ही नहीं, उसके अगणित हाथ मुझे दिखाई पड़ रहे थे। कितने भयंकर हैं ये हाथ! जो भी इसके नीचे आया, उसका सर्वनाश। फिर मेरे मानस में रानी बहू के अनाथालय के अहाते में पड़ी विकृत लाश उभरी और मैं काँप उठा।

मैं सचमुच उस समय शरीर से अलग हो गया था। नगर की सुख-शांति को दबोचते लाला के विशाल हाथ हवा में तैर रहे थे। मुझे लगा, भय और आतंक की छाया बहुतों पर पड़ती जा रही है। लोग थर-थर काँप रहे हैं। मेरे मन में उस समय भूकंप-सा आया, जब मैंने देखा कि इस ऑक्टोपस का एक ट्रेंडिल सुमेर चाचा की ओर बढ़ रहा है। निश्चित ही मैं चीख उठता; किंतु मैं जड़ हो गया था, एकदम मूर्तिवत्।

"हाँ, तो जयनाथ, तुम बताओ।" मास्टर साहब की आवाज मुझे ढेले की तरह मारी गई। मेरी चेतना हड़बड़ाकर प्रकृतिस्थ हुई। लगा कि ऑक्टोपस बहुत पहले ही समाप्त हो गया है। उसके आगे भी बहुत कुछ पढ़ा दिया गया है। 'लेसन'—पाठ—खत्म हो गया है। अब मास्टर साहब प्रश्न पूछ रहे हैं। पर मैंने तो प्रश्न भी नहीं सुना, उत्तर क्या देता। मूर्खों-सा खड़ा हो गया।

"सो रहे थे क्या?"

"मैंने नकारात्मक ढंग से सिर हिलाया।"

"तब दिमाग कहाँ था?"

मैं क्या जवाब देता कि कहाँ था? मैं चुप ही रहा।

"अच्छा तो आप कृपा कर पीछे चले जाइए।" मेरे प्रति आदरसूचक शब्द के प्रयोग ने अन्य छात्रों के अधरों पर मुसकराहट उगाई। मैं पीछे चला आया। साथियों की मुसकराहट की सुइयाँ मुझे चारों ओर से चुभती रहीं।

आप विश्वास कीजिए, मैं कभी क्लास में इतना अधिक अपमानित नहीं हुआ था। मेरा सिर चकराने लगा। मैंने पीछे की दीवार का सहारा लिया। एक-एक पल भारी हो गया था। यदि शीघ्र ही घंटा न बजता तो शायद मैं अचेत होकर गिर पड़ता।

□

राजनीति फिर रंग बदलने लगी। कलकत्ता में भगदड़ मच गई थी। सुना है,

वहाँ जापानियों ने हवाई जहाज से परचे गिराए थे कि हम हिंदुस्तानियों के दुश्मन नहीं हैं, आप तो हमारे मित्र हैं। हमारे असली दुश्मन तो हैं अंग्रेज। हम हिंदुस्तान से उन्हें भगाकर ही दम लेंगे। इसलिए आप कलकत्ता खाली कर दीजिए, नहीं तो हारकर भागते अंग्रेज आपको नष्ट करते जाएँगे। इनकी यही नीति रही है। स्कार्चड् की नीति।

लोग भागने लगे थे। आतंक की बढ़ती छाया उनका पीछा करती मालूम हो रही थी। मालगाड़ी तक में लोग लदे-फँदे चले आ रहे थे। अंग्रेजपरस्तों के चेहरे एक बार फिर मुरझाने लगे। और सामान्य जनता के मुरझाए मनों पर हरियाली का एक झोंका आ गया। एक दूसरा ही माहौल बनने लगा। यहाँ तक कि एक शाम आवेश में आकर सुमेर चाचा अपनी दुकान की बैठक में दहाड़ रहा था, ''जनता बेचारी कलकत्ता से भाग रही है। प्राणों के लाले पड़े हैं और ये साले मारे खुशी में हनुमानजी का प्रसाद बाँट रहे थे।''

मुझे लगा, मेरे सिर पर फिर किसी ने हथौड़ा चलाया। मुझे दिखाई दिए ऑक्टोपस के काँपते हुए हाथ। पर मैं उससे कुछ कहने की स्थिति में नहीं था।

माणिकजी इस भगदड़ को प्रत्यूष वेला की हलचल कहते हैं। जागरण का पूर्वाभास। सूर्य निकलने वाला है, आजादी का सूर्य, जिसका प्रकाश हमारे हर दुःख और दारिद्र्य को सोख लेगा।

अब उनकी 'रणभेरी' और आग उगलने लगी थी। आज मैं दस प्रतियाँ ले आया था। माँ ने ही उनको चिपकाने के लिए लेई भी बनाई।

''तुम सब एक साथ कैसे ले जाओगे? गंगाराम को भी साथ ले लो।'' माँ बोलीं।

''वह नहीं जाएगा, डरता है। इसके पूर्व मैं उससे बातें कर चुका हूँ।'' मैंने बताया, ''पर कोई बात नहीं, मैं दसों लेता जाऊँगा। डिप्टी साहब के सामने जो पीपल का पेड़ है, उसी की कोटर में पाँच रख दूँगा। जब शेष पाँच चिपका दूँगा तो उसे भी निकालूँगा।''

''ठीक है, उस पेड़ के तने पर भी अंत में एक चिपका देना।'' माँ बोलीं।

और आठ बजे रात जब मैं चला तब माँ मुझे पहुँचाने डिप्टी साहब के चबूतरे तक आईं।

''हो सकता है, मुझे कुछ देर हो!'' माँ को छोड़ते हुए मैंने कहा।

"क्यों?"

"आज सोचता हूँ, अम्मीजान के यहाँ हो लूँ। कई दिन हो गए हैं।"

माँ कुछ बोलीं नहीं। एक ही मिलन में अम्मीजान ने जैसे उन्हें मोह लिया था। अब वह वहाँ जाने का विरोध भी नहीं करतीं। जल्दी आने का निर्देश देकर वह लौट गईं।

उन पाँच में से आखिरी 'रणभेरी' अन्नपूर्णागंज स्कूल के फाटक पर चिपका रहा था। मैं यद्यपि काफी जल्दी में था, फिर भी मुझे लगा कि मेरे पीछे कोई खड़ा है।

ज्यों ही आगे बढ़ा, किसी ने मेरे कंधे को जोर से दबाया। मैंने शीघ्र ही अनुभव किया कि किसी हट्टे-कट्टे जवान की गिरफ्त में मैं पूरी तरह आ गया हूँ। वह मेरा बायाँ हाथ खींचते हुए गली में ले चला। उसे भय था कि हो सकता है, सड़क पर कुछ लोग इकट्ठा हो जाएँ।

गली में उसकी उखड़ी-उखड़ी और रूखी बातों से लगा कि वह सी.आई.डी. का आदमी है। मैं समझ गया कि अब क्या होने वाला है। इस बार मैं किसी प्रकार छोड़ा नहीं जा सकता, मुझे सजा होगी ही, चाहे बेंतों की हो या जेल की हो। किंतु मैं घबराया नहीं, क्योंकि घबराने से स्थिति और बिगड़ सकती थी।

मेरे विवेक ने बड़े समय से साथ दिया, "आप मुझे इतने जोर से पकड़े हुए क्यों हैं?"

"जिससे तुम भाग न जाओ।"

"आपने मुझे कोई चोर या बदमाश समझा है क्या?" मैंने मुसकराते हुए बड़े सहज भाव से कहा, "यदि भागना ही होता तो मैं ऐसे जोखिमपूर्ण कार्य में हाथ न डालता।"

उसकी पकड़ और चाल दोनों कुछ ढीले पड़े। मुझे लगा, मेरी अव्यग्रता और सहजता ने उसे कुछ कुतूहल में डाल दिया है।

"मैं तुम्हें बहुत पहले से जानता हूँ।" उसका संकेत दीवानी कचहरीवाली घटना से था।

"और आप यह भी जानते हैं कि मैं कहीं से भागा नहीं हूँ।"

वह कुछ बोला नहीं। अब भी हाथ पकड़े था।

"तब मेरा हाथ छोड़ दीजिए और बताइए, कहाँ चलना है?"

हम लोग अगल-बगल दोस्तों की तरह चले।

मैंने कहा, "क्योंकि आखिर में तो दोस्त होना ही है।"

"तुम्हारा मतलब?"

"मतलब साफ है, हम दोनों भारतीय हैं। इसी धरती ने दोनों को पैदा किया है और ईश्वर ने चाहा तो हम दोनों एक-न-एक दिन इसी धरती पर ही मरेंगे। यह दूसरी बात है कि आप अपनी परिस्थिति से लाचार हैं और हमने उस लाचारी को उतारकर फेंक दिया है।" मैं जितना गंभीर और जितना प्रकृतिस्थ था, वह उतना ही विचलित होने लगा।

फिर भी उसने अपनी ऐंठन बरकरार रखी और मेरी बातों के संदर्भ से हटकर बोला, "मैं तुम्हें कोतवाली ले चल रहा हूँ और जानते हो, तुम्हें इसका अंजाम क्या भुगतना पड़ेगा?"

"अंजाम अच्छी तरह जानता हूँ; पर अंजाम की परवाह किसे है!" मैं पुनः मुसकराया, "यदि अंजाम की परवाह होती तो मैं भी सरकार की गुलामी करता रहता।"

इस बार उसने फिर मुझे बड़े गौर से देखा और म्युनिसिपैलिटी के लैंप के पास खड़ा हो गया। मेरे अधरों से छूटती मुसकराहट उसे बेधती चली गई। उसकी मुद्रा से लगा कि वह भीतर से घायल होने लगा है।

"आप खड़े क्यों हो गए?" चरमराती उसकी दृढ़ता को मैंने एक आघात और दिया।

"तुम बड़े विचित्र मालूम होते हो!" वह बोला।

"सरकारी टुकड़ों पर पलनेवले को 'आजादी का दीवानापन' कुछ विचित्र ही मालूम होता है।"

"तुम जितने टेढ़े हो, तुम्हारी जबान उससे ज्यादा टेढ़ी है।" वह तिलमिलाया और मुझे लेकर एक झटके के साथ आगे बढ़ा।

मुझे लगा कि खुराक कुछ अधिक पड़ गई है।

"आप मुझे कोतवाली ले जाकर क्या करेंगे?" कुछ दूर चलने के बाद मैं पुनः बड़े शांत भाव से बोला।

"वहीं देखना कि क्या होता है!" वह गुर्राया।

"लगता है, मेरी कोई बात आपको लग गई है। ...हो सकता है, क्योंकि हम

लोग बात करना नहीं, केवल काम करना जानते हैं।'' मैंने कहा, ''यदि आपको मेरी किसी बात से तकलीफ पहुँची हो तो क्षमा प्रार्थी हूँ।''

''तुम अपनी करनी के लिए भी क्षमा माँग सकते हो?''

''नहीं, क्योंकि मेरी 'करनी' गलत नहीं है।'' मैंने कहा, ''ऐसा लगा कि मेरी किसी बात से आपको पीड़ा पहुँची है, इसलिए मैंने क्षमा माँगी है; क्योंकि गांधीजी के अनुसार, किसी को पीड़ा पहुँचाना भी एक प्रकार की हिंसा है।'' इस बार मैंने ठीक जगह पर उँगली रखी थी।

अब हम लोग सड़क पर आ गए थे।

''यदि कोतवाली में तुम्हें किसी प्रकार की पीड़ा पहुँचाई गई तो इसका मतलब मैं भी हिंसक हूँ।''

''नहीं, आप हिंसक कदापि नहीं हैं। आप तो कर्तव्यपरायण हैं, सरकार के वफादार चाकर हैं।'' मैंने कहा, ''आप विश्वास कीजिए, मुझे वहाँ पहुँचने पर किसी प्रकार की पीड़ा भी नहीं होगी।''

''तुम्हें कोड़े लगाए जाएँगे, फिर भी पीड़ा नहीं होगी?''

''नहीं।'' मुझे अपने मिडिल के मास्टर साहब की नारियलवाली बात याद हो आई। मैंने एक कृत्रिम मुसकराहट अपने अधरों पर पुनः उगाई।

वह मेरा मुँह देखता रह गया।

''तुम्हें कोड़े मारे जाएँ और पीड़ा नहीं होगी?'' मेरी बात उसे विश्वास के परे लगी।

''जैसे चंद्रशेखर आजाद को पीड़ा नहीं हुई थी। वह हर कोड़े पर मुसकराता था, वंदे मातरम् का नारा लगाता था।''

वह मुझे लेकर फिर गली की ओर मुड़ा। पर इधर से तो कोतवाली जाने का कोई रास्ता नहीं है? फिर वह मुझे कहाँ ले जाना चाहता है? किंतु वह मौन था, कुछ सोचते हुए मौन था।

सोचता हूँ, आदमी की कठोरता किसी भी क्षण पिघल सकती है, महज उसे उचित आँच चाहिए—और मैं वह आँच पैदा कर चुका था। कुछ दूर चलने के बाद वह स्वयं बोला, ''यदि मैं तुम्हें छोड़ दूँ तो?''

''तो मैं आपको धन्यवाद दूँगा।''

''केवल धन्यवाद दोगे, तुम अपना काम नहीं छोड़ोगे?''

"नहीं, क्योंकि यह काम मेरा नहीं है। यह तो संकल्प है, व्रत है, प्रतिज्ञा है। काम तो वह होता है, जिससे रोटी चलती है।" मैंने फिर उसे चिकोटी काटी। पर इस बार वह जरा भी तिलमिलाया नहीं। अपनी बेबसी का अनुभव करता रहा। थोड़ी देर बाद बोला, "अच्छा, तो मैं तुम्हें छोड़ता हूँ।"

मैंने उसे धन्यवाद दिया, प्रणाम किया और डिप्टी साहब के पीपल के पेड़ तक पहुँचने के लिए एकदम लौट पड़ा। मैंने मुड़कर देखा भी नहीं, फिर भी मुझे लगा कि उसकी सहानुभूतिपूर्ण दृष्टि काफी देर तक मेरी पीठ सहलाती रही।

कोटर में पड़े पाँच रणभेरियों की लेई लगभग सूख गई थी, फिर भी मैं उन्हें चिपकाकर ही घर लौटा।

रात के दस बज चुके थे। गली में घूमते ही मैंने देखा, द्वार पर खड़ी मेरी माँ प्रतीक्षा कर रही हैं।

"अम्मीजान से मिले? दानिस का कुछ हाल मालूम हुआ?" पहुँचते ही माँ ने पूछा।

"अम्मीजान के यहाँ जा ही नहीं सका।"

"तब इतनी देर कहाँ लगा दी?"

माणिकजी की याद आई। बात छिपाने से फायदा क्या? मैंने सबकुछ सही-सही माँ को बता दिया। माँ ने भावातिरेक से विह्वल हो मुझे छाती से लगा लिया। यों तो अनेक बार मैं उनके सीने से लगा हूँ, पर आज उनमें एक दूसरी ही धड़कन थी।

इसके थोड़े ही दिनों बाद एक धमाका हुआ और हमारी सुख-चैन की झील पर पहाड़ टूट पड़ा। चंपो दबकर अदृश्य हो गई। हम मलबे में उसे खोजते और अपनी बेचैनी बोते रहे।

शारदीय नवरात्र था। माँ सुबह चार बजे ही उठती थीं और नहा-धोकर जल्दी ही पूजा समाप्त कर चाची व चंपो के साथ देवी दर्शन के लिए निकल जाती थीं। साथ में मुहल्ले की और औरतें भी रहतीं। सूर्योदय तक घर लौट आती थीं।

आज नवरात्र का छठा दिन था। संकठाजी के पास आत्मा विश्वेश्वर में कात्यायनी देवी के दर्शन का दिन। संयोग कुछ ऐसा था कि मैं भी आज तड़के ही उठकर तैयार हो गया। बार-बार आग्रह करने पर भी माँ मुझे नहीं ले गईं। जब लौटीं तो चंपो साथ नहीं थी। सोचा, मुहल्ले की बहुत सी औरतें अभी नहीं आई हैं, उनके साथ आती होगी। हो सकता है, टिकुली-आलता खरीदने के चक्कर में पीछे रह गई

हो; क्योंकि वह बहुधा ऐसा करती थी। साथ आई धनिया ने भी यह बताया कि वह राधा के साथ एक दुकान पर देखी गई थी।

समय सरकता गया। घंटे पर घंटे बीतते गए। माँ कोठी चली गईं और मैं भी स्कूल आया। आज हाजिरी देना जरूरी था, क्योंकि आज के बाद ही दशहरे की छुट्टियाँ हो रही थीं।

शाम को पहुँचा तो देखा, चाचा की दुकान बंद है। भाग-दौड़ मची है। चंपो अभी तक नहीं आई है। मेरा माथा ठनका। फिर वही ऑक्टोपस मेरे सामने था। मैं एकदम घबरा गया। एक ऐसे बिंदु पर खड़ा मैं स्वयं को अनुभव करने लगा, जिससे बहुत सारे रास्ते निकलते हैं, पर सभी आगे बंद हैं। मैं किसी ओर बढ़ने की स्थिति में नहीं हूँ। तब तक मुझे कुछ ऐसा लगा कि चाची बुला रही है।

मैं घर पहुँचा। मुहल्ले की औरतें चाची को घेरकर बैठी थीं। चाची चुप थी, पर उसकी दोनों आँखें टपक रही थीं।

''बहिन, घबरा मत! ऊ कउनो औचट में फँस गइल हो। अब अउतै होई।'' जवाहिर की माँ ने चाची को ढाढ़स बँधाया।

''अचक्का माई का व्रत मान दऽ बहिन! देख ऊ घंटा भर में आ जाला।'' मँगरू बो ने समझाया।

जितनी औरतें उतनी मानताएँ, उतने उपाय; पर सबका विश्वास था कि वह सकुशल है और रात होते-होते जरूर आ जाएगी। कुछ पढ़ी-लिखी तो है ही, उसे बहकाया नहीं जा सकता। यदि फिर भी नहीं आई तो लकड़िया बाबा के यहाँ चला जाएगा। वह सब सही-सही बता देंगे।

वहीं मुझे मालूम हुआ कि चाचा लहरतारा गया है—अपने साढ़ू के यहाँ। हो सकता है, मंदिर में किसी औरत का साथ मिला हो और वह मौसी के यहाँ पहुँच गई हो। पर इन सारी संभावनाओं से मैं दूर था। मुझे लग रहा था कि यह सब धुएँ में हाथ मारना है। मेरे सामने तो रक्त से लथपथ ऑक्टोपस के घिनौने हाथ थे। मैं चुपचाप इसी चौक के किनारे से जानेवाली सीढ़ी पर बैठ गया।

''तुम्हारी माँ कहाँ हैं?'' यह जानकर कि माँ इस सयम कहाँ होंगी, चाची ने मुझसे पूछा और बोली, ''अच्छा होता, तुम उन्हें बुला लाते। मेरा जी बहुत घबरा रहा है।'' चाची ने मेरे बहुत निकट आकर यह कहा था; किंतु मेरी आँखें उसे निकट आया देख नहीं पाई थीं, क्योंकि वे एक भयानक सपने से ढकी थीं।

चाची की आवाज की गंभीरता और उसकी व्यग्रता यह बता रही थी कि अवश्य ही वह कुछ ऐसा कहना चाहती है, जिसको सुनने और समझनेवाला यहाँ कोई नहीं है।

मैं तीर की तरह छूटा और कोठी पहुँच गया। मेरी अचानक उपस्थिति से माँ को कुछ संदेह अवश्य हुआ। वह अपना काम छोड़कर मेरे पास आईं। मैंने चंपो के न लौटने की खबर उन्हें सुनाई और कहा कि चाची ने तुम्हें अभी बुलाया है।

माँ संध्या का 'ब्यालू' तैयार कर रही थीं, जल्दी-जल्दी उन्होंने हाथ बढ़ाया। यद्यपि उन्होंने किसी से कुछ कहा नहीं, फिर भी गतिविधि से उनकी व्याकुलता का अनुमान कोठी के और नौकरों को भी हो गया।

नगीना ने मुझसे पूछा, "का बात हौ, भइया?"

प्रमिला भी दिखाई न पड़ी। आँखों से अच्छी तरह टटोल लेने के बाद मैंने माँ से धीरे से पूछा, "आज मामीजी नहीं हैं क्या?"

"अभी तो थीं, लगता है, छोटे सरकार की तरफ गई हैं।" इतना कहकर वह फिर अपने काम में लग गईं।

मैं किसी विशेष मतलब से मामीजी को खोज रहा था, पर कुछ बोला नहीं; क्योंकि वहाँ कुछ और नौकर भी थे।

जब सबकुछ बतासी दाई को सहेजकर माँ चलीं तब सीढ़ी पर एकांत देखकर मैंने कहा, "ऐसा तो नहीं कि चंपो को गायब करने में लाला के लोगों का ही हाथ हो?"

माँ एकदम ठिठक गईं।

"मैं इसीलिए मामीजी को पूछ रहा था। यदि हो सके तो वे कुछ करें।"

"अब पहले जैसी स्थिति नहीं है। बात करना तो दूर, अब वे लाला को देखना भी पसंद नहीं करतीं।" माँ बोलीं और लुटी-लुटी-सी, निस्सहाय की तरह सीढ़ियाँ उतरने लगीं।

लौटने पर उन्हें एकांत में ले जाकर चाची ने मेरी ही शंका अपने शब्दों में व्यक्त की, "यदि ऐसा हुआ तो अब चंपो कभी नहीं आएगी।" चाची माँ से लिपटकर फूट-फूटकर रोने लगी।

माँ को तो जैसे काठ मार गया था। वह चक्रवात-ग्रसित पुराने वृक्ष की तरह झकोरे खा रही थीं और चाची उनसे लिपटकर रोती जा रही थी। इसी बीच चाची की

छोटी बहन लखपत्ती भी आ गई और वह भी रोने लगी। अब स्पष्ट हो गया कि चंपो मौसी के यहाँ भी नहीं गई है।

चाचा आते ही बाहर 'तखत' पर ढुलक गया। मँगरू और पीपा उसकी पहले से ही प्रतीक्षा कर रहे थे। कुछ लोग और भी आ गए, "आखिर गई तो कहाँ गई?" हर व्यक्ति इसी विषय में सोचता और अपने-अपने ढंग से अनुमान लगाता रहा।

"कोई झगड़ा-ओगड़ा तो नहीं हुआ? मारी-पीटी तो नहीं गई थी?" किसी ने पूछा।

चाचा ने नकारात्मक ढंग से सिर हिलाया। वह शांत ज्वालामुखी की तरह भीतर से धधकता हुआ सिर पर हाथ रखे मौन बैठा रहा। केवल 'हाँ-नहीं' का उत्तर संकेत से देता रहा।

हर व्यक्ति का प्रश्न एक ही प्रकार का होता और उसका अनुमान भी एक ही तरह का—"लगता है, किसी रिश्तेदार के यहाँ चली गई है और किसी औचट में फँसकर नहीं आई है। कल सवेरे तक जरूर आ जाएगी।"

"शहर के हर रिश्तेदार के यहाँ तो हो आया भैया!" चाचा इतना बोला और फिर किसी गहरे विचार में डूब गया।

"कल इतवार है भी। सवेरे-सवेरे हमारे साथ चलो चेतगंज के चुन्नू फकीर के यहाँ। उसपर हर इतवार और मंगल को पीर साहब की सवारी आती है। बड़ा सही-सही बताता है।" सुभान ने अपनी राय व्यक्त की, "अभी मन्ना की भैंस गायब हो गई थी। उसने गाँव तक का अता-पता बता दिया। और वह मिल भी गई।"

पर मँगरू का विश्वास लकड़िया बाबा में था और कतवारू कटोरा चलवाने की बात कर रहा था। मणिकर्णिका घाट के पास एक औघड़ रहता है। जिस दिशा में वह होगी, उधर ही कटोरा चलने लगेगा।

पीपा की आस्था नई बस्ती के एक पंडितजी पर थी, जो घड़ा बाँधते थे और जानेवाला लौटकर आ जाता था! यदि नहीं आता था तो सप्ताह के भीतर उसकी चिट्ठी अवश्य आ जाती थी। पर चाचा पर इन सारे सुझावों का कोई प्रभाव नहीं था। शून्यता और रिक्तता का गंभीर बोध करानेवाले उसके चेहरे पर जैसे धुआँ उड़ रहा था। प्रतिक्रियाहीन उसके मौन से साफ लग रहा था कि इन सुझावों पर ध्यान देना तो

दूर, वह इन्हें सुन भी नहीं रहा है।

संध्या घनी होती गई, लोग अपनी सहानुभूति प्रकट कर हटने-बढ़ने लगे। अंत में चाचा ने दुकान खुलवाई और मँगरू तथा पीपा को लेकर आया। फिर दुकान का बाहरी दरवाजा बंद कर लिया गया। अब चाचा ने माँ को भी बुलाया। माँ के साथ मैं और चाची भी आए। चाची दुकान की भीतरी चौखट पर ही बैठ गई।

''जहाँ-जहाँ उम्मीद हो सकती थी, मैं सब जगह हो आया; पर वह कहीं नहीं मिली। वह बेचारी तो घर से कहीं जाती भी नहीं थी।'' इतना कहते-कहते धैर्य का बाँध टूट गया और वह फूट-फूटकर रोने लगा। माँ की आँखें छलछला आईं। चाची तो पहले से ही सिसक रही थी। चाचा का रोना सुनकर मौसी भी चौक में से आ गई और लगी अपनी बहन के आँचल में सिर डालकर सिसकने।

अजीब स्थिति थी। आँखों से बहती निराशा का ऐसा समवेत प्रवाह मैंने कभी नहीं देखा था। मेरा घबरा जाना स्वाभाविक था। मैं दीवार के सहारे खड़ा ही रहा। मुझे रह-रहकर लग रहा था कि चौक से चंपो झाँक रही है। वह संकेत से कह रही है, 'उन बड़े-बुजुर्गों के बीच क्यों खड़े हो? यहाँ चले आओ।'

''इतना निराश क्यों होते हो, सुमेर भैया? ढाढ़स रखो। हम लोग खोजाई करते हैं। कहीं-न-कहीं तो उसका पता चलेगा ही।'' पीपा ने चाचा को सँभालने की कोशिश की।

''अब कहाँ खोजोगे, महेश भैया? मैं सब जगह खोज आया।'' चाचा आँसू पोंछते हुए बोलता रहा, ''मेरी चंपो गऊ थी, गऊ। हमेशा इसी खूँटे पर बँधी रही। किसी कसाई के फंदे में फँस गई।'' वह फिर सिसकने लगा और जब उसने कहा, ''वह कभी नहीं आ सकेगी।'' तब चाची दहाड़ मारकर रो पड़ी।

चाचा की शंका थी कि लाला ने अपनी नाराजगी का बदला ले लिया। उसे इस बात पर भी आश्चर्य था कि आज जो भी मुझे देखता था, वही पूछता था कि चंपो मिली? आखिर यह खबर इतनी जल्दी फैल कैसे गई? फिर उसने मुझसे पूछा, ''तुम भी तो स्कूल चले गए थे, किसी से कुछ कहा तो नहीं?''

''नहीं।''

''जरूर इसमें कोई रहस्य है। वह लाला के ही जाल में फँस गई और उसी ने उसके गायब होने की खबर भी प्रचारित करवाई।''

''तब हमें पुलिस में रिपोर्ट लिखवा देनी चाहिए।'' पीपा बोला।

"पर इससे क्या होगा?" चाचा की आह छूटी और उसके चारों ओर खड़ी विवशता की दीवारों से टकरा गई। माँ भी रिपोर्ट लिखने के पक्ष में नहीं थीं, क्योंकि उनकी दृष्टि में ऐसा करने से चंपो के जीवन को खतरा हो सकता है।

माँ का विचार था कि व्यर्थ में अँधेरे में टटोलने और माथा मारने से क्या फायदा? सुमेर भैया कल सवेरे खुद लाला से मिलें, उनके चरणों पर गिरकर गिड़गिड़ाएँ, अपने किए पर पछताएँ और क्षमा माँगें, शायद पत्थर दिल पिघल जाए।

"और कहीं लाला ने यह सोचा कि मुझे फँसाने की चेष्टा की जा रही है तब?" पीपा ने शंका उत्पन्न की।

माँ सोचने लगीं—"तब तो लाला से यही कहना चाहिए कि चंपो कहीं गायब हो गई है। उसे किसी तरह से खोजवा दीजिए, मैं आपका बड़ा एहसान मानूँगा।"

"पर इससे मुझे कोई लाभ नहीं दिखता।"

"फिर तुम करोगे क्या? पुलिस में रिपोर्ट लिखवाओगे, वह पड़ी-की-पड़ी रह जाएगी। लाला के खिलाफ तो इतनी रिपोर्ट लिखवाई गईं, क्या हुआ उनका?" माँ बोलीं।

चाचा चुप रह गया। बंद गली के आखिरी मकान की ड्योढ़ी पर उसकी मानसिकता सिर पटकते-पटकते लाचार हो चुकी थी। अब उसके सामने माँ का प्रस्ताव मानने के सिवा कोई चारा नहीं था। पर वह अकेले नहीं जाएगा, क्या कहेगा? कैसे कहेगा? उसके मुख से आवाज नहीं फूटेगी।

"तब तुम जग्गू को भी अपने साथ लेते जाना!" माँ का ही प्रस्ताव था। पिछली घटना के बाद माँ मेरे वाक्-चातुर्य पर कुछ भरोसा करने लगी थीं।

चाचा ने मौन स्वीकृति दी, तब माँ ने पीपा से कहा, "यदि हो सके तो आप सवेरे-सवेरे 'इसरगंगी' के पंडितजी के यहाँ चले जाइएगा। मैंने भी उनकी बड़ी तारीफ सुनी है और आपसे उनका परिचय भी है।"

पीपा चुप रह गया। शायद वह सोचने लगा कि सवेरे-सवेरे उसका जाना कैसे संभव हो सकेगा? म्युनिसिपैलिटी के लैंप कौन बुझाएगा? यदि कहीं इंस्पेक्टर ने दिन में भी दीये जलते देख लिया तो नौकरी सूली पर लटक जाएगी। आदमी पेट के सामने कितना लाचार है! पीपा चाहकर भी स्वीकार नहीं कर पाया। उसने एक रास्ता निकाला—"आजकल नवरात्र है। पंडितजी सुबह खाली मिलेंगे नहीं। मैं दस

बजे तक चला जाऊँगा। उस समय तक वे पूजा-पाठ से खाली हो जाएँगे।''

पीपा की बात मान ली गई, तब उसने कहा, ''चंपो का कोई कपड़ा इसी समय दे दीजिए। सवेरे मैं अपना काम निपटाकर सीधे उन्हीं के यहाँ पहुँच जाऊँगा।'' इसी क्रम में उसने यह भी बताया कि पंडितजी गायब हुए व्यक्ति के पहने गए वस्त्र के माध्यम से कोई तांत्रिक प्रयोग करते हैं।

अंत में पीपा और मँगरू भी चले गए। एक चटाई बिछाकर चाचा चौक में ही लेट गया। दिन भर का भूखा-प्यासा, श्लथ। अपनी सूनी-सूनी आँखों से आकाश देखता हुआ अचानक वह पुनः बड़बड़ाया, ''अब वह लौट नहीं पाएगी जग्गू की माँ, मगरमच्छ के पेट में चली गई।''

बाहर से शांत दिखनेवाला चाचा भीतर से उबल रहा था। इसी उबाल के कुछ शब्द बीच-बीच में झलक आते थे। माँ ढाढ़स बँधाती रहीं।

माँ ने ही उसका मुँह धुलवाया और गुड़ खिलाकर पानी पिलाया। यद्यपि उन तीनों में से कोई खाने को तैयार नहीं था, पर माँ का कहना था, ''बिना खाए-पिए आँसू बहाते रहना अशुभ है। और भूखे रहने से फायदा क्या? कुछ खाइए, पीजिए। पेट में अन्न रहेगा तो शरीर भी कार्य करेगा और बुद्धि भी।'' माँ स्पष्ट नहीं कह पा रही थीं, यद्यपि वह अनुभव कर रही थीं कि लड़ाई लंबी हो सकती है। हताश मन और शिथिल तन से वह कहाँ तक लड़ी जा सकती है?

माँ ने कुछ बनाकर खिला देने का उपक्रम आरंभ किया और मैं 'अभी आया' कहकर बाहर जाने लगा। माँ द्वार की ओर लपकीं और मेरे निकट आकर बोलीं, ''देखो, अब 'रणभेरी-ओरी' के चक्कर में मत पड़ना। समय-बखत ठीक नहीं है।'' आज उनकी आवाज भय से बोझिल थी।

''मैं पियारी चाची को खबर देने जा रहा हूँ।'' तब वह आश्वस्त हुईं।

गली में रामलीला देखने जानेवाली औरतों और बच्चों की चहल-पहल थी और भीतर चौक में निढाल पड़ा हुआ चाचा अपने जलते मन का धुआँ उगल रहा था। सहज ही अनुमान लगाया जा सकता था कि राजा दशरथ का निधन किस मन:स्थिति में हुआ होगा।

□

जब मैं दानिस के घर पहुँचा, बड़ी उत्सुकता से सलमा ने दरवाजा खोला। मेरी दस्तक उसके लिए जानी-पहचानी हो गई थी और यही उसकी उत्सुकता का

कारण भी था।

"हम लोग अभी-अभी तुम्हारी चर्चा कर रहे थे।" वह बोली।

मैंने कोई प्रतिक्रिया व्यक्त नहीं की। चुपचाप आगे बढ़ा।

वह बोलती गई, "मैं मैदागिन की रामलीला देखना चाहती थी। मुहल्ले की औरतें मुझे ले जाना चाहती थीं, पर अम्मीजान ने जाने नहीं दिया। बोलीं—तुम जाओ तो मुहल्ले की औरतों के साथ ही, पर यदि जग्गू भी साथ रहे तो अच्छा हो।"

मैं अभी चुप था और बढ़ते हुए दालान तक चला आया था। पियारी बकरी दुह रही थी और अम्मीजान खाना पकाने के लिए चूल्हा जला रही थीं। मुझे देखते ही उन्होंने सलमा की ही बात आगे बढ़ाई, "और नहीं तो क्या! बिना किसी अपने खास आदमी के साथ हुए मैं सलमा को कैसे भेज सकती थी? वक्त बड़ा खराब आ गया है। कैसा पड़े, कैसा न पड़े!"

मन अम्मीजान के विचारों का समर्थन कर रहा था, पर मुँह से एक शब्द नहीं निकला। मुझे लगा, मैं एक बस की छत पर कुछ लफंगों के साथ बैठा हूँ, सामने कुछ दूर पर चंपो है। वे उसपर बोलियाँ कस रहे हैं। बाद में वह उसे उठाकर ले भी गए। मैं कुछ नहीं कर पाया। रामलीला चलती रही और ऑक्टोपस ने पंजा बढ़ा दिया। मैं काँपने लगा। मेरी मूकता से कहीं अधिक मेरी बेचैनी पसीने की जबान से चीखने लगी।

"क्या बात है, जग्गू? बड़े परेशान लगते हो?"

"चंपो चली गई।" इससे अधिक मैं कुछ बोल नहीं पाया। और इतना उन लोगों को परेशान करने के लिए काफी था। दोनों की जिज्ञासाओं पर सारी घटनाएँ मैंने संक्षेप में सुनाईं।

"वह कमीना सुमेर साव से नाखुश था ही, उसने अपना बदला निकाल लिया!" पियारी छूटते ही वहीं पहुँची, जहाँ हम लोग पहले ही पहुँच चुके थे।

अब कहाँ रहा चूल्हा फूँकना और कहाँ रहा दूध दुहना! दोनों मेरे पास चली आईं। सलमा हक्का-बक्का थी।

"तो कर क्या रहे हो तुम लोग?" अम्मीजान ने पूछा।

"करेंगे क्या? खोजाई हो रही है।"

"पुलिस में रिपोर्ट क्यों नहीं करते?"

मैंने माँ के विचार से उन्हें अवगत कराया।

''तुम्हारी माँ ठीक सोचती हैं।'' पियारी बोली।

''तब एक काम करो, तुम दानिस के यहाँ चले जाओ। उसको खबर दो। वह कोई-न-कोई उपाय अवश्य निकालेगा। उस बदजात के होश तो ठिकाने लगा ही देगा।''

किंतु प्यारी अम्मीजान के पक्ष में नहीं थी। उसके विचार से दानिस को खबर करना ठीक नहीं था। एक तो उधर वह खुद बीमार चल रहा है। वह सुनते ही विचलित हो उठेगा। और कहीं आपे से बाहर हुआ और लाला के सिर पर आ धमका तो गिरफ्तार भी किया जा सकता है।

''फिर क्या होगा?'' अम्मीजान कुछ-न-कुछ करने के पक्ष में थीं। उनका सोचना था कि ज्यों-ज्यों देर होती जाएगी, मामला हाथ से बेहाथ होता जाएगा।

पियारी भी सोचती रही। लाला के लिए अनेक अपशब्द उसके मुँह से निकलते रहे। चेहरा क्रोध से लाल होता गया।

''अच्छा, जाओ। अम्मा से कहो कि धैर्य रखें और लोगों को ढाढ़स बँधाएँ।'' वह खून का घूँट पीकर बोलती गई, ''मैं जल्दी ही कोई-न-कोई उपाय सोचती हूँ।''

जब मैं लौटा, रात कुछ और गाढ़ी हो गई थी। आज मौनी बाबा की 'नक्कटैया' थी। मेला देखनेवालों की चहल-पहल से गली जाग रही थी। कोई भी व्यक्ति यदि मेरे पीछे या बगल में चलता मालूम होता तो लगता, जैसे वह मेरा पीछा कर रहा है। मनुष्य अपने बाहर के भय की अपेक्षा अपने भीतर के भय से ज्यादा परेशान होता है। मेरे भीतर का ही भय इस समय हर व्यक्ति को शंका की नजर से देखता और मुझे आतंकित कर देता रहा।

□

रात भर मुझे नींद नहीं आई। हर क्षण चंपो मेरे सामने ही थी। मनुष्य से कहीं अधिक विशाल, विस्तृत और अथाह होता है उसके अभाव में उभरी स्मृतियों का सागर। मेरा मन उसी में डूबने लगा। इस समय चंपो से संबंधित घटनाएँ एक के बाद एक मेरी आँखों में उतरती गईं। मैं करवटें बदलता रहा। नींद सिरहाने टहलती रही।

विचित्र बात यह थी कि माँ मेरी विवशता समझती थीं, फिर भी मुझे लगातार सो जाने के लिए कह रही थीं और वह खुद सो नहीं पा रही थीं।

मध्य रात्रि के बाद बाहर ओस पड़ने लगी। वह मुझे लेकर भीतर चली आईं।

अब मैं उनकी बगल में था। उन्होंने मेरे सिर पर हाथ रखते हुए कहा, "अच्छा, आँखें बंद करो। मैं तुम्हारा सिर सहलाती हूँ। सो जाओ। कल तुम्हें जल्दी उठना है। चाचा के साथ जाना है न।"

इतना सुनना था कि मेरी स्थिति और बिगड़ गई। अब केवल चंपो ही मेरे सामने नहीं थी, 'जानेवाली बात' से ऑक्टोपस के रक्त से सने घिनौने हाथ भी उस अँधेरे में झूलने लगे थे।"

मुझे लगा, उसने चंपो को बुरी तरह दबोच लिया है। मैं काँप उठा और माँ के आँचल में दुबक गया।

"क्या बात है, बेटा?"

"डर लग रहा है।"

उनके वात्सल्य ने मुझे ढकने की कोशिश की। मुझे याद है, बचपन में जब भूत-प्रेत की कहानियाँ सुनकर डरता था तब भी माँ ऐसे ही मुझे अपने सीने से लगाकर सुला देती थीं। इस बार भी उन्हें सफलता मिली। एक बार तो सुला ही दिया।

कब सोया और कब तक सोता रहा, पता नहीं। अचानक एक भयानक सपने ने मुझे झकझोरकर जगा दिया। मैंने सपने में देखा कि मैं एक सुनसान खँडहर पर चला जा रहा हूँ। तब तक एक विकलांग लड़का दिखाई देता है। मैंने इसे शायद इसके पहले भी कहीं देखा है। याद आया, वही लड़का, जिसे बचाने में मनोहर ने अपनी जान दे दी। वह मुझे देखते ही चीख पड़ता है—'इधर आओ, इधर आओ।'

हम लोग उस खँडहर में भूलभुलैयानुमा एक मकान में घुसते हैं। एक अँधेरे कमरे में दो आदमी चंपो को बुरी तरह पकड़े हैं। एक तीसरा आदमी लाल तपाया हुआ लोहे का छड़ उसकी आँखों की ओर बढ़ाता और कहता, 'बोल, अब कहा करेगी कि नहीं?'

पंजे में दबी गौरैया की तरह वह चीखती है—'नहीं, नहीं, नहीं!' पर वह कुछ कर नहीं पाती है; किंतु मुझे देखते ही उसमें न जाने कहाँ से ताकत आ जाती है कि वह उन दोनों को एक झटके में ढकेलकर मेरे पास आ जाती है—'मुझे बचाओ जग्गू भैया, वरना ये राक्षस चबा जाएँगे।'

मैं और वह लड़का दोनों बचाने की कोशिश करते हैं, तब तक वह लाल धधकता लोहा मेरी आँखों के सामने आने लगता है। मैं 'नहीं, नहीं' कहता हुआ

आँखों पर हाथ रख चीखता रहता हूँ। मेरी नींद खुल जाती है। मैं अनुभव करता हूँ कि मेरी साँसें काफी तेज चल रही हैं और मैं अपनी माँ के बदन से बेतरह लिपटा हूँ।

"क्या बात है बेटा? सपना देखा क्या?" माँ के ममत्व ने एक बार फिर मुझे सँभालने की चेष्टा की। मैं अब भी उन्हें जोर से पकड़े रहा, साँसें खौलती रहीं।

प्रकृतिस्थ होने पर मैंने उन्हें सपना सुनाया। माँ की जमुहाई बता रही थी कि वह भी रात भर सोई नहीं हैं। सपना सुनते ही वह बोलीं, "लगता है, आजकल 'चंद्रकांता संतति' पढ़ते हो।"

"नहीं माँ, विश्वास करो, चंपो विपत्ति में है।" इतना कहते-कहते मेरी हिचकियाँ बँध गईं। निस्संदेह माँ की आँखें भर आई होंगी, पर उस अँधेरे में मैं देख नहीं पाया। वह मुझे छाती से लगाए हुए ही उठ बैठीं और कुछ ही देर बाद मुँह धुलाने के लिए बाहर ले आईं। भोर की हवा शिथिल और ठंडी पड़ चुकी थी। धरती ओस से भीगी हुई। षष्ठी का चंद्रमा बहुत पहले ही गायब हो चुका था। मेरे जैसे लोगों के आँसुओं की व्याकुलता आकाश में टिमटिमा रही थी।

"हो सकता है, वह विपत्ति में ही हो; पर अब घबराने से तो कुछ बननेवाला नहीं है। हमें तो धैर्य और संयम से काम लेना चाहिए। आज तुम चाचा के साथ लाला के यहाँ जा रहे हो, देखो वह क्या कहता है!" क्षण भर के लिए चुप रहने के बाद उन्होंने पूछा, "जब तुमने पियारी को सारी बातें बताईं तब उसने क्या कहा?"

"कहा, देखो, कोई उपाय निकालती हूँ।"

"तब तुम इतना क्यों घबराते हो? पियारी से अधिक लाला को पहचाननेवाला इस समय हमारे पास कोई दूसरा नहीं है।"

मैंने माँ को भी अद्‍भुत पाया है। सामान्य अवसरों पर भले ही वह व्याकुल दिखाई दें, पर असामान्य अवसरों पर वह आवश्यकता से अधिक गंभीर और अव्यग्र दिखाई देती थीं। ज्वालामुखी को वह असाधारण हरियाली से ढक लेती थीं। वस्तुत: परिस्थितियों की चपेट सहते-सहते वह चट्‍टान हो गई थीं।

मेरा हाथ-मुँह धुलाकर वह पुन: भीतर ले आईं और दीया जलाया, फिर मुझे सुलाने की चेष्टा करने लगीं। उन्हें लगा कि मैं अँधेरे से डर रहा हूँ। आखिर माँ का ही हृदय था न। उसे क्या मालूम था कि ऑक्टोपस के घिनौने हाथ प्रकाश में भी मेरा पीछा नहीं छोड़ते।

चाचा बड़ी अन्यमनस्क स्थिति में था। वह रात भर में और अधिक टूट चुका था। उसे ऐसा लग रहा था कि अब कहीं जाने से कुछ फायदा नहीं। अब उसकी जिंदगी में पड़े रहना और घुलना—बस, यही शेष है।

चाची ने बहुत समझाया और कहा, ''एक बार जाओ तो सही, देखो क्या कहता है!''

''पर मैं उससे कहूँगा क्या?''

''जग्गू की माँ ने जो कहा है, वही कहना। तुम्हें पकड़कर बाँध तो लेगा नहीं।''

''यदि बाँध ही लेगा तो अब रह क्या गया है?'' एक हताशा उसके मुँह से छूटी और काँपती हुई आकाश में विलीन हो गई।

मानसिक रूप से तैयार होने में चाचा ने बड़ा समय लगाया और जब चला, दिन अच्छी तरह चढ़ आया था। जो मिलता, वही चंपो के बारे में पूछता। चाचा बिखरने की स्थिति में होता। वह नकारात्मक उत्तर देते हुए अपने को समेटता और आगे बढ़ता रहा।

लाला के आवास पर पहुँचते ही ड्योढ़ीदारों ने रोका। चाचा तो कुछ नहीं बोला। मैंने ही बताया कि कुछ व्यक्तिगत काम से लाला से मिलना है। ड्योढ़ीदार भीतर चला गया। मैं खड़ा ही था कि राधा अंदर से आती दिखाई दी। उसने हम लोगों को देखते ही घूँघट निकाल लिया और फिर लौट गई।

मेरा माथा ठनका। यह कमीनी भी यहाँ से जुड़ी है। मैंने चाचा की ओर देखा। वह सिर नीचा किए कुछ सोच रहा था। अच्छा हुआ कि उसकी निगाह राधा पर नहीं पड़ी, वरना वह जरूर चीख पड़ता, 'नीच, मेरा ही उधार खा-खाकर मेरे गले पर छुरी चलाती है!'

मेरे मुहल्ले के कोढ़ के उभरे चकत्तों में एक का नाम है—राधा। कोई बाल-बच्चा नहीं है। पति चौकाघाट की कॉटन मिल में बिनाई का काम करता है। कभी दिन की ड्यूटी होती है और कभी रात की। ड्यूटी तो आठ घंटे की ही होती है, पर घर से आने-जाने में उसे नौ घंटे लग जाते हैं। इस बीच राधा परम स्वतंत्र रहती है। यों भी वह पति के कब्जे से कुछ बाहर ही है, क्योंकि लोग बताते हैं, वह अपने पति से दो दर्जा ज्यादा पढ़ी है।

थोड़ी देर बाद ड्योढ़ीदार भीतर से आया और हमें ले जाकर एक गलियारे

की बेंच पर बैठा दिया और बोला, ''अभी लालाजी पूजा पर हैं। थोड़ी देर बाद इधर से ही गुजरेंगे तो मिल लेना।''

वह चला गया और हम घंटों प्रतीक्षा में बैठे रहे। मुझे लग रहा था कि मैं ऑक्टोपस के प्रभाव-क्षेत्र में हूँ। उसके एक हाथ के रूप में अब राधा का व्यक्तित्व था। मेरे मस्तिष्क में लाल बत्ती जलने लगी। ज्यों-ज्यों समय बीतता गया, मेरी घबराहट बढ़ती गई।

अंत में लाला उसी लँगड़े नौकर के साथ उधर से निकला। चाचा उसे देखते ही उसके चरणों पर गिर पड़ा—''मेरा उद्धार कीजिए।'' इतना ही बोल पाया और रोने लगा।

किंतु लाला एकदम अनभिज्ञ-सा बोला, ''बोलो भाई, क्या बात है? बोलो, बोलो न! आखिर रोते क्यों हो?''

पर चाचा रोता जा रहा था।

अब उसने मुझसे पूछा। मैंने संक्षेप में चंपो के गायब होने की बात बता दी। ऐसा नाटकीय व्यक्तित्व तो मैंने देखा ही नहीं। लाला उसी बेंच पर बैठ गया। चाचा उसके पैर पकड़े जमीन पर था। एक ओर मैं खड़ा था और मेरे ठीक सामने लँगड़ा नौकर सुबरन था। उसकी भभकती आँखें मुझ पर बरस रही थीं—'मैंने कहा था न कि इस मगरमच्छ से दूर रहना, वरना ऐसा निगलेगा कि डकार तक नहीं लेगा।'

इधर लाला अपने ढंग से चाचा को समझा रहा था, ''मैंने कहा था न कि उसके हाथ पीले कर दो। आखिर जवान लड़की थी, कब तक तुम्हारी बंदिश में रहती? फिर साले जब से कलकतिया भाग-भागकर आए हैं, शहर का वातावरण खराब हो गया है। आज मैं कलक्टर साहब के यहाँ जा रहा हूँ। उनका ध्यान इस ओर खींचूँगा।''

चाचा भौचक्का-सा लाला का मुँह देखता रह गया।

''अब तक तुमने क्या किया?'' लाल ने चाचा से पूछा।

''करता क्या? पागलों-सा इधर-उधर खोज रहा हूँ।''

''पुलिस में रिपोर्ट नहीं लिखवाई?''

चाचा ने 'नहीं' कहते हुए सिर हिलाया।

''बड़ा अच्छा किया।'' जैसे वह खुद संतोष की साँस ले रहा हो—''यदि रिपोर्ट लिखवाते तो पुलिस पूछती कि किस पर तुम्हारा संदेह है, तो तुम मेरा नाम

लिखवा देते, क्योंकि लोगों ने तो तुम्हें मेरे खिलाफ भर रखा है।'' लाला ने बड़े बेमौके काटा।

चाचा तिलमिला तो गया, पर सँभलते हुए ही गिड़गिड़ाया, ''नहीं सरकार, आप पर कौन संदेह कर सकता है और संदेह करके भी इस शहर में रहेगा कहाँ?'' चाचा ने फिर चरणों पर सिर डाल दिया।

पत्थर पिघल सकता था, पर लाला नहीं। उसके व्यक्तित्व पर चाचा के गिड़गिड़ाने का कोई असर नहीं हुआ। वह चिंतामुक्त, निर्द्वंद्व भाव से बेंच पर बैठा रहा। इस बार उसने मुझसे पूछा, ''तुम क्या कर रहे हो?''

''कुछ नहीं।''

''कुछ नहीं!'' वह ऐंठते हुए बोला, ''इतनी ऊँची दीवानी कचहरी पर बाहरी नलुए के सहारे चढ़कर तिरंगा टाँग सकते हो, पर अपने दोस्त का पता नहीं लगा सकते!'' लाला मुसकराया। विष से बुझी वह मुसकराहट आज भी मुझे बेचैन कर देती है। उस समय तो मैं खून का घूँट पीकर रह गया।

वह कुछ सोचते हुए पुनः बोला, ''पुलिस में रिपोर्ट न लिखवाकर तुमने एक दृष्टि से अच्छा किया।'' बिना हमारे कुछ पूछे वह बताता गया, ''यदि तुम पुलिस में रिपोर्ट लिखवाते और यदि तुम्हारी लड़की किसी गुंडे या लफंगे के हाथ पड़ी होती तो वह निश्चित ही मारकर फेंक दी जाती।'' इतना सुनते ही चाचा की कातर दृष्टि एक बार फिर सहानुभूति की याचना करती हुई ऊपर उठी। पर वह अपने ढंग से बोलता रहा, ''तुमने देखा नहीं, मेरे सामनेवाले अनाथालय में एक औरत की लाश पड़ी पाई गई और आज तक उसका पता नहीं चला। ये पुलिसवाले साले कुछ करते थोड़े ही हैं। यदि करते ही होते तो यह हालत न होती!''

वह बातों में ऐसे ही उलझाए रहा, फिर उठकर चलने को हुआ।

चाचा पुनः गिड़गिड़ाया, ''सरकार, आखिर हमारे लिए क्या हुकुम होता है?''

''तुम ढाढ़स रखो, देखो, कुछ-न-कुछ किया जाएगा। आज मैं कलक्टर के यहाँ जा रहा हूँ, उनसे बातें करूँगा।''

चाचा कोरा-का-कोरा लौटने की स्थिति में आ ही रहा था कि उसी ड्योढ़ीदार ने फिर आकर सूचना दी, ''सरकार, आपसे एक मुसलमान औरत मिलने आई है।''

''मुसलमान औरत? आखिर वह चाहती क्या है?''

"यह तो वह नहीं बतलाती, किंतु बुरके में है।"

"अच्छा, उसे अभी नीचे ही बैठाओ।" लाला का स्पष्ट संकेत था, जब हम लोग चले जाएँ, तब उसे बुलाया जाए।

बुरकेवाली सुनते ही मेरे मानस में अम्मीजान का चित्र उभर आया। मालूम तो उनको सब है, पर क्या वे यहाँ आ सकेंगी? मैं इसी उधेड़बुन में था कि एक बुरकेवाली फड़फड़ाती हुई ऊपर चली आई। लाला के सामने आकर खड़ी हो गई। बड़े आवेश में उसने बुरका उतारा। 'अरे, यह तो पियारी है।'

"आप लोग क्यों परेशान हो रहे हैं? लाला को आप नहीं, मैं जानती हूँ।" पियारी बड़े क्रोध में दिखी। वह होंठ चबाती हुई लाला को तरेरती जा रही थी। अब हमारा बैठना वहाँ उचित नहीं था। हम उठकर चल पड़े।

सीढ़ी से हमने पियारी की आवाज सुनी, "कमीने, तुझे 'शरम' नहीं आई? तू जरा भी सहमा नहीं एक गरीब माँ की इकलौती बेटी को अपने नरक का कीड़ा बनाते हुए? तेरी वासना और हवस इस उम्र में ऐसी है! ..." पियारी बड़ी तेजी से बोल रही थी।

मेरी तो इच्छा थी कि मैं थोड़ी देर और सीढ़ी पर खड़ा रहूँ, पर चाचा घबरा गया। उसे लगा कि चूने पर पानी पड़ने लगा है। थोड़ी ही देर में वह खौलते हुए फूटेगा।

□

लाला एक ओर तो पुलिस से कुछ घबराता मालूम हुआ, दूसरी ओर वह बार-बार कलक्टर का नाम लेकर हम पर धौंस भी जमाता रहा। परोक्ष रूप से उसने हमें धमकाया भी कि यदि रिपोर्ट लिखवाई तो चंपो की वही दशा होगी, जो उस औरत की हुई, जिसकी लाश भी पहचानी नहीं जा सकी।

लाला की अतिशय नाटकीयता के बावजूद मामला उसके पेट में ही ज्ञात हुआ और हम यह भी अनुभव करने लगे कि चंपो जहाँ भी है, जिस स्थिति में भी है, पर जीवित है।

लौटते समय चाचा की आकृति का तनाव कुछ ढीला मालूम हो रहा था; किंतु वह गुमसुम-सा चला जा रहा था। एक बार तो वह गली के साँड़ से टकराते-टकराते बचा। स्पष्ट लगा कि वह कुछ और सोच रहा है। उसका मन कहीं और था, केवल शरीर चल रहा था। घर आते ही वह चुपचाप चटाई पर ढुलक गया।

चाची ने उत्सुकतावश पूछा, "क्या हुआ?"

"कुछ नहीं।" चाचा के मुख से एक आह छूटी।

नवरात्र की यह कोलाहलपूर्ण दोपहरी चाचा-चाची के लिए जितनी मनहूस और उदास थी, उससे कहीं अधिक मेरे लिए व्यग्रतापूर्ण। मैं खिचड़ी खाकर भीतर लेटा था, पर मेरी आँखों के सामने राधा थी। कैसी सीधी-सादी लगती है, पर इतने छल-प्रपंच और धोखाधड़ी से भरी हुई। विष रस भरा कनक घट जैसे। जरूर चंपो के बहकाने में इसका हाथ रहा होगा। आज रामकिशुन चाचा यदि होते तो सब मालूम हो जाता। दुर्भाग्य है कि मुहल्ले में कोई प्रभावशाली व्यक्ति नहीं रहा। डिप्टी हरनारायणजी से कुछ काम हो सकता है। किंतु लाला का नाम सुनते ही यदि वे भी तटस्थ हो गए तो? ...तो पियारी को ही राधा की बात क्यों नहीं बता दूँ? हो सकता है, वह कोई रास्ता निकाले।

संकल्प-विकल्प के थपेड़े खाता मैं भीतर ही पड़ा था। चाची चौक में सहानुभूति व्यक्त करने आई आस-पास की औरतों के बीच में थी और चाचा दुकान में।

अब पीपा सवेरे का काम खत्म कर 'खाना-ओना' खाकर यहीं आ जाता था और संध्या तक बँधे हुए ग्राहकों को सौदा देता। चाचा केवल पड़ा रहता और सुलगते हुए हृदय का धुआँ उगलता।

बाहर से गंगाराम ने पुकारा। लगता है, आज जल्दी ही वह प्रेस से चला आया। उसने निकलते ही अखबार थमाया और बड़े कुतूहल से बोला, "देखो, आज क्या हो गया?" काशी समाचारवाले पृष्ठ पर डबल कॉलम की हेडिंग थी—'लाला जगजीवन लाल घायल, पियारी गिरफ्तार।'

समाचार में बताया गया था कि ड्योढ़ीदारों के रोकने पर भी पियारी धड़धड़ाती हुई ऊपर लाला के पास पहुँच गई। वह बुरका ओढ़े थी, जिससे पहले किसी ने उसे पहचाना नहीं। ड्राइंगरूम में रखे पीतल के एक बड़े गमले को उठाकर उसने लाला पर पटक दिया। लाला का सिर फट गया। नौकरों ने दौड़कर बीच-बचाव किया। मौके पर पुलिस पहुँची और पियारी गिरफ्तार कर ली गई। ज्ञातव्य है कि पियारी के लिए पहले से वारंट था, पर वह फरार थी।

पूरे समाचार में इसका कहीं जिक्र नहीं था कि पियारी ने लाला को क्यों मारा?

"लगता है, लाला ने उसके साथ कुछ बदतमीजी की होगी?" गंगाराम

बोला, ''हो सकता है, वह लाला के यहाँ ही छिपी रही हो।''

''तुम भी कैसी बात सोचते हो, गंगाराम? जो लाला की शक्ल देखना पसंद नहीं करती, वह पियारी लाला के यहाँ छिपने जाएगी!'' वस्तुतः जो कुछ हो गया उसी पर मेरा आक्रोश था, जो गंगाराम पर झुँझलाहट बनकर बरसा।

''फिर वह लाला के यहाँ गई क्यों?''

''यही तो रहस्य है।'' मैं क्यों पचड़ा उससे बतियाता, क्योंकि मैं जानता हूँ, गंगाराम के पेट में कोई बात नहीं पचती। मैं अखबार लेकर सीधे चाचा के यहाँ पहुँचा। मैंने उसे पढ़कर सुनाया।

पीपा के मुँह से निकला, ''अच्छा हुआ, साला मारा गया।''

किंतु चाचा के चेहरे पर चिंता और गहरी दिखाई दी—''यह अच्छा नहीं हुआ, महेश।'' चाचा बोला।

''क्यों?''

चाचा चुप रह गया। वह सुबह का संदर्भ पीपा से छिपा ले गया, वरना चाचा कहता, 'इससे हमारी बेटी खतरे में पड़ जाएगी। वह पियारी की चोट का बदला कहीं चंपो से न निकाले!'

पुरवा हवा पर उड़ते क्वार के बादलों के साथ दिन भी फड़फड़ाता निकल गया। संध्या हो गई। पीपा चलने को हुआ।

''जग्गू, तुम्हीं आज के ग्राहकों को निपटा दो।'' चाचा बोला, क्योंकि अब सग्गड़वालों के आने का समय हो गया है। बँधे-बँधाए ग्राहक, बँधा-बँधाया सौदा और बँधा-बँधाया दाम। मुझे कोई परेशानी नहीं हुई। तब तक महँगू और कतवारू भी आ गए थे; पर चंपो के अब तक न मिलने से आज सबके चेहरे फक और निराश थे। सारी आशान्विता मर चुकी थी।

□

आते ही माँ चाची के पास गईं। वह माँ काली का प्रसाद और चाँदी का एक रुपया उसे देते हुए बोलीं, ''इस रुपए को सहेजकर रख दो। यह 'मानता' का रुपया है। मैंने 'मानता' मान दी है कि माँ, ज्यों ही मेरी बेटी आ जाएगी, मैं तुम्हारे खप्पर में लाकर चाँदी की बेटी डाल दूँगी।''

चाची ने प्रसाद को मस्तक से लगाया और आकाश की ओर देखती हुई कुछ बुदबुदाई।

जब हमारी कल्पना पर आघात लगता है या मन में बनी किसी के प्रति हमारी छवि टूटती है तब हमारी चिंतना विस्मय के तल पर धराशायी हो जाती है। सचमुच राधा के संबंध में सुनते ही माँ अवाक् हो गईं। उनके लिए राधा एक भली औरत थी। रामकली दादी के हनुमानजी का दर्शन करने वह वहाँ बहुधा आती है। वहीं माँ से भी उसका परिचय हुआ था। गोरी-सी पतली-दुबली हनुमान चालीसा पढ़ती हुई माँ के मानस में समाई राधा अब अपना रूप बदलने लगी थी। माँ की मुद्रा कुछ क्षणों तक वह रूप-परिवर्तन ही देखती रह गई। फिर वह बुदबुदाईं—"हो सकता है, वह इस समय घर पर ही हो।" और कोठी से लाई पराँठों की पोटली रखकर चल पड़ीं। मैं भी साथ हो लिया।

पहले वह रामकली दादी के यहाँ पहुँचीं। दादी इधर कुवारी बुखार से परेशान थीं। तीन फाकों के बाद आज ही उन्होंने जूस लिया था। माँ ने सारी बातें बताईं। उन्हें तो यह भी नहीं मालूम था कि चंपो पिछले दो दिनों से गायब है।

"सुमेर की जिंदगी उजड़ गई।" उनकी पहली प्रतिक्रिया थी।

इसमें राधा का हाथ हो सकता है, इसे मानने के लिए दादी तैयार ही न थीं। फिर भी, वह राधा को बुलाने के संबंध में सोचने लगीं।

"बुलाने की बात कुछ और होगी। अगर हम उसके यहाँ ही चलें तो दबाव पड़ने पर वह खुल सकती है।" माँ बोलीं। पर वह दादी की हालत देखकर अधिक जोर देने के पक्ष में नहीं थीं। हाँ, इतना अवश्य कहा, "मुश्किल से दस कदम पर तो उसका घर है। यदि आप चलें तो टेकाकर लेती चलूँ।"

दादी तैयार हो गईं।

खटखटाने पर राधा ने ही दरवाजा खोला। दादी को माँ टेकाए थीं। राधा ने आगे बढ़कर उन्हें सँभाला; किंतु जैसे ही उसकी निगाह मुझ पर पड़ी, वह सकपकाई और मेरी ओर से दृष्टि हटाते हुए उसने दादी का कुशल-क्षेम पूछना आरंभ किया।

अजीब स्थिति थी। कभी उसके घर न जानेवाले हम लोग अप्रत्याशित पहुँचे थे। उसे हमारे आने का कारण पूछना चाहिए था, पर वह कुशल समाचार में ही लोगों को उलझाए रखी।

दालान में पड़ी चारपाई पर ही दादी ढुलक गईं और माँ वहीं जमीन पर बैठने लगीं। तब राधा दौड़कर चटाई ले आई। थोड़ी देर तक इधर-उधर की बातें और चलीं, पर राधा ने अभी भी नहीं पूछा कि आप लोग कैसे चले? शायद इस संदर्भ का

सामना करने के लिए वह अपना मन तैयार कर रही थी।

सामने साइकिल पड़ी थी। स्पष्ट लगा कि इसका पति ड्यूटी से आ चुका है; पर वह कहीं दिखाई नहीं दिया।

अंत में माँ ने ही बात छेड़ी, "मैं एक विशेष काम से तुम्हारे यहाँ आई हूँ।"

उत्सुकताशून्य उसकी मुद्रा अगले वाक्य की प्रतीक्षा करने लगी।

"तुम्हें यह तो मालूम है कि चंपो दो दिनों से लापता है?"

"नहीं तो!" जैसे वह कुछ जानती ही न हो। "हाय दैया, वह गई कहाँ?"

"सारी दुनिया में खबर फैल गई और तुम्हें नहीं मालूम?" माँ बोलीं।

"नहीं, विश्वास करो चाची, मुझे बिलकुल नहीं मालूम।"

"छट्ठ को वह कात्यायनी का दर्शन करने गई थी।" माँ की आवाज अब तेज हुई—"...और अंतिम बार वह तुम्हारे ही साथ एक दुकान पर देखी गई थी"

अब वह गड़बड़ाई। कुछ सोचते हुए बोली, "हाँ-हाँ, दुकान पर तो वह मेरे ही साथ थी; पर इसके बाद वह कहाँ चली गई, मैं नहीं जानती।" इतना कहते-कहते वह एकदम खड़ी हो गई।

"अरे, तुम चलीं कहाँ?" माँ को लगा, सँड़सी से पकड़ी गई नागिन छुड़ाकर भाग रही हो। पर वह जलपान लेकर तुरंत आ गई। वस्तुतः वह आसन्न परिस्थिति से घबरा रही थी। इस प्रसंग को बदलने के लिए ही उसने जलपान का सहारा लिया।

"इतनी देर से हम लोग आए तो तुम्हें जलपान की नहीं सूझी। अब जब मैंने बात शुरू की तो तुम जलपान लेने चली गईं।" माँ ने चाहा कि उसे उधेड़कर ही रख दूँ। इसी क्रम में उन्होंने कहा, "सुना है, आजकल तुम लाला के यहाँ आती-जाती हो?"

वह एकदम व्यग्र हो उठी, "कौन लाला? किस लाला के यहाँ?"

"लाला जगजीवन लाल के यहाँ।"

"नहीं, बिलकुल नहीं। यह कहाँ से आपने सुना?"

"तुम्हें कल वहाँ जग्गू ने देखा था। और इसे देखते ही तुम अपना मुँह घूँघट में छिपाकर लौट पड़ीं।" माँ ने बड़े बेमौके गवाही में मुझे पेश किया।

अब वह मेरी ओर मुखातिब हुई—"कैसे देखा था, बेटा? मैं तो वहाँ थी ही नहीं।"

अब मैं क्या कहता? मैंने खुद को सँभाला, ''आप ही की तरह एक औरत वहाँ दिखाई पड़ी थी।''

''मेरी ही तरह की औरत! कैसी साड़ी पहने थी वह?''

''साड़ी-ओड़ी की क्या बात करती हो जी?'' माँ झुँझलाईं—''अरे, यह बताओ कि तुम वहाँ थीं या नहीं? बात खत्म हुई।''

''विश्वास करो चाची, मैं वहाँ जाती ही नहीं। जग्गू को कहीं से भ्रम हो गया है।''

''तब बात खत्म हुई।'' माँ उठकर चलने को हुईं। वह दादी को सहारा देकर उठाने लगीं।

''गोपाल क्या ड्यूटी पर है?'' उठते हुए दादी ने पूछा।

''ड्यूटी से तो वह आ चुके हैं; लगता है, पान खाने सड़क पर गए हैं। कहीं गप्पें लड़ा रहे होंगे।'' राधा बोली। चलते समय उसने एक बार फिर जलपान के लिए आग्रह किया।

''आज मेरा व्रत है।'' माँ बोलीं तो यही, पर इतनी बेरुखाई से गोया वह कह रही हों, 'तुम्हारे ऐसे पापियों के हाथ का पानी भी नहीं पीना चाहिए।'

और दादी ने भी अपनी बीमारी की आड़ लेते हुए उसका जलपान नहीं छुआ; किंतु राधा मुझसे जलपान के लिए नहीं कह सकी। लगता है, काफी घबरा गई थी। जैसे किसी ने उसका चादर खींचकर उसे नंगा कर दिया हो। वह अपनी ही पापाग्नि के धुएँ में बुरी तरह घिरी थी।

हम लोग उठ ही रहे थे कि द्वार की खटखटाहट सुनाई पड़ी। राधा दरवाजा खोलने के लिए लपकी। गोपाल ने प्रवेश करते ही कहा, ''अरे, वो नरेंद्र बहादुर मिला था, वह बहुत कह गया है। लाला ने तुम्हें अभी बुलाया है।''

दुर्भाग्य या सौभाग्यवश यह कहते हुए गोपाल ने हमें नहीं देखा; पर जब हम आगे बढ़े तब हमने देख लिया कि राधा उसके मुँह पर हाथ रख रही थी। आग छिपाते समय आँचल जल सकता है, इसका आभास उसे नहीं था।

□

धीरे-धीरे दिन फिसलते गए।

चंपो नहीं आई और न उसकी कोई सूचना ही मिली। ज्योतिषियों की भविष्यवाणियाँ गलत साबित हुईं, फिर भी उसके जीवित रहने का विश्वास मन से

नहीं हटा। हम उसके कुशल-क्षेम की प्रार्थना भी करते रहे। और इससे अधिक हम कर ही क्या सकते थे?

लोग निराश हो चुके थे, किंतु मेरा मन पता नहीं क्यों कह रहा था कि वह एक-न-एक दिन अवश्य मिलेगी। मेरी आशान्विता का यह परिणाम था कि सिनेमा के फाटकों पर, मेलों में या जहाँ कहीं भी भीड़ दिखाई देती, मेरी दृष्टि अनायास ही चंपो की खोज में लग जाती। कभी-कभी ऐसा भी हुआ है कि मैं दौड़कर किसी लड़की की ओर गया भी हूँ; किंतु पास जाने पर पता चला कि वह चंपो नहीं, कोई और है।

अब मेरी सक्रियता पर राख जमने लगी थी। मेरी गतिविधि भी बहुत सीमित हो गई थी। स्कूल जाना, घर आकर पढ़ना, चाचा की दुकान पर बैठना और बहुत हुआ तो कंपनी बाग तक घूम आना। बस इतने में मेरी दिनचर्या सीमित हो चुकी थी।

इस बीच एक दिन हमीद से मेरी मुलाकात हुई थी। मैंने उसे सारी बातें बताईं। उसने स्वीकार किया कि घटना से वह वाकिफ है।

''तब तुमने उसे खोजने की फिक्र तक नहीं की और एक बार भी हमदर्दी जताने नहीं आए!'' मैं झुँझलाया।

''जब चली गई तो खोजना क्या? और झूठी हमदर्दी में मेरा विश्वास नहीं।'' मैंने अनुभव किया कि उसकी मानसिकता ही कुछ दूसरे ढंग की बनती चली जा रही है। वह बोलता रहा, ''यह सब बुर्जुआ सोसाइटी का अभिशाप है। भाई, जब तक समाज नहीं बदलेगा तब तक यह सब होता रहेगा। इसलिए चंपो को खोजने से अच्छा है, सोसाइटी बदलने, की फिक्र करो।''

''इसका मतलब है कि यदि प्यास लगे तो तत्काल पानी के लिए व्यवस्था न कर कुआँ खोदने की फिक्र करनी चाहिए।''

''भाई, प्यास का स्थायी हल तो कुआँ ही है।''

मैंने देखा, मेरी झुँझलाहट का भी उसपर कोई प्रभाव नहीं पड़ा। वह तो विचार के ऐसे खूँटे से बाँध दिया गया था, जिसके चारों ओर चक्कर लगाने के सिवा वह बढ़ ही नहीं सकता था। फिर भी बहुत झकझोरने पर उसने कहा, ''घबराओ मत। यदि कहीं पता चला तो जरूर तुम्हें खबर करूँगा।'' चलते-चलते उसने पूछा, ''आजकल दानिस कहाँ है?''

''मुझे पता नहीं।''

"यह तो माना नहीं जा सकता। चंपो का भले ही तुम्हें पता न हो, पर दानिस की भी तुम्हें जानकारी न हो, यह बात विश्वास से परे है।"

मैं चंपो के लिए व्यग्र हूँ और वह दानिस के लिए। मैं जीवन के लिए व्यग्र हूँ और यह राजनीति के। ...और शायद कम्युनिज्म की यही सबसे बड़ी कमजोरी भी है कि वह राजनीति के माध्यम से जीवन को देखता है, जीवन के माध्यम से राजनीति को नहीं।

मेरी निष्क्रियता और उदासीनता का अनुमान माणिकजी को लग गया था। मैं बहुधा ड्रिल के पीरियड में भी नहीं जाता था। यदि कहीं सामना भी होता तो प्रणाम कर बगल से कट जाता था। उन्होंने सोचा, अंग्रेजों की निरंतर विजय ने मुझे हताश कर दिया है। एक रविवार की संध्या को वे मेरा घर पूछते-पूछते स्वयं चले आए।

उस समय तक माँ नहीं आई थीं और मैं सुमेर चाचा की दुकान पर था। घर पर लटकते ताले से टकराकर वे दुकान पर ही चले आए, "अब तुम दुकान पर भी बैठने लगे!" उन्होंने मुसकराते हुए पूछा।

आवाज सुनते ही मेरी दृष्टि उनकी ओर गई। अप्रत्याशित उन्हें खड़ा देखकर मैं पुड़िया बाँधना छोड़कर उठ गया। अभिवादन के बाद मैंने ससम्मान उसी तख्ते पर उन्हें बैठाया। चाचा से परिचय कराया। उसने उन्हें नमस्कार किया और फिर खुद पुड़िया बाँधने लगा। मुझे मुक्ति मिली।

चाचा की स्थिति अब विचित्र सी हो गई थी। वह अब बहुत कम बोलता था और गुमसुम-सा पड़ा रहता था। कभी-कभी तो एक बात को कई बार उससे कहना पड़ता था, जैसे वह सुनता ही न हो। निरंतर बढ़ती हुई जड़ता के नीचे उसकी व्यग्रता बहुधा छटपटाती रहती और कभी-कभी सो जाती थी। शायद इसीलिए उसने माणिकजी की वह आवभगत नहीं की, जो उसे करनी चाहिए थी।

"यह तुम्हारे कौन हैं?" घर की ओर बढ़ते हुए माणिकजी ने चाचा के संबंध में पूछा। पहले मैंने सतही तौर पर, और घर पर पहुँचने पर चाचा के वर्तमान संदर्भ से उन्हें विस्तार से परिचित कराया। वे गहरी चिंता में डूब गए। उनका मौन बड़ा लाचार दिखाई दिया।

"लाला से तो मेरा भी परिचय है। मैं भी बातें कर सकता हूँ।" इतना कहने के बाद वह कुछ रुके, फिर बोले, "इस विषय में मुझे बातें करना कुछ ठीक नहीं होगा, जब कि तुम लोग उससे मिल चुके हो। वह सोचेगा कि मेरे खिलाफ प्रचार

हो रहा है।''

''प्रचार क्या, हर व्यक्ति की यही धारणा है कि इसके मूल में वही है।''

''यह ठीक है, मैं भी मानता हूँ कि वह लड़की उसी कमीने के पेट में है। इस समय इस शहर में उसके ऐसा सफेदपोश अपराधी दूसरा नहीं है। वह 'गॉड फादर' है, 'गॉड फादर'। गॉड फादर जानते हो न? वह कुछ भी कर एवं करा सकता है। अब तक तुम लोगों ने जो भी किया है, वह ठीक है। अभी संभावना है कि वह उसे उगल दे। जरा सी गड़बड़ी हुई कि वह भीतर-ही-भीतर ऐसा पचा जाएगा कि उसकी डकार भी सुनाई नहीं देगी।''

मैंने देखा, माणिकजी जैसा व्यक्ति भी ऑक्टोपस की जहरीली छाया से दूर रहना चाहता है। वह नहीं चाहता कि उससे किसी प्रकार की छेड़छाड़ की जाए। और फिर ऐसी छाया जो मायावी दानवों की तरह हर जगह पहुँच जाती हो, जिसके नीचे पाप-पुण्य दोनों पलते हों। यह बात दूसरी है कि पुण्य का प्रतिशत पाप से कम हो। और हो भी क्यों न? पाप उसकी प्रकृति है, उसका भोग है और पुण्य उस वासनामय भोग के लिए एक आड़। आखिर पाप की भी अपनी सामाजिकता होती है। उसको भी जीवित रहने के लिए पुण्य का जामा पहनना होता है। शायद इसीलिए लाला विद्यालयों, असहायों और सेवा समिति को खुलकर चंदा देता है।

माणिकजी ने स्पष्ट स्वीकार किया कि मेरी सेवा समिति को इस बार के ग्रहण पर लगनेवाले कैंप के लिए लाला ने दो सौ रुपए का चंदा दिया है। अगली पूर्णिमा को चंद्र ग्रहण लग रहा है, मध्यरात्रि का पूर्ण चंद्र ग्रहण। पूस की कटकटाती रात जगह-जगह अलाव जलाए जाएँगे। इनमें जलाने की लकड़ियाँ भी लाला अलग से देगा। उसकी शर्त बस एक है कि हर शिविर पर लिखा रहे—'लाला जगजीवन लाल के सौजन्य से'। इन सब में कोई झमेला भी नहीं है। उसके आदमी ही शिविर बनाएँगे और वे ही लाला के नाम का बैनर भी लगाएँगे। यदि और आदमियों की भी जरूरत पड़ेगी तो लाला उसकी भी व्यवस्था करेगा।

''क्या करेंगे ये आदमी?'' मेरे मुख से निकला।

''ग्रहण में भूले-भटके लोगों को रास्ता दिखाएँगे।''

''लाला के आदमी भूले-भटकों को रास्ता दिखाएँगे! यह क्या कह रहे हैं आप?'' मैं माणिकजी का मुँह देखने लगा।

उनकी समझदार आँखों ने मेरी मुद्रा पढ़ ली—''तुम ठीक सोचते हो; पर

किया क्या जाए? समिति के पास न तो पैसा है और न इतने स्वयंसेवक। पुरुष तो स्वयंसेवक का काम करने के लिए मिल भी जाते हैं, पर औरतें तो एकदम नहीं मिलतीं।''

''फिर ऐसी स्थिति में समिति चलाने की जरूरत ही क्या है?''

वे कहना चाहते थे कि जनता के बीच रहने के लिए किसी-न-किसी सामाजिक संस्था से जुड़ा रहना जरूरी है; किंतु वह यह कह नहीं पाए, उनका मौन निरुत्तर-सा लगा। थोड़ी देर बाद उन्होंने बात का रुख बदला, ''इन्हीं सबके लिए तो तुम्हारे पास आया हूँ। मैं चाहता हूँ कि ग्रहण की रात के लिए अपने साथियों के साथ तुम भी स्वयंसेवक बन जाओ। हमारे जितने अधिक स्वयंसेवक होंगे, लाला के आदमियों की 'कारस्तानी' उतनी कम चलेगी।''

चलते-चलते उन्होंने एक बात और बताई कि ग्रहण में बाहर से काफी लोग आएँगे। बहुत अधिक भीड़ होगी। बहुत संभव है, चंपो भी कहीं दिखाई पड़ जाए।

सैलाब में झाड़ियों में दबी-फँसी लकड़ियाँ भी बहकर आ जाती हैं। शायद ऐसी ही संभावना की ओर माणिकजी का संकेत रहा हो। मुझे आश्चर्य है कि उस दिन माणिकजी ने न स्वराज की बात की और न 'रणभेरी' की। माणिकजी के भीतर का आदमी उस दिन बड़ा कमजोर, लाचार और विवश दिखाई दिया।

□

चाचा इधर बहुत अधिक अंतर्मुखी हो गया है। लगता है, वह सोचता बहुत है और बोल नहीं पाता है। उसका इस तरह गुमसुम-सा पड़ा रहना, उसकी उदासी उस दिन से बहुत बढ़ गई है जिस दिन वह मेरी माँ के साथ पंचगंगा घाट के एक नेपाली ज्योतिषी के यहाँ गया था।

माँ ने उस ज्योतिषी की बड़ी तारीफ सुनी थी। वह रोगियों को आयुर्वेदिक औषधि भी देते थे और ग्रहों की गति के अनुसार भविष्यवाणी भी करते थे। उनकी एक आँख कुछ खराब थी। इसी से वे 'कनवा बाबा' के नाम से भी विख्यात थे। गेरुआ वस्त्र और पकी दाढ़ी-मूँछोंवाला उनका व्यक्तित्व भव्य तो नहीं था, पर एक सात्त्विकता का उनमें आकर्षण अवश्य था। सही मायने में वे साधु थे, किसी से कुछ लेते नहीं थे। किसी ने औषधि का कुछ दाम देना भी चाहा तो एक आने से अधिक नहीं लिया। वह भी इकन्नी हाथ से नहीं छुई। अपनी आराध्या काली के खप्पर में डलवा ली।

उस मुहल्ले के बहुत से लोग बताते हैं कि बाबा रात-रात भर काली की आराधना में बिता देते हैं। कभी-कभी कालीजी की स्वयं उनपर सवारी आती है। दिन चढ़ते-चढ़ते उनके यहाँ भीड़ हो जाती थी, इसीलिए माँ और सुमेर चाचा भोरे-भोरे उनके यहाँ पहुँचे। उस समय बाबा अपनी आराधना में लगे थे। घंटे भर बाद बाबा की दृष्टि चाचा पर पड़ी—"बड़े परेशान मालूम होते हो!"

"हाँ महाराज!" चाचा एकदम बाबा के चरणों पर लेट गया।

बाबा ने एक बार पुनः माँ काली की प्रतिमा की ओर देखा और फिर मेरी माँ से बोलने का संकेत किया। माँ ने सारी बातें बता दीं।

उन्होंने सामने दीवार पर टँगी घड़ी की ओर देखा, फिर बगल से एक कागज उठाकर नोट किया और माँ से ही पूछा, "जिस समय तुमने उस लड़की को अंतिम बार देखा या जिसके बाद वह नहीं दिखाई दी, उस समय कै बजा रहा होगा?"

"यही, नौ के आस-पास का समय था।"

बाबा ने उसी कागज के टुकड़े पर कुंडली चक्र बनाया, ग्रह स्थिति लिखी और बड़े गौर से उसे देखते रहे। फिर बोले, "इस समय के अनुसार प्रश्न लग्न से बात बनती नहीं है। जिस समय वह लड़की गायब हुई थी उस समय वृश्चिक लग्न था और उसमें नीच का चंद्रमा बैठा है। निश्चित रूप से वह लड़की कुछ नीचों के चंगुल में फँस गई है; पर लग्नेश मंगल है, जो ग्यारहवें भाव में सूर्य के साथ बैठा है, इसलिए उसके जीवन पर आँच नहीं आनी चाहिए। हजार खतरे होंगे, पर सब टलते जाएँगे।"

फिर वह कुछ गंभीर हुए और सोचते हुए बोले, "उसका सुखेश शनि है, जो अष्टम में बैठा है। निश्चित रूप से वह आजकल बड़े कष्ट में है। और यही कष्ट उसके जीवन की धारा को मोड़ देगा।"

"इस कष्ट से छुटकारा पाने का कोई उपाय?" चाचा बोल पड़ा।

"वह तो माँ ही बता सकती है।" बाबा ने एक बार फिर प्रतिमा की ओर देखा—"माँ की आराधना के अतिरिक्त कोई दूसरा उपाय नहीं। जो कुछ संसार में होता है, सब माँ की कृपा से होता है। और माँ सबके ऊपर दया करती है। मनुष्य तो अपने कर्मों का फल भोगता है।"

"कौन सा मेरा ऐसा कर्म है महाराज, जो मुझे इतनी बड़ी सजा मिली है?" चाचा की आवाज फटने लगी। उसकी आँखें नम हो गईं।

“मनुष्य को इसी जन्म का नहीं, पूर्वजन्म का भी फल भोगना पड़ता है; क्योंकि कर्मों की डोर तो जन्म-जन्मांतर से बँधी रहती है।” बाबा गंभीर हुए। कुछ समय तक मौन रिसता रहा।

“आखिर उसके लौटने का भी कोई ‘जोग’ है?” चाचा की व्यग्रता मुखर हुई।

“ग्रहों के अनुसार तो नहीं।”

चाचा सिसकते हुए बाबा के चरणों में घायल कपोत की तरह गिर पड़ा। माँ को तो जैसे काठ मार गया था। उनकी स्थिर दृष्टि काली प्रतिमा की लपलपाती जीभ और खप्पर पर थी।

“घबराओ नहीं। माँ के चरणों में आए हो, तो स्वयं को माँ को ही अर्पित कर दो, वही तुम्हारी बेटी का मंगल करेगी।”

चाचा ने सिर उठाया। दोनों हाथ ऊपर करते हुए वह कुछ बुदबुदाया और फिर प्रतिमा के चरणों पर ढुलक गया।

चाचा जब चलने को हुआ तो बाबा ने फिर उसे संतोष दिलाया, “घबराना नहीं, तुम्हारी बेटी किसी के मारे नहीं मरेगी। और हो सकता है, मकर संक्रांति के बाद उसका कोई समाचार भी मिले।”

तब से चाचा भीतर-ही-भीतर सुलगता रहता है। अब न उसकी आँखों से लावा ही पिघलकर बहता है और न उसकी आह से धुआँ ही निकलता दिखाई देता है। वह बियाबान और सन्नाटे भरे रेगिस्तान के नीचे एक ज्वालामुखी को दबाए रहता है। वक्त उसपर हरियाली नहीं उगा सका। बाहर से मुँह बंद वह घाव भीतर नासूर होता गया।

अब चाचा चटाई पर पड़ा रहता। दुकान पर सुबह-शाम थोड़ा-बहुत मैं बैठता। दोपहर में पीपा आ जाता था। जब कोई नहीं रहता तो चाची दो-एक जरूरी ग्राहक निपटा देती, अन्यथा दुकान बंद रहती। चौबीस घंटों में सोलह घंटे खुली रहनेवाली दुकान के जब दोनों पल्ले बंद रहते तब ऐसा लगता कि चाचा के व्यक्तित्व का सन्नाटा उसपर आकर चिपक गया है।

बात करना तो दूर, अब चाचा किसी के सामने जाना भी नहीं पसंद करता। यदि कोई उससे बातें करता तो उसके मौन से टकराकर शब्द चूर-चूर हो बिखर जाते। उसका प्रतिक्रियाशून्य व्यक्ति केवल चंपो का नाम सुनते ही बड़बड़ाने लगता।

कभी वह अपने बाल नोचता और कभी होंठ चबाता। उसकी इस स्थिति से परिचित व्यक्ति अब उसके सामने चंपो का नाम तक नहीं लेता।

चाची इतनी असामान्य नहीं थी। कष्ट तो उसे भी था। चंपो की बात चलते ही वह भी रोने लगती, पर शीघ्र ही चाचा की सुधि आते ही वह आँखें पोंछ लेती। वह अपनी परेशानी से चाचा की परेशानी को और बढ़ाना नहीं चाहती। भीतर-ही-भीतर घुटती और आँसू पीती रही। चाचा के समक्ष जब बातें चल ही जातीं, तब वह बड़े अनासक्त भाव से कहती, "अरे, अब जो हो गया, सो हो गया। मेरी बेटी जहाँ कहीं भी होगी प्रसन्न होगी। कनवा बाबा ने कहा है, माँ काली उसका कल्याण करेंगी। लोग कहते हैं, उस बाबा की बात कभी झूठ नहीं होती…।" आदि-आदि। उसकी सारी नाटकीयता चाचा को बहलाए रहने के लिए थी।

एक दिन एक विचित्र घटना घटी।

स्कूल में किसी अध्यापक के पिता का देहांत हो गया। परंपरानुसार शोकसभा के बाद छुट्टी हो गई। मैं चाचा की दुकान पर आ गया था। पीपा पहले से बैठा जोर-जोर से 'सुखसागर' पढ़ रहा था। वह सुना तो रहा था चाचा को, पर चाचा शून्यमनस्क-सा चटाई पर पड़ा था और उसकी आँखें दुकान की छत की ओर लगी थीं। शायद 'सुखसागर' का एक बूँद भी वह ग्रहण नहीं कर पा रहा था पर पीपा पढ़ता जा रहा था।

दुकान पर बैठा-बैठा मैं दो-एक ग्राहकों को निपटा भी चुका था। इसके बाद अचानक राधा आ धमकी। "सुमेर साव नहीं हैं क्या?" वह बोली। पता नहीं, वह कोई सौदा लेने आई थी या चाचा से कुछ कहने। पर उसकी आवाज सुनते ही चाचा के शरीर में भूकंप आ गया। वह हड़बड़ाकर उठ बैठा।

"सावजी हैं, सावजी हैं। बोल कमीनी, क्या चाहती है? हरामजादी, चुड़ैल, राक्षसिन!" चाचा आवेश में कैसी-कैसी गाली मुँह से निकालने लगा। राधा हक्का-बक्का थी।

"मुझसे आखिर कौन सी गलती हो गई, जो आप इतना पीले हुए जा रहे हैं?"

"कमीनी कहीं की, अभी गलती पूछती है!" इतना कहते-कहते चाचा ने तराजू पर से उठाकर एक पौवा उसे खींचकर मारा। वह राधा के सिर को छूता हुआ निकल गया। फिर भी वह अपने सिर पर हाथ रखकर चिल्लाती हुई सामने

चबूतरे पर भागी।

चाचा क्रोध से काँप रहा था। उसने दूसरा 'बटखरा' (बाट) भी मारने के लिए उठाया। इस बार पीपा ने उसका हाथ पकड़ लिया और उसे शांत करने की कोशिश की, पर वह माननेवाला कहाँ था? उसमें एक भीषण आवेग जन्म ले चुका था। उसने पीपा को एक झटका दिया और दुकान से कूदकर गली में आ गया।

"मार डालूँगा तुझे साली!" वह गाली देता हुआ राधा की ओर झपटा।

पीपा के साथ मैं भी उसे पकड़ने के लिए साथ ही दुकान से कूदा और देखते-देखते पीपा ने उसकी कमर में हाथ डालकर उसे बेकाबू कर दिया। फिर भी वह बँधे हुए क्रुद्ध साँड़ की तरह फुफकारता और तुड़ाकर निकलने के लिए जोर मारता रहा। उधर राधा भी हटनेवाली नहीं थी वरन् रोती हुई सहायता के लिए गुहार लगा रही थी।

थोड़ी ही देर बाद अच्छी-खासी भीड़ लग गई। कुछ लोग चाचा को शांत करने में लगे; पर उसपर तो भूत सवार था। मैंने ऐसे आवेग में उसे कभी नहीं देखा था। वह पसीने से लथपथ, छूटकर भागने के लिए तैयार, पता नहीं क्या-क्या बकता जा रहा था। उसकी आवाज भी धीरे-धीरे अस्पष्ट होती गई और जो कुछ सुनाई पड़ रहा था उसमें तारतम्य भी नहीं था।

उधर लोग राधा को समझाने में लगे थे, "मार ही दिया तो क्या हो गया? तुम्हारे बाप की उम्र का है। जब से चंपो गई, बेचारे का दिमाग ठीक नहीं है। नहीं तो सुमेर साव ऐसा नहीं था। ऐसा संजीदा आदमी!...और क्या हो गया उस बेचारे को!" राधा को समझा-बुझाकर लोगों ने विदा किया।

औरों की मदद से पीपा चाचा को दुकान में ले आया। और फिर वह चटाई पर ढुलक गया। पीपा भी लस्त हो चुका था।

चाचा चटाई पर पड़ा हमेशा की तरह पहले गुमसुम हुआ, फिर उसकी जोर-जोर से साँसें चलने लगीं। अरे, यह क्या हुआ? चाची दौड़ी हुई आई। चाचा बेहोश हो चुका था।

मेरे अतिरिक्त किसी ने नहीं समझा कि राधा को देखते ही चाचा इतना उबल क्यों पड़ा था; पर मैं कुछ बताने की स्थिति में नहीं था। चाची एकदम घबरा गई थी। वह लोटे में भरकर पानी ले आई।

"इस सर्दी में पानी मत छिड़को। भैया अभी होश में आए जाते हैं।" पीपा

बोला, "यह सदमे का दौरा है।" उसने ही बताया, जब सदमा दिल की गहराइयों में डूब जाता है तब ऐसे ही दौरे पड़ते हैं।

चाची पंखा झलती रही। धीरे-धीरे उसकी साँसें सामान्य हुईं और थोड़ी देर बाद उसने पानी माँगा।

चाची पानी के लिए दौड़ी।

"कैसी तबीयत हौ, भइया?" पीपा ने पूछा।

"जिंदा हूँ।" छोटा सा उत्तर देकर वह फिर गुमसुम हो गया।

□

पूस की पूर्णिमा और मेघों से भरा आकाश। शाम से ही बूँदाबाँदी हो रही है। आधी रात के बाद ग्रहण लगेगा। इस समय सात-आठ बजे होंगे, पर भीड़ अभी से चपी जा रही है। एक-दूसरे का हाथ पकड़े देहातियों का झुंड-का-झुंड भगवान् का नाम लेता हुआ चौक से गोदौलिया की ओर बढ़ता चला जा रहा है। करीब पाँच-छह घंटे बाद चंद्रदेव पर 'विपत' पड़ने वाली है। इन भोले-भाले ग्रामीणों की प्रार्थना का समवेत स्वर उस विपत से उन्हें अवश्य मुक्त करा देगा। यह आस्था इन्हें पता नहीं कितनी दूर से खींच ले आई है! 'विश्वास' भले ही अंधा हो, पर वह लँगड़ा नहीं होता। अपने लक्ष्य पर उसके चरण बड़ी शीघ्रता से बढ़ते हैं। स्नानार्थियों को देखने से तो ऐसा ही लगता है।

कटकटाता जाड़ा है। पूर्व निश्चित योजना के अनुसार सेवा समिति की ओर से जगह-जगह अलाव जला दिए गए हैं। शिविरों का क्रम रेलवे स्टेशन से ही आरंभ हो जाता है। सबसे बड़ा शिविर टाउन हॉल के मैदान में लगा है, जिसके चारों ओर तंबू से लटकते हुए चार बड़े-बड़े बैनर लगे हैं, जिन पर लिखा है—'लाला जगजीवन लाल के सौजन्य से'। उनपर बिजली की इतनी रोशनी पड़ रही है जितनी शिविर के भीतर नहीं है। और सेवा समिति का नाम? वह तो लाला के नाम के नीचे ढक गया है या हम कार्यकर्ताओं की बाँहों पर बँधी पट्टियों पर चिपक गया है।

कौन जाने भीड़ में डूबती-उताराती चंपो दिखाई पड़ जाए? इस मरीचिका के पीछे दौड़ती हुई माँ भी चली आई थीं और सेवा समिति की सेविकाओं में अपना नाम लिखवा दिया था। लाचारी आदमी से क्या नहीं करा देती! जो माँ भीड़ में चलने से घबराती हैं, उन्होंने भीड़ को सँभालने का व्रत लिया। पर उनकी आँखें भीड़ को टटोलती जा रही थीं। किसी सेवा की भावना से नहीं, महज चंपो के लिए।

दृष्टि कहीं, कर्म कहीं; व्रत कहीं, संकल्प कहीं।

गोदौलिया के पास 'हर सुंदरी धर्मशाला' में लगे शिविर में माणिकजी ने मुझे नियुक्त किया था। यह काफी बड़ा शिविर था। इसमें महिलाओं के लिए अलग व्यवस्था थी, जिसकी देखभाल में मेरी माँ लगा दी गई थीं। वहाँ दो-तीन बंगालिन औरतें और भी थीं। भूले-भटकों के अतिरिक्त इस शिविर में घायलों की चिकित्सा की भी व्यवस्था थी। बगल के ही कक्ष में एक डॉक्टर, 'फर्स्ट एड' का एक बड़ा संदूक, दो पलंगें और मरहम-पट्टी के लिए ऊँची लंबी चौकी थी।

इस शिविर में लाउडस्पीकर की भी व्यवस्था थी, क्योंकि भीड़ का सबसे अधिक जमाव इस धर्मशाला के बाहर की सड़क पर था। इसके दस कदम बाद ही दशाश्वमेध जानेवाली सड़क बाँस और बल्लियों से दो भागों में विभाजित कर दी गई थी। एक रास्ता आनेवालों के लिए था और दूसरा जानेवालों के लिए।

भटके लोगों का नाम-पता बताकर उनके घरवालों को लाउडस्पीकर पर बुलाया जाता था। यह भी जिंदगी का एक अजीब अनुभव था। अनेक ऐसे थे, जो अपना घर-पता भी नहीं बता पा रहे थे। एक बुढ़िया थी, जिसने बताया कि "हम हाथै धइले चली आवत रहली कि गाँवै क लोग बदल गइलन।" वस्तुतः हुआ यह कि किसी तरह उसके गोल के लोगों से उसका हाथ छूट गया। तुरंत उसने दूसरा हाथ पकड़ा। फिर पता चला कि ये उसके गोल के लोग नहीं हैं।

उससे पूछा गया, "कहाँ से आइल हऊ?"

"गाँवै से।"

"केकरे साथ आइल हऊ?"

"गाँवै के लोगन के साथ।" विचित्र थी वह बुढ़िया। जहाँ लोग उसकी बात पर हँस रहे थे, वहीं वह चुपचाप बैठी बड़े निर्विकार भाव से आग ताप रही थी।

थोड़ी देर बाद एक औरत आई। उम्र यही पच्चीस-छब्बीस वर्ष की। गौर वर्ण और खूबसूरत। मोटी नहीं, पर शरीर-यष्टि मांसलता से भरी हुई। यौवन का उभार फटी-पुरानी शॉल के भीतर से अपनी पहचान स्थापित करता हुआ।

पहले तो उसपर किसी ने ध्यान नहीं दिया। कुछ देर बाद हम लोगों की दृष्टि उधर गई। वह सकपकाई नजरों से हम सबको देख रही थी। मेरे एक मित्र ने ही उससे पूछा, "आप क्यों बैठी हैं?"

"उहै कहले हउवन कि ईहवैं बैठऽ हम आवत हई।" पूछते ही वह सहम

गई थी और जवाब देते-देते वह और भी संकुचित हुई।

"उहै कउन?"

इसपर वह कुछ बोल न सकी। घबराहट में सिर पर से गिरे घूँघट को ठीक करती हुई शॉल में स्वयं को और अधिक छिपाने की चेष्टा की।

माँ को कुछ शंका हुई। न इसके माथे पर बिंदी है और न माँग में सिंदूर। जरूर यह विधवा है। फिर भी यह लानेवाले का नाम पूछने पर 'उहै-उहै' का संबोधन क्यों कर रही है? ऐसा तो सधवा ही अपने पति के लिए करती है। दाल में कुछ काला जरूर है।

माँ उसके निकट आईं और उसे टटोलना शुरू किया। फिर धीरे से उसे एक कोने में ले गईं। उससे बड़ी देर तक बातें करती रहीं। बाद में उसी बेंच पर माँ ने बैठा दिया। अब उसकी आँखें भर आई थीं, फिर भी वह चुप थी।

"रोओ नहीं, तुम ठीक जगह आ गई हो। तुम्हारा कल्याण होगा।"

अब और लोगों की भी दृष्टि उसपर पड़ी। अधिकांश ने जिज्ञासा की, पर माँ ने सबको यह कहकर टाल दिया कि "कोई बात नहीं है। बेचारी भटक गई है, घबरा रही है।"

थोड़ी देर बाद माँ ने मुझसे कहकर चाय मँगवाई। धर्मशाला के भीतर चाय की व्यवस्था हम स्वयंसेवकों के लिए थी। मैंने भी सोचा, माँ स्वयं पीना चाहती हैं; किंतु जब उन्होंने पुरवा मुझसे लेकर उस औरत की ओर बढ़ाया तब मुझे आश्चर्य तो नहीं, कुतूहल अवश्य हुआ।

पहले वह ले नहीं रही थी।

"लेकर पी लो, अब वह नहीं आएगा।" माँ बोलीं।

उसने पुरवा ले तो लिया, पर अब वह सिसकने लगी थी।

यारों ने फिर जिज्ञासा व्यक्त की, "क्या बात है?"

"कोई विशेष बात नहीं है। बेचारी घबरा गई है।" जिज्ञासाओं की भीड़ को माँ ने फिर एक बार पीछे ढकेला।

समय सरकता गया, भीड़ घनी होती गई।

बूँदें तो टूट चुकी थीं, पर आकाश अब भी बादलों से ढका था। शीत का प्रकोप पढ़ता जा रहा था। लोग जहाँ इस बदली को कोस रहे थे, वहीं माँ संतुष्ट थीं, क्योंकि मेरी राशिवालों के लिए ग्रहण देखना वर्जित था। पर मैं देखने से कहाँ बाज

आता? मैं अपनी प्रकृति से लाचार था। जब मेघ ही घिरे रहेंगे तब न चंद्र का पता रहेगा और न ग्रहण का। न बाँस रहेगा और न बाँसुरी बजेगी। केवल एक मेरे शुभ के लिए लोगों को कष्ट मिले? सोचता हूँ, माँ का वात्सल्य यद्यपि स्वार्थी नहीं था, फिर भी बड़ा संकुचित था।

जब भी भीड़ में कोई लड़की चंपो जैसी दिखाई देती, मेरी आँखें उसके पीछे दौड़तीं और जोंक की तरह चिपक जातीं; किंतु आशा-रक्त के अभाव की अनुभूति होते ही वह जोंक उदास हो उसे छोड़ देती। यही स्थिति माँ की भी थी। शिविर में उस औरत को बैठाकर माँ धर्मशाला की चहारदीवारी के पास एक स्टूल पर खड़ी हो गईं। रात के उस मद्धिम प्रकाश में घंटों उनकी आँखें पता नहीं कितने चेहरों का स्पर्श करती रहीं। अचानक चीख पड़ीं, जैसे उन्होंने अभीप्सित पा लिया हो।

मैं दौड़कर स्टूल के एक कोने पर चढ़ गया।

"ओ देखो, ओ..." उसने गोदौलिया चौराहे की ओर संकेत किया। सचमुच चंपो जैसी ही एक लड़की दिखाई दी। साड़ी भी उसकी वैसी ही थी और चाल भी बिलकुल चंपो से मिलती-जुलती। मैं लपका; पर भीड़ को चीरकर उस तक पहुँचना कोई हँसी-खेल नहीं था। कुछ समय तक तो वह दिखाई देती रही, बाद में एक रेला आया और वह खो गई। अब क्या करूँ?

"चंपो, चंपो! अरे ओ चंपो!" मैं चिल्लाता हुआ आगे बढ़ता जा रहा था।

"अरे, कहाँ है चंपो?" एक विहँसती आवाज ने मुझको पकड़ लिया।

मैंने बगल में मुड़कर देखा, डेढ़सी के पुल पर पीपल के बगल की चाय की बड़ी दुकान पर खड़ा लाला मुसकरा रहा था। वह रेशमी कपड़े का बना रंगीन फूल-सा सेवा समिति का बड़ा बैज अपनी शेरवानी पर लगाए था। उसके साथ ही एक दारोगा और पुलिस के कुछ जवान भीड़ और व्यवस्था का निरीक्षण कर रहे थे।

मैंने उसे बताया कि लगता है, चंपो भीड़ में आगे गई है। वह फिर हँस पड़ा। उसने तुरंत अपने को सँभाला और दारोगाजी से बोला, "भाई, यह बड़ा होनहार लड़का है। इसकी बहन खो गई है, हो सके तो आप थोड़ी मदद कर दें।"

पुलिस का एक जवान मेरी सहायता के लिए लगा दिया गया। मैं चिल्लाता आगे बढ़ा और उस लड़की को खोज भी निकाला; पर दुर्भाग्य, मेरी मन:स्थिति ने फिर मेरे साथ धोखा किया। वह चंपो नहीं थी।

लाला मुझे वहीं से तजवीजता रहा। लौटते ही बोल पड़ा, "मिली चंपो?"

मैं कुछ कह नहीं पाया, क्योंकि अब मैं उसकी हँसी का अर्थ समझने लगा था। मैं कुछ कहूँ या चुपचाप आगे बढ़ जाऊँ, इसके पहले ही उसने मेरे हाथ पर बँधे सेवा समिति के बैज की ओर संकेत कर कहा, "अरे, तुम भी स्वयंसेवक हो? किस कैंप पर ड्यूटी है?"

"हरसुंदरी धर्मशाला में।"

"गुड!" उसकी नाटकीयता ने नया मोड़ लिया, "तुम अपने मुहल्ले से अकेले हो या और कोई भी है?"

"माँ भी आई हैं।"

"हाँ भाई, गंगा नहाने तो आई ही होंगी।"

"नहीं, स्वयंसेविका बनकर आई हैं।"

"स्वयंसेविका बनकर!" वह चकित रह गया, "तुमने उन्हें क्यों कष्ट दिया? यह बड़े झमेले का काम है। अच्छा चलो, मैं आता हूँ।"

प्रतीक्षा करती माँ को जब चंपो के न मिलने की सूचना मिली, तब उनकी आशा की बाँस की सीढ़ी चरमराकर टूट गई और वह धम्म से धरती पर गिर गईं। कुछ देर तक सोचती रहीं। फिर वह शिविर में बैठाई गईं और उस औरत के पास चली आईं—"तुम्हें यदि कष्ट हो रहा हो तो तुम इसी बेंच पर उधर मुँह करके लेट जाओ।"

वह तो कुछ नहीं बोली, किंतु एक स्वयंसेवक ने पूछा, "क्या ग्रहण नहाने नहीं जाएँगी?"

"नहीं, इनकी तबीयत खराब है।"

"तब डॉक्टर को दिखा दीजिए।"

"दिखाया जाएगा न डॉक्टर को, तुम अपना काम करो!" माँ ने उसे झिड़क दिया।

वह चला गया।

मेरी भी जिज्ञासा जोर मार रही थी; पर लोगों को झिड़कते देखकर माँ से कुछ पूछने का साहस नहीं हुआ।

दूसरे ही दिन माँ उसके बारे में चाची को बता रही थीं कि वह विधवा थी और उसे चार महीने का पेट था। वह उसके पट्टीदारी के भाई से ही ठहर गया था। जब घर में कानाफूसी होने लगी तब उसी पट्टीदारी के भाई ने पेट गिराने के बहाने

एक दूसरे आदमी के साथ उसे बनारस भेज दिया। वह आदमी बड़ी होशियारी से उस शिविर में बैठाकर चला गया।

''उसके घर से कोई और नहीं आया था?'' चाची ने पूछा।

''उसने बताया था कि माँ, चाची आदि भी ग्रहण नहाने आने वाली थीं।'' माँ बोलीं, ''आई भी होंगी और घर जाकर कह देंगी—ग्रहण में कहीं हेराय गइल।''

सचमुच थोड़ी देर बाद लाला पुलिस और अपने साथियों के साथ आ गया। माँ से बड़े प्रेम से मिला। कैंप का मुआयना किया। जो स्वयंसेवक माँ से उस औरत के बारे में खोद-विनोद कर रहा था, उसी ने लाला के कान में कुछ कहा।

लाला उस औरत के पास गया, ''घबराओ मत, तुम्हारी व्यवस्था कर दी जाती है।'' उससे बड़े प्रेम से बोला।

जाल में फँसी हिरणी की भाँति वह बड़े निरीह भाव से अपने शिकारी को देखती रही।

''यह तो पुलिस केस है। इसको पुलिस को ही देना होगा।'' माँ ने कितना साहस बटोरकर लाला से कहा!

लाला ने एक गंभीर दृष्टि माँ की ओर डाली। तब तक वह औरत बड़ी व्यग्रता से चीख उठी थी, ''नाहीं, नाहीं। पुलिस के इहाँ न जाब!''

''नहीं-नहीं, तुम्हें पुलिस के यहाँ नहीं भेजा जाएगा। तुम्हारी ऐसी व्यवस्था कर दी जाएगी कि तुम खुश हो जाओगी।'' लाला बोला और उसने मुसकराते हुए माँ की ओर देखा। उसकी मुसकराहट में विजयी मानसिकता का एक तीखा अहं था।

शीघ्र ही लाला ने फिर अपनी मुद्रा बदली और माँ से बोला, ''आप जैसी संभ्रांत महिलाओं के लिए यह काम नहीं है। जग्गू बेकार ही आपको इस झमेले में ले आया।'' फिर उन्होंने पुलिस के एक जवान से माँ की ओर संकेत करते हुए कहा, ''देखो, बहूजी को जरा आराम से स्नान करने की व्यवस्था करा देना।''

''ठीक है, बाबूजी।'' पुलिस का जवान बोला।

फिर लाला ने तीन-चार स्वयंसेवकों से कुछ बातें कीं। उधर लाला गया और इधर वे स्वयंसेवक उस औरत को ले चले। अब हमें भान हुआ कि लाला के आदमी स्वयंसेवकों में आधे से अधिक हैं।

माँ उस औरत का धीरे-धीरे सहमते हुए जाना देखती रह गईं। मैंने माँ को इतना असहाय और लाचार इसके पहले कभी नहीं देखा था। चाची से माँ ने बताया

था कि इस स्थिति का मुझे जरा भी आभास नहीं था, वरना मैं उसे विश्वास न दिलाती कि तुम्हारा कल्याण होगा। ···और हो गया उसका कल्याण।

यह घटना मेरी माँ को गंभीर रूप से सालती रही। बाद में रानी बहू से भी उन्होंने इसकी चर्चा की। उन्हें अपार कष्ट हुआ। उन्होंने बड़े आवेश में मेरी माँ से कहा था, "क्या कहूँ? तुम सब जानती हो, जीजी। मेरी पारिवारिक स्थिति यदि मेरे अनुकूल होती तो मैं मैदान में कूद पड़ती। सामाजिक स्थिति की मैं बिलकुल न परवाह करती। जो होता, उसे देख लेती; पर अपनों से लाचार हूँ। मेरे हाथ-पैर बँधे हैं।"

सुना है, इसी संदर्भ में रानी बहू ने गांधीजी को भी एक लंबा पत्र लिखा था। जब उसका जवाब आया था तब उन्होंने माँ को दिखाते हुए कहा था कि बा और महादेव देसाई के निधन से गांधीजी भी शारीरिक दृष्टि से टूट चुके हैं। बेचारे आजकल बीमार हैं, इसीलिए सरकार ने उन्हें रिहा कर दिया है; पर मानसिक दृढ़ता में जरा भी कमी नहीं है। उन्होंने लिखा बहुत कम ही है, पर है बड़ा मार्मिक।

प्रिय बेटी,

तुम्हारा पत्र मिला। तुम्हारी समस्याओं को जाना। सत्य के लिए लड़नेवालों के सामने ऐसी समस्याएँ तो आती रहती हैं। मीरा के सामने भी आई थीं। पर धैर्य रखो। समय की प्रतीक्षा करो। अंग्रेजों के भारत से चले जाने के बाद इन सामाजिक बुराइयों से ही हमें लड़ना रह जाएगा। तब हम सब एकजुट होकर लड़ेंगे।

बापू के आशीर्वाद

तुम्हारा

मो.क. गांधी

उस दिन माँ बहुत देर तक भीड़ का रेला देखती रहीं। अब कुछ ही घड़ी में ग्रहण लगनेवाला है। कैंप में भूले-भटकों की संख्या बढ़ने लगी थी। कोलाहल बढ़ता जा रहा था। लाउडस्पीकर पर घोषणाएँ भी लगातार हो रही थीं। पता नहीं क्या सोचकर माँ हरसुंदरी धर्मशाला के भीतर चलीं और जहाँ स्वयंसेवकों के लिए चाय बन रही थी वहीं बेंच पर बैठ गईं।

मैंने पूछा, "क्या बात है, माँ?"

"तबीयत घबरा रही है।" और फिर टेबल पर हाथ टेककर वह कुछ समय

तक बैठी रहीं।

इसी बीच माणिकजी आ गए। शायद वे चाय पीने आए थे, माँ को ऐसे बैठी देखकर बोल पड़े, "क्या बात है?"

"तबीयत घबरा रही है।" मैंने कहा।

"लगता है, शीत लग गई है। डॉक्टर साहब से कहो।"

माणिकजी के बोलते ही माँ ने सिर उठाकर उनकी ओर देखा।

"क्या ज्यादा तबीयत घबरा रही है?" माणिकजी ने पूछा।

"नहीं।" माँ बोलीं, "सोचती हूँ कि हम लोग भूले-भटकों को रास्ता दिखाने के लिए यहाँ हैं या रास्ते से भटकाने के लिए?"

"क्या बात है?" माणिकजी कुछ समझ नहीं पाए।

माँ भी चुप हो चुकी थीं। उनकी शालीनता ने उनके मुँह पर हाथ धर दिया था।

इसी बीच बाहर जोर का कोलाहल हुआ।

"अरे, बेहोश हो गया है।" एक आवाज सुनाई दी, साथ ही उसका पीछा करती दूसरी आवाज भी आई—"अरे, नाटक कर रहा है, मारो साले को।"

हमें समझते देर नहीं लगी कि कोई बात जरूर हो गई है।

बाहर आने पर पता चला कि किसी व्यक्ति को चिकित्सा कक्ष में ले जाया गया है। माणिकजी उधर लपके, पर हम धर्मशाला के बरामदे में ही खड़े रहे।

"क्या हो गया, भाई?" मैंने एक स्वयंसेवक से पूछा।

"सुना है, लालाजी को एक आदमी ने कुछ बुरा-भला कह दिया⋯।"

उसकी बात पूरी भी नहीं हो पाई थी कि दूसरा बोल पड़ा, "अरे, बुरा-भला कहते हो! साला गाली दे रहा था, गाली। पुलिस ने एक हाथ दिया कि जमीन चूमने लगा। यह तो कहो कि लाला ने बचा लिया, वरना बच्चू को गालियाँ देने का पूरा मजा मिल जाता।"

"पुलिस के एक ही हाथ से वह बेहोश हो गया?" पहले स्वयंसेवक ने शंका की।

"साला नाटक करता है।" दूसरा बोला, "लाला देवता है, देवता। उसने बचा दिया, नहीं तो कचूमर निकल जाता। पहले अचानक क्या-क्या बकने लगा था साला, फिर गालियों की बौछार लगा दी, जैसे दौरा पड़ गया हो।"

'दौरा' शब्द सुनते ही माँ को बिजली का करंट छू गया। वह एकदम चिकित्सा कक्ष की ओर बढ़ीं। भीतर पहुँचते ही देखा, सुमेर चाचा स्ट्रेचर पर बेहोश पड़ा है। कोई उसकी नाक दबा रहा था, कोई जूता सुँघा रहा था।

"कुछ मत कीजिए, आप लोग कृपा कर यहाँ से हट जाइए!" माँ की आवाज इतनी तेज थी कि लोग हटने-बढ़ने लगे।

माँ अब स्वयं स्ट्रेचर उठाने लगीं। यह देखते ही वहाँ खड़े स्वयंसेवकों ने हाथ लगाया और चाचा को उसी लंबी चौकी पर लिटा दिया। तब तक लाउडस्पीकर पर घोषणा दोहराई जा चुकी थी—"एक बेहोश आदमी उठाकर लाया गया है। यदि उसके साथ का कोई हो तो हरसुंदरी धर्मशाला में चला आए।"

"घोषणा बंद करा दीजिए और कहिए कि उनके साथ के आदमी आ गए हैं।" माँ ने एक वरिष्ठ स्वयंसेवक से कहा।

पहले तो उसने चारों ओर देखा। "कोई नया आदमी तो दिखाई नहीं देता। क्या सचमुच कोई आया है?" उसने प्रश्न किया।

"हाँ, आया है। आप मेरा विश्वास कीजिए और घोषणा बंद कराइए।"

"आप कुछ मत कीजिए, डॉक्टर साहब। मरीज अभी ठीक हो जाएगा।" माँ बोलीं।

डॉक्टर चुपचाप पीछे हट गया, पर उसकी दृष्टि मरीज पर ही थी।

करीब आधे घंटे बाद चाचा की तेज चलती साँस सामान्य होने लगी और कुछ ही क्षणों बाद वह बोल पड़ा, "ग्रहण लग गया है?"

"नहीं, अभी लगने वाला है।" माँ बोलीं।

"नहीं, लग गया है, जग्गू की माँ! राहु ने चंद्रमा को ग्रस लिया है। अब कभी मोक्ष नहीं होगा। राहु चंद्रमा को कभी नहीं छोड़ेगा, कभी नहीं।" चाचा बड़बड़ाता रहा। माँ की गंभीर मुद्रा उसे देखती रही।

पीछे से एक स्वयंसेवक बुदबुदाया—"कहता है, राहु चंद्रमा को कभी नहीं छोड़ेगा,...मैं कह रहा था न कि पागल है!"

□

सूखी डाल पर ठहरे घोंसले की तरह अब सुमेर चाचा लोगों के लिए दर्शनीय हो गया था। बहुधा लोग उसे देखने और सांत्वना देने आते थे। चाचा सबकी सुनता और पड़ा रहता था। उसकी मानसिकता धारा में पड़े एक लट्ठे जैसी थी, जो

थपेड़े खाता हुआ बहता रहता था। चाचा भी समय के प्रवाह में महज बह रहा था। कोई प्रतिरोध नहीं, कोई प्रतिक्रिया नहीं और दुकान उसी धारा में पतवार-विहीन नाव हो गई थी। कभी खुलती, कभी बंद रहती। फिर दुकान खोलने भर की ही तो समस्या नहीं थी।

मेल जुटाए तो कौन जुटाए? विश्वेश्वरगंज और गोला दीनानाथ से कौन सामान लाए? परता कौन बैठाए और पुड़िया कौन बाँधे? फिर यह सब किया भी जाए तो किसके लिए? एक विचित्र वितृष्णा से चाची का मन बैठ चुका था, फिर भी वह बँधे-बँधाए ग्राहकों को छोड़ना नहीं चाहती थी। ऐसे अधिकांश ग्राहक उधार के थे। छोड़ने से रुपया डूब जाने का भय था।

जब मैं चाचा के पास रहता या दोपहर को पीपा आ जाता, चाचा 'सुखसागर' या रामायण सुनाने लगता, तब चाची दूसरे-तीसरे बाजार जाती, सामान लाती। वह भी महज दुकान को जिंदा रखने के लिए। एक बात लगभग निश्चित हो गई थी कि अब चाचा को अकेला नहीं छोड़ना चाहिए। पता नहीं कब दौरा पड़ जाए, क्या स्थिति हो!

एक विचित्र बात और थी। चाचा को देखने जितने लोग आते थे, चाची को एकांत में ले जाकर कोई-न-कोई सलाह अवश्य देते। कोई कहता, किसी डॉक्टर को दिखाओ। इस तरह कब तक पड़े रहेंगे? कोई कहता कि सुड़िया के वैद्यजी के पास दिल और दिमाग की अच्छी दवा है। किसी को कुछ न सूझता तो 'मगज' पर चढ़ी गरमी के लिए ठंडा तेल रखने की सलाह देता।

एक दिन शाम को स्कूल से छूटते ही माणिकजी भी आए थे। मैंने स्कूल में ही इशारे-इशारे से उनसे कहा था। चाचा को देखने के बाद उनका निष्कर्ष था कि सदमे की कोई दवा नहीं होती। धीरे-धीरे समय ही इस घाव को भरता जाएगा।

उस दिन मैं माणिकजी को अपने घर लाकर लाला के संदर्भ में कुछ विशेष बातें करना चाहता था; पर लगा कि वे बहुत जल्दी में हैं। पता नहीं, वे जल्दी में थे या इस परिस्थिति का अनुमान लगाकर उसे झेलने से कतरा रहे थे। उनके चलते-चलते माँ भी आ गई थीं। उन्होंने तो यहाँ तक कहा कि एक दिन मैं आपसे कुछ बातें करना चाहती हूँ।

"अवश्य, पर आज नहीं, किसी दूसरे दिन रखिए।" वे बड़ी नम्रता से बोले और यह तय हुआ कि वे अपने आने की पूर्व सूचना मेरे द्वारा माँ को भिजवा देंगे।

ज्यों-ज्यों समय बीतता गया, चंपो के न लौटने की धारणा लगभग निश्चित होती गई। माँ और चाची दोनों की निराशा उस समय आँखों से उमड़ पड़ती जब दोनों एकांत में मिलती थीं; पर चाचा के सामने एक बनावटी मुसकराहट अपने दोनों होंठों पर चिपकाए रहती हैं।

मुखौटे हमेशा दूसरों के लिए होते हैं, अपने लिए नहीं। यही कारण है कि मुखौटे लगाकर जीनेवालों की जिंदगी, जब वे अकेले होते हैं, बोझिल हो जाती है। दिन में चाचा को अपने आशावादी मुखौटे से सुला देनेवाली माँ रात-रात भर जागती रह जाती हैं। मैं भी दिन में लोगों को सँभालता और रात को अपने को; पर दूसरों को सँभालने की अपेक्षा अपने को सँभालना कठिन है, इसका अनुभव मुझे उसी समय हुआ था।

रात होती, चंपो मेरे साथ होती, हँसती-खेलती चंपो, चिढ़ती-चिढ़ाती चंपो, प्यार से सराबोर चंपो, सपने गढ़ती चंपो। ···सचमुच मुझे आवेगित करके चंपो लुप्त हो जाती और रह जाते वही पथराए सपने, जिन पर मैं सिर पटकता, भीतर-ही-भीतर रोता-चीखता। पर उस सन्नाटे का कोई भी क्षण मुझ पर तरस नहीं खाता, फिर बूढ़ी दादी की तरह रात का तीसरा प्रहर उतरता और मुझे थपकियाँ देकर सुला देता।

इस बीच एक दिन माँ पंचगंगा घाट के कनवा बाबा के यहाँ भी गई थीं। उन्होंने उन्हें चाचा की सारी स्थिति बताई। वे बड़े दुःखी हुए। माँ की आराधना कर उन्होंने एक जंतर दिया और कहा कि इसे सुमेर के गले में पहना देना। इसका काला धागा इतना लंबा रखना कि उसके सीने पर जंतर लटकता रहे। इससे उसे जरूर शांति मिलेगी। इसके साथ ही सुबह-शाम शहद के साथ चाटने की एक दवा भी उन्होंने दी और बताया कि चौबीस घंटे पड़े रहना उनके लिए ठीक नहीं है। दिन में एक-दो बार अवश्य ही वह घर के बाहर निकला करें।

"क्या लड़की का कोई समाचार अब तक नहीं आया?" उन्होंने पूछा।

"नहीं महाराज, मकर संक्रांति भी बीत गई।"

"जैसी माँ की इच्छा।" इतना कहने के बाद बाबा मौन हो गए। उन्होंने बड़े गौर से काली प्रतिमा की ओर देखा, जैसे देवी की आँख से आँख मिला रहे हों। माँ बता रही थीं, उस समय उनकी आँखों से गजब की जोत निकल रही थी। फिर बाबा ने माँ से नारियल माँगा। माँ तो कुछ लेकर गई नहीं थीं। उनकी असमर्थता लज्जित

हो, इसके पहले ही उन्होंने तर्जनी काटकर कई बूँद रक्त माँ काली के चरणों पर चढ़ा दिया। उसी रक्त को एक पत्ते पर उठाकर माँ को देते हुए वे बोले, ''इसे ले जाकर सुमेर के मस्तक पर लगा देना।''

तब से माँ के मन में बाबा के बने चित्र की रेखाएँ और गहरी हो गई थीं। बड़ी श्रद्धा और विश्वास से माँ ने उनके कथन का अक्षरश: पालन किया। इससे इतना लाभ तो हुआ कि चाचा को अब नींद आने लगी। वह दिन में भी खाना खाने के बाद एकाध झपकी ले लेता। अब वह घर के बाहर भी निकलता; किंतु कोई-न-कोई उसके साथ जरूर होता। अधिकतर यह कार्य मुझे ही करना पड़ता। कभी कंपनी बाग में टहलाता और कभी किसी मंदिर में ले जाता। दौरे की आशंका बराबर बनी रहती।

और उस समय मैं एक विचित्र स्थिति में पड़ गया। जाड़े की गलन भरी संध्या सिकुड़ती जा रही थी। चाचा मृत्युंजय का दर्शन कर हनुमान मंदिर की ओर बढ़ने लगा था। मूर्ति के पास आते-आते वह लगा बड़बड़ाने, ''तुम हनुमान हो? हनुमान ने तो सीता की खोज की थी, तुम चंपो का भी पता नहीं लगा सके। हनुमान ने रावण का अन्न नहीं खाया और तुम कैसे-कैसे राक्षसों का भोग ग्रहण करते हो! या तो तुम नीच हो गए हो या स्वार्थी हो या पत्थर हो, पत्थर। मैं तुम पर थूकता हूँ! आऽऽथू! आऽऽथू!'' चाचा लगातार मंदिर के सामने थूकने लगा।

अन्य लोग भी तमाशा देखने के लिए दौड़ आए। मैंने दूर रहने का संकेत किया। वे भले थे, मेरी बात मान गए।

मैंने किसी तरह चाचा को वहीं बैठा दिया, क्योंकि जानता था कि दौरे के आखिरी चरण में बेहोशी आती है और चाचा गिर पड़ेगा।

उसके मस्तक पर पसीना चुकचुका आया था और वह बेहोश हो चुका था। दौरे के दरमियान छूटकर गिरे हुए मफलर को मैंने फिर गले में लपेटा। ओढ़ी हुई चादर ठीक की। खबर पुजारीजी तक पहुँच चुकी थी। वे बेचारे दौड़े हुए आए और एक कंबल चाचा के शरीर पर डाल दिया।

इस बार का दौरा पिछले दौरों से हलका था। अधिक उग्र भी नहीं हुआ और जल्दी होश भी आ गया। पुजारीजी ने मँगाकर मृत्युंजय का जल दिया। चाचा ने बड़ी श्रद्धा से पी लिया।

''अब तबीयत कैसी है?'' पुजारीजी ने पूछा।

उसका सधा-सधाया छोटा सा उत्तर था—''जिंदा हूँ।''

इस घटना के दो ही तीन दिन बाद। मैं संध्या को दुकान पर बैठा रोज के ग्राहकों को निपटा रहा था कि महँगू का छोटा लड़का एक लिफाफा ले आया। उसपर चाचा का नाम-पता लिखा था। लिखावट देखते ही लगा कि रहस्य के जिस ज्वालामुखी पर बैठा हूँ, वह फूटने ही वाला है। मैंने उसे उलट-पलटकर देखा, डाकखाने की कहीं कोई मुहर तो नहीं।

''यह चिट्ठी तुम्हें किसने दी है?'' मैंने उस लड़के से पूछा।

तब उसने बताया कि ''गली के पास ही सड़क पर एक आदमी मोटर से उतरा। उसने पूछा कि तुम सुमेर साव को जानते हो! मैंने हाँ कहा, तब वह चिट्ठी थमाकर बोला, 'तुम इसे उन्हें दे देना।' और वह मोटर में बैठकर फुर्र हो गया।''

चिट्ठी पर चंपो की लिखावट थी। अब कहाँ ग्राहक और कहाँ दुकान? मैं एक छलाँग में भीतर आया।

''अरे, चंपो की चिट्ठी आई है!'' मैं चीख उठा। मैंने लिफाफा फाड़ा। अब तक घर के तमाम लोगों से मैं घिर चुका था।

> ''स्वति श्री पत्री जोग लिखा बाबूजी और माताजी को चरण-स्पर्श बाँचना। आगे समाचार यह है कि मैं कुशल से हूँ। आपकी कुशलता भगवान् से नेक चाहती हूँ। अब मुझे किसी प्रकार का कष्ट नहीं है। आप बिलकुल मेरी चिंता मत करना। बस यही समझना कि मैं जहाँ भी हूँ, अच्छी हूँ और जिंदा हूँ। शायद जिंदगी में कभी मिलना भी हो, इसके लिए जरूरी है कि हम लोग जिंदा रहें।''
>
> जग्गू को समझाते रहिएगा।
>
> आपकी
>
> चंपो

पूरी चिट्ठी में इसका कहीं सुराग तक नहीं था कि वह कहाँ से और किस स्थिति में लिखी गई है। चिट्ठी पढ़ते ही चाचा रोने लगा और फूट-फूटकर रोया। यों तो हम सबकी आँखें भरी थीं, फिर भी हम चाचा का रोना देख रहे थे और संतोष का अनुभव कर रहे थे कि इतने दिनों का गुबार फूटकर बह रहा है। चाचा जरूर इससे हलका हो जाएगा।

□

: आठ :

यूरोप की आग बुझ चुकी थी, पर पूर्व एशिया में राख के नीचे अभी युद्ध की चिनगारी सुगबुगा रही थी कि ब्रिटेन में शासन बदल गया। लेबर पार्टी की सरकार आई। भारत के प्रति उसका रुख बदला। १६ जून, १९४५ को कांग्रेस कार्य समिति के सदस्यों को रिहा कर दिया गया। इसी के बाद धीरे-धीरे और सत्याग्रहियों की रिहाई का क्रम भी जारी हुआ।

आज बनारस सेंट्रल जेल से भी हमारे नेता छूटेंगे। जेल के फाटक पर ही उन्हें माला पहनाए जाने के निश्चय के साथ ही हमारे उत्साह की एक नई लहर का जन्म हुआ। कार्यक्रम दिन में दस बजे का था, किंतु आठ बजे ही मैं घर से निकल पड़ा।

अभी गरमियों की छुट्टियाँ चल रही थीं, फिर भी हम कॉलेज में काफी संख्या में इकट्ठे हो गए थे। जब 'भारत माता की जय' बोलता और राष्ट्रीय गीत गाता हमारा जुलूस आगे बढ़ा तब गलियों और सड़कों की हजार-हजार आँखें कुचली और मुरझाई हुई राष्ट्रीय चेतना की नई धड़कन का स्वागत करने के लिए खिल उठीं।

सेंट्रल जेल के फाटक पर हजारों लोग इकट्ठा हो गए थे। धूप चिलचिला रही थी। भीड़ नारे लगा रही थी। मैंने देखा, लाला भी अपने आदमियों के साथ वहाँ उपस्थित है। उसके पीछे एक नौकर फूलों की सुंदर मालाओं से भरी एक टोकरी लिये खड़ा है।

"हममें से किसी की माला उतनी सुंदर नहीं है जितनी लाला की।" मेरा साथी बोला।

"माला से क्या होता है! भावना होनी चाहिए, भावना!" यह दूसरी आवाज

थी।

"अरे यार, भावना कौन देखता है इस भीड़ में?" किसी तीसरे ने कहा, "जितनी मोटी माला होगी उतना मोटा मक्खन लगेगा।"

मैंने अनुभव किया कि मेरी नजरों में ही नहीं बल्कि अनेक की नजरों में लाला मक्खन पर फिसलती जिंदगी का प्रतीक बन चुका है। समय के साथ-साथ भीड़ बढ़ती जा रही है और हमारी प्रतीक्षा की घुटन भी। तब तक मैंने देखा कि अव्यवस्थित बढ़ी दाढ़ी और मूँछोंवाला एक व्यक्ति मेरी बगल से बड़ी तेजी से निकला और भीड़ को चीरता हुआ लाला के पास पहुँचा। उसने लाला के नौकर की डोलची छीन ली। उसमें से एक माला निकालकर बड़े प्रेम से लाला को थमाई और शेष मालाएँ भीड़ पर उछालने लगा। बाप रे बाप इतनी मालाएँ! लगभग बीस-पच्चीस रही होंगी, वह भी मोटे-मोटे गजरे। फेंकनेवाला भी अजीब। वह तान-तानकर भीड़ के हर कोने पर उछाल रहा था। अंत में एक माला उसने अपने लिए भी रख ली।

किसी भी घटना की अप्रत्याशितता बहुधा विस्मय बन जाती है। लाला और उसके आदमी यह सब चकित हो देखते रह गए और जब होश आया तब उस व्यक्ति का सामूहिक विरोध आरंभ किया। पर वह व्यक्ति भी दबनेवाला नहीं था। उसने अपने कुरते की बाँहें चढ़ाईं और लगा जोर-जोर से बोलने, "भाइयो, मैंने कोई गलती नहीं की है। अब आजादी आने वाली है। कल हिंदुस्तान में जो कुछ होने वाला है, वही मैंने आज किया है। जैसे आज मैंने मालाएँ लेकर जनता में बाँटी हैं, इन पूँजीपतियों का पैसा लेकर जनता में बाँटा जाएगा।" इतना सुनते ही जोर से तालियाँ बज उठीं और एक सपना हमारे सामने उड़ता दिखाई दिया।

आवाज से मैंने पहचान लिया, यह तो दानिस है; पर शक्ल-सूरत एकदम बदल गई है। पहले से अब यह काफी दुबला हो गया है। वह बोलता जा रहा था, "दोस्तो, आज हमारे नेता जेल से छूट रहे हैं। उन्हें एक पैसेवाले को माला पहनाने का जितना हक है उतना ही एक गरीब को भी; क्योंकि आनेवाले हिंदुस्तान में गरीब-अमीर का फर्क नहीं होगा। आदमी-आदमी के बीच कोई दीवार नहीं होगी। और उस दीवार को मैंने अभी से तोड़ना आरंभ कर दिया है।" इस बार भी तालियाँ बजीं।

लाला भौचक्का-सा दानिस को देखता रह गया। वह बोले तो क्या बोले और

करे तो क्या करे? ऐसी मात खाएगा, इसकी उसे कल्पना भी नहीं थी।

थोड़ी देर बाद ही सेंट्रल जेल का फाटक खुला और हमारे नेता निकलकर बाहर आए। दानिस एकदम आगे बढ़ा और शायद पहली माला उसने ही पहनाई। कुछ लोग और बढ़े, इसके पहले ही दानिस ने लाला का हाथ खींचकर आगे किया और बड़े नाटकीय ढंग से परिचय कराते हुए बोला, "आप लोग इनसे मिलिए! आप ही हैं लाला जगजीवन लाल। शहर के मानिंद रईस और हर एक को माला पहनाकर गौरव प्रदान करनेवाले महापुरुष।" दानिस के इस व्यंग्य पर भीड़ खिलखिला उठी, "अगर लाला साहब जैसे लोग न होते तो आपके इन सूखे कंठों में इतनी मालाएँ, वह भी इतनी अच्छी-अच्छी, कहाँ से आतीं? लाला जिंदाबाद!"

यह हास्य-विस्फोट अविस्मरणीय था। जेल से छूटे नेताओं में अधिकांश खिलखिला पड़े, क्योंकि लाला को जानते सभी थे। उन्हीं के मनों में सुरक्षित लाला के चित्रों पर और गहरी रेखाएँ खींचकर दानिस भाषिक कार्टून बना रहा था।

लाला का हाथ खींचते हुए ही वह लौटा भी और धक्का देता हुआ आगे निकलने को था कि मुझे देखते ही झिझका, "क्या बदतमीजी करते हो?" जबकि मैंने कुछ नहीं किया था, फिर भी वह मुझे अंड-बंड कहता रहा।

मैं हतप्रभ था।

"अरे, पहचानते नहीं हो, यह तुम्हारा दोस्त जग्गू है?" लाला बोला।

"पहचानता हूँ। पर मुझको धक्का देता है, लगता है, पागल हो गया है।"

वस्तुतः मैंने उसे धक्का भी नहीं दिया था।

"चंपो जब से गुम है, बेचारा दिमागी संतुलन खो बैठा है।" लाला बोला।

"हैं, चंपो गुम हो गई! आप यह क्या कह रहे हैं, लालाजी? और आपके रहते गुम हो गई, जब कि शहर में एक पत्ता भी आपकी इच्छा के बिना नहीं हिलता!"

लाला स्तब्ध रह गया। जो किसी को कहने की हिम्मत नहीं थी, दानिस ने खुलेआम कह दिया। लाला एकदम निर्वसन होने की स्थिति में था। वह अपने को समेटता आगे बढ़ा, फिर भी दानिस ने उसका पीछा नहीं छोड़ा। आज लाला के पीछे एक ऐसी छाया लग गई थी, जिससे वह सबसे अधिक घबराता था।

नारे लगाते लोग आगे बढ़े। रामकिशुन चाचा और चंदर भी उसमें थे; पर मैं वहीं खड़ा रहा। मेरी आँखें तो कुछ और ही खोज रही थीं और मैंने उसे पा भी

लिया। जेल की बाईं ओर के फाटक से पियारी आती दिखाई दी। महिलाओं के नाम पर बस एक अकेली पियारी। मैं उस ओर दौड़ा। अब मेरे पास कोई माला भी नहीं थी। हाँ, पहनाई गई मालाओं से कुछ फूल टूटकर धरती पर अवश्य बिखरे पड़े थे। मैंने उन्हीं में से एक को उठा लिया और पहुँचते ही उसे थमाया। वह कितनी खुश हुई, सो कैसे बताऊँ!

"क्या चंपो आई?" उसने मिलते ही पहला प्रश्न यही किया और मेरे 'नहीं' कहने पर अत्यंत गंभीर हो गई। उसी पीड़ा भरे मौन में डूबी वह आगे बढ़ी। थोड़ी देर बाद उसने पूछा, "जीजी (मेरी माँ) नहीं आई हैं?"

मेरा फिर नकारात्मक उत्तर था।

"चाहती थी कि मैं जेल से निकलते ही उनका चरण स्पर्श करूँ।" फिर उसकी मुद्रा में कुछ परिवर्तन हुआ। उसने मेरे दोनों गाल थपथपाए। मेरे दिए हुए फूल को बड़े जोर से चूमा। मुझे तो लगा जैसे वह मुझे चूम रही हो, पर हो सकता है उसने मेरी माँ के अदृश्य चरणों को चूमा हो।

हम लोग बातें करते आगे बढ़े। आज की दानिस की हरकत बताई। वह भी हँस पड़ी, पर चंपो का संदर्भ आते ही पुनः गंभीर हो गई।

अब हम शिवपुर की सड़कों पर पहुँच चुके थे। सड़क के दोनों ओर खड़े लोग हमें बड़े गौर से देख रहे थे। पियारी भी जेल से कुछ निखरकर ही निकली थी। श्वेत खादी की साड़ी में लिपटा उसका आकर्षक व्यक्तित्व मंदिर के दीप की तरह लपलपा रहा था।

कांग्रेस कमेटी की सारी सवारियाँ पुरुषों को लेकर चली गई थीं। हम किसी इक्के की खोज में थे कि रानी बहू की बग्घी आती दिखाई दी। उन्होंने उतरते ही पियारी को सीने से लगा लिया। पियारी सिसक पड़ी। आत्मीयता का अतिरेक आँखों से बह चला। रानी बहू का आँचल उसे समेटता रहा।

अब हम बग्घी में थे। सामने रानी बहू की बगल में पियारी थी। यह पहला अवसर था जब हमने दोनों को समान स्तर पर बैठते देखा था। कुछ क्षणों पूर्व की दानिस की आवाज मेरे मन में गूँजने लगी—'अवश्य ही वह दीवार गिरेगी और गरीब-अमीर बराबर हो जाएँगे।'

□

सोचता हूँ, आदमी ने अपनी पशुता को कितना दुलारा है कि आज वह

दहाड़ उठी है। हिरोशिमा भस्म हो गया, नागासाकी जल रहा है। लड़ाई मर चुकी है। अमानुषिकता की बुझी हुई राख के नीचे उसे दफना दिया है। अंग्रेजों की विजय पर खुशियाँ मनाई जा रही हैं। दीवाली मनाने के लिए आज सरकारी आदेश है।

१० अगस्त, १९४५ की बादलों से घिरी वह शाम यद्यपि उदास न थी, फिर भी उसकी हर चहक दबी-दबी मायूसी से भरी हुई। दानिस आया। उसने माँ के चरण छुए। माँ ने उसे आशीर्वाद दिया और मुसकराते हुए बोलीं, ''फरार होने के बाद दाढ़ी-ओढ़ी बढ़ाकर तुमने अपना वेश ही नहीं बदला, सुना है, अब तुम नाटक भी अच्छा कर लेते हो।'' निश्चित ही माँ रिहाई के समय की घटना के संदर्भ में बोल रही थीं।

''क्या करूँ, चाचीजी? मामला बड़े नाजुक दौर में है। जरा भी गड़बड़ हुई कि चंपो के प्राण के लाले पड़ जाएँगे।'' दानिस बोला।

''क्या तुम भी समझते हो कि चंपो के गुम होने में लाला की ही 'कारस्तानी' है?''

''इसमें भी कोई शक है!'' दानिस ने कहा, ''उस भीड़ में जब मैंने लाला से कहा कि तुम्हारे रहते हुए यह कैसे हो गया, तो उसका चेहरा फक हो चुका था। बाद में उसने अपनी गाड़ी में बैठते हुए यह भी कहा था—भाई, चंपो के मामले में सब तो संदेह करते ही थे, अब तुम भी करने लगे!''

''तब तुमने क्या कहा?'' माँ ने पूछा।

''कहा तो कुछ नहीं, पर मेरे चुप रहने से वह वही समझ गया, जो मैं कहकर समझता। अब मैं उससे समझौता कर लेना चाहता हूँ, क्योंकि उसके हाथ-पैर इतने विशाल हैं कि उनको काटा नहीं जा सकता। हाँ, भीतर-ही-भीतर घुन की तरह लगकर उन्हें गलाया जा सकता है।''

मेरे मानस में फिर ऑक्टोपस के लंबे-लंबे घिनौने हाथ उभर आए।

यद्यपि दानिस को जल्दी थी, माँ की बातें उसके स्वास्थ्य तक ही सीमित थीं, फिर भी उसने माणिकजी का संदर्भ उठा ही दिया और फिर आ गई मेले में भटककर आई हुई उस औरत की कथा। वृक्ष के कोटर में पड़े एक मासूम पक्षी की सड़ी लाश की तरह यह घटना माँ के मन में पड़ी-पड़ी अब भी अपनी दुर्गंध मार रही थी। उसने परत उधेड़ ही दी। दानिस ने सबकुछ सुना और गंभीर रह गया। मुझे लगा कि इस भूमिगत अवस्था में उसके चिंतन में बड़ी गंभीरता आ गई

है। हर परिस्थिति को ललकारकर छेड़नेवाला उसका व्यक्तित्व अब भोगने और झेलने में विश्वास करने लगा है।

सबकुछ सुन लेने के बाद वह कुछ सोचते हुए बड़े धीरे से बोला, ''किया क्या जाए, पैसे के मोरचे पर हम सब मार खा जाते हैं और हमें समझौता करना ही पड़ता है।''

''इसका मतलब है कि हम हाथ-पर-हाथ धरे बैठे रहें और आँखों के सामने अन्याय होता रहे?''

''नहीं, इसका मतलब यह कदापि नहीं है; बल्कि हम प्रतीक्षा करें और अवसर आते ही इस सामाजिक बुराई के खिलाफ जिहाद बोल दें, क्योंकि एक लड़ाई के कई मोरचे एक साथ खोल देना अपनी ताकत को बिखेरना है।''

माँ चुप हो गईं और दानिस मुझे लेकर चल पड़ा। कंपनी बाग से थोड़ा आगे गया होगा कि हमीद आता दिखाई दिया। वह आते ही दानिस से लिपट गया। फरारी के जीवन से लौटने के बाद यह उनकी पहली मुलाकात थी।

''कहाँ जा रहे हो, भाईजान?'' हमीद ने पूछा।

''लाला जगजीवन लाल के यहाँ। सुना है, उसके घर दीवाली है।'' दानिस की इस बात पर हमीद हँस पड़ा और उसके साथ हो लिया। बरसाती बादल आ गए थे और बूँदाबाँदी शुरू हो गई थी। एक घुटन भरी उमस तेज वर्षा की संभावना बता रही थी।

दीवाली तो कहीं नहीं थी, पर कुछेक दुकानों पर दो-चार दीये अपनी किस्मत पर रोते अवश्य दिखाई दिए।

लाला का भवन बिजली की रोशनी से जगमगा रहा था। दानिस और हमीद को एक साथ देखते ही वह बोल पड़ा, ''यह आग और पेट्रोल एक साथ कैसे?''

''घबराइए नहीं, किसी का घर फूँकने हम लोग नहीं चले हैं, बल्कि जलते हुए घर, माफ कीजिएगा, दीपों को सलाम करने आया हूँ।''

''सलाम करने या बुझाने?'' लाला ने मुसकराते हुए पूछा।

''बोलो भाई हमीद, लाला क्या पूछ रहे हैं।'' दानिस चौकी पर पड़े मसनद को खींचते हुए बोला।

''न तो मैं सलाम करने आया हूँ और न बुझाने।'' हमीद ने विस्तार से अपनी पार्टी की नीति एवं उसके सिद्धांतों की चर्चा की और कहा, ''हमें खुशी जरूर है

फासिस्ट शक्ति के परास्त होने की; पर अंग्रेजों की जीत पर मैं प्रसन्न नहीं हूँ, बल्कि हमारी असली लड़ाई अब शुरू होगी।''

''आखिर यह लड़ाई किसके लिए है?'' दानिस बोला।

''देश की आजादी के लिए।''

''इसका मतलब है, हमारी-तुम्हारी नीतियों में भिन्नता होते हुए भी उद्‌देश्य एक है। चलो, कोई बात नहीं। आजादी के स्टेशन तक तो हमारी-तुम्हारी गाड़ी एक है, फिर बदल दी जाएगी।''

''हमारा-तुम्हारा तो उद्‌देश्य निश्चित है, स्टेशन निश्चित है; पर लालाजी किस गाड़ी पर सवार हैं?'' हमीद ने बातों का क्रम दूसरी ओर उछाला।

लाला जोर से हँसा—''अरे भाई, मैं तो व्यापारी हूँ। व्यापारी को किसी गाड़ी से लगाव नहीं होता। उसे लगाव होता है अपने व्यापार से। हमारा व्यापार जिस गाड़ी से चलेगा, वही अपनी गाड़ी, नहीं तो दूसरे पर सवार।'' वह फिर खिलखिलाया।

मैंने अनुभव किया कि लाला के भीतर एक ऑक्टोपस ही नहीं, अवसर पर रंग बदलनेवाला विषैला गिरगिट भी जी रहा है।

''लाला, देखना, यदि हमारा शासन होगा तो तुम्हारे जैसे लोगों के लिए निजी व्यापार के दरवाजे बंद हो जाएँगे।'' हमीद ने थोड़े आवेश में कहा।

''इसका मतलब है कि तुम्हारा शासन होगा ही नहीं।'' लाला हँसते हुए उठा। उसकी हँसी बता रही थी कि जिसका मैं चाहूँगा, उसी का शासन होगा।

''अरे, कहाँ चले, लालाजी?'' दानिस ने टोका।

''तुम लोगों का मुँह मीठा कराने की व्यवस्था करने।''

इसी बीच राधा दिखाई दी। आज उसमें पहले की तरह न संकोच था, न छिपाव; बल्कि वह मुझे घूरती मेरे सामने से निकल गई। मैंने जब नमस्कार किया तो उसने बड़े शान से सिर झुकाया। मैंने दाानिस से उसका सारा संदर्भ बताया। वह गंभीरता से सुनता रहा।

थोड़ी देर बाद ही जलपान भी आया और लाला भी।

''खैर, इन मिठाइयों का संबंध लड़ाई से न जोड़ते हुए इन्हें स्वीकार करता हूँ।''

''तुम भी बड़े विचित्र हो, दानिस! अरे, आम खाओ, गुठलियाँ गिनने से क्या फायदा?'' हमीद बोला।

हम लोग जलपान में लगे थे कि राधा उधर से फिर लौटी।

''सुनिए, सुनिए।'' दानिस ने उसे फिर रोका, ''आप तो मध्यमेश्वर में रहती हैं न?''

राधा सकपकाई-सी बोली, ''हाँ।''

''तो क्या मैं जान सकता हूँ कि जंगल की एक आजाद चिड़िया इस सोने के पिंजरे में क्यों चली आई?''

दानिस के कहने के ढंग पर राधा एकदम सकते में आ गई। उसे लगा जैसे कोई उधेड़कर रख देना चाहता हो। वह घबराहट में कुछ बोल नहीं पाई।

''अरे यार, इससे क्या पूछते हो? सोन चिरैया ठहरी। सोने के पिंजरे में न आती तो कहाँ जाती?'' राधा की स्थिति को हमीद ने सँभाला—''जाओ, अपना काम करो।''

राधा चली गई। लाला भी गंभीर हो गया। अब वह यह नहीं चाहता था कि हम लोग उसके यहाँ और देर तक रहें, क्योंकि उसने कुछ लोगों को आज विशेष दावत पर बुलाया था। खानसामों की हरकतें और किचन की हरारत से हम वाकिफ हो चुके थे।

ड्योढ़ीदार ने आकर सूचना दी—''छोटे सरकार की सवारी आ रही है।''

''अरे वाह रे सवारी! जैसे साला कोई राजा हो!'' दानिस मन-ही-मन बुदबुदाया। तब तक छोटे सरकार आ चुके थे। हम लोगों को देखते ही उन्होंने मुँह बिचकाया, जैसे विलायती गोंद से खड़ी की गई मूँछें खुद उन्हीं को गड़ गई हों। लाला उन्हें लेकर बगल के ड्राइंग रूम में चला गया और फिर बहुत देर तक गुम हो गया। फिर हम लोगों को देखने भी नहीं आया। नौकरों से कहकर हम चल दिए।

□

उम्मीद की धरती पर चिंता का जहरीला पानी अचानक फिर गया। पूरे नगर की मानसिकता एक अप्रत्याशित तूफान से झकझोर दी गई। सुबह से ही लोग अखबार के दफ्तरों के पास जमा होने लगे। दोपहर होते-होते 'आज' कार्यालय के बाहर इतनी भीड़ हो गई कि लोहटिया की सड़क जाम हो चली थी। पुलिस व्यवस्था में लगी थी, फिर भी वह कुछ कर नहीं पा रही थी। अंत में 'आज' कार्यालय से एक घोषणा हुई—'हमें खेद के साथ सूचित करना पड़ रहा है कि नेताजी सुभाषचंद्र बोस अब नहीं रहे। रंगून से टोकियो जाते समय उनका विमान दुर्घटनाग्रस्त हो गया।'

बाद में यही सूचना बड़े-बड़े अक्षरों में छापकर कार्यालय के बाहर अखबार चिपकाने के बोर्ड पर लगा दी गई। भीड़ हटने-बढ़ने लगी थी कि एक इक्के पर खड़े होकर दानिस भाषण करने लगा, "भाइयो, यह खबर झूठी है! एकदम झूठी है! जैसे नेताजी हमेशा अंग्रेजों को चकमा दिया करते थे, आज भी वे चकमा देकर निकल भागे हैं। नेताजी कभी मर नहीं सकते, वे अमर हैं। नेताजी अमर हैं! नेताजी अमर हैं!" उसने कई बार इस वाक्य को दोहराया और बाद में वही भीड़ का नारा बन गया। इक्के पर से वह चिल्लाता और सड़क पर भीड़ चिल्लाती।

सड़क एकदम जाम न हो जाए, इसलिए इक्के को थोड़ा आगे बढ़ाकर अस्पताल के सामनेवाली खुली जगह पर जाने के लिए पुलिस ने आग्रह किया। अब कबीरचौरा के किंग एडवर्ड हॉस्पिटल (आज का शिवप्रसाद गुप्त अस्पताल) के सामने आकर फिर भाषण देने लगा।

मुझे ठीक याद है, १८ अगस्त, १९४५ को यह दुर्घटना हुई थी और आज १९ अगस्त का रविवार। स्कूल-कॉलेज बंद, इसलिए इस भीड़ में विद्यार्थी अधिक थे। उनका मन तो सुभाष बाबू की मृत्यु को मानने को तैयार नहीं था, पर दुःखी दिखाई सब दे रहे थे। अंत में थककर दानिस बैठ गया। एक चिंतातुर मौन भीड़ पर छा गया। उसी में एक हलकी सुगबुगाहट भी थी, "होनी को कौन रोक सकता है? वह कभी भी हो सकती है और किसी के भी साथ हो सकती है।"

इसी बीच एक दूसरा खद्दरधारी व्यक्ति इक्के पर खड़ा हुआ। उसने घोषणा की कि आज दशाश्वमेध के चित्तरंजन पार्क में एक शोक सभा होगी।

उसके इतना कहते ही दानिस फिर खड़ा हो गया, "नहीं-नहीं, शोक सभा नहीं होगी। जब नेताजी मरे ही नहीं, तब शोक सभा कैसी?"

उस व्यक्ति ने अब स्वयं को सुधारा—"शोक सभा नहीं, नेताजी के जीवन पर प्रकाश डाला जाएगा।"

भीड़ हटने लगी। मैं भी लौट पड़ा।

दोपहर के लगभग तीन बजे दानिस फिर मेरे यहाँ आया। मुझे इशारे से उसने चाचा की दुकान पर से बुलाया। मैंने गली में कुछ दूर आकर देखा, दानिस के साथ गोपाल भी खड़ा है।

दानिस बोला, "हम लोग तुम्हारे घर ही चल रहे हैं, चाभी है न?"

मेरा हाथ जेब पर गया और मैंने स्वीकारात्मक ढंग से सिर हिलाया, पर मैं

कुछ समझ नहीं पाया कि आखिर ये लोग हमारे घर चलकर क्या करेंगे?

दालान में पड़ी चौकी पर बैठते ही दानिस बोला, "देखो भाई गोपाल, मुहल्ले का मामला है। हम लोग नहीं चाहते कि कोई तूल-तंबाड़ हो। तुम राधा से पूछ लो।"

अभी तक मैं स्पष्ट समझ नहीं पाया था, फिर जब दानिस ने कहा कि पूछ लो जग्गू भाई से कि चंपो की चिट्ठी आई थी या नहीं? तब मैं संदर्भ के निकट पहुँचा।

"उसमें लिखा था न कि मुझसे और कुछ जानने की आशा मत करना। विशेष राधा बुआ ही बता सकती है?" दानिस ने फिर मुझसे हुँकारी भरानी चाही।

मैं असमंजस में पड़ा।

"बोलते क्यों नहीं, यहाँ तुम्हें कौन सा डर पड़ा है?" वह तड़पा और मैंने दबाव में स्वीकार कर लिया।

"भाई, जो हो गया, सो हो गया। बुर्जुआ सोसाइटी में यह सब होगा ही।" हमीद ने कहा, "पर अब यदि पता चल जाता तो चंपो को हम लोग घर तो ले आते।"

"अभी भी हमें विश्वास नहीं होता कि चंपो के मामले में राधा का हाथ है। यदि होता तो वह कभी-न-कभी मुझसे कुछ जरूर कहती।" गोपाल बोला।

"मैं राधा के हाथ होने की कहाँ कह रहा हूँ?" दानिस ने कहा, "मैं तो बस इतना कह रहा हूँ कि राधा को मालूम जरूर है, नहीं तो चंपो उसका जिक्र अपने पत्र में क्यों करती?"

गोपाल कुछ देर तक सोचता रहा, फिर बोला, "अच्छा, मैं उससे पूछकर ही कुछ कह सकता हूँ।"

गोपाल चला गया।

"पर चंपो के पत्र में राधावाली बात कहाँ लिखी है?" मैंने दानिस से पूछा।

"इससे क्या होता है? यदि नहीं लिखी थी तो भी मैंने उसमें लिख दी।" दानिस मुसकराया, "अरे पगले, फरेब से ही फरेब को पकड़ा जा सकता है।"

इसपर हमीद भी हँसने लगा।

"निश्चित है कि यह बात अब गोपाल और राधा तक ही नहीं रहेगी, बल्कि फैलेगी और यह कोई भी रूप ले सकती है! हो सकता है, गवाही में चिट्ठी पेश

करने की नौबत आए।''

हमीद ने भी मेरी बात का समर्थन किया।

''तब उस चिट्ठी को ही गायब कर देना चाहिए।'' दानिस का अंतिम निष्कर्ष था।

पर जो चिट्ठी सुमेर चाचा को प्राणों से भी प्यारी हो, दिन में जिसे वह कई बार देखता हो, उसे गायब कैसे किया जाय? ...और गायब करने के बाद उसके दिल पर क्या गुजरेगी? किंतु दानिस के अनुसार उसे हटाए बिना कल्याण नहीं था, क्योंकि झूठ को खड़े होने के लिए भी दूसरे झूठ का सहारा चाहिए।

संध्या हो चली थी। गंगाराम अखबार लिये सीधे मेरे घर में दाखिल हुआ—''लोगों ने सुना, सुभाष बाबू की मृत्यु की शंका व्यक्त की है। उनका कहना है कि हो सकता है कि विमान दुर्घटना की बात मनगढ़ंत हो।'' इतना कहते हुए उसने अखबार आगे बढ़ा दिया।

''मैंने पहले ही कहा था।'' दानिस की बाँछें खिल गईं और वह अखबार पढ़ने लगा। शीघ्र ही चहकते हुए बोला, ''देखा, आखिर मेरी बात सही निकली। हिंदुस्तानियों को कौन कहे, अंग्रेजों को भी विश्वास नहीं है कि सुभाष बाबू मारे गए हैं। हो सकता है, युद्धबंदी होने से बचने के लिए उन्होंने यह सारा नाटक रचा हो।''

पहले से ही दानिस के चेहरे पर चिंता की कोई रेखा नहीं थी। अब तो वह अजीब उल्लास से भर गया—''अब मैं चलता हूँ। चित्तरंजन पार्क वाली सभा में यही अखबार पढ़कर सुनाऊँगा।'' वह इतने उत्साह में था कि चलते समय हमीद से भी कुछ नहीं बोला।

''तुम्हें तो इस खबर से दुःख ही हुआ होगा?'' दानिस के चले जाने के बाद मैंने हमीद से कहा।

''किस खबर से?''

''यही सुभाष बाबू के जीवित रहने की खबर से।''

''क्यों?''

''क्योंकि वे फासिस्टों के दोस्त हैं।''

''इससे बड़े दोस्त वे हमारी आजादी के हैं। उनका रास्ता गलत था, इसे तो वे अब खुद स्वीकार कर रहे होंगे; पर वे महान् हैं, उनकी कुरबानी महान् है। लेनिन का कहना है कि साम्राज्यवाद के विनाश के लिए यदि साम्राज्यवादियों का भी

सहयोग लेना पड़े तो लेना चाहिए।''

मुझे लगा कि हमीद और दानिस दोनों दो किनारे भले हों, पर हैं एक ही नदी के।

मैंने सारी परिस्थिति माँ को बताई। माँ ने चाचा को पता नहीं क्या समझाया कि चाचा राजी हो गया। उसकी और चाची की जानकारी में माँ चंपो की चिट्ठी उसके यहाँ से उठा ले आईं। अब जब माँ नहीं रहतीं, मैं उस चिट्ठी को संदूक से निकालकर पढ़ता हूँ। मुझे यह वाक्य बार-बार चुभता—'जग्गू को जरा समझाते रहिएगा।' आखिर इतने लोग थे? उसने और किसी के संबंध में क्यों नहीं लिखा, जरूर मैं उसे याद आता होऊँगा। जरूर वह मेरी कल्पना से लिपटकर रोती होगी।

धीरे-धीरे सुलगते-सुलगते राधा का संदर्भ आग बन चुका था। मेरे घर में दानिस और गोपाल की बातचीत के बाद किसी ने किसी से कुछ कहा नहीं; पर बात कैसे फैल गई, हम सबको आश्चर्य था। पूरा मुहल्ला अब राधा पर थूकने लगा था। अब वह दिन में दिखाई भी नहीं देती, कुछ रात गए आती है और घूँघट में मुँह छिपाए सिर नीचे किए सीधे अपने घर चली जाती है। सामान आदि लेने के लिए अब गोपाल ही दिखाई देता है, वह भी लोगों के ताने सुनता और व्यंग्य-बाण सहता हुआ।

इधर चाचा का घाव अभी भरा नहीं था, पर वक्त की अँगुलियों द्वारा लगातार सहलाए जाने से उसकी पीड़ा कम अवश्य हो गई थी। चंपो के पत्र ने भी चाचा को सँभालने में बड़ा काम किया था। अब वह लोगों से बोलता भी था और दुकान पर बैठता भी था। अब दौरे भी कम पड़ते थे, किंतु जब पड़ते थे तो दौरों की अवधि लंबी होती थी।

उन दिनों आजाद हिंद फौज पर लाल किले की फौजी अदालत में सुनवाई हो रही थी। आजाद हिंद फौज के अफसरों—सहगल, ढिल्लो और शहनवाज को इस फौजी अदालत ने फाँसी की सजा सुनाई थी। सरकार की दृष्टि में ये देशद्रोही थे, पर जनता की दृष्टि में परम देशभक्त। सरकारी वकील उन सैनिकों पर जो आरोप लगाते, वह हमारी राष्ट्रीयता और देशभक्ति की बारूद पर चिनगारी का काम करते। उन खबरों को पढ़ते-पढ़ते हम उत्तेजित हो उठते। आजकल अखबार ऐसी ही खबरों से भरे रहते।

गंगाराम सीधे अखबार लेकर चाचा की दुकान पर आता। उसे मैं वहाँ लोगों

को पढ़कर सुनाता। मुहल्ले के बहुत सारे लोग इकट्ठे हो जाते। पढ़ते-पढ़ते मैं आवेश में खड़ा हो जाता था। अनेक वर्णन तो ऐसे होते थे, जिसके बाद में लोग तालियाँ बजाने लगते थे। अपने भुलाने के लिए चाचा को एक अच्छा मौका मिल गया था। वह बोरसी सुलगवाता और अखबार समाप्त होने के बाद भी लोग बहस करते हुए फरवरी की ठिठुरती रात का प्रथम पहर काट देते।

कल पूरे देश में हड़ताल होगी। इक्के-ताँगे भी नहीं चलेंगे। पान तक की दुकानें भी नहीं खुलेंगी।

"इससे क्या होगा?" महँगू ने पूछा।

"सरकार पर दबाव पड़ेगा। वह आजाद हिंद फौज के इन अफसरों को फाँसी देने से डरेगी, वरना बेचारे लटक जाएँगे।"

बात इसी पर चल रही थी कि गोपाल आया, "एक सेर नमक देते, सुमेर साव।" उसने दुअन्नी फेंकी।

चाचा चुपचाप नमक तौलने लगा।

"इतनी रात को नमक लेने चले, गोपाल भाई!" महँगू बोला।

"कल हड़ताल होगी न! और नमक बिना काम चलनेवाला नहीं है।"

"सुना है, तुम नमक का मूल्य नहीं चुकाते।" महेश बोलने के साथ-ही-साथ मुसकराया।

"पहले ही दुअन्नी फेंक चुका हूँ।" गोपाल बोला।

"क्या नमक का मूल्य महज एक दुअन्नी है?"

"अरे यार, इससे क्या पूछते हो?" जीउत बोला, "यह तो सीधा-सादा आदमी है। नमक अदा करना जानती है इसकी मेहरिया—राधा।"

सबके सब हँस पड़े।

गोपाल बेचारा नमक लेकर चलता बना। अभी कुछ दूर ही गया होगा कि जवाहिर बोला, "नमक हराम कहीं का! डाकू और बड़े-से-बड़ा लुटेरा भी अपने गाँव-मुहल्ले का खयाल रखता है।"

वह कुछ और बड़बड़ाता, यदि महेश उसका जोर से हाथ न दबाता—"अरे, सुन रहा होगा।"

"क्या करेगा साला सुन के? अब तो स्वराज आने ही वाला है। इसके आका (लाला) को भी दिन में तारे दिखाई देने लगेंगे, इस साले की हस्ती क्या है!"

□

कटकटाती जाड़े की रात का ब्राह्म मुहूर्त।

आज मैं माँ के जगने के बहुत पहले ही जग गया हूँ और रजाई के भीतर पड़े-पड़े ही दानिस की प्रतीक्षा कर रहा हूँ, क्योंकि उसके साथ ही मुझे कैंट स्टेशन जाना है और वहाँ यात्रियों को समझाना है कि आज शहर में हड़ताल है, इक्के-ताँगे नहीं चलेंगे।

सैकड़ों लोगों की जरूरत पड़ेगी। हो सकता है, उन लोगों का सामान भी गंतव्य तक ढोना पड़े। यों भी यात्रियों को कम ही आना चाहिए, क्योंकि हड़ताल देशव्यापी है और इसकी सूचना भी काफी प्रचारित की जा चुकी है।

अचानक दरवाजे की खटखटाहट सुनाई पड़ी। सोचा, दानिस आ गया। मैं दरवाजा खोलने के लिए लपका; पर मेरे पूर्वाभास को धोखा हुआ। वह राधा थी। मैं कुछ क्षणों तक उसे देखता रहा और वह मुझे।

मेरे प्रणाम करने के बाद ही उसने पूछा, ''पियारी बहन हैं?''

''वह तो यहाँ नहीं रहतीं?''

''तब कहाँ रहती हैं?''

''यह मुझे नहीं मालूम।''

''आश्चर्य है, तुम्हें नहीं मालूम।''

''हो सकता है, माँ जानती हों।'' मैंने कहा, ''पर वह तो अभी सो रही हैं। आप भीतर चलकर बैठें, मैं अभी बुलाता हूँ।''

वस्तुतः दरवाजे की दस्तक होते ही माँ जग गई थीं। मैंने राधा के आगमन की सूचना दी। क्या बात है? वह भी उसके असमय एवं आकस्मिक आगमन पर चकित थीं। जब तक वह नीचे आएँ तब तक राधा जा चुकी थी। शायद वह माँ का सामना करना नहीं चाहती थी। पर उसकी भी शामत थी कि रास्ते में दानिस से मिल गई।

''कहिए, स्टेशन चल रही हैं?'' दानिस ने मिलते ही पूछा।

''नहीं।'' कहती हुई वह आगे बढ़ना चाहती थी कि दानिस ने उसे घेर लिया—''आखिर दिन भर घर में बैठकर क्या करेंगी? बहुत करेंगी, लाला की सेवा में चली जाएँगी। लाला की सेवा से कहीं अच्छा है, देश की सेवा कीजिए। किसी लड़की को भगाने से कहीं अच्छा है, भागी हुई लड़की को घर पहुँचाइए। उसके

माता-पिता का आशीर्वाद लीजिए।''

दानिस बता रहा था कि वह बड़बड़ाती रही और चुपचाप चली गई। उसमें प्रतिवाद करने का भी साहस नहीं रहा।

स्टेशन पर व्यवस्था अच्छी थी। वस्तुतः यह सिर्फ कांग्रेस का ही नहीं, बल्कि जन-आंदोलन था, इसलिए जनता लोगों के सहयोग के लिए उमड़ पड़ी थी। जो शहर के यात्री थे, उनकी समस्या तो किसी तरह हल हो जा रही थी, किंतु जो दूसरी जगहों के यात्री थे और ट्रेन बदलने के लिए स्टेशन पर पड़े थे, उनके भोजन, जलपान आदि की व्यवस्था का प्रश्न था; क्योंकि हड़ताल ऐसी थी कि कुछ भी मिलनेवाला नहीं।

सेव समिति का कैंप लगा था। उसी में चाय बन रही थी। लाला के अनाथालय के आदमी पूड़ी और सब्जी तैयार करने में लगे थे। बलदाऊ अपना मोटा डंडा लिये कैंप के बाहर-भीतर आ-जा रहा था। प्लेटफॉर्म पर टहलते हुए उसकी आकृति हर यात्री के चेहरे का कई बार स्पर्श कर आई थी। उसे देखते ही दानिस मुझसे अलग हो गया और उससे इस तरह से बातें करने लगा जैसे वह उसके वर्तमान से बिलकुल वाकिफ ही न हो।

''अरे बलदाऊ सरदार, बहुत दिनों पर मिले। मैं तो आपसे मिलने ही वाला था।'' दानिस बोला।

बलदाऊ ने मुसकराते हुए अपनी मूँछें ऐंठीं।

''अब तो पुरानी बातें ही सब खत्म होती जा रही हैं, सरदार! कभी आप लोगों की गुंडई का शहर में दबदबा था, क्या मजाल कि किसी की बहू-बेटी पर कोई नजर उठाए; पर आज तो बात ही बदल गई! किसी की बहू-बेटी की इज्जत सुरक्षित नहीं।'' दानिस ने बनारसी गुंड़ों के शानदार अतीत पर अँगुली धर दी थी।

अब बलदाऊ की मानसिकता अपने झूठे अहं में डूबने लगी थी।

दानिस कहता जा रहा था, ''अब देखिए न, सुमेर साव की जवान बेटी को दिन-दहाड़े लोगों ने गायब कर दिया। बेचारा पागलों की जिंदगी जी रहा है। अब सरदार, तुम्हीं समझो, बनारस के गुंडों के माथे पर यह कलंक नहीं है? तुम्हारे ऐसे लोगों के रहते यह घटना हो गई।'' दानिस तीर पर तीर मारे जा रहा था और बलदाऊ बिंधने लगा था—''ले जाकर कमीनों ने कहीं बेच दिया होगा या किसी कोठे पर बैठा दिया होगा। मैं तो समझ नहीं पाता, कैसे यह हो गया तुम सबके रहते!''

''आखिर तुम भी तो थे!'' बलदाऊ हँसा।

''मैं कहाँ था? मैं तो फरार था। सरदार, विश्वास करो, यदि मैं होता तो यह घटना होती ही नहीं।''

''भाई, जवान लड़की थी। कलकतिया लोगों के चक्कर में पड़ गई।'' बलदाऊ ने लाला की ही बात दोहराई।

''कलकतिया लोगों की क्या हिम्मत है जी! साले विपत्ति के मारे खुद कलकत्ता से भागे हैं। कहीं भगाए गए लोग भी किसी को भगा सकते हैं? अरे, वह तो अपने ही लोगों का शिकार हुई।'' फिर उसने चंपो की चिट्ठी और उसमें लिखे राधा के नाम की चर्चा की।

बलदाऊ गंभीर हो गया। उसे लगा कि जिस काली छाया को मैं बहुत दूर समझता था, वह मेरे पीछे ही चली आ रही है।

दानिस बोलता जा रहा था, ''आप जैसे लोग जब तक इस मामले को हाथ में नहीं लेंगे, तब तक उस लड़की का उद्धार नहीं होगा।''

''हमीं लोग जब सब करें तो सुराजी लोग क्या करेंगे?'' भीतर से उद्विग्न होता हुआ भी बलदाऊ मुसकराया।

''हम सुराजियों का तो अभी एक ही उद्देश्य है—अंग्रेजों को भगाओ। आजादी के बाद तो हम इन कमीनों को अच्छी तरह देख लेंगे।''

तब तक एक लड़का दौड़ा हुआ आया और बलदाऊ से बोला, ''आपको लालाजी बुला रहे हैं।''

''कहाँ हैं लालाजी?''

बलदाऊ को जैसे विश्वास ही नहीं था कि लालाजी भी स्टेशन पर आ सकते हैं। लड़के ने उसे बताया कि वह कैंप में बैठे हैं।

बलदाऊ के कैंप में जाते ही दानिस प्लेटफॉर्म की दूसरी ओर से मेरे पास आया। उसने सारी बातें बताईं।

''इस नाटकीयता से लाभ क्या?'' मैंने पूछा।

''तुम जानते नहीं हो। आदमी को अहं की शराब पिलाते जाओ। कभी-न-कभी तो उसपर अहंकार का नशा चढ़ने लगेगा और तब वह अपने रास्ते से भटककर तुम्हारी मुट्ठी में आ जाएगा। यदि जरा सा और मौका मिलता तो बलदाऊ खुलने लगता।''

''यह तुम्हारा भ्रम है। वह लाला का खास आदमी है।'' मैंने कहा।

''कोई किसी का खास आदमी नहीं होता जग्गू, परिस्थितियाँ ही उसे खास और आम बनाती हैं।''

''इसका मतलब है कि परिस्थितियों ने ही हमें और तुम्हें खास आदमी बनाया है?'' दानिस चुप था।

''और परिस्थितियाँ बदलते ही हमारी दोस्ती भी बदल सकती है?''

दानिस अब भी चुप था।

राधा ने मुहल्ला छोड़ दिया। कहाँ गई, पता नहीं। एक दिन चंदर चाचा से मिलने आया था। वह उससे लिपटकर रोने लगा। सोमारू के मरने के बाद चंदर में यह परिवर्तन आया। वह बदलता गया, बदलता गया। एकदम बदला हुआ चंदर हमारे सामने था। पाप के चरम शिखर से जब पश्चात्ताप की नदी बहती है, तब अतीत का सारा कूड़ा-करकट बहा ले जाने की चेष्टा करती है। इस समय चंदर की आँखों से वही कूड़ा बह रहा था।

चाचा भी रोने लगा था। जब दोनों की आँखें थमीं तब चंदर बोला, ''कितने घरों को फूँकने के लिए मैं तुम्हारे यहाँ से मिट्टी का तेल ले जा चुका हूँ, सुमेर भैया; पर आज मैं खुद जल रहा हूँ, मेरी आत्मा जल रही है। इच्छा होती है, मैं उस घर को भी जला दूँ, जिसकी चिनगारी लेकर मैंने अनेक घर फूँके हैं।'' चंदर उस दिन बड़े आवेश में था। उसका कहना था कि सुमेर साव तो गेहूँ के साथ घुन की तरह पिस गया, वरना उस कमीने का उसने क्या बिगाड़ा था।

पर उस शाम के बाद चंदर बहुत दिनों तक दिखाई नहीं दिया। दूसरे दिन राधा भी मुहल्ला छोड़कर चली गई। सुना, उस रात चंदर राधा के घर गया था। उसे क्या नहीं कहा! उलटा-सीधा जो भी मन में आया, घंटों बकता रहा। आस-पास के घर के लोग भी निकल आए; पर चंदर को देखकर कोई कुछ नहीं बोला। राधा इतनी डरी कि वह सुबह-सुबह पियारी की खोज में मेरे यहाँ आई थी। उसे क्या मालूम कि वह उस छाया का सहारा लेने आई है, जो चंदर से बहुत पहले जुदा हो चुकी है।

इसके ठीक तीसरे दिन लाला ने सुमेर चाचा को बुलाया। चाचा उस समय गया तो नहीं, पर उसका मस्तिष्क बुलाए जाने के संभावित कारणों में उलझ अवश्य गया। ऐसा तो नहीं कि राधा ने मेरी शिकायत की हो? मैंने तो चंदर से कुछ कहा भी नहीं था। उसकी मानसिकता टाल जाने के पक्ष में थी। यदि ऑक्टोपस के घिनौने

हाथ झूलते हुए फिर मेरी दृष्टि में न आते तो शायद मैं भी चाचा को लाला के यहाँ जाने न देता।

जब चाचा लाला के यहाँ पहुँचा, वह बड़े प्रेम से मिला। अच्छी-खासी आव-भगत की, हाल-चाल पूछा और बड़ी आत्मीयता से बोला, "क्यों सुमेर साव, सुना है, चंपो की चिट्ठी आई है?"

चाचा ने स्वीकारते हुए सिर हिलाया।

"सारे शहर ने जान लिया, पर तुमने मुझसे कुछ नहीं कहा!" लाला मुसकराया—"लगता है, तुम अब भी मुझे पराया समझते हो।" अब उसने मेरी ओर संकेत किया, "और तुमने भी मुझसे कुछ नहीं कहा?"

मैं भी चुप ही रहा।

"खैर, कोई बात नहीं। यह तो बताओ, वह है तो अच्छी तरह न?"

चाचा ने बड़ी गंभीरता से उसका कुशल-क्षेम स्वीकार किया।

"आखिर क्या लिखा है चंपो बिटिया ने?"

मैंने अनुभव किया कि बड़ी होशियारी से लाला पत्र के संदर्भ तक पहुँचना चाहता है।

चाचा बोला, "कोई विशेष बात नहीं लिखी है। यही राजी-खुशी है।"

मैंने देखा, मामला गड़बड़ाना चाहता है। मैं बीच में ही बोल पड़ा, "विशेष जानकारी के लिए उसने राधा बुआ का नाम लिखा है।"

लाला एकदम गंभीर हो गया। वह सब होने के बावजूद सुमेर चाचा की ईमानदारी में विश्वास करता था। मेरे कथन का चाचा ने प्रतिवाद भी नहीं किया, वरन् उसका मूक समर्थन लाला को बहुत भारी पड़ा।

"मैंने इसीलिए तुम्हें बुलाया था।" लाला ने अपनी मुद्रा बदली—"सोचता था कि एक दिन खुद चलूँ, पर काम से फुरसत मुश्किल। चलो, चंपो की खबर मिली, बड़ी अच्छी बात है। वह कुशल से है और जिंदा है, इससे अधिक तुम्हें और क्या चाहिए?"

"एक बाप को बेटी की खबर नहीं, वरन् उसकी बेटी चाहिए, लालाजी।" चाचा की आँखें भर आईं। एक पिता का हृदय पिघलकर आँखों में मचल पड़ा।

लाला का कहना था कि लड़की नहीं मिल रही है तो उसके कुशल समाचार से ही संतोष करो। उसने अपनी पुरानी बात फिर दोहराई, "भैया, मानो चाहे मत

मानो, उसने किसी का हाथ पकड़ लिया। वह तुमसे अब भी खुद को छिपा रही है। यदि छिपाना न चाहती तो अपना पता-ठिकाना तो लिखती। मुझे तो लगता है कि राधावाली बात भी तुम्हें उलझन में डालने के ही लिए लिखी है।''

चाचा चुपचाप सुनता रहा। राधा का नाम आते ही उसकी आँखें लाल होने लगीं। मुझे डर लगा कि कहीं दौरा न पड़े। मैं फिर बीच में ही बोल पड़ा, ''जो भी हो, पर उसने राधा का नाम तो लिखा ही है।''

''चंपो की लिखी 'कॉपी-ओपी' तो तुम्हारे पास होगी ही।'' लाला ने मुझसे पूछा।

मैंने स्वीकार किया।

''यदि हो सके तो वह कॉपी और चंपो की चिट्‌ठी मेरे यहाँ भिजवा दो। मैं पहले उसकी लिखावट की जाँच कराऊँ। मुझे तो दाल में ही कुछ काला मालूम पड़ता है। हो सकता है, वह चिट्‌ठी ही चंपो की लिखी न हो?''

लाला ने संदेह का एक बीज चाचा के मन में छोड़ना चाहा, पर वहाँ इतनी जलन थी कि वह बीज पड़ने के पहले ही झुलस गया।

अंत में तय हुआ कि आज या कल संध्या को लाला चिट्‌ठी के लिए अपना आदमी भेजेगा।

अब संध्या को चाचा की दुकान पर फिर कुछ लोग जमने लगे। फिर पहले जैसी देश-विदेश की चर्चा होती। गंगाराम अखबार ले आता, उसका वाचन होता। बातें लड़तीं। चाचा भी 'हूँ-हाँ' करता रहता, पर अब उसमें रस नहीं लेता था। वह तो उस वातावरण की दीवार से पुराने चप्पड़ की तरह उखड़ चुका था। आज गंगाराम कुछ विशेष खुशी में उछलता हुआ आया और अखबार देते हुए बोला, ''आजाद हिंद फौज के लेफ्टिनेंट रशीद की सजा को लेकर भारतीय नौ सेना ने विद्रोह कर दिया। नौसैनिक बेड़ों से यूनियन जैक उतारकर फेंक दिए गए।''

सेना में विद्रोह! अब निश्चित है, अंग्रेज इस देश में रह नहीं पाएँगे। एक विस्फोटक स्थिति का कंपन हमारे बीच से गुजर आया। बुझे हुए शोले भी आँच देने लगे।

अखबार पढ़ते-पढ़ते अच्छी-खासी भीड़ लग गई।

''नौ घंटे तक गोलाबारी हुई। सालों को अब पता चल गया होगा कि भारतीय सैनिकों को भी अब दबाकर रखा नहीं जा सकता।'' पीपा बोला।

''खैर, इसका अनुमान तो इंग्लैंड की नई लेबर पार्टी सरकार कर ही चुकी है। तभी तो वह आजादी देने की योजना बना रहे हैं।'' रामकिशुन ने कहा।

बात चल ही रही थी कि नरेंद्र बहादुर आ धमका। उसका आना सबके लिए अनहोनी बात थी। वह लाला का नौकर ही नहीं, व्यक्तिगत सहायक भी था। लोग उसे देखते ही चुप हो गए।

इस चुप्पी के बीच से गुजरते हुए लोगों के मानसिक दुराव का अनुभव नरेंद्र बहादुर ने भी किया; पर वह गंभीर रह गया। सीधे चाचा से बोला, ''लालाजी को कोई चीज आपने देने को कहा था?''

''हाँ, कहा तो था।'' इतना कहते हुए चाचा भीतर आया।

मैंने समझ लिया कि चंपो के पत्र का ही संदर्भ है। मैं भी भीतर की ओर बढ़ा।

''क्या कहा जाए उससे?''

''कह दीजिए कि कहीं रखा गया है, इस समय मिल नहीं रहा है। मिलते ही मैं भिजवा दूँगा।''

इसका मतलब है कि कुछ दिनों बाद लाला फिर उसे माँगेगा, क्यों नहीं बात ही खत्म कर दी जाए। चाचा सोचने लगा। और फिर दुकान में आकर बोला, ''भैया, आज सवेरे से ही खोजाई कर रहा हूँ, पर मिल नहीं पा रहा है। ऐसा तो नहीं कि सौदे में लपेटकर किसी ग्राहक को दे दिया गया हो।'' चाचा ने एक गंभीर बनावट ओढ़ ली।

''कौन सी चीज है, सुमेर साव?'' रामकिशुन से रहा नहीं गया।

''है एक जरूरी चीज, भाई! क्या कहा जाए? कभी-कभी डूबते को सँभालनेवाला तिनका भी खो जाता है।'' चाचा क्षण भर के लिए गंभीर हुआ—''अच्छा आप चलें, मिलते ही मैं पहुँचवा दूँगा।''

नरेंद्र बहादुर चला गया। चाचा की यह नाटकीयता उसकी बदली हुई प्रकृति के सर्वथा प्रतिकूल थी; पर कभी-कभी आदमी वह सब भी कर गुजरता है, जिसकी न तो उसमें सामर्थ्य होती है और न उससे आशा ही की जाती है।

चाचा और नरेंद्र बहादुर की बातों का रहस्य शायद ही कोई समझ पाया हो। लोगों ने जिज्ञासा भी की, पर चाचा बड़ी होशियारी से टाल गया।

''लगता है, लाला आज सुमेर साव को पटियाने में लगा है।'' रामकिशुन

बोला, "जरा होशियार रहना साव, कुछ लोगों की दोस्ती भी बुरी होती है और दुश्मनी भी।"

"यहाँ न दोस्ती का सवाल है और न दुश्मनी का। अरे, लाला हम पर कृपा बनाए रखे, यही बड़ी बात है।"

"लाला की किरपा से अभी अघाए नहीं क्या, सुमेर?" बूढ़े मँगरू की आवाज उसके मर्म को छू गई।

चाचा कुछ गंभीर हुआ। अन्य लोगों ने भी बात बदल देना ही उचित समझा। घूम-फिरकर उस माहौल की मानसिकता फिर 'नेवी विद्रोह' पर आ गई।

मैं अखबार लेकर वहाँ से खिसका। सोचा, इस खबर को जल्दी-से-जल्दी दानिस को सुनाऊँ। वह खुश हो जाएगा। इधर दो-चार दिनों से फिर उसे ज्वर आने लगा है। फरारी के समय ऐसी बीमारी लगी कि शरीर टूट गया। अब जरा भी सर्दी-गरमी बरदाश्त नहीं कर पाता; किंतु दिल और दिमाग में वैसा ही तेवर है।

गंगाराम बाहर दिखाई नहीं दिया। हाँ, रामनाथ तापने के लिए कौड़ा सुलगा रहा था।

"माँ आएँगी तो कह दीजिएगा कि मैं दानिस के यहाँ जा रहा हूँ।" कहकर मैं दानिस के घर की ओर लपका। फरवरी का जाड़ा कटकटा रहा था। शीतल पछुवा हवा का सनसनाता झोंका ऊनी स्वेटर के भीतर भी चुभता जा रहा था।

पियारी दानिस का सिर दबा रही थी। सलमा और अम्मीजान दालान में जल रहे चूल्हे के पास थीं। मेरे हाथ में अखबार देखते ही दानिस कथरी के भीतर से ही बोला, "कोई नई बात है क्या?"

"हाँ, नौसेना ने बगावत कर दी।" मैंने कहा।

"बगावत! फौज ने बगावत कर दी!" वह एकदम उठ बैठा—"अम्मीजान, अम्मीजान, कमाल हो गया!" वह पागलों-सा चिल्लाया। कहाँ बुखार और कहाँ सिरदर्द? "देखा नेताजी का करिश्मा! जो चिनगारी बर्मा के फ्रंट पर बुझी-बुझी जान पड़ी, वही बंबई में विस्फोट कर बैठी।"

अम्मीजान पहले आईं और सलमा बोरसी में अंगारे भरकर बाद में। मैं ढिबरी की रोशनी में अखबार पढ़कर सुनाने लगा। कई बार पढ़ी हुई खबर को मेरे आवेश ने नई नाटकीयता प्रदान की। लोगों की नसें फड़कने लगीं।

"कैप्टन रशीद की सजा ने यह कमाल कर दिखाया।" अम्मीजान बोलीं।

दानिस के मस्तिष्क ने अपने अनुसार घटना का क्रम बैठाया—"निश्चित है, नेताजी दुश्मनों को चकमा देकर बंबई चले आए होंगे। तभी तो यह ज्वालामुखी फूटा है। अरब सागर उबल पड़ा।"

"पर सोचने की बात यह है कि जहाँ अंग्रेज सांप्रदायिकता भड़काने में लगे हैं। हर होली और मुहर्रम को दंगे होते हैं, वहाँ कैप्टन रशीद के मामले में सारी सेना एक हो गई।" मैंने अम्मीजान के मन की बात कही। वह इसी पहलू पर सोच रही थीं।

"सवाल हिंदू-मुसलमान का नहीं, आजादी का है।" दानिस बोला, "सारा झगड़ा इस गुलामी तक ही है। आजादी के बाद फिर हिंदू-मुसलमान कहाँ? सब हिंदुस्तानी हो जाएँगे।"

"तब जात-पाँत भी नहीं रहेगा?" पियारी ने पूछा।

अम्मीजान हँस पड़ीं—"कहाँ है रे जात-पाँत! मेरे-तेरे में कौन जात-पाँत रह गया है?"

इस बार हम सब हँस पड़े।

सलमा बड़े गौर से मुझे देखती रही। उसकी अबोधता बड़े सहज भाव से पूछ बैठी, "तब तो हिंदू-मुसलमानों में शादी-ब्याह भी होने लगेगा?"

"जरूर!" दानिस ने कहा। जब मैंने सलमा की ओर देखा, वह एकदम सिटपिटा गई। उसकी बड़ी-बड़ी आँखों में लज्जा की ललाई उतर आई थी। फिर भी वे आँखें मुझसे चिपकी थीं।

□

सलमा की दोनों आँखों का बोझ आज भी मेरे मन पर है। और उसी मन में अपनत्व के एक लंबे इतिहास के साथ चंपो की सिसकियाँ भी भरी हैं। एक कोने से आवाज आती है—परिस्थितियों की निष्ठुरता ने तुम्हें मुझसे बहुत दूर कर दिया। ठीक इसी समय सलमा की दो बड़ी-बड़ी आँखें मुझसे पूछती हैं—क्या परिस्थितियाँ कभी ऐसी भी सह्य हो सकती हैं कि हम दोनों करीब आ सकें? यह महज आवाजों की टकराहट नहीं है, वरन् मेरे मन का तनाव भी है।

कल माँ कह रही थीं कि राधा रानी बहू के यहाँ आई थी। फूट-फूटकर रो रही थी। उसका कहना है कि हर आदमी मुझे संदेह की दृष्टि से देखता है। कुछ लोग बोली भी बोलते हैं। वह चंदर से भी काफी डरी हुई है। सोचती है कि मौका

मिलते ही वह मुझे मार डालेगा।

मैंने सोचा—दानिस की दवा काम कर गई। मैंने पूछा, ''तब रानी बहू ने क्या कहा?''

''रानी बहू ने शायद कहा कि तुम कुछ दिनों तक बाहर ही न निकलो। तब वह बोली कि मैंने ऐसा करके भी देख लिया है। अकेले में मेरा मन ही मुझे कोसता है। रात में सोते-सोते भी मैं चीख उठती हूँ। मुझे लगता है कि कोई मेरा गला दबा रहा है।''

''इसका मतलब है कि उसकी अपराधी आत्मा स्वयं उसको कोसने लगी है।'' मैंने कहा।

''लगता कुछ ऐसा ही है।'' माँ बोलीं।

''तब तो चंपो के मामले में उसका स्पष्ट हाथ मालूम होता है।''

''इसमें भी कोई संदेह है!''

''तब रानी बहू उससे पूछती क्यों नहीं हैं?''

''तुम क्या समझते हो, उन्होंने पूछा नहीं होगा!''

''तब वह क्या कहती है?''

''वह रोने और सिर पटकने के सिवा कुछ नहीं कहती।'' माँ बोलीं, ''रानी बहू कह रही थीं कि वह बहुत डरी हुई है। हर शब्द के साथ उसे यह भय रहता है कि उसे कोई सुन तो नहीं रहा है। यह वह जरूर कह रही थी कि चंपो ने मेरा नाम लिखकर मेरी जिंदगी बरबाद कर दी। अब मैं कहीं की नहीं रही।''

''उसने चंपो की जिंदगी नहीं बरबाद की?'' मैं बोला।

''यही तो आदमी नहीं सोचता। जब पागलपन सवार होता है तब वह भगवान् को भी नहीं डरता और वह यह नहीं समझता कि यह पागलपन हमेशा नहीं रहेगा, भगवान् तो हमेशा रहेगा।''

इसी संदर्भ में माँ ने बताया कि अब लाला भी उसे अपने यहाँ रखना नहीं चाहता। लाला तो हर आग से हाथ सेंकता है। और जहाँ वह आग धुआँ उगलने लगती है, उसे हटा देता है। इस समय राधा का व्यक्तित्व धुआँ ही नहीं, बदबू छोड़ रहा था।

मैंने सोचा—वह गोपाल के साथ क्यों नहीं रहती? मिल में वहाँ के कर्मचारियों को तो क्वार्टर भी मिले हैं। पर माँ से ही पता चला कि ज्यों-ज्यों लाला से संबंध

बढ़ता गया, वह गोपाल से भी अलग होती गई। अब दोनों के बीच एक अलंघ्य दूरी है।

लगता है, सुमेर चाचा से भी माँ इसी विषय में बातें कर रही थीं। मैंने मात्र इतना ही सुना था, ''यह रास्ता इतना खराब है भैया, कि जब एक बार उसपर कोई बढ़ गया तो पीछे लौटना मुश्किल होता है।'' अब राधा लौट नहीं सकती और आगे निकल जाने के लिए घना अँधेरा है।

''भगवान् उसका कल्याण करे।'' चाचा बोला।

आश्चर्य है, राधा को देखते ही क्रुद्ध साँड़ जैसे झपटनेवाले चाचा की प्रतिहिंसा आज अचानक द्रवित कैसे हो गई? विपत्ति की मार सहते-सहते एक स्थिति ऐसी भी आती है जब दूसरों की विपत्तियाँ भी अपनी लगने लगती हैं। अब चाचा राधा की मानसिकता झेलने लगा था।

उस दिन के बाद राधा रानी बहू से नहीं मिली। लगता है, वह रानी बहू के यहाँ किसी आश्रय के लिए नहीं आई थी, वरन् उसके अंतर का हाहाकार अपना उचित श्रोता खोजता चला आया था।

फिर वह और कहीं भी दिखाई न पड़ी।

हममें से जिस किसी को भी राधा की इस परिवर्तित मन:स्थिति और स्थिति की जानकारी हुई, वही उसकी खोज में दौड़ा—किसी सहानुभूति के कारण नहीं, वरन् इस आशा में कि शायद चंपो का कोई सूत्र मिल जाए; पर वह कहीं न मिली।

□

मार्च सरकता चला जा रहा था। जाड़ा गुलाबी बनकर प्रकृति पर चिपक गया था। आज रंग भरी एकादशी थी। माणिकजी के यहाँ वसंत-पूजन था। उन्होंने मुझे बुलाया भी था, पर उनके यहाँ जाने की मेरी इच्छा न हुई; क्योंकि माणिकजी का व्यक्तित्व पहले मुझे जितना आकर्षक लगा था, अब वैसा नहीं रह गया था। उनकी सारी क्रांतिकारिता परिस्थितियों से सहज समझौता करती हुई अपनी सारी ऊर्जा खो चुकी थी। पर मेरा तो निर्माण वे परिस्थितियाँ कर रही थीं, जिन्हें टूटना स्वीकार था, पर झुकना नहीं।

यद्यपि अब दानिस पूर्ण स्वस्थ था। पियारी भी यदा-कदा मेरे यहाँ चली आती थी। कोई बहाना न होते हुए भी मैं बहुधा दानिस के यहाँ पहुँच जाता था, क्योंकि सलमा की आँखों का दबाव मुझ पर बराबर बना रहा और मैं उसकी ओर

खिंचता चला जा रहा था।

आज मैं पहुँचा तो सलमा ने ही दरवाजा खोला। मुझे देखते ही उसकी सारी आवभगत और आत्मीयता कुछ मुसकराहट तथा कुछ सलज्ज नेत्रों की वक्रता में बदल गई। उसने इंद्रधनुषी रंग की साड़ी पहन रखी थी।

मैं उसे देखते ही बोल पड़ा, "आज बड़ी रंगीन साड़ी पहन ली है तुमने!"

"आज रंगभरी जो है।" वह खिलखिला पड़ी।

"पर रंगभरी तो हमारा त्योहार है।"

"तुम्हीं न कहते थे कि अब हमारे-तुम्हारे में कोई फर्क नहीं रहेगा। हम-तुम एक हो जाएँगे।" 'एक' कहते-कहते पता नहीं क्या सोचकर उसके कपोल और लाल हो गए और वह भीतर चली गई।

हमीद पहले से ही मौजूद था। वह दानिस के साथ अल्यूमीनियम की एक ही थाली में रोटी और भंटे का चोखा खा रहा था। मुझे देखते ही चहक उठा, "बधाई हो, बधाई हो!"

"किस बात की बधाई?"

"अब भारत निश्चित रूप से आजाद हो जाएगा।"

" 'हो जाएगा' की बधाई।" मुझे हँसी आ गई—"ऐसी कौन सी बात है, जिसने तुममें इतना विश्वास भर दिया?"

"रूस के विदेश मंत्री मोलोतोव ने भी अंग्रेजों को ललकारा है कि अब कोई भी शक्ति भारत को गुलाम बनाकर अधिक दिनों तक नहीं रख सकती।"

मुझे हँसी आ गई, साथ में दानिस भी हँसा—"इस साले को जब तक रूस ने नहीं कहा तब तक विश्वास नहीं हुआ। हम लोगों ने इतनी कुरबानी दी, उसपर इसको भरोसा नहीं।" दानिस फिर हँसा और हमीद की पीठ पर एक धौल जमाते हुए बोला, "अबे अहमक, अभी अंग्रेजों का दिमाग ठिकाने नहीं लगा है। आंदोलन के दबाव से उन्होंने सहगल, ढिल्लो और शहनवाज की फाँसी की सजाएँ माफ कर दीं; पर इतना बड़ा नेवी विद्रोह होने पर भी कैप्टन रशीद की फाँसी की सजा सात साल के कठोर कारावास में बदलकर रह गई।"

"इसका कारण जानते हो?" हमीद ने खुद उत्तर भी दिया, "नौसैनिकों ने अपना कच्चा विद्रोह वापस ले लिया।"

"गांधीजी के कहने पर ऐसा हुआ।" मैंने कहा, "और मि. जिन्ना की भी

यही राय थी।''

''तो गांधी और जिन्ना ने ही उनकी सजा माफ करवाई।'' एक क्षण रुककर हमीद फिर बोला, ''सात वर्ष की सजा हो या सत्तर साल की, जहाँ आजादी मिली कि सब माफ।''

''और वह तब तक नहीं मिलेगी जब तक रूस नहीं चाहेगा।'' दानिस ने एक गहरी चिकोटी काटी।

हमीद भीतर-ही-भीतर तिलमिलाया, पर वह चुप ही रह गया। तब तक अम्मीजान ने रोटियाँ लाकर थाली में डाल दीं।

अब दानिस ने थाली मेरी ओर बढ़ाई—''ले, तू भी शुरू कर।''

''नहीं-नहीं, इसे जूठा मत खिलाओ। मैं इसे अलग लाकर देती हूँ। रोटी के लिए इसका धरम भ्रष्ट मत करो।'' अम्मीजान बोलीं।

''तू क्या समझती है, अम्मी?'' हमीद बोला, ''रोटी ही आदमी का सबसे बड़ा धरम है; यही वेद है, कुरान है, इंजील है!''

''और यही तेरा सिर है।'' उसके स्वर में स्वर मिलाते हुए दानिस बोला और हम तीनों हँस पड़े।

''तुम सब भले ही हँसो, पर मैं पूछता हूँ कि खाली पेट आदमी किस धरम का पालन करेगा?''

''रोटी तो आदमी की शारीरिक आवश्यकता है, पर धरम तो उसके मन की स्वीकृति है।'' मैं पहली बार उसके दार्शनिक चिंतन में शामिल हुआ।

''जब शरीर ही नहीं रहेगा तब मन क्या हड्डी पर कबड्डी खेलेगा?'' हमीद ने कुछ ऐसे ढंग से कहा कि हमारी ही खिलखिलाहट एक बार फिर हमसे टकराई।

अम्मीजान ने रोटी और भुरता लाकर मेरे सामने रख दिया। अब हमीद ने हाथ पकड़कर अम्मीजान को भी इसी चौकी पर बैठा लिया—''अच्छा, एक बात बताओ, अम्मीजान!''

''क्या?''

''जब आजादी होगी तब तू क्या चाहेगी?'' हमीद ने पूछा।

''कैसी पागलों जैसी बात करता है!'' अम्मीजान हँसती रहीं, ''पहले आजादी हो तो सही।''

"तू निश्चित समझ, अम्मी! अब देश आजाद होकर ही रहेगा।" हमीद बोला और उसने अपना प्रश्न पुनः दोहराया, "अच्छा, तू सही-सही बता कि तू आजादी के बाद क्या चाहेगी?"

अम्मी अब भी हँसती रहीं। हमीद ने अपने प्रश्न पर कई बार जोर दिया तब कहीं विवश होकर बोलीं, "मैं भला क्या चाहूँगी? अब मेरी जिंदगी ही कितनी है? करारे का पेड़ हूँ। आज मरूँ कल दूसरे दिन। जो भी चाहूँगी, वह सब तुम्हीं लोगों के लिए।"

"तो हम लोगों के लिए तुम क्या चाहोगी?"

अम्मीजान अब भी संकोच में मुसकरा रही थीं। हमीद के बार-बार जोर देने पर बोलीं, "अरे, चाहूँगी क्या! यही कि तुममें से कोई दारोगा हो जाए, कोई कोतवाल हो जाए।"

"बस दारोगा-कोतवाल तक ही? कलक्टर-कमिश्नर नहीं?" दानिस बोला।

"यह बड़ी-बड़ी पोस्ट तो बड़े-बड़े लोगों की न होगी। सब तुम्हीं लोग हो जाओगे तो नेहरू, आजाद, सरदार ऐसे लोग क्या होंगे?"

इस बार हमीद की हँसी और तेज थी—माँ के अज्ञान पर नहीं, उनकी आकांक्षा की लघुता पर। बड़ी देर तक खिलखिलाता रहा। फिर बोला, "अच्छा, आजादी के बाद हमारे लिए तुम क्या चाहती हो, इसे तो जान गया; पर सलमा के लिए तुम क्या चाहोगी?"

"अपनी गुड़िया के लिए एक अच्छी-सी शादी।"

सलमा ने लज्जा के मारे अम्मीजान के आँचल में अपना मुँह छिपा लिया।

"कैसी शादी आपके लिए अच्छी होगी? आप अपनी लड़की की शादी कहाँ करना चाहेंगी?"

"अरे, हटाओ यार! तुमने भी सवेरे-सवेरे कहाँ की बकवाद लगाई!" दानिस झुँझलाया।

"बकवाद नहीं है, भाई! मैं जानता हूँ कि आज का हिंदुस्तान क्या सोच रहा है।" हमीद ने कहा, "अच्छा बताओ, अम्मीजान! तुम अपनी बिटिया की शादी कहाँ करना चाहोगी?"

"मेरी बिटिया तो हिंदू के यहाँ शादी करनी चाहती है।"

इतना सुनना था कि सलमा अम्मी के आँचल से मुँह निकालकर भागी।

"क्यों?" हमीद ने पुनः पूछा।

"इसलिए कि हिंदुओं में बुरके का रिवाज नहीं है। और सलमा परदा करना नहीं चाहती।" अम्मीजान बड़े लाइट मूड में हँसते हुए बोलीं।

□

परिस्थितियाँ खौलती गईं। उनके भाप के उष्ण-नम झोंकों में दिन उड़ते चले गए।

गांधीजी के न चाहने पर भी भारत का विभाजन हो गया। दानिस को दुःख था कि "सुभाष बाबू नहीं रहे, वरना यह कभी नहीं होता। खैर, कोई बात नहीं; जब भी सुभाष बाबू आएँगे, दोनों देश एक हो जाएँगे।"

पर प्रस्तावित पाकिस्तान से हिंदुओं की वापसी और जगह-जगह हिंदू-मुसलिम दंगे आजाद हिंदुस्तान की हमारी कल्पना की नींव ही हिला दे रहे थे। इस गंभीर माहौल में जब लोग रात बारह बजे के करीब हमारे यहाँ से उठे, पानी बरस रहा था। मौसम की यह पहली बरसात काफी झकझोर रही थी।

सुबह देर तक सोता रहा। माँ ने मुझे जब जगाया, वह काफी घबराई हुई मालूम हो रही थीं। उन्होंने कहा, "आज नहाकर तुम्हीं पूजा कर देना। मैं जा रही हूँ।"

मैं कुछ समझ नहीं पाया, आखिर बात क्या है। मैंने माँ से पूछा। उनकी आँखें छलछला आईं। कुछ संकेतों से और कुछ अस्पष्ट शब्दों से उसने बताया कि चौकाघाट पुल के पास एक औरत की लाश कटी हुई मिली है। सुमेर साव और कलावती उधर गए हैं।

इतना मेरी माँ एक साँस में कैसे बोल गईं, मैं बता नहीं सकता। इसके बाद तो वह आँखें पोंछती चली गईं। चंपो अचानक मेरे मानस में तैरने लगी। मैं उद्विग्न हो उठा।

आसमान अब भी टपक रहा था। हवा गरम और नम थी—याद आती चंपो की साँसों की तरह।

नहाऊँ, पूजा करूँ, इसके पहले ही मैं गली में आया। विधवा की माँग की तरह गली एकदम उदास-उदास। कहीं कोई नहीं, जैसे परिस्थिति ने सबको बटोर लिया था। सुमेर साव की दुकान की ओर दौड़ा। दुकान बंद थी और एक बड़ा सा ताला घर के मुख्य द्वार पर भी लटक रहा था। टिमटिमाता हुआ म्युनिसिपैलिटी का

लैंप अपने अस्तित्व का बोध करा रहा था। जाहिर था कि पीपा अभी नहीं गुजरा है। उसकी सीढ़ी सुमेर साव के बंद साँकल से बँधी दिखाई पड़ी। जरूर पीपा आया था और वह भी अपना काम छोड़कर चाचा के साथ चला गया है। निश्चित ही कोई विशेष बात हो गई है। आशंकाएँ अपना आधार पाने लगी थीं। एक बार फिर चंपो की कटी लाश ऑक्टोपस के हाथों में झूलती हुई मेरी आँखों के सामने थी।

मैंने हड़बड़ी में ही पूजा समाप्त की और कपड़े पहनकर जब चलने लगा तब याद आया कि शालग्राम को तो स्नान कराना ही भूल गया। एक बार तो मन में आया कि ऐसे ही छोड़कर चला चलूँ, किंतु दूसरे ही क्षण धार्मिक विश्वास से भयभीत हो उठा—कहीं इस उपेक्षा से देवता कुपित न हो जाएँ। मैंने फिर अपनी कमीज-पैंट उतारी। मुटका (पूजा के लिए रखा रेशमी वस्त्र) लपेटा और विधिवत् शालग्राम को नहलाकर बैठाया और जल्दी-जल्दी में हुई भूल के लिए क्षमा माँगी।

ताला लगाकर चलते समय मैंने गंगाराम के लिए आवाज लगाई। वह भी नहीं था और न उसका पिता रामनाथ ही। पता चला कि थोड़ा पहले ही कहीं गए हैं। कुछ दूर आगे बढ़ने पर बुधनी की माँ यानी मँगरू की औरत दिखाई पड़ी। इस कानी औरत को देखते ही मुझे लगा कि खैरियत नहीं। कोई अशुभ आसन्न है।

वह बोल पड़ी, ''कब तक आएगी?''

''क्या?''

वह मेरा मुँह देखती रह गई। थोड़ी देर बाद बोली, ''शायद तुम्हें मालूम नहीं। चंपो की कटी लाश मिली है न, उसी के संबंध में पूछ रही थी कि वह कब तक आएगी?''

मेरे पैरों के नीचे की जमीन खिसक गई। मैं सन्न रह गया। कुछ बोल नहीं पाया। मेरी आँखों के सामने ऑक्टोपस के घिनौने हाथों में फँसी एक औरत थी, जिसका रक्त वह चूस चुका था।

बुधनी की माँ बोलती गई, ''आज तड़के ही मुहल्ले में एक सिपाही आया था। उसी ने बताया कि चौकाघाट पुल पर एक औरत की कटी लाश पड़ी है। औरत गर्भवती मालूम पड़ती है। उसी की खबर सुनकर तो सुमेर साव और उसकी मेहरिया पागलों-सा दौड़ गए हैं।''

मैं सुनता रह गया। चंपो गर्भवती हो गई! यह नहीं हो सकता। इतनी दूर तक उसे कोई नहीं ले जा सकता। वह मुझसे दूर अवश्य हो गई है, पर क्या वह मुझे छोड़

सकती है? यदि ऐसा होता तो वह क्यों लिखती कि 'जग्गू को जरा समझाइएगा।' मेरी व्याकुलता अवश्य ही उसके अंतर में छटपटा रही होगी। फिर वह संघर्ष और जीवन से भी परास्त होनेवाली नहीं थी।

मेरी तंद्रा उस समय टूटी, जब बगल से निकलनेवाले इक्के पर बैठा हमीद बोला, "क्या सोच रहे हो? मेरे साथ चलो।"

अब मैंने अनुभव किया कि मैं सड़क पर आ गया हूँ। बुधनी की माँ बहुत पहले ही मुझसे छूट चुकी है।

"कहाँ चल रहे हो?"

"जहाँ तुम चलना चाहते हो।" हमीद बोला।

अब मुझे दिखाई दिया कि इक्के के दूसरी ओर रामकिशुन चाचा भी बैठे हैं। एकदम चुप, शांत। उनकी जड़ता पर भय एवं आशंका ऐसी लिपटी थी कि वे आदमी से अधिक आदमी की मूर्ति बन गए थे। उनकी इस मन:स्थिति ने बता दिया कि हमारे और उनके गंतव्य में कोई अंतर नहीं है।

मैं इक्के पर बैठ गया। सोचता हूँ, मेरी व्यग्रता ने मुझे कितना अंतर्मुखी कर दिया था कि मैं हमीद के टोकने के बावजूद रामकिशुन को न देख सका और इक्के पर बैठा भी तो हम दोनों एक-दूसरे से कुछ नहीं बोले। चिंतन के खोल में कछुए की तरह दुबके थे। इक्का आगे बढ़ता रहा।

इक्के से उतरते ही मैंने देखा, चौकाघाट के ओवरब्रिज से राजधानी की ओर बढ़ते ही एक स्थान पर काफी भीड़ लगी है। कुछ लोग आ-जा भी रहे हैं। मैं उतरते ही उस ओर लपका। हमीद और रामकिशुन भाड़ा देने के लिए पीछे रुक गए।

उधर से आया एक आदमी अपनी साथी से कह रहा था, "लगता है, वह रेल के नीचे नहीं कटी है। यदि कटी होती तो लाश पटरी पर होती।"

दूसरा चुप था।

पहला कहता चला जा रहा था, "पटरी पर कहीं भी मांस या रक्त का कोई चिह्न नहीं है। लगता है, हत्या कहीं और की गई है, लाश लाकर रख दी गई है!"

अब तक रामकिशुन और हमीद भी आ गए थे। हम लोग आगे बढ़े। दो-चार कदम जाते ही हमें दिखाई दिया कि पुलिस के जवान एक आदमी को उठाकर ला रहे हैं। उसके पीछे रोती हुई कलावती चाची है, माँ हैं और मुहल्ले के कई लोग भी। तब तो यह सुमेर चाचा ही है। अवश्य ही वह देखते ही बेहोश हो गया होगा।

मेरे पैर थरथराए। लग रहा था कि भूचाल पर चल रहा हूँ। धरती हिल रही है। कोई दूसरी स्थिति होती तो मैं निश्चित रूप से जमीन पर बैठ जाता, पर इस समय मैंने हमीद का कंधा पकड़कर अपने सारे शरीर का भार उसपर डाला। मेरी तेज चलती साँसों को उसने भी अनुभव किया और वह भी कुछ समय के लिए खड़ा हो गया।

अब मेरी माँ की नजर मुझ पर पड़ी। उन्होंने मेरी स्थिति देखी और मेरी ओर लपकीं। आते ही उन्होंने बताया कि चंपो की नहीं, राधा की लाश है।

मैंने अनुभव किया कि भूकंप का झटका मेरे ऊपर से गुजर चुका है। तब सुमेर चाचा की यह हालत क्यों हुई?

''वह लाश देखते ही फूट-फूटकर रो पड़ा। उसका कहना था कि राधा बिटिया की यह हालत मेरी वजह से हुई। और उसके रोने से कलावती भी धारोधार हो रही थी।'' माँ ने बताया, ''सुमेर की मानसिकता वस्तुत: राधा की कटी लाश में चंपो को देखने लगी थी। वह रोते-रोते यह कहता जा रहा था कि एक-न-एक दिन मेरी बिटिया चंपो की भी यही दशा होगी।''

मैं आगे बढ़कर देखना चाहता था, पर माँ बोलीं, ''क्या करोगे उसे देखकर? चलो मेरे साथ।'' और वह मुझे अपने साथ ले चलीं।

हमीद मुझे छोड़ते हुए बड़बड़ाया, ''चाहे चंपो की लाश हो या राधा की, हमारे लिए विशेष फर्क नहीं है। जब तक समाज की पूँजीवादी व्यवस्था रहेगी, ऐसे हादसे होते रहेंगे।''

माँ चाचा के पीछे-पीछे चलीं। चाचा को ले चल रहे पुलिस के जवानों से ही मालूम हुआ कि अभी लाश चीरघर जाएगी।

''यह चीरघर क्यों जाएगी?'' मैंने पूछा।

''वहाँ डॉक्टर इसकी मौत के कारणों का पता लगाएँगे।''

''मौत का कारण तो साफ दिखाई देता है।'' मैंने कहा।

पुलिस का जवान मेरी अबोधता पर हँस पड़ा। फिर बड़ी गंभीरता से बोला, ''हमारा कानून बड़ा विचित्र है, बेटे! जो साफ दिखाई देता है, वह उसे देखना नहीं चाहता, बल्कि जो नहीं दिखाई देता उसी को वह अपना आधार बनाता है।''

□

मृत्यु जीवन को ही नहीं, कभी-कभी जीवन के कलुष को भी नष्ट कर

डालती है। अब राधा की स्मृति हम सबके समक्ष निष्कलुष थी। उसके चरित्र की कालिमा उसके साथ जा चुकी थी। सुमेर चाचा तो मानता ही था कि हमीं लोगों ने उसकी जान ले ली। एक रात सोते समय किसी बात के सिलसिले में माँ भी बोलीं, ''तुम लोगों ने चिट्ठी के साथ ही यदि राधा का नाम न जोड़ा होता तो शायद उसकी मौत न होती।''

मेरी मूकता स्वीकार करती थी कि ऑक्टोपस के पंजे में तो वह थी ही, दानिस के नाटक ने उसे मौत के मुँह में ढकेल दिया। पर यह अपयश उसी के सिर क्यों मढ़ा जाए? क्या मैं उसकी प्लानिंग में नहीं था? अपराध-बोध ने मेरी जबान बंद कर दी थी। मैं माँ से तर्क करने की स्थिति में नहीं था।

माँ ने इसी संदर्भ में कहा था, ''झूठ का फल कभी अच्छा नहीं होता।''

''पर मैं इसे मानने को तैयार नहीं। मैं तो देखता हूँ, झूठ और फरेबवाले ही अच्छा फल भोग रहे हैं।''

''तुम देखना, उनका भी अंत अच्छा नहीं होगा।'' इसके बाद वह सो गईं।

बात आई-गई और पुरानी पड़ गई, पर सुमेर चाचा की उदासी पुरानी नहीं पड़ी। वह और अधिक दुःखी दिखाई देने लगा। जिसे वह जान से मार डालने के लिए कभी तैयार हो जाता रहा हो, उस राधा की मृत्यु पर कभी वह इतना दुःखी हो सकता है, इसका विश्वास नहीं किया जा सकता।

ऋजुता की ओर बढ़ती हुई सुमेर चाचा की मानसिकता पुनः उलझने लगी थी, क्योंकि वह राधा की विकृत लाश की बीभत्सता में चंपो का भविष्य देख चुका था। इधर दौरे भी कुछ अधिक पड़ने लगे थे। अब तो वह बिना किसी बाहरी उत्तेजना के सोचते-सोचते बेहोश हो जाता। अब उसे कोई स्पृहा नहीं रह गई थी। लोगों से वह बहुत कम बोलता था। लगता था, चाचा अब चारों ओर से अपने को समेट चुका है। बड़ी-से-बड़ी घटना का समाचार उसे छूता और फिसलता हुआ चला जाता। वह एक वीतरागी की तरह संसार-सागर के ज्वार-भाटे को देखता रह जाता।

''लगता है, अब हिंदुस्तान का विभाजन हो जाएगा।''

चाचा ने इस खबर को भी चुपचाप सुन लिया। लोग बहस करते रह गए, पर चाचा का इससे क्या मतलब?

अगस्त का महीना शुरू हुआ। बरसाती माहौल में स्वतंत्रता की गंध पसरती

चली। स्वप्न तैरने लगे। मुसलिम–बहुल प्रदेश, जो पाकिस्तान के अस्तित्व के मूल में था, सांप्रदायिकता से जलने लगा था। हिंदू निकाले जा रहे थे।

"उनके लिए इस आजादी का क्या मतलब?" अखबार पढ़ते हुए एक शाम को मैंने बात छेड़ी।

"लगता है, अब यहाँ भी दंगा होगा।" सगड़ी खींचनेवाला मँगरू आटा और दाल तौलाते हुए बोला, "भैया, हम त अपने गाँवें चल जाब। भाड़ में जाय अइसन आजादी, जिसमें दुइ रोटी क कमाई भी मुहाल हो जाय।"

चाचा की कोई प्रतिक्रिया नहीं थी। वह यह भी नहीं कह सका कि उधार पैसे देकर ही गाँव जाना।

आकाश में बादल छाने लगे। थोड़ी देर बाद ही बूँदें टूट पड़ीं। अखबार सुनने आए लोग हटने–बढ़ने लगे। अँधेरा बढ़ा। मैं लालटेन जलाकर ले आया। अब सुराजी बहस को समेटकर रामकिशुन चाचा भी जा चुका था।

दुकान में मैं, चाचा और चाची महज तीन ही रह गए थे। चाचा का मौन चाची को भी अपने साथ लपेटे था। मेरी निगाह चुपचाप अखबार पर लगी थी, पर मैं पढ़ नहीं रहा था। मेरी दृष्टि में तो दंगे के पुराने चित्र उभर रहे थे। मैं सोच रहा था कि यदि इस बार दंगा हुआ तो क्या होगा? दानिस का घर तो हिंदुओं के मुहल्ले में है। यह बात दूसरी है कि उसके घर के आठ–दस घर बाद ही मुसलमानों की बस्ती शुरू हो जाती है। पर वह इतना निर्भीक है और लोग उसे इतना मानते हैं कि उसके लिए कोई खतरा नहीं है। किंतु दंगे के समय आदमी की बुद्धि ठिकाने कहाँ रहती है! और यदि रहे ही तो दंगा क्यों हो? सांप्रदायिकता आदमी को शैतान बना देती है। इन शैतानों की खूँखार चढ़ाई क्या दानिस का परिवार बरदाश्त कर सकेगा?

दानिस तो कहीं भी जी लेगा। जब अंग्रेजों की आँखों से ओझल रहकर उसने फरारी के दिन काट लिये, तब उसे दंगे की क्या परवाह? पर उसके परिवार का क्या होगा? तब क्यों नहीं मैं उसे अपने यहाँ रख लूँ? मेरे नीचे का दालान और उसके बगल की कोठरी में काफी जगह है। कोठरी तो बंद ही पड़ी रहती है; किंतु क्या माँ मेरी बात मानेंगी? पियारी को तो वह स्वीकार कर लेंगी, पर मुसलमान घर में रहे, यह कैसे होगा?

'फिर मेरा क्या होगा?' मुझे लगा कि अखबार के भीतर से झाँकती हुई सलमा की दो अदद आँखें मुझसे पूछ रहीं थी, 'माँ ने उस दिन कहा था न कि मेरी

बेटी हिंदू से शादी करना चहती है। इसका मतलब तुम समझते थे?'

'हाँ-हाँ, मैं समझता हूँ। खूब समझता हूँ।' मेरा मन बोल उठा। पर मेरी आँखें अखबार पर ही लगी थीं और मैं चुप था। जल्दी-जल्दी बदलते इस देश के राजनीतिक मिजाज को कोस रहा था। अभी चार दिनों पूर्व ऐसी हिंदू-मुसलिम एकता और आज दंगे की आशंका।

इसी बीच पीपा अपना काम खत्म कर आया और रोज की तरह चाची से उसने मिट्टी के तेल का कनस्तर माँगा। अपने कनस्तर का शेष तेल उसमें उड़ेलने लगा। चाचा बड़ी गंभीरता से देखता रहा। सारा तेल उड़ेल लिये जाने के बाद बोला, "एक बात कहूँ, महेश?"

"क्या?"

"अब तुम अपने बचे हुए तेल की व्यवस्था कहीं और करो।"

"क्यों?"

"अब मैं मिट्टी का तेल नहीं बेचूँगा।"

"आखिर बात क्या है?" पीपा इस अप्रत्याशित स्थिति से सन्न था।

"सुना है, अब दंगा होने वाला है।" चाचा की आवाज एकदम भर्रा आई, "दंगे में मेरे मिट्टी के तेल ने गजब ढाया है, महेश! अब मैं अपनी दुकान में मिट्टी का तेल नहीं रखूँगा और वह भी चोरी का। अरे, इस जन्म में तो अपनी करनी का फल भोग ही रहा हूँ, अब अगले जन्म के लिए तो कुछ करने दो।" चाचा का कंठ भर आया। आँखों में दुःसह स्वप्न छाने लगे।

□

१५ अगस्त, १९४७, सत्ता हस्तांतरण का दिन।

पिछली रात माँ भले ही कुछ क्षणों के लिए सोई हों, पर मैं एकदम नहीं सो पाया, क्योंकि मुझे लग रहा था कि हम कितने भाग्यशाली हैं। हम स्वतंत्रता का प्रकाश देखेंगे। हम देखेंगे मुक्त आकाश, जिसमें हमारी कल्पना नए पंख लगाकर उड़ेगी। हम देखेंगे मुक्त जीवन, जिसमें किसी की दासता, किसी की गुलामी नहीं होगी; जिसमें अत्याचार नहीं, उत्पीड़न नहीं, अमीर-गरीब नहीं, हिंदू-मुसलमान नहीं, तेरा-मेरा नहीं; जिसमें सबकुछ अपना, हर चीज अपनी। काश, आज चंपो होती तो वह भी नहीं सो पाती। मैं उसे सोने ही नहीं देता। हम दोनों मिलकर झंडियाँ बनाते और सूरज की पहली किरण के पहले ही अपने दरवाजों को सजा देते।

अचानक एक आवाज मुझे चुभने लगती है—'नहीं, मैं सोई नहीं हूँ विश्वास करो जग्गू, मैं सोई नहीं हूँ। रातें मुझे सोने के लिए हैं भी नहीं। और दिन, वह तो मुझे काटने दौड़ता है। आज रात बारह बजे मिलनेवाली आजादी का शायद मेरे लिए कोई मतलब नहीं, क्योंकि गुलाम भारत में ही उस लाला के बच्चे ने एक ऐसी गुलामी मुझ पर मढ़ दी, जिसे मैं स्वतंत्र भारत में भी उतारकर फेंक नहीं सकती।'

मैं उस रात एक बार फिर घबराकर उठा था। यह चंपो की आवाज मुझे कहाँ से सुनाई पड़ी? लगता है, मेरा अवचेतन ही बोल रहा था। बड़े लोग कहते हैं कि किसी को हृदय से यदि याद करो तो वह भी उसे याद करने लगता है। निश्चित ही चंपो मुझे याद कर रही होगी। अवश्य ही वह किसी फंदे में फँसी है, जिससे मुक्त हो पाना उसे दुष्कर लग रहा होगा।

"और वह कमीना लाला? होने दो आजादी। कल के बाद ही देखना, तुम्हारे प्रति किए गए व्यवहार का उस साले से वह बदला लूँगा कि जन्म-जन्मांतर तक याद रहेगा।" मैं आवेश में बड़बड़ाता हुआ टहलने लगा था।

माँ को आहट लगी। वह करवट बदलते हुए बोलीं, "क्या है, जग्गू?"

"कुछ नहीं माँ! आज प्रभात फेरी में जाना है। सोचता हूँ, तैयारी करूँ। बहुत सवेरे लोग आ जाएँगे।"

"पर अभी तो आधी रात ही बीती है, पगले! जाकर सो जा।"

माँ के कहने पर मैं पुनः चारपाई पर आ गया, पर आजादी का हर्षातिरेक नींद को पीछे ढकेलता रहा। कभी-कभी झपकी-सी लग जाती थी, पर बीच-बीच में आँखें खुलती रहीं।

समय के बहुत पहले ही उठ गया। नहा-धोकर जब तैयार हुआ तब कोतवाली ने गजर के साथ चार घंटे बजाए। निश्चित ही अभी काफी जल्दी है, पर घर बैठकर करूँगा क्या? आसमान साफ था और मौसम सुहावना। मैं माँ को सोता छोड़कर धीरे से घर के बाहर निकला और दानिस के घर की ओर चला।

गलियाँ सुनसान। दो-एक लावारिस गायों और कुत्तों के अतिरिक्त राम-राम कहती गंगा-स्नान के लिए जाती हुई एक बुढ़िया अवश्य मिली—और कहीं कुछ नहीं। मुझे थोड़ी हैरानी जरूर थी। जिस आजादी के आगमन के उल्लास ने हमें सोने नहीं दिया, उसी में सारा शहर सो रहा है। दानिस का भी दरवाजा बंद। दरवाजे से झाँककर देखा तो जागरण का कोई सुराग नहीं। बहुत खटखटाने पर अम्मीजान ने

दरवाजा खोला।

"आज मुँहअँधेरे ही चले?" वह बोलीं।

"अरे, आजादी मिलने वाली है न!" मेरा उल्लास छलका—"और आप लोग सोए हैं।"

"मिला करे आजादी!" बड़ी उपेक्षा थी अम्मीजान की बोली में, और वे फिर लौटकर दालान में पड़ी अपनी झिलँगी चारपाई पर लेट गईं। कुछ समझ नहीं पाया। युगों से पली आजादी की सारी उत्कंठा आज अचानक मुरझाने क्यों लगी?

अम्मीजान से हुई बातचीत से पता चला कि लोग रात में काफी देर से सोए हैं। बात यह थी कि मुहल्ले के मुसलमानों की रात में मीटिंग थी। उन्हें आशंका थी कि अब उन्हें हिंदुस्तान छोड़ना पड़ेगा।

"क्यों?"

"क्योंकि हिंदुओं को पाकिस्तान से निकाला जा रहा है। तब भला हिंदू हमें इस देश में क्यों रहने देंगे!" अम्मीजान की आवाज भारी हो गई, "वह आजादी हमारे लिए किस काम की, जिसमें हमारा देश हमारा नहीं रह गया?"

"तो सचमुच हमें देश छोड़ना पड़ेगा?" यह मासूम आवाज सलमा की थी, जो अब तक सोई थी और अचानक जाग पड़ी। जबान से कहीं अधिक उसकी आँखें मुझसे पूछती रहीं।

"नहीं-नहीं, कुछ नहीं होगा।" मेरे मुँह से तो इतना निकला, पर आँखों ने क्या कहा, वह शब्दों की परिधि के बाहर है।

पर अम्मीजान मानने को तैयार नहीं थीं। "देश मजहब के आधार पर बँट गया। हिंदुओं का अलग देश हो गया, मुसलमानों का अलग देश हो गया। तब हम हिंदुओं के देश में क्या रह सकेंगे?"

"जरूर रहेंगे।" पहली अँगड़ाई के साथ यह गर्जना दानिस की थी।

"आखिर क्यों?"

"क्योंकि यह देश केवल हिंदुओं का नहीं है बल्कि उन सबका है, जो देश में रहते हैं।" लग रहा था कि दानिस अम्मीजान के तर्क से खीझ उठा था—"तुम भी पागलों की बातों में आ जाती हो, माँ! पैदा यहीं हुआ, जिंदगी यहीं गुजरी, बाप दादे यहीं रहे। अब जाऊँ तो कहाँ जाऊँ? क्या बाप-दादों की कब्रें भी उखाड़कर ले जाई जा सकती हैं?"

अम्मीजान चुप हो गईं। उनका तर्क एक धक्के में चूर हो गया।

"भई, कोई भले ही यह देश छोड़ दे, मैं तो अपनी चाची को छोड़कर कहीं नहीं जाऊँगी।" इतना कहते हुए सलमा इठलाती हुई उठी और पियारी से जाकर लिपट गई।

पियारी तो महज एक प्रतीक हो गई थी। वह लिपट भले ही उससे गई थी, पर मुझे एक विशेष प्रकार की अनुभूति हो रही थी।

घंटों इस संदर्भ में बीत चुके थे। आकाश में लाली आ गई थी। सूरज की पहली किरण अब झाँकने ही वाली थी कि अचानक लगा कि कुछ लोग दरवाजे के बाहर इकट्ठे हो गए हैं।

"लगता है, दानिस अभी सो रहा है।" बाहर किसी ने कहा।

"हो सकता है, वह प्रभात-फेरी में शामिल न हो।" दूसरे ने कहा।

"क्यों?"

"क्योंकि कुछ मुसलमान इस स्वतंत्रता दिवस को काला झंडा दिखाने वाले हैं।" उसी आदमी ने कुछ रुककर फिर कहा, "उनका कहना है कि इस निर्णय में मुसलमानों के साथ न्याय नहीं हुआ है।"

"न्याय तो पूरे देश के साथ नहीं हुआ; पर आजादी तो मिलने दो, हम अपनी समस्या खुद सुलझा लेंगे।"

"अरे, इन बातों से क्या फायदा? दरवाजा तो खटखटाओ, साफ मालूम हो जाएगा कि दानिस क्या चाहता है?"

दरवाजे की खटखटाहट शुरू हुई। सलमा ने ही दरवाजा खोला।

"दानिस भाई हैं क्या?"

"नहा रहे हैं। आप लोग ठहरें, बुलाती हूँ ।"

दानिस भीगे कपड़े में ही हाजिर हुआ—"माफ करना, देर हो गई।"

"हम लोगों ने सोचा, शायद तुम झंडा लगाने में लगे हो।"

"हाँ, झंडा ही ठीक कर रहा था।"

"कैसा झंडा—काला या तिरंगा?"

"जिंदगी भर तो तिरंगा था, आज काला कैसे हो जाएगा?"

"कुछ लोगों ने तो अपने झंडों का रंग बदल लिया है।"

"वे हरामजादे हैं! कमीने हैं।" भीगे कपड़े में ही दानिस ने ऐसे आवेश में

कहा कि वहाँ खड़े हर व्यक्ति का मुँह छोटा हो गया। अब बातें बढ़ाना उन्होंने नहीं समझा।

"अन्नपूर्णागंज स्कूल से ही हम प्रभात-फेरी शुरू करेंगे। आप जल्दी-से वहीं पहुँचने की कृपा करें।" निर्देश देकर वे चले गए।

□

हमारे साथ पियारी चाची भी थी। हमें उसकी उतनी आवश्यकता नहीं थी जितनी उसके कंठ की थी, 'वंदे मातरम्' गीत की थी। हम मस्ती में गाते, उछलते-कूदते गलियों में घूमते रहे, क्योंकि हमारे सोचने के अनुसार यह अंतिम प्रभात-फेरी थी। स्वतंत्र भारत में प्रभात-फेरी की आवश्यकता क्या?

जब हम अपनी गली में आए तब गंगाराम भी हमारे साथ हो गया।

"आज तो प्रेस बंद होगा?" मैंने पूछा।

"नहीं। पहले हम लोग सोचते थे कि बंद रहेगा, किंतु बाद में हमारे संपादकों ने सोचा कि जैसे देश के इतिहास में यह दिन फिर कभी नहीं आएगा, वैसे ही अखबार के जीवन में यह दिन फिर आनेवाला नहीं है। आज के अखबार की एक-एक लाइन इतिहास बन जाएगी।" गंगाराम के इस कथन पर हम लोगों ने कोई विशेष ध्यान नहीं दिया। हम नाचते-गाते आगे बढ़े।

हर घर पर झंडे लगाए जा रहे थे। मुहल्ले में अजीब उत्साह था। बीरू के चबूतरे पर पानी भरती औरतें कह रही थीं कि अब रेलगाड़ी में चढ़ने के लिए टिकट नहीं खरीदना पड़ेगा, क्योंकि रेलगाड़ी अब अपनी हो जाएगी। कुछ ऐसी ही बात बुधनी की माँ से भी सुनी गई कि अब लगान नहीं लगेगा, जमीन अपनी हो जाएगी। जवाहिर का छोटा लड़का बोदर इसी में खुशी था कि अब सिनेमा में भी टिकट नहीं खरीदना होगा।

कैसे-कैसे स्वप्न और कैसी-कैसी आकांक्षाएँ थीं इन लोगों की!

सूरज की किरणों के साथ-साथ दिन की रंगीनी भी बढ़ने लगी थी। झंडियाँ टाँगी जा रही थीं। पछुवा हवा में छज्जों पर लगे तिरंगे लहरा रहे थे। उल्लास जैसे धरती से फूट पड़ रहा था। किंतु हमारी टोली जब सुमेर चाचा की दुकान पर पहुँची तब वह बंद थी—अभागे के भाग्य की तरह, गमजदा की जबान की तरह। पियारी का गीत भी वहाँ पहुँचने के पहले थम गया। उसने औरों को भी चुप कराया।

टोली को आगे बढ़ने का संकेत करके मुझे लेकर वह सुमेर चाचा के घर के भीतर पहुँची।

"भैया कहाँ हैं?" दालान में बैठी कलावती से उसने पूछा।

कलावती ने चुपचाप कोठरी की ओर इशारा किया।

भीतर चाचा चौकी पर मौन पड़ा एकटक धरन की ओर देख रहा था।

पियारी ने भीतर घुसते ही पुकारा, "भैया!"

"क्या है?"

"तबीयत कैसी है?"

"जी रहा हूँ।" उसकी आवाज इतनी टूटी और लड़खड़ाती हुई थी कि वह अपने अस्तित्व का बोध तो अच्छी तरह करा रही थी, पर शक्ति और ऊर्जाविहीन हो।

"आज उठोगे नहीं क्या भैया?" पियारी ने पुनः पूछा।

"क्यों, क्या कुछ विशेष बात है?"

"आजादी मिलने वाली है।"

वह हँसने लगा। बड़ी विद्रूप हँसी थी उसकी। दौरा तो नहीं पड़ा था, पर उसका मस्तिष्क संतुलित नहीं लगा। पियारी ने भी वैसा ही अनुभव किया और वह चुपचाप बाहर निकल आई।

उदास कलावती को प्रणाम कर हम चल पड़े। बड़ी तेजी से चलते हुए हम अपनी टोली से हरिश्चंद्र कॉलेज के पास मिले। टोली के आगे आकर पियारी फिर गाने लगी, पर उसके स्वर में वह बात नहीं थी।

टाउन हॉल तक बढ़ते-बढ़ते हमारे मन को जैसे किसी ने झकझोर दिया। हमने देखा कि दूसरी ओर से आनेवाली टोली का नेतृत्व लाला और छोटे सरकार कर रहे हैं। अजीब स्थिति है। आज दोनों के सिर पर गांधी टोपी फिर सवार हो गई है। दोनों खादी में हैं। अंतर यही है कि लाला कुरता-धोती पहने है और छोटे सरकार की खाई-कमाई तोंद पर धोती न ठहरने की असमर्थता के कारण पाजामा प्रतिष्ठित है। मूँछें वैसी ही गोंद लगाकर खड़ी की हुईं; जानदार भले ही हों, पर शानदार न लगीं।

दानिस से न रहा गया। उसने मेरे कान में धीरे से कहा, "देखते हो, ये दोनों कमीने फिर आगे आ गए और उनके पीछे सारे सुराजी लोग। इनमें कुछ

जेल जानेवाले भी हैं। कहीं हमारी आजादी इन नीचों की मुट्ठी में बंद तो नहीं हो जाएगी?"

दानिस की बात सुनते ही सुमेर चाचा की विद्रूप हँसी फिर मेरे मन में गूँजने लगी।

टाउन हॉल में ही प्रभात-फेरी की टोलियों का विसर्जन था। एक संगम था, जहाँ चारों ओर बहती हुई विभिन्न धाराएँ धीरे-धीरे मिल रही थीं। जगह-जगह का पानी दिखाई दे रहा था। रामलाल, रामदेव, बलदेव, नरेंद्र बहादुर आदि लाला के आदमियों के साथ ही लालू भी अपने बाप दसमी का हाथ पकड़े दिखाई दिया।

लालू दौड़ा हुआ मेरे पास आया। दसमी दूर ही खड़ा रहा। उस गवईं के मनई का सहज संकोच अपने और मेरे बीच की दूरी को लाँघ न सका। मैं स्वयं उस दूरी को समेटता हुआ उस तक पहुँचा और उससे बोला, "कब आए?"

"कले क आइल हई।" वह मुसकराया और बड़े सहज भाव से बताया, "सुनत हई, आजादी मिलत हौ। उहै देखै बदे चल अइली।"

मेरे पीछे से एक जानी-पहचानी खिलखिलाहट छूटी। मैंने मुड़कर देखा भी नहीं, फिर भी हमीद ने मेरे कंधे पर हाथ मारते हुए कहा, "इन भोले-भाले देहाती लोगों के लिए आजादी अनुभव की नहीं, महज देखने की वस्तु है। यह उसे देखने लिए गाँव छोड़कर बनारस चला आया है। यही हालत हमारे गाँव के ८० प्रतिशत लोगों की है, जिन्हें शहरों में ही आजादी दिखाई देगी। गाँव शायद उससे अछूते रह जाएँ!"

अब दानिस भी चला आया था। हमीद अब भी बोलता जा रहा था, "इसीलिए मैं कहता हूँ कि यह लड़ाई अधूरी है। एक तरफ ऐसे भोले-भाले लोग हैं और दूसरी तरफ आजादी मिलने के पहले ही उसे चबा जाने के लिए तैयार वे लोग।" उसने मंच की ओर संकेत किया। लाला प्रभात-फेरी की टोलियों को संबोधित करने के लिए मंच पर जा चुका था।

□

कुछ भी हो, पर यह आजादी हमारी है और हम इसके लिए सैकड़ों वर्षों से कुरबानी देते आए हैं। यह हमारी आँखों की रोशनी है। हमारी श्वासों में वायु का प्रकंपन है। हमारे जीवन की ऊष्मा है। इसमें थोड़ी कमी भी हो, थोड़ी त्रुटि भी हो तो भी हमें इसका स्वागत करना चाहिए।

''यह सत्य है कि हमारा चाहा हुआ सबकुछ नहीं हुआ, पर बहुत कुछ हुआ। इसलिए हम दु:खी न हों और पूरी हार्दिकता के साथ इसका अभिनंदन करें।''

मुझे ठीक याद है, कल के संपादकीय के मुख्य विचार यही थे। यही धारणा जनता में घर कर गई थी। लोग सुबह से ही आजादी के उत्साह में मग्न थे।

आज दोपहर को चंदर भी सुमेर चाचा के यहाँ आया था।

''सावजी, अब जो कुछ भी हुआ, उसे भूल जाओ। खुले दिल से आज की खुशी में शामिल हो। कौन जाने इस सामूहिक खुशी के भीतर से कहीं हमारी खुशी भी झाँकती हो!'' चंदर ने चाचा की बुझी हुई आशा को पुन: जलाने का प्रयत्न किया; पर वह जली तो नहीं, महज आग पकड़कर रह गई।

पीपा, मँगरू आदि के कहने पर चाचा मान गया। तय हुआ कि हम सब लोग जुलूस में चलेंगे, क्योंकि यह दिन फिर आनेवाला नहीं है। ज्यों-ज्यों दोपहर ढलने लगी, दिन चहकने लगा। उत्साह का हिलोरें लेता सागर, जिसमें आबाल-वृद्ध सभी डूब-उतरा रहे हों, मैंने अपने जीवन में कभी नहीं देखा था।

दोपहर को कोठी से आने के बाद माँ ने भी संदूक से पुरानी खादी की साड़ी निकाली। उसके फटे अंश सिले और उसे साबुन से धोने लगीं। यही उन्होंने मेरे कुरते और पाजामे के साथ भी किया।

एक विचित्र बात और हुई। आते ही माँ कपड़ों की सफाई पर जुट गईं। उन्होंने पोटली में बंद पराँठे आले पर धर दिए, क्योंकि उन्हें आशंका थी कि कहीं बादल न आ जाएँ। यों भी खादी देर में सूखती है। मैं भी उन्हीं के साथ लग गया था; पर आकाश खुला था, बादलों के दो-चार टुकड़े तैर अवश्य रहे थे।

कपड़े फैलाकर कोठरी में गए तब देखा, आले से पोटली गिराकर बिल्ली पराँठे खा रही है। वह हमें देखते ही भाग गई। यद्यपि न भागती तो माँ उसे हटातीं भी नहीं, क्योंकि वह उसे देखकर हँस रही थीं, ''आज जब हम आजाद हो रहे हैं तो यह बिल्ली क्यों न आजाद हो!'' इसके पूर्व माँ बिल्ली की ऐसी हरकत पर इतनी खुश कभी नहीं हुई थीं।

शाम होते ही पियारी और सलमा भी मेरे यहाँ आ धमकीं। और अँधेरा होने के कुछ पहले ही हम घर से निकल पड़े। आज पहला अवसर था, जब माँ ने चादर नहीं ओढ़ी थी। मैंने टोका भी।

माँ ने कहा, "रानी बहू कहती हैं कि आज से परदा हटाओ और गुलामी की तरह इसे भी उतार फेंको।" माँ मुसकरा रही थीं। सलमा ताली पीटकर जोर से हँस पड़ी, क्योंकि माँ का कथन उसकी रुचि के अधिक निकट था।

अँधेरा होते ही नगरी जगमगा उठी, जैसे कई दीपावलियाँ एक साथ मिलकर चली आई हों। शुक्रवार, कृष्ण पक्ष की चतुर्दशी। आकाश में चाँद का कहीं पता नहीं। लगा, वही टुकड़े-टुकड़े होकर धरती पर बिखर गया।

झंडे और झंडियाँ, नारे और गीत, ढोलक और शहनाई तथा नगाड़े और तुरही की हर्षोल्लसित ध्वनियों के बीच गुजरता एक मशाल जुलूस। और उसी में लगे हम सब। आगे-आगे महिलाएँ। रानी बहू, पियारी और सलमा के साथ सैकड़ों औरतें, जो कभी मुँह खोलकर बाहर नहीं निकलीं, आज सड़क पर थीं। उनके पीछे पुरुषों की अंतहीन पंक्ति हाथों में आजादी की मशालें लिये हुए। दिलों में उत्साह का ज्वार समेटे और आँखों में स्वतंत्र भारत के सपने सँजोए रोशनी की यह नदी दशाश्वमेध घाट से टाउन हॉल की ओर सरकती चली और गंतव्य पर आकर एक बड़ी प्रकाश की झील में परिवर्तित हो गई।

मशालें अब भी जल रही हैं। आजादी के जन्म के उच्छ्वास का धुआँ समवेत होकर आकाश की ओर बढ़ता चला जा रहा है। टाउन हॉल का मैदान खचाखच भरा है। सामने मंच पर लाला, छोटे सरकार और उनकी गोल के लोग पहले से ही विराजमान हैं। इसके बाद भी इतने लोग उसपर चढ़ गए हैं कि मंच टूट जाना चाहता है। अब स्वयंसेवकों ने रोकना आरंभ कर दिया है। "अब कोई भी व्यक्ति मंच की ओर न बढ़े, जो जेल न गया हो।" माइक से आवाज आई।

दानिस धक्का-मुक्की करके आगे बढ़ते-बढ़ते अचानक ठिठक गया। यही स्थिति महिलाओं की ओर से आगे बढ़नेवाली रानी बहू और पियारी की हुई। रानी बहू तो हिदायत सुनते ही बैठ गईं, पर पियारी खड़ी होकर कुछ सोचती रही। तब तक लाला ने उसे देख लिया और माइक से ही उसे बुलाया। दो ही महीना सही, वह जेल तो गई थी। वह जन-समुद्र में एक बुलबुले की तरह उतराई और तैरती हुई मंच की ओर बढ़ी।

अब दानिस कुड़बुड़ाता हुआ हमारे पास आया "लगता है, अब आजाद हिंदुस्तान में जेल जाना ही एक सर्टिफिकेट हो जाएगी। तुम्हारे ऐसे लोगों की सेवा का भी कोई महत्त्व नहीं, जिसने जान जोखिम में डालते हुए नलुए के सहारे चढ़कर

दीवानी कचहरी पर तिरंगा लगाया था।'' उसने मुझे संबोधित करते हुए कहा; पर मैं चुप था। सचमुच उस भीड़ में आज मुझे कोई पहचाननेवाला भी न दिखा। पाँच वर्षों में ही मैं भुला दिया गया। जनता की स्मृति इतनी दुर्बल होगी, मुझे विश्वास नहीं था। मेरी ही बगल में चाचा, मँगरू, पीपा आदि खड़े तमाशा देख रहे थे।

अब तक कम्युनिस्टों का भी जुलूस आ गया, जो अपने झंडे के साथ-साथ रोटियाँ भी टाँगे हुए थे। उनके लिए यह राजनीतिक आजादी तब तक अधूरी थी, जब तक हम पूरे हिंदुस्तान के लिए रोटियाँ मुहैया न कर सकें।

''भीड़ काफी बढ़ रही है। आप जहाँ हैं वहीं बैठ जाएँ। केवल जेल जानेवाले लोग मंच की ओर बढ़ें।'' लाला पुनः मंच से चिल्लाया।

''अबे साले, तू कौन जेल गया है?'' दानिस ने चीख लगाई।

आस-पास के लोग हँस पड़े। एक फुलझड़ी छूटी, पर फिर ज्यों-का-त्यों।

''अब सभा की काररवाई शुरू होने जा रही है।'' लाला ने अध्यक्ष पद के लिए छोटे सरकार का नाम प्रस्तावित करते हुए कहा, ''हमारा सौभाग्य है कि इतने बड़े समाज-सेवक, दीन-दुःखियों के हमदर्द, चिंतक और विचारक हमारे बीच उपस्थित हैं। ...''

''आखिर यह सब क्या हो रहा है?'' दानिस फिर कुड़बुड़ाया; पर सब चुप थे। चाचा आवश्यकता से अधिक गंभीर दिखा।

छोटे सरकार अध्यक्ष के आसन पर विराजमान हो चुके थे। मालाएँ पहनाई जा रही थीं। पराधीन भारत में उनकी खड़ी मूँछें, जिन्हें उखाड़ने की हमने बार-बार शपथ ली थी, वे और ताव से खड़ी थीं।

लाला बोलता जा रहा था, ''यह सुखद संयोग ही है कि आज शुक्रवार है। शुक्रवार के ही दिन ईसा पैदा हुए थे, इसी दिन हमारा रहनुमा गांधी पैदा हुआ है और इसी दिन यह आजादी भी पैदा हो रही है।'' तालियों की गड़गड़ाहट हुई। पर दानिस चिल्लाया, ''जिस तरह तुमने ईसा को सूली दे दी, उसी तरह तुम गांधी को भी सूली पर चढ़ाओगे और इस आजादी को भी चबा जाओगे!''

इस बार कुछ लोगों ने दानिस की ओर देखा; किंतु भीड़ अपनी प्रकृति के अनुसार ज्यों-की-त्यों हो गई।

लाला बोलता जा रहा था, ''आजादी आ रही है। इस देश में अब कोई भूखा नहीं रहेगा, कोई नंगा नहीं रहेगा। अब किसी की बहू-बेटी की इज्जत पर कोई

खतरा नहीं होगा।''

''नहीं-नहीं, यह सब झूठ है, फरेब है। यह कमीना इस आजादी की ही इज्जत पर खतरा बन खड़ा हो गया है!'' इतना कहते-कहते सुमेर चाचा का आवेश और बढ़ा, ''यह नीच मेरी चंपो को निगल गया, राधा को चबा गया। अब हमारी आजादी को भी निगल जाएगा!'' चाचा इतने जोर से चिल्लाया कि आस-पास खलबली मच गई। और फिर वह बेतरह काँपने लगा।

मुझे भी लगा कि पैदा होने के पूर्व ही हमारी आजादी ऑक्टोपस के घिनौने पंजों के भीतर फँस गई है। पर दानिस निराश नहीं था—''आने दो सुभाष बाबू को, इन कमीनों में से एक-एक से समझूँगा!''

अब तक चाचा बेहोश होकर लड़खड़ाया, जैसे 'मरीचिका' की ओर दौड़ता-दौड़ता कोई मृग थककर चूर हो गिर चुका हो।

हम लोग जब उसे उठाकर एक ओर ले चले, तब भीड़ से एक आवाज फूटी, ''पागल है, उसे ऐसे ही दौरे पड़ते हैं।''

□□□